UN TRABAJO LIMPIO

UN TRABAJO LIMPIO

Xus González

es una colección de
RESERVOIR BOOKS

Papel certificado por el Forest Stewardship Council®

Primera edición: febrero de 2022

Printed in Spain – Impreso en España

ISBN: 978-84-18052-71-2
Depósito legal: B-18.821-2021

Compuesto en M. I. Maquetación, S. L.

Impreso en Liberdúplex S. L.
Sant Llorenç d'Hortons, (Barcelona)

RK 5 2 7 1 2

Para Irene y Jimena

*Nunca he tenido problemas con las drogas,
con quien los he tenido es con la policía.*

KEITH RICHARDS

Lunes

1

Como de costumbre, nadie quería desayunar con la directora. A las nueve y media de la mañana, Dolores Casal salió de la sucursal bancaria donde trabajaba, en Vilafranca del Penedès, y se dirigió a la cafetería que había al final de la calle.

A ella tanto le daba desayunar sola; incluso lo prefería, especialmente aquella mañana de lunes. Se sentía tensa, había pasado la noche en vela, sin poder quitarse de la cabeza a su condenada exnuera. Y el cansancio la volvía más arisca de lo normal.

Frente a una taza de café con leche, hojeó el periódico sin prestar atención a las noticias. Pasaron los minutos y el café se enfrió. Renunció a apurarlo; caliente ya sabía a rayos, frío debía estar asqueroso. Se levantó y fue al mostrador a pagar. Al otro lado, la dependienta de la cafetería se dedicaba a colocar tras la vitrina las pastas que acababa de sacar del horno.

Dolores aguardó en silencio, con un billete de cinco euros en la mano y la vista clavada en el cogote de aquella chica de apenas veinte años que la ignoraba mientras rellenaba con parsimonia una bandeja con cruasanes de chocolate pequeños. Echó un vistazo a su alrededor; era la única clienta de la cafetería. Tras unos segundos más de espera, soltó un bufido y dijo:

—Te doy de tiempo lo que tarde en llegar a la puerta. Si sigues ignorándome, date por pagada.

La chica se detuvo un momento, observándola por el rabillo del ojo. Después continuó con los cruasanes.

—Como quieras —espetó Dolores, girándose en dirección a la salida—. Menuda manera de llevar un negocio. A este paso vas a arruinar a tu jefe.

No había dado ni tres pasos cuando la voz de la dependienta sonó a sus espaldas:

—¿Le dolió mucho?

Dolores se volvió.

—¿A qué te refieres?

—Al día que le metieron el palo por el culo. Porque si no, no me explico cómo se comporta así, como si el resto fuéramos escoria.

La directora no daba crédito a lo que acababa de oír.

—Pero ¿cómo te atreves a hablarme así?

La chica sonreía abiertamente, sin mirarla, mientras acababa por fin de colocar todas las pastas en la bandeja.

—¡Menuda insolente! —continuó Dolores—. Pienso explicarle a tu jefe lo que acabas de decirme, ¿te enteras? Ya puedes ir despidiéndote del trabajo. Hoy vas a aprender algo, guapa: que la desfachatez no sale gratis. Pero… ¿de qué te ríes?

—¿Ha acabado ya con su sermoncito? No tengo nada que aprender de usted, excepto la mala educación. Y le voy a decir algo más: es usted insoportable. Siempre con exigencias, siempre con quejas. Que si el café está malo, que si el cruasán está seco, que si los bocadillos son pequeños, que si la radio está muy alta, que si soy muy lenta… Cuando a alguien no le gusta un sitio, pues se va a otro y punto, no sigue viniendo un día tras otro a dar la vara. Y si quiere hablar con mi jefe, pues adelante, hágalo. Le deseo suerte. Me conoce muy bien, porque resulta que es mi madre, y lo mejor de todo es que ella sabe perfectamente cómo es usted. A menudo la gente viene aquí después de pasar por su banco y comentan la jugada, ¿no se lo imagina?

Dolores cerró ambos puños, conteniendo su ira, y dijo:

—No pienso volver a poner los pies en este tugurio.

—Brindo por ello, señora. Y no se preocupe por el café. Invita la casa.

—Ese café estaba asqueroso —contraatacó Dolores, justo antes de llegar a la puerta.

—No esperaba una despedida menos elegante por su parte. Le recomiendo que tome más fibra, ayuda a evacuar la mierda por abajo y no por arriba.

A Dolores le hubiera gustado marcharse dando un portazo, pero la puerta de la cafetería era automática.

Salió a la calle rabiando. Estaba muy alterada, más de lo normal para alguien tan acostumbrado a los encontronazos como ella. Más le valía olvidarse de aquella niñata grosera e insolente.

Echó a andar y no tardó ni un minuto en llegar a la oficina bancaria. Llevaba la friolera de diecisiete años trabajando allí, una de las sucursales más pequeñas y tranquilas de toda la provincia de Barcelona. Situada en los bajos de un bloque de viviendas de cuatro plantas, consistía en un local rectangular con una superficie de poco más de ciento cincuenta metros cuadrados dividido en dos secciones: en un primer término estaba el hall, donde Carmen y Antonio, los cajeros, atendían las gestiones más rutinarias, y luego más al fondo se encontraba su despacho; el resto del local lo conformaban un pequeño almacén y un cuarto de baño. En su conjunto, se trataba de una sucursal bastante antigua que requería algunas mejoras, especialmente en lo concerniente a la seguridad, pero Dolores siempre había preferido escatimar dinero en pro de la empresa. Eso era algo que los jefes tenían muy en cuenta de cara a las bonificaciones anuales y, además, hacía años que no sufrían ningún robo.

Tan pronto como puso los pies en la oficina bancaria, sintió unas ganas locas de dar media vuelta y largarse. En el mostrador, discutiendo con los cajeros, se encontraba uno de los clientes más pesados de los últimos tiempos. Su nombre era Arcadi Soler y era propietario de una imprenta en horas bajas que, un par de meses atrás, había acudido a solicitar un préstamo que le permitiera pagar los sueldos atrasados de sus trabajadores, comprar nueva maquinaria y remodelar la nave. Pedía nada más y nada menos que 750.000 euros. Dolores nunca le dio esperanzas y acabó denegándole el préstamo, pero aquel hombre no aceptaba un «no» por respuesta; se presentaba una y otra vez, exigiéndole que cumpliera con su palabra, como si Dolores en algún momento se hubiera comprometido a concederle el préstamo y después se hubiese echado atrás.

Era un hombre de pueblo, criado trabajando el campo, aficionado a la caza y más bruto que un arado. Tenía la voz grave y era larguirucho y nervudo, con una nariz prominente que le hacía parecer un flamenco. Había sufrido una perdida familiar o algo por el estilo (Dolores apenas le había prestado atención cuando comenzó a darle la murga con sus penas), sin duda estaba sumido en una depresión y parecía empinar el codo más de lo normal. Pero ella no era psicóloga, ni directora de una ONG. Ofrecía servicios financieros, sí, pero que comportaran beneficios a su empresa, no a los clientes. No le había llevado ni una hora redactar un informe negativo con respecto al préstamo, debido a las escasas posibilidades de un negocio cada vez menos rentable, incapaz de remontar el vuelo a pesar de las mejoras que Soler pretendía aplicar. Estaba claro que aquel tipo tenía un problema, pero no era «su» problema. Además, le caía mal. Se trataba del típico paleto, como tantos que abundaban en aquella comarca y más concretamente en aquella ciudad, a la que ella acostumbraba a referirse como Vilapalurdo del Penedès.

Dolores avanzó con paso firme en dirección a su despacho, aprovechando que Soler le daba la espalda. Sin embargo, tan pronto como llegó a la altura del mostrador, el hombre se volvió hacia ella y la agarró de un brazo.

—¡Eh, quieta aquí! —gritó Soler. El aliento le apestaba a alcohol—. No creas que te vas a librar de mí tan fácilmente.

Dolores trató de zafarse de aquella descomunal manaza, pero le resultó imposible.

—¡Suéltame… o llamo a los Mossos!

Antes, jamás aquel paleto había osado tocarla; se había limitado a quejarse por el trato recibido, soltar algún insulto que otro y amenazar con denunciarla. Pero, esta vez, su actitud hacia esperar lo peor. Tenía el rostro desencajado, sudaba a chorros y sus ojos vidriosos expresaban cualquier cosa menos coherencia. No se acobardó ni siquiera ante la amenaza de la policía.

—¡Llama a quien te dé la gana, usurera de mierda! Me prometiste ese préstamo y lo quiero.

Los dos cajeros, Carmen y Antonio, observaban la escena con los ojos como platos. No podía esperar ayuda de ellos; Carmen era una mujer mayor, a punto de jubilarse, con problemas de movilidad, y Antonio era un treintañero retraído y enclenque, que siempre se echaba atrás cuando alguien alzaba el tono de voz. Por suerte, no había ningún otro cliente presenciando el espectáculo.

—Por Dios santo… ¡No te prometí nada! —se defendió Dolores.

—¡Sí que lo hiciste!

—¡No lo hice! ¡Y suéltame ya, cooooño!

Dolores echó el brazo atrás con ímpetu y consiguió liberarse de la garra del paleto. Por el rabillo del ojo vio a Carmen levantar el auricular del teléfono, dispuesta a llamar a la policía. Le hizo un gesto con la mano para que se detuviera y, a continuación, se enfrentó a Soler:

—¡A ver si te enteras de una santa vez! Te dije que lo miraría, sí, pero solo lo hice porque te pusiste a gimotear como un crío, en mi despacho, frente a mí… Me incomodaste, ¿me oyes? Sentí vergüenza ajena… Así que te dije que lo miraría únicamente para que desaparecieras de mi vista y me dejaras en paz… Pero tu negocio no es viable, ¿entiendes eso? Una imprenta, ¡por Dios santo! Es una ruina absoluta. Por eso nadie quiere concederte ese puñetero préstamo. Podrías pedir incluso la mitad y la respuesta seguiría siendo la misma. ¿Es que no lo ves? Tú y tu ridículo negocio sois tan patéticos que dais pena.

El rostro del hombre se ensombreció y le dirigió una mirada cargada de odio. Dolores dio un paso atrás, aproximándose al mostrador; estaba preparada para refugiarse tras él en caso de que aquel desquiciado intentara algo.

No obstante, Soler inspiró hondo, echó un vistazo a su alrededor, como si buscara algo, y con voz serena dijo:

—Volveré.

Dolores no daba crédito. ¿A qué venía eso de «volveré»? ¿Quién se creía que era? ¿Terminator? ¿Qué demonios tenía que hacer para que aquel pueblerino cabezota se diera por vencido?

Soler dio media vuelta y se aproximó a la salida. Antes de que abandonara la sucursal, Dolores le gritó:

—¿Qué piensas hacer? ¿Venir con un abogado? Por mí puedes traer a quien te dé la real gana. Acepta de una vez que «no» es «no». Y que lo sepas: ¡Pienso informar de todo esto a los Mossos! ¡Agresión física incluida!

A través de la amplia cristalera que daba a la calle, Dolores, Carmen y Antonio observaron como Arcadi Soler subía a su destartalado Land Rover beis, idéntico a esos que se veían en los documentales de safaris, y desaparecía calle arriba.

—El tío ese es un peligro —dijo Antonio. Siempre que la amenaza remitía, intentaba aparentar que no se había sentido intimidado, que si no había hecho nada era porque no había querido—. Las horas que son y ya va como una cuba. Si no llega a soltarte el brazo, le hubiera arreado un par de hostias.

—Sí, ya... —Dolores se alisó la manga de la americana y se tocó el cabello para asegurarse de que seguía en su sitio, aunque prácticamente lo llevaba fijo, con toda la laca que le aplicaba.

Carmen se dejó caer en su butaca y comentó:

—Tendrías que haberme dejado llamar a los Mossos.

—¿Para qué? Si esos siempre llegan tarde —sentenció Dolores, y se encerró dando tal portazo que la pared acristalada de su despacho vibró durante unos segundos.

2

Pasado un rato, llamaron a la puerta del despacho de Dolores Casal con un golpeteo de nudillos.

La directora estaba tan abstraída que se sobresaltó. Alzó la vista de los documentos que tenía extendidos sobre su mesa y, antes de dar la orden de «adelante», la puerta se abrió. Era Carmen.

La cajera le comunicó que un par de viticultores habían llamado para avisar de que vendrían antes de lo habitual a retirar cantidades importantes de efectivo. Solían hacerlo a partir de las dos, pero de vez en cuando se adelantaban, en cuyo caso era mejor que informaran de ello si no deseaban perder tontamente los veinte minutos de rigor que tardaba la caja fuerte en abrirse.

Aquel lunes de mediados de septiembre, a aquella hora, la caja estaba llena hasta los topes. El furgón blindado de la empresa de seguridad había hecho entrega de las sacas a las nueve de la mañana. Y el motivo de que hubiera tal exceso de fondos era que estaban en plena época de vendimia, en el corazón de la comarca con mayor tradición vinícola de Catalunya. Los dueños de los viñedos pagaban con dinero contante y sonante a los temporeros que acudían a recoger la uva, de modo que aquellos días era habitual que los viticultores acudiesen a retirar grandes sumas de efectivo.

Dolores asintió y dijo:

—Lo tendré todo preparado para no hacerles esperar —y añadió—: Gracias.

19

La cajera se quedó plantada ante ella, observándola.

—Cuánta amabilidad —soltó desde el marco de la puerta. No parecía dispuesta a marcharse.

—¿Alguna cosa más? —preguntó Dolores, molesta.

—Nada… solo eso, que no olvides abrir la caja.

—Y tú no olvides que no estoy sorda, ni demente. Te repites mucho, Carmen. Ya me ha quedado claro la primera vez.

La cajera meneó la cabeza con disgusto y regresó al mostrador.

En el reloj del despacho dieron las doce.

Dolores desvió la mirada hacia el vestíbulo y, a través de la mampara transparente, observó a los clientes. Había una mujer marroquí con un niño en un carrito y otro a su lado, de unos tres años, que no paraba de lloriquear y tironear de la chilaba de su madre. También había un viejo octogenario que se ayudaba de muletas para andar, y la secretaria de una gestoría cercana. Gente del barrio, habituales.

Vio a la mujer marroquí abandonar la oficina con sus dos críos y, antes de apartar la vista, advirtió que un Seat León gris se detenía en la acera contraria. Del asiento del conductor bajó un tipo delgado, con gorra y gafas de sol. Caminaba con los hombros encogidos, fingiendo ser más bajo de lo que era en realidad. Llamó al timbre de la puerta y Carmen, mientras escuchaba con paciencia infinita al abuelo, accionó el interruptor para permitirle el acceso.

El recién llegado, sin embargo, en lugar de entrar, se limitó a mantener la puerta abierta mientras dos tipos encapuchados y vestidos con petos de color amarillo reflectante descendían del Seat León y se internaban a toda prisa en la oficina.

—¡Esto es un atraco, coño! —gritó el más robusto de los dos encapuchados, encañonando con la pistola negra que tenía en su mano derecha al grupo situado en torno al mostrador—. ¡Todos al suelo! —ordenó mientras avanzaba a toda prisa hacia Carmen y Antonio. —¡Manos a la cabeza y no hagáis ninguna gilipollez o juro por Dios que os reviento aquí mismo!

La oficina se llenó de gritos de histeria.

Los dos atracadores rebasaron el mostrador. El más robusto se plantó junto a los dos cajeros, con el fin de que no activaran la alarma silenciosa. Para entonces, Carmen y Antonio ya estaban besando las baldosas. También la secretaria de la gestoría, pero no el abuelo.

—¡Me cago en tu puta madre, viejo! ¡He dicho que al suelo!

—Si es que no puedo…

—¡Ya te digo que puedes, joder! —El atracador se abalanzó sobre el mostrador y tiró de una de las muletas, desequilibrando al abuelo y provocando que cayera de espaldas.

Más chillidos de pánico.

El segundo encapuchado, no tan corpulento como el primero, pero sí más alto y con una bolsa de deporte a la espalda, acababa de entrar a toda velocidad en el despacho de Dolores. Le apuntó a la cara con una pistola y le ordenó que pusiera las manos en la nuca. Después dijo:

—¿Vas a tocarme los cojones, zorra? —Ocultaba su rostro con una braga militar negra subida hasta el puente de la nariz, gafas de sol y la capucha de la sudadera.

Dolores, con los dedos entrecruzados tras el cogote, tan solo logró balbucear un «¿Qué?», a lo que el atracador respondió derribando de un manotazo la pantalla del ordenador, que impactó contra la pared.

—Repito: ¿Vas a tocarme los cojones —hizo una pausa antes de añadir—: zorra?

—No, no, no… —respondió Dolores, temblando.

—Respuesta correcta, hijaputa. Y más te vale. ¡Abre la caja!

El atracador movió enérgicamente la mano que sujetaba la pistola para señalar la caja fuerte una, dos, tres veces, tras lo cual volvió a plantar la boca del cañón a un centímetro de Dolores.

La directora se puso en pie y avanzó en dirección a la caja, sintiendo cómo las piernas le flojeaban. Giró la manivela de la caja fuerte y tiró de ella con tanta fuerza que a punto estuvo de caerse de culo.

El atracador la apartó de un empujón y esta vez sí fue a parar al suelo.

—¡Ahí quieta! —ordenó el atracador, que comenzó a extraer fajos de billetes y a depositarlos en el interior de su mochila. En total había ahí dentro 227.000 euros.

Dolores alzó la vista y observó como el otro atracador mantenía retenidos tras el mostrador a Carmen y Antonio junto a los dos clientes, tendidos en el suelo para que nadie los viera desde la calle. Él también se mantenía agachado, asomado discretamente para controlar la entrada. No había rastro del tercer atracador; Dolores supuso que había regresado al coche.

Se moría de ganas por que acabara todo y se largaran de allí. Cada segundo que pasaba aumentaba su angustia…

Tras unos segundos, consiguió susurrar:

—Acaba ya, por favor…

—Cierra la puta boca —masculló el atracador en plena faena.

—Solo he dicho que acabes ya, por favor. Nada más. No hace falta ser tan desagradable…

El atracador se puso en pie de un salto y le plantó la pistola en los morros.

—¡Que te calles, joder! No te lo repetiré.

—Pero ¿por qué te pones así? Yo solo…

—Tú eres gilipollas —la cortó el encapuchado, y le arreó un culatazo en plena cara.

Dolores soltó un grito de dolor y se llevó ambas manos al pómulo izquierdo. Sintió la sangre corriendo por sus dedos y al instante se imaginó su rostro desfigurado por una brecha.

—¡Hijo de puta! —bramó Dolores.

El atracador la ignoró y volvió a arrodillarse de cara a la caja fuerte.

Y entonces… ¡BAAAM!

Fue un estruendo tan acojonante que Dolores creyó que se trataba de una bomba. Todo tembló: las paredes, la mampara del despacho, el mobiliario… Una lluvia de cristales invadió el interior de la oficina.

—¿Pero qué idea tenéis vosotros de atracar bancos? —preguntó Dolores.

El atracador parecía tan sorprendido como ella. Ambos alzaron la vista y descubrieron que un vehículo había atravesado la fachada acristalada, haciéndola añicos y arrastrando a su paso sillas y plafones publicitarios. Había invadido el hall en su totalidad.

Se trataba de un Land Rover beis.

La puerta del conductor se abrió y Arcadi Soler, el paleto borracho y llorica, descendió del todoterreno, ataviado con un chaleco de caza y sosteniendo entre sus manos un inmenso fusil.

—¡Usurera de mierda, no te escondas! —exclamó Soler—. ¡Vengo a por ti!

3

Arcadi Soler había comenzado a avanzar por el hall, pisando cristales, restos de yeso y trípticos publicitarios, cuando alzó su rifle de caza mayor, municionado con proyectiles del calibre 308 Winchester, de casi siete centímetros de longitud, apuntó hacia la mampara de cristal del despacho de Dolores Casal y ¡bum!

Jamás había disparado entre cuatro paredes, y la detonación sonó con fuerza ensordecedora. El proyectil dejó un orificio a su paso por la mampara y miles de grietas se expandieron desde aquel punto.

Un rato antes, en ese mismo lugar, algo en la cabeza de Arcadi había hecho clic. La última bombilla de su cerebro se había apagado y el mundo había quedado en penumbras. Y, a partir de aquel momento, tan solo pudo pensar en mandarlo todo a paseo y llevarse por delante a aquella zorra.

Oyó gritos procedentes de detrás del mostrador, pero su vista seguía fija en el cristal agrietado que se interponía entre él y el despacho. Sin dejar de avanzar, tiró del cerrojo del arma y recargó.

Una figura oscura asomó tras aquel vidrio resquebrajado y, ¡bum!, descargó un segundo taponazo que, esta vez sí, provocó que la mampara se viniera abajo. Y no solo la mampara, el cuerpo al que había disparado también había caído. Sabía que había acertado de pleno.

Se dirigió al despacho, ansioso por ver el rostro desencajado y sangriento de la directora. Sin embargo, cuando llegó al quicio de la puerta, se sorprendió al descubrir, tendido en el suelo, entre un mar de billetes revueltos, a un tipo vestido con chaleco reflectante sobre ropa negra, con el rostro oculto, retorciéndose de dolor. El encapuchado hacía presión sobre el estómago con una mano y en la otra empuñaba un arma; al percatarse de la presencia de Arcadi, apuntó hacia él.

No le dio tiempo ni de recargar el rifle. Aquel cabrón, tirado ahí como una cucaracha panza arriba, apretó el gatillo y disparó dos veces.

Arcadi se miró el pecho y comprobó que… ¡estaba ileso! O bien no le había dado, cosa que dudaba, o las puñeteras balas eran de fogueo.

—¡Largo de aquí, joder! —gritó el tipo desde el suelo.

Arcadi Soler lo observó, perplejo, y después escuchó un ruido al fondo del despacho. Miró hacia allí y descubrió la parte superior de una melena con forma de escarola asomando tras el escritorio. ¡Era la cabrona de Dolores Casal!

Recargó el arma, apuntó hacia ella y…

¡Bam, bam, bam!

Tres disparos sonaron detrás de Arcadi. Tres detonaciones que, esta vez sí, le hicieron bailar como una marioneta. Al instante sintió como las fuerzas le fallaban. Perdió el dominio de sus brazos y notó con gran pesar que el rifle se le escurría de las manos. Después las rodillas se le doblaron involuntariamente y se desplomó en el suelo.

Lo que sucedió a continuación, Arcadi lo percibió de modo borroso y discontinuo. Como fogonazos.

…Vio al tipo que le había disparado por la espalda avanzando hacia él, pisándole el estómago y dirigiéndose después hacia el otro encapuchado, tendido sobre un charco de sangre…

…Vio a otro tipo con gorra entrando a la sucursal, cubriéndose el rostro con la camiseta, subida hasta el puente de la nariz, y después ayudando al que le había disparado a sacar a rastras al encapuchado herido…

…Vio a los tres tipos subiendo a un León gris, aparcado en la acera contraria y largándose de allí a todo trapo…

…Vio a Dolores Casal reptando por el suelo del despacho, entre cristales y billetes, con el pómulo izquierdo magullado, gritándole algo ininteligible. ¿Le estaba insultando?

La muy puta seguía viva y él ahí tirado, desangrándose.

Había que joderse.

4

—Lo que más me fastidia de todo esto —dijo Saúl Sanz, agente del Grupo de Robos Violentos de la Unidad Territorial de Investigación Metropolitana Sur— es que cuando llega el aviso de que se acaba de producir un pollo de dimensiones estratosféricas como el de hoy, les falta tiempo para enviar a la caballería. Movilizan todas las patrullas disponibles en las comisarías de los alrededores, hacen venir cagando hostias a las furgonetas de antidisturbios, activan al Grupo Especial de Intervención y hasta el puto helicóptero, joder. Pero ¿qué sucede al cabo de unas horas, cuando no hay rastro de los atracadores y la cosa se enfría? Pues que baja la adrenalina y los ánimos del personal decaen, comienza a generalizarse la sensación de que se está perdiendo el tiempo buscando una aguja en un pajar y envían a todo el mundo de vuelta a casa, a cubrir sus sectores habituales. Y es entonces cuando llega el momento de decidir quién coño se arremanga y empieza a poner por escrito todo lo sucedido, a tomar declaración a víctimas y testigos, a barrer las calles en busca de cámaras de vigilancia y demás testigos. El rollo de siempre. Ahí es cuando tu sargento te llama, creyéndose que todavía es el jefe de la Unidad Central de Atracos, emocionado como un cabrón, y te anuncia: «Eh, Saúl, tengo buenas noticias. El caso nos lo quedamos nosotros. Pásate por el hospital de Vilafranca a pillar declaraciones como un loco». Y cuando le pregunto por qué coño hemos sido los afortunados, por qué no los de Personas, teniendo en cuenta que hay un tarado que ha intentado pelarse a la directora del banco, o los de la UCAT, porque, mira por dónde, estamos hablando de un puñetero atraco a un banco, va y responde: «Los de Personas ya van bastante liados con sus fiambres, que parece que este año se les amontonan; además, en este asunto no la ha diñado nadie todavía, que se sepa. Y, qué coño, entre tú y yo, mejor que lo llevemos nosotros, porque esos son tan malos que no saben ni resolver un suicidio con nota de despedida». ¿Y la UCAT?, insisto yo. «La UCAT, olvídate –responde–. Hace unas semanas ordenaron desde la División que los Grupos de Robos Violentos de las UTIs nos hiciéramos cargo de los atracos a bancos y joyerías que se produjeran en las comarcas alejadas de Barcelona. Ahora mismo la UCAT va de culo con una banda del Este que está reventando el área metropolitana». El caso es que el tío suena como si estuviera encantado de comerse el marrón, ¿sabes? Nosotros también vamos de culo con los asaltos entre dominicanos en Hospitalet, joder, que parece que se hayan declarado la guerra por culpa de la puta coca, venga a joderse los unos a los otros. Pero mi sargento como si nada, oye, obsesionado con colgarse la medallita y restregarles a sus antiguos compañeros cómo se hace el trabajo. Va y me suelta: «Es un caso de puta madre, ¿no te parece? Lo del viejo del rifle ya está resuelto, es un pim-pam, nunca mejor dicho. Lo que debemos hacer es centrarnos en el atraco, cazar a esos cabrones, y si el viejo la palma, pues les imputamos también el homicidio. El asunto ya ha saltado a la prensa. Vamos a demostrarles lo buenos que somos, ¿eh?». Lo que viene a significar que vamos a pillar que te cagas, porque estamos en cuadro, con solo tres agentes por turno y los dos cabos fuera de circulación, uno en un curso de blanqueo y el otro de baja por romperse una pierna jugando al futbol, haciendo el gilipollas, vamos, creyendo que tiene quince años en lugar de cincuenta, tratando de regatear como si fuera Messi. Y encima esta mañana solo somos dos porque el tercero está de permiso. –Saúl soltó un largo bufido y concluyó–: En fin, ahora ya sabes lo que más me fastidia de todo esto.

—Investigación es lo que tiene —dijo Jorge Peralta, cabo de Seguridad Ciudadana en la comisaría de Vilafranca.

Ambos se encontraban en el hospital comarcal del Alt Penedès, conversando de pie frente al pasillo que conducía a las salas de operaciones. A unos escasos veinte metros de allí, en uno de aquellos cubículos aislados y libres de contaminación, un equipo médico intervenía de urgencia a Arcadi Soler, el viejo del rifle, extrayéndole del cuerpo tres balas del calibre 9 milímetros.

—¿Cuánto tiempo llevas en la UTI? ¿Diez? ¿Doce años?

—Más bien quince.

—Si prefieres lo mío, yendo por ahí de uniforme, convertido en una diana andante para yihadistas y sudando como un pollo por culpa de este puñetero chaleco antibalas que da un calor que te cagas en pleno verano, pues vente conmigo. Nos lo pasaríamos en grande mediando entre borrachos los fines de semana, como en los viejos tiempos. Apuesto a que ya has olvidado toda esa mierda.

Saúl y Peralta se conocían desde hacía años. Realizaron el periodo de prácticas juntos, en la comisaría de Granollers, de patrulleros. Después cada uno siguió su camino, pero coincidían de vez en cuando y aprovechaban para quejarse de las condiciones que cada uno debía soportar en su destino policial. Quejarse es el pasatiempo habitual en la policía y donde sea, a menos que se pertenezca a uno de los tres grupos de polis que no se quejan nunca. El primero, el de los pelotas, que en la policía abundan como en todos lados. El segundo, el de los novatos, que tarde o temprano comenzarán a quejarse al darse de bruces con la cruda realidad (a menos que se conviertan en pelotas, claro). Y el tercero, y pura ficción, el compuesto por todos esos policías de cliché que solo se ven en las películas y las series de televisión, y que actúan como si combatir el crimen fuera su misión en la vida sin que nada más importe. Pura ficción.

—¿Volver a aguantar borrachos soltando la papa en el coche patrulla? Ni muerto, colega. Prefiero derretirme de calor mientras vigilo a alguien desde el interior de una furgoneta aparcada bajo un sol abrasador.

—Pues entonces, te jodes y haces lo que diga tu sargento. Que para eso hay una escala de mando. Además, algo de razón tiene. El caso es de puta madre. Y surrealista. ¿Cuántas veces te has encontrado con un tarado que entra en un banco armado con un rifle, en plan Charles Bronson, y que acaba frustrando un atraco sin pretenderlo? Estoy por pedirle un autógrafo a ese sonaja.

—Sí, está hecho todo un campeón... ¿Qué han dicho los médicos? ¿Saldrá de esta?

Peralta y otro agente de uniforme habían sido enviados al hospital para custodiar a Arcadi Soler. El tipo estaba arrestado, técnicamente hablando, aunque mientras lo mantuvieran anestesiado hasta las cejas y tendido sobre la camilla de operaciones, había poco que ellos pudieran hacer a excepción de esperar. Pasaría mucho tiempo antes de poder ingresar al viejo en una celda como Dios manda.

—Esta gente de campo está hecha de otra pasta, tío, no como nosotros. —Peralta se llevó las manos al chaleco antibalas y tiró ligeramente para separarlo unos milímetros de su cuerpo. Tenía la pechera de la camisa empapada en sudor y rodales bajo las axilas—. El hombre no perdió el conocimiento en ningún momento. Según los ambulancieros, de camino aquí no paraba de gritar «¡La muy puta sigue viva! ¡Quería reventarla como a un cerdo y sigue viva!». Ni con la mascarilla de oxígeno se callaba. Los tenía fritos. Ha recibido tres tiros: uno en el omóplato, otro en la cadera y un tercero en el culo.

—¿En el culo?

—Sí en el culo. La expresión que ha utilizado el médico del SEM ha sido «el glúteo izquierdo», pero, hasta donde yo sé, eso sigue siendo el culo, ¿no? No creen que la diñe, ningún disparo ha sido crítico, pero va a pasarse una buena temporada usando flotador para sentarse...

—Esa va a ser la menor de sus preocupaciones —apuntó Saúl—. Según le ha comentado una de sus hijas a un compañero, el viejo llevaba tiempo depresivo, le costaba aceptar la muerte de su esposa y el negocio se iba a pique. Por lo visto, no hacía más que hablar de la banquera y del préstamo que le había denegado... Tenía a la mujer entre ceja y ceja.

—Suele pasar cuando a uno se le va la perola. —Peralta sonrió y añadió—: Me da que más de uno propondrá levantarle un monumento. Lo van a convertir en un héroe, por hacer lo que otros no se atreven.

—Y por algo será que no se atreven, ¿no te jode? A este le va a salir cara la ocurrencia, y suerte tiene de no haberse cargado a la directora... Aunque, como aparezca el fiambre del atracador al que disparó, la cosa se le va a poner muy negra.

—¿El atracador? Ese fijo que la palma. Me apuesto lo que quieras. ¿Has visto las bellotas que disparaba el trasto del viejo? Eran así de largos. —Separó el pulgar y el índice siete u ocho centímetros—. Hay tíos que pagarían por tener la polla igual de larga.

Saúl también creía que el atracador tenía muchos números de acabar muerto. Había dejado un buen charco de sangre en el suelo del despacho y un profuso reguero desde allí hasta la calle, donde los otros dos atracadores lo metieron en el interior del coche con el que huyeron. La bala lo había traspasado para acabar incrustada en la pared, a un palmo de la caja fuerte. Los de Científica tendrían que tirar de martillo y cincel para recuperar la condenada bala, sin duda rebozada de carne, intestinos y heces.

—De momento no hay constancia de nadie que haya ingresado en algún hospital con una herida así —comentó Saúl—. Me da que va a aparecer tirado en cualquier lado.

—No me extrañaría nada. Además, deben estar acojonados, pensando que se han pelado al viejo. Pasarán una buena temporada escondidos como ratas.

A través de la emisora, una operadora de Sala interrogó a Peralta cuál era la situación en el hospital. Peralta respondió que sin novedad. Cuando la operadora comunicó el recibido, Peralta preguntó:

—¿Te queda mucho por aquí?

—No, qué va. Ya he tomado declaración a los cajeros y a los dos clientes que había en la oficina.

Castro, su sargento, había ordenado tomar todas las declaraciones por escrito para no alargar la cosa y evitarles el trago de pasar por comisaría. Los cuatro estaban bastante traumatizados.

—Solo me queda la directora, que la están atendiendo en Urgencias. La mujer tiene cortes en las manos y en las piernas a causa de los cristales rotos, y un pómulo abierto. Por lo visto se encaró con los atracadores.

—Me da a mí que esa tiene que ser una buena elementa. Prepárate para que te toque los cojones.

—Ya veremos. Si me da mucho la murga, pondré la pistola sobre la camilla y la amenazaré con acabar la faena del viejo.

Ambos rieron entre dientes. Los chistes turbios y el humor dudosamente ético eran a menudo lo único que se interponía entre las montañas de mierda con las que lidiaban a diario y la locura.

Saúl decidió que ya era hora de dirigirse a Urgencias, a ver si podía hablar con la directora, tomarle declaración y largarse de una vez por todas de allí. Odiaba los hospitales y su característico olor a desinfectante; se le pegaba a la nariz y no lo soltaba en horas.

Antes de despedirse, Peralta le preguntó por Silvia.

—¿Qué tal te va con ella? ¿Sigues igual de encoñado que la última vez que nos vimos?

—La cosa no va mal —respondió Saúl, tratando de mostrarse comedido, por esa absurdez de no exponer sus sentimientos ante otros miembros del género masculino. Pero lo cierto es que la cosa iba muy en serio y mejor que nunca.

¿Quién le hubiera dicho a él que acabaría con una compañera? La estadística es la estadística, claro, y demostraba que el mundo policial era endogámico por naturaleza. Pero es que en su caso, el día que ingresó en el cuerpo de Mossos d'Esquadra, se propuso no caer en lo fácil liándose con una compañera. ¿Pero quién podía luchar contra la atracción y la estadística? Él no, eso había quedado claro. Mantuvo su promesa bastante tiempo hasta un par de años antes, cuando coincidió que él y Silvia estaban libres. Comenzaron a tontear y la cosa fue a más. En el trabajo lo mantuvieron un tiempo en secreto; al subinspector Lacalle, jefe de la UTI Metrosur, no le hacía la menor gracia tener parejitas trabajando juntas, y ambos formaban parte del grupo de Robos Violentos. Pero lo cierto es que no querían cambiar de grupo, les gustaba su dinámica de trabajo: cada agente tenía asignados unos casos y los seguían hasta el final, cosa que no sucedía en otros grupos. Cuando la cosa trascendió, demostraron que continuaban siendo igual de profesionales que siempre, por lo que los mantuvieron en Violentos. Solían trabajar en el mismo turno, cada uno a lo suyo, y unían fuerzas cuando era necesario. Pero lo más importante era que ahí seguían, viviendo ya juntos y haciendo planes de futuro.

—No sé cómo has logrado engatusarla —dijo Peralta—, pero enhorabuena. Es una tía de puta madre. ¿Por dónde para ahora? Hace tiempo que no la veo.

—Está currando. Había venido aquí conmigo para las declaraciones, pero después la han enviado a Canyelles.

—Por lo del coche calcinado, ¿no? —Saúl asintió—. ¿Habéis confirmado ya si es el de los atracadores?

—A eso ha ido Silvia, a ver qué le cuentan los testigos. Porque parece ser que primero han dicho una cosa y después se han echado atrás.

Peralta sonrió y dijo:

—Un clásico.

—De los de toda la vida.

—Seguro que Silvia los hace cambiar de opinión.

—Es posible —dijo Saúl, sin un ápice de duda.

5

Cuando la agente Silvia Mercado llegó al lugar donde los atracadores se habían deshecho del Seat León, encontró el ambiente muy sofocante; no solo por el sol, que a aquella hora de la tarde pegaba con fuerza, sino también por el calor que emanaba del suelo, barrido por el fuego a su paso.

Antes de llegar allí tuvo que pasar el control de una patrulla de seguridad ciudadana que cortaba el acceso a la pista forestal. Se identificó y continuó avanzando varios minutos hasta toparse con todo el percal: dos camiones de bomberos, el León completamente calcinado y, en torno a este y más allá, un manto negro de cenizas y esqueletos de árboles carbonizados. El incendio había sido extinguido hacía poco.

Aparcó el Skoda Fabia de paisano junto a los camiones de bomberos y saludó con un ligero movimiento de cabeza a unos cuantos que había allí, bebiendo botellines de agua y recogiendo mangueras. Después echó a andar por la pista forestal con la carpeta de actas bajo el brazo. El olor a humo era intenso y, muy a su pesar, no tardaría en impregnarle la ropa y el cabello. Suspiró resignada.

Le habían indicado que siguiera el camino hasta pasar una curva pronunciada. Llegó a ella y, ya desde la mitad, pudo ver, en un claro de bosque protegido del sol por unos árboles, dos vehículos aparcados. Uno era un coche patrulla de Mossos y, el otro, una furgoneta blanca con el nombre de la empresa MAIL SERVICE EXPRESS rotulado en el lateral. Los dos agentes uniformados se encontraban cada uno a un lado de la furgoneta; uno de ellos hablaba con una mujer morena, que en aquellos momentos le daba la espalda a Silvia, vestida con ropa minúscula y prieta y zapatos de plataforma, y el otro agente se mantenía impasible frente a la puerta del copiloto abierta, en cuyo interior había un hombre de unos treinta años, vestido con uniforme de repartidor con una cara de agobio que evidenciaba las pocas ganas que tenía de estar allí.

No era difícil imaginar qué era lo que habían ido a hacer aquellos dos a un rincón tan apartado de todo.

El objetivo de Silvia era obtener información útil para la investigación, y sabía que aquellos dos testigos eran reticentes a darla. Era su «pan nuestro de cada día», pero su trabajo consistía en llevárselos a su terreno, exponer el asunto como si se tratara de una negociación, y hacerles creer que podía ofrecerles mucho más de lo que ellos podían darle.

Silvia se dirigió al policía uniformado más veterano, el que aguardaba junto al repartidor. Antes de tener tiempo siquiera de saludarlo e identificarse, el agente se volvió hacia ella, enfocándola con sus flamantes gafas de sol deportivas, y preguntó:

—¿Eres de la UTI?

—Sí.

—Ya era hora.

Silvia decidió pasar por alto el comentario. De momento.

—Bueno —continuó el patrullero—, aquí tienes a estos. A ver si te aclaras tú con ellos, porque yo estoy harto. Sobre todo de esa. —Y señaló despectivamente a la mujer—. Porque no hay manera de que se identifique como Dios manda.

Desde su posición, Silvia no podía ver a la mujer, que se encontraba al otro lado de la furgoneta, pero sí al repartidor, que dirigía una mirada de odio al agente. Más de culo no podía estar. El testigo ideal.

Debía reconducir la situación cuanto antes.

—¿Me puedes acompañar un momento? —preguntó Silvia al patrullero.

De mala gana, el patrullero se secó el sudor de la frente y siguió a Silvia. Se alejaron unos veinte metros, hasta otra zona sombreada, y el agente preguntó:

—¿Quieres que te lo cuente todo desde el principio? Porque ya lo…

—No hace falta. Empieza por el momento en que os habéis dado cuenta de que aquí había una furgoneta aparcada.

—Estábamos liados con el coche en llamas, esperando a que llegara Bomberos, usando la mierda de extintor que hay en el coche patrulla, que si quieres que te diga la verdad, no sirve para nada. El caso es que hemos oído voces discutiendo. Me he acercado y he visto la furgoneta ahí, tal cual está ahora, con el repartidor de copiloto y la fulana de conductor… Porque te habrás dado cuenta de que es una fulana, ¿no?

—Me lo puedo imaginar.

—Pero no una fulana-fulana. Más bien una fulana-fulano, ya me entiendes.

Silvia desvió la mirada hacia la mujer. Ahora la veía de perfil, con la espalda apoyada en el lateral de la furgoneta. Observó la nariz, el mentón, la nuez, los hombros, las caderas… Sí, ya lo entendía.

—Por lo visto el travelo le estaba haciendo un trabajito al repartidor, cuando han oído unos gritos que provenían del lugar donde está ahora el León chamuscado. Desde allí es imposible ver la furgoneta, por la curva que hace el camino; ya has comprobado tú misma que no hay mucha distancia entre los dos puntos. La cuestión es que, al oír las voces, no se les ha ocurrido otra cosa que bajarse los dos a fisgonear, y, escondidos entre la maleza, han visto a dos tipos sacando a otro medio muerto del León para meterlo en otro coche. Después han prendido fuego al León. También les ha parecido ver que uno iba armado. Se les ha encendido la bombilla y han pensado: «¡Coño, como venga la poli y nos encuentre, empezarán a hacer preguntas!». Han vuelto a la furgoneta, locos por salir de aquí, y no me preguntes cómo, porque no lo sé, el travelo se ha sentado al volante y ha girado la llave del contacto con tanta fuerza que la ha partido,

36

jodiendo el arranque. Por eso se han quedado aquí tirados. Y, bien mirado, no me extraña, porque tiene unos buenos bíceps...

—¿Han podido verles la cara a los atracadores?

—Dicen que no, pero no me fío. Esos no quieren constar en diligencias. ¿Una puta y un putero al que le van los rabos? Demasiadas explicaciones. De hecho, ya se arrepienten de haber dicho lo que han dicho, pero los hemos pillado con la guardia baja.

—¿Qué han comentado sobre el otro coche, el que han usado para huir de aquí?

—Básicamente, que tiene cuatro ruedas... Mierda, si no se aclaran ni con el color. Unas veces dicen azul oscuro, otras negro y otras verde oliva. Ya te digo que se han cerrado en banda, y el travelo se niega a identificarse. Primero ha dicho que se llama Luciana, después Simone, y cuando le he pegado un grito para que dejara de vacilarnos, ha respondido que se llama Denís no sé qué... ¿Denís es nombre de tío o de tía?

—Depende de quién se trate. Yo la miro y veo a una mujer. ¿Tú no?

—Joder, se puede decir que sí, pero le sobran algunas piezas, ¿no? —Hizo una pausa, pero al comprobar que Silvia no le seguía la broma, continuó—: Lo único que tengo claro es que es venezolano... o venezolana, si lo prefieres. Yo me la llevaría a comisaría, para identificarla por huellas. Seguro que consta.

Silvia hizo caso omiso a su sugerencia y dijo:

—Supongo que tendrá que venir una grúa a llevarse la furgoneta, ¿no? ¿Ha hecho alguna llamada el repartidor, a su empresa o a la compañía de seguros?

—No le hemos dejado que hablara con nadie. El tío está acojonado; no ha parado de repetir que su mujer no puede enterarse de esto.

—Vamos a darle un respiro al hombre, ¿vale? Déjale que llame. Si dice que tiene que hablar con su jefe, coméntale que no hace falta que dé ninguna explicación de lo que hacía aquí. Tan solo que se ha encontrado con un berenjenal y que está colaborando con nosotros.

—¿Y la puta?

—Como si no existiera. Ahora hablo yo con ella.

—Tú sabrás.

El patrullero no parecía muy conforme con la decisión de Silvia. Ella prefirió dejar las cosas claras:

—Mira, ya me has complicado bastante el panorama. Ahora haremos las cosas a mi modo. ¿No tenías tantas ganas de que llegara? Pues ya estoy aquí.

El agente chasqueó la lengua y volvió a secarse el sudor de la frente con su brazo velludo. Finalmente se encogió de hombros.

—A mí tanto me da. Yo solo quiero acabar con todo esto y largarme de aquí.

Regresaron a la furgoneta.

Silvia se dirigió a la prostituta, que la observaba con recelo. Parecía estar en pleno proceso de cambio de sexo. Era corpulenta y de escaso pecho, pero, en conjunto, tenía buen tipo. Y en su rostro moreno destacaban unos llamativos labios carnosos y naturales. Sin embargo, necesitaba con urgencia un afeitado apurado, especialmente en la barbilla y las patillas. Debía llevar poco tiempo hormonándose, o quizá no seguía el tratamiento con la regularidad necesaria.

Se quedaron a solas y Silvia dijo:

—A mis compañeros les has dado varios nombres. A mí me da igual lo que ponga en tu pasaporte o el nombre de guerra que uses en tu trabajo. Solo quiero saber cómo quieres que te llame.

La chica seguía a la defensiva. No debía tener más de veinte años, pero sin duda estaba bregada en el trato con la policía. Tras una pausa, respondió:

—Me llamo Simone.

Su acento venezolano era marcado, y su voz sonaba ligeramente grave pero melosa, bastante femenina.

—Está bien, Simone. Voy a ser sincera contigo, ¿vale? Por lo que a mí respecta, me da igual a qué te dedicas a menos que haya alguien forzándote. ¿Es ese el caso?

Simone negó con la cabeza. Podía ser cierto o podía ser mentira, pero Silvia decidió no ahondar en el tema. Continuó:

—También me da igual si estás o no legal en España. Eso podemos pasarlo por alto aquí y ahora. Y, ¿sabes por qué? Porque yo me dedico a investigar robos violentos y tú puedes ayudarme a resolver uno de los gordos contándome lo que has visto.

Simone torció el gesto.

—Entiéndeme… No quiero que mi nombre salga en ningún sitio. Y, además, yo no sé nada, yo no jurungo entre vainas ajenas, ¿me explico? Ya tengo muchos problemas, no quiero más.

—Y yo te garantizo que esto no te va a acarrear ningún problema. Mírame, ¿vale? ¿Ves acaso que esté tomando notas? No, ¿verdad? Y no pienso hacerlo, porque todo lo que me cuentes va a quedar entre tú y yo. Con eso me basta. No te voy a hacer firmar nada. Tu nombre no va a salir escrito en ningún sitio, y, a cambio, tú tienes que ser sincera y explicarme todo lo que has visto sin olvidarte nada.

—¿No voy a tener que ir a un juzgado?

—Tienes mi palabra. Solo quiero que me cuentes lo que ha pasado aquí.

Simone dudaba.

—¿Puedo fumar? Esos chamos no me han dejado.

—Si tienes tabaco, adelante. A mí no me pidas porque no fumo.

La mujer abrió su bolso, rebuscó entre ristras de condones y paquetes de clínex, y extrajo una cajetilla de Marlboro Lights. Tras encender un pitillo y darle una profunda calada, la nube de humo que exhaló vino acompañada de un suspiro.

—Cónchale, ¿seguro que no vas a poner mi nombre en ningún papel? ¿No me estarás mamando gallo?

Silvia no comprendió aquello último, pero se hizo una ligera idea de lo que significaba.

—¿Cuántas veces tengo que decírtelo?

Tras unos segundos de indecisión, Simone comenzó su relato.

—Estábamos ahí en su furgoneta. Ya había acabado la chamba cuando empezamos a oír gritos por ahí, no sé, decían «¡Venga,

venga, sácalo!», «¡Date prisa, coño!» «¡Las latas, las latas, trae las latas!» y vainas así. Después oímos otro tipo de gritos, eran gritos de dolor. Yo pensé: «¡Ay, tremendo peo!». No quería salir de la furgoneta, por si el chambo ese se piraba y me dejaba acá sola, pero él estaba, como decís acá, acojonadito vivo, ¿sí? ¿Me explico? No se movía. Le he suplicado que pusiera la furgoneta en marcha y le diera chola, pero él que no, el muy mamahuevo, que el motor podía llamar la atención, que mejor salimos fuera y nos escondemos. Como él ha salido, yo he salido también, y hemos entrado en el bosque. Desde allí los hemos visto. Eran dos. Uno era fuerte y vestido todo de negro; el otro delgado, con camiseta amarilla y cachucha.

—¿Cachucha?

—Esto… gorra, de jugar a pelota.

—Vale. Sigue.

—Estaban sacando de un carro gris a otro chamo, el que gritaba de dolor. Tenía las manos y la cara manchadas de sangre. Ay, Dios, había mucha sangre…

—¿Les has visto la cara?

—Sí, pero estaban lejos.

—¿Podrías reconocerlos?

—No. Te lo juro por mi vida. Estaba muy lejos y no miraba muy seguido. O sea, estábamos agachados, sin movernos, ¿tú me entiendes? No queríamos que nos vieran.

Parecía sincera.

—¿Hablaban con acento?

—A mí me han parecido españoles. Piel clara, pelo corto negro.

—¿Barba, perilla?

—Creo que no…

—Está bien. Sigue.

—Han dejado al herido en el piso y uno de ellos, el de la camiseta amarilla, ha echado a correr, no sé adónde. Después ha aparecido conduciendo otro carro que debía estar parqueado cerca. Ha parado ahí mismo, han abierto el baúl y han sacado latas grandes de gasolina. Han metido al herido en el baúl y también han sacado algunas vainas que había en el carro gris y las han metido en el segundo auto. Es entonces cuando he visto que el fuerte tenía una pistola; la llevaba bajo la ropa, en la cintura. Después han bajado las ventanillas del carro gris y han vaciado las latas de gasolina dentro y fuera del auto. Han usado algún papel para hacer fuego y lo han botado en llamas sobre los asientos. Cuando ha comenzado a arder, han guardado las latas vacías en el baúl del segundo carro, junto al herido.

—¿Ese segundo coche, puedes decirme qué marca era?

—No entiendo mucho. Era pequeño. Negro… y viejo.

—¿Y la matrícula?

—Demasiado lejos. Lo juro…

—¿Han dicho algún nombre?

—No lo recuerdo.

—Está bien, tranquila. Vas bien. ¿Han hecho algo más antes de marcharse con el coche?

La chica agachó la mirada. Un mechón negro se descolgó de su melena y ella lo recogió tras la oreja.

—¿Qué escondes, Simone?

—Esto no se lo hemos dicho a los otros policías…

—¿El qué?

—Que no se han ido todos en el carro.

—¿Ah, no?

Pues sí, aquello era nuevo. E interesante. Dejó que lo contara.

—Solo el de la camiseta amarilla y el herido. El fuerte ha sacado un casco de moto del auto negro y ha desaparecido por el mismo lugar por donde antes se había ido el otro. No ha tardado en salir con una moto. Los otros ya no estaban.

—¿Qué me puedes decir de la moto?

—Era grande, como las de carreras. Roja, igual que el casco.

—¿Puedes decirme algo más? ¿Has visto algún tatuaje, alguna pegatina en el coche o la moto, algún faro roto, algo que te llamara la atención?

—¿Algo que me llamara la atención más que la pistola? No. Ya te he dicho todo lo que sé. Yo estaba asustada, pero ese de ahí, ay, mami, ese estaba bien cagado, como palo de gallinero. Entre la pistola y que no quería que la policía lo agarrara acá conmigo, ha comenzado a temblar como un flan. De vuelta a la furgoneta, se le han caído las llaves dos o tres veces por el camino; se las he quitado y me he puesto al volante... Pero he girado la llave con tantas ganas que me he pasado y la he partido... Los nervios, ya tú sabes...

Simone apuró la colilla del cigarrillo y la tiró al suelo.

—Como te vean los bomberos que hay por ahí detrás —dijo Silvia—, se van a mosquear.

—Ay, lo siento...

Pisoteó la colilla, la recogió y la envolvió en un clínex. Después la guardó en el bolso.

—Me has dado tu palabra de que mi nombre no va a salir en ningún papel.

Eso era cierto. Le había dado su palabra. Pero Silvia necesitaba poner por escrito aquella información, blanquearla de algún modo y que resultara útil para la investigación. No podía permitirse el lujo de renunciar a ella. Y tenía una ligera idea de cómo lo conseguiría.

—Tranquila —dijo Silvia. Señaló al repartidor y añadió—: Él lo hará. Espera aquí.

Y se aproximó a la furgoneta, donde aguardaba el repartidor en el asiento del copiloto, con la puerta abierta. Los patrulleros se encontraban a cierta distancia, protegidos del sol a la sombra de los árboles, trasteando sus teléfonos móviles. En cuanto la tuvo enfrente, el repartidor dirigió a Silvia una mirada impaciente; era evidente que se sentía abochornado y deseaba más que nada en el mundo largarse de allí. Pues bien, esa sería la baza que ella jugaría.

Silvia se apoyó en el marco de la puerta y dijo:

—Qué mala suerte has tenido, ¿no?

El hombre desvió la mirada hacia el suelo, irritado.

—No te lo tomes a mal —dijo Silvia—. Es solo un comentario. Pero la verdad es que hay que tener mala suerte... Menudo marrón.

El repartidor inspiró hondo y expulsó todo el aire por la nariz, como si se desinflara. Después volvió a alzar la cabeza y, con gesto resignado, asintió.

—Pues sí, una jodida mala suerte. ¿Me puedo ir ya o qué?

Silvia evitó responder a su pregunta. En su lugar, dijo:

—Mira, no te juzgo, ¿vale? Ya somos mayorcitos para saber cada cual lo que hace. Y a mí me importa bien poco lo que estuvieras haciendo aquí. Lo que sí me importa, y mucho, es que te cierres en banda y pongas las cosas tan difíciles.

—Oye, mira… Entiéndeme, ¿vale? No quiero que nadie se entere de que estaba aquí con… con…

—¿Con esa mujer?

—Sí, con esa mujer… Estoy casado.

—Entonces podemos llegar a un acuerdo. Uno en el que todos ganamos. Pero para eso, yo tengo que poner algo de mi parte y tú de la tuya.

—Pero es que…

—Haz el favor de escuchar lo que quiero decirte.

El hombre chasqueó la lengua con fastidio y se llevó ambas manos a la cara. Tras unos segundos en aquella posición, apartó las manos y mostró un rostro enrojecido. Estaba a un pelo de echarse a llorar. De mala gana, dijo:

—Está bien. Te escucho.

—Supongo que a estas alturas ya te habrás enterado de que has sido testigo de algo importante. Y, si no lo sabes, te lo digo yo: se trata de un atraco a un banco a punta de pistola. Un atraco en el que ha habido heridos. Y resulta que sí, que has tenido la mala suerte de que los atracadores decidieran deshacerse del coche aquí, a pocos metros del lugar donde te encontrabas tú. Pura mala suerte. Pero es que estas cosas pasan en la vida, y cuando pasan hay que apechugar y asumir que de vez en cuando toca mojarse, aunque uno no quiera. Mira, voy a ser clara: yo no te puedo obligar a declarar. Si decides cambiar tu versión inicial e insistes en que no has visto nada, por mi parte no va a haber represalias. Me voy a molestar un poco, eso no te lo niego, pero lo superaré, porque va incluido en el sueldo que me pagan y, al fin y al cabo, no es nada personal, solo trabajo. Sin embargo, te explicaré lo que pasará a continuación, porque eso sí que no lo va a parar nadie. Cuando redactemos el atestado policial, informaremos al juez de que tú y ella, en un primer momento, reconocisteis haber visto cómo los atracadores quemaban el coche y salían pitando de aquí, pero que después no quisisteis colaborar. Y no se lo contaremos por resentimiento hacia vosotros, sino porque estamos obligados a informar de todo hecho relevante que ataña a la investigación. Y lo siguiente que hará el juez de instrucción será llamaros a vosotros dos para que testifiquéis. Eso no lo dudes. —El hombre la observaba con gesto desbordado. Silvia volvió a la carga—. Llegados a ese punto, podrás seguir negándoselo todo al juez, porque si no quieres declarar, nadie te va a arrancar las palabras a la fuerza, de tal modo que, a continuación, podrán pasar dos cosas: o que el juez se cabree y te impute por obstrucción a la justicia, o que tengas suerte y no le apetezca seguir perdiendo el tiempo contigo. Los jueces son un enigma indescifrable, ¿sabes? Uno nunca sabe por dónde van a salir. Pero no quiero que pienses en eso ahora, ¿vale? Eso no es lo que quiero resaltar de toda esta cuestión. Lo que realmente quiero que consideres es el hecho de que, si te niegas a colaborar desde un primer momento, comenzarán a llegar citaciones a tu casa y, tarde o temprano, tendrás que explicarle a tu mujer qué pintas tú en un juzgado. Y cuanto más se embrolle la cosa, más probabilidades habrá de que tu mujer acabe escuchado el nombre de Simone y se haga más preguntas. Y quien dice tu mujer, dice también tus suegros, tus padres, tus colegas… porque estas cosas corren como la pólvora.

El repartidor volvió a llevarse las manos a la cabeza.

—Tranquilo, hombre. Te recuerdo que hace un par de minutos estaba hablando de un acuerdo. Por cierto, ¿has solucionado ya lo de la grúa?

—¿Eh?

—La grúa, digo. Si van a venir a buscar la furgoneta.

—Sí, sí… He llamado a mi jefe.

—¿Y qué le has dicho?

—No mucho... Que estaba haciendo una entrega y que me he topado con un buen percal. Y que al intentar quitarme de en medio, me he puesto tan nervioso que he partido la llave en el contacto.

—Si a ti te sirve, yo no pienso ponerle ninguna pega a esa historia. De hecho, por ahí van los tiros de lo que quiero hacer. Escúchame bien: te tomo declaración aquí mismo, solo a ti, obviando que estabas acompañado, y listos. De ella nos olvidamos, como si no existiera. Su nombre no aparecerá en ningún lado, solo el tuyo. Tampoco es que estemos mintiendo, no sé si me entiendes, simplemente dejaremos de lado el motivo por el que te encontrabas aquí y pasaremos directamente a lo que has visto, ¿de acuerdo? Es un buen trato, ¿no?

El hombre asintió, aliviado.

—Pues acabemos cuanto antes. Y mejor que me lo cuentes todo, incluido lo de la moto.

—Te lo ha dicho ella, ¿no?

—¿Tú que crees? ¿Por qué te lo has guardado?

—Porque el que se ha ido en la moto tenía una pistola.

—En ese caso, piénsalo bien: ¿Quién te da más miedo, ese tipo o tu mujer?

No necesitó pensárselo mucho. Su respuesta fue:

—¿Por dónde quieres que empiece?

La declaración del repartidor acabó siendo muy parecida a lo que había manifestado Simone un rato antes. Con respecto a los atracadores, juró que estaban demasiado lejos para poder reconocerlos en caso de volver a verlos, pero los describió físicamente y dio algunos detalles de la ropa que llevaban. También aseguró que, por su manera de hablar, eran españoles y que debían rondar los treinta años. Sin embargo, fue mucho más preciso describiendo los vehículos que utilizaron para abandonar el lugar, aunque tampoco pudo leer las placas de matrícula.

—El coche en el que han huido era un Fiat Stilo negro metalizado, un modelo antiguo, de hace doce o más, bastante cascado, con llantas de radios. Y la moto era una Honda CBR600 con el carenado rojo. El conductor llevaba un casco rojo a juego, integral, con algunas bandas blancas en los laterales. He podido ver el logo de la marca Arai en la parte frontal; es inconfundible. Soy motero, sé de lo que hablo.

Y Silvia se alegró de lo motivado que se mostraba ahora su testigo. Cuando acabó, se apartó a un lado y telefoneó a Castro para informarlo de lo que había obtenido.

–De puta madre, Silvia. Ya es algo de dónde tirar. ¿Qué hay del Seat León? ¿Se podrá sacar algo de él?

–Lo dudo. Está completamente carbonizado, aunque nunca se sabe...

–Mierda. Bueno, a ver qué encuentran los de Científica... Ahora mismo estaba yendo yo para allá, pero si ya has acabado, me ahorro el viaje. Iré directamente al hospital, a ver si puedo estar presente cuando el viejo salga de quirófano. Tú pásate por la comisaría de Vilafranca y échales una mano a los de la tarde, ¿quieres?

–Por mí no hay problema, pero antes, si no te importa, me gustaría comer algo rápido.

–Claro, perdona. No había caído. Tómate tu tiempo, tranquila.

Cuando escuchó aquello de «tranquila», pensó en Saúl. Era su palabra preferida desde hacía unos días. «Tienes que estar tranquila», no dejaba de repetirle. Y lo cierto es que lo estaba, teniendo en cuenta que el viernes anterior le habían transferido dos embriones. Había sido una experiencia surrealista, tendida sobre una camilla en aquella especie de quirófano, abierta de piernas y cogida de la mano de Saúl, con dos doctores trasteándola ahí abajo, introduciéndole una fina cánula en el útero. Algo surrealista, desde luego. Y bonito.

E Ilusionante.

El ginecólogo le había recomendado que guardara reposo durante unos días, pero que el lunes ya podía hacer vida normal. Y eso mismo había hecho ella, olvidándose por momentos del asunto, si no fuera por la maldita progesterona y el ácido fólico que debía tomar con regularidad. Silvia era bastante despistada; suerte de la alarma del móvil. Atrás habían quedado los condenados pinchazos de hormonas que se aplicaba a diario para la estimulación ovárica y el abdomen repleto de moratones. Saúl se ofreció un día a pincharla, pero lo hizo tan mal que de buena gana le hubiera clavado la aguja en un ojo.

Ahora quedaba la parte fácil… y también la peor: esperar.

Subió al Skoda Fabia de paisano y comenzó a maniobrar para encarar el camino de vuelta. Por el retrovisor vio a Simone, caminando torpemente con sus zapatos de plataforma sobre la tierra negruzca, tratando de mantener unos andares de modelo de pasarela. Un puñado de bomberos silbaron, dándose codazos entre ellos, a cual más tonto. Silvia bajó la ventanilla del Fabia y le hizo una señal para que se acercara.

—¿Cómo vas a volver?

—No sé, mami. Puede que me llegue a la urbanización y pida un taxi.

—¿Adónde vas?

—A donde sea, pero lejos de acá.

—Si te va bien Vilafranca, te acerco.

Simone pareció sorprendida, pero tiró de la manija y entró en el vehículo. Volvieron a oírse silbidos. Silvia la observó mientras se acomodaba y advirtió que la chica estaba complacida. Dijo:

—Simone, estás hecha toda una mujer fatal.

—Sí, mami, pero este no es mi sitio, ya tú sabes. Yo soy más glamurosa.

—No lo dudo.

Y emprendieron la marcha con el aire acondicionado al máximo de potencia.

6

Tras charlar un rato más con Peralta, Saúl se despidió de él y comenzó a recorrer pasillo tras pasillo hasta llegar al mostrador de Urgencias. Preguntó al enfermero que atendía allí si era posible hablar con Dolores Casal y este le pidió que esperara. Minutos después, retornó al mostrador para informarlo de que podía pasar al box número 2, donde la mantenían en observación.

Cuando Saúl se disponía a entrar al box, oyó una voz que lo llamaba desde la puerta exterior de Urgencias.

Era Román Castro, su sargento. Había pasado las últimas horas coordinando el dispositivo de búsqueda de los atracadores, corriendo de un lado para otro y dando órdenes vía telefónica. Parecía agotado, pero seguía manteniendo el aspecto impecable de siempre, con el pelo negro perfectamente engominado y su atuendo de cowboy casi intacto, como si el calor no hiciera mella en él, con sus botas camperas lustrosas, su camisa tejana metida en unos vaqueros ajustados, y la pistola encajada a la cintura, bien a la vista. Cuando tocaba ir en modo discreto, Castro llevaba el arma como la mayoría de los agentes de paisano, en una funda interior sujeta al cinturón en la zona del estómago, disimulándola con los faldones de la camisa, pero ahora iba en plan sheriff, cosa que le encantaba: el tío disfrutaba siendo poli.

Saúl pensaba que muy bien, que felicidades, que eso a él le parecía maravilloso mientras no le hiciera currar más de la cuenta y por amor al arte, porque hacía años que no pagaban una puñetera hora extra y él, que no necesitaba hacer méritos ni aumentar su ego vacilando del número de detenidos o de casos resueltos, detestaba pillar por pillar. Y lo último que deseaba era acabar como Castro, con una vida personal de mierda, dos exmujeres que le amargaban la existencia y tres críos a los que apenas veía porque se pasaba todo el puñetero día en el curro... Un plan de vida de lo más deprimente y aun así el tío parecía contento. Allá él. El resto no tenían por qué seguir su estela.

—¿Ha salido Arcadi Soler del quirófano? —preguntó Castro cuando se aproximó a Saúl.

—Qué va. Eso va para largo.

— Y con la directora, ¿has hablado ya?

—A eso iba.

—Vale. No la achuches mucho, que te conozco. No olvides que se la han intentado pelar.

—Quizá sea mejor dejarla descansar y ya le tomaremos declaración mañana, que estará más calmada.

—Mejor que no. Le tomas declaración aquí como al resto, a mano, y nos lo quitamos de encima. Que la cosa sea breve pero concisa, ¿vale? Que te cuente las cuatro cosas que nos puedan interesar sobre Arcadi Soler, ya me entiendes, qué problema tenía con él y...

—Sí, ya te entiendo —lo cortó Saúl. ¿Qué se pensaba que había estado haciendo durante los últimos quince años? Pues tomar putas declaraciones. Ya sabía cómo se hacía, joder.

El sargento no pareció ofendido por la interrupción.

Sí había algo que Saúl debía reconocer, y era que Castro no era el típico jefe autoritario que manda y espera que el resto obedezca sin decir ni mu; al contrario, escuchaba a sus agentes, aunque siempre acababa teniendo la última palabra. Sin embargo, como la mayoría de los jefes, no soportaba que le cuestionaran sus decisiones, por eso entre él y Saúl, cuyo temperamento a menudo lo llevaba a perder las formas, se habían producido varios encontronazos en el pasado, casi siempre por discrepancias a la hora de afrontar determinadas líneas de investigación.

Castro obvió el comentario de Saúl y continuó:

—Y con respecto al atraco, le preguntas lo de siempre: descripción de los autores y sus armas, las expresiones que han utilizado…

—Vamos, lo habitual.

Esta vez, Castro sí se molestó.

—Saúl, llevo un día de locos. No me toques las pelotas, ¿quieres? No he parado desde que se ha montado todo este circo y sí, me han metido un gol asignándome el puñetero caso, pero ¿acaso crees que puedo elegir? Ha sido decisión de Lacalle y a mí me toca tragar mientras otros lloriquean que van hasta arriba de trabajo. Pero si algo tengo claro es que confían en nosotros, saben que lo sacaremos adelante, porque somos buenos.

Saúl resopló. Con él no iban aquellos rollos de mando enjabonando a la tropa; con otros más tontos podía funcionar, pero con él no. Y no estaba para historias; eran las cuatro y media de la tarde y aún no había comido. Tanto él como Silvia trabajaban aquella semana en el turno de mañanas, y se habían visto obligados a alargar la jornada hasta que las gestiones básicas estuvieran hechas. Faltaba el tercer agente de su turno, Jairo Quintana, que se había pedido unos días de permiso; por una cosa o por otra, el muy mamón siempre se libraba de los marrones. Suerte tuvieron de que los tres agentes del turno de tardes se presentaron antes de su hora.

—Si es que estamos en cuadro, coño —soltó Saúl—. ¿No podías haber pedido a más gente?

—Basta, Saúl, ¿me oyes? Joder, eres más pesado que una vieja chocha… ¿En qué box está la directora? Entro contigo un momento y después me voy a ver cómo va la operación del viejo.

Cuando descorrieron la cortina del box número 2, Saúl se topó con una mujer pequeña y regordeta con el pelo revuelto de un modo tan extraño que le confería el aspecto de un león en plena resaca dominical. Iba vestida con una bata azul de hospital y tenía vendadas las manos y las piernas; sobre su pómulo izquierdo destacaba una abultada gasa sujeta con esparadrapo. Tenía la vista clavada en el techo y no pareció reparar en la presencia de los recién llegados. Debía ir hasta arriba de tranquilizantes.

Saúl dejó que el sargento tomara la iniciativa. Castro mostró la placa y adoptó su tono más oficial.

—Buenas tardes, señora Casal. Somos Mossos d'Esquadra. —La mujer comenzó a girar la cabeza hacia ellos, lentamente—. Pertenecemos a la Unidad que se hará cargo de investigar los hechos que se han producido hoy en su oficina bancaria. ¿Cómo se encuentra?

La mirada de la banquera era puro odio. Saúl resopló; le esperaba una declaración de lo más jodida.

—¿Que cómo me encuentro? —Era una de aquellas preguntas trampa, de las que se pronuncian a baja intensidad pero que anuncian un sinfín de mala baba. Y ahí que iba—: ¿A ti que te parece? ¿Me estás viendo? Por culpa de ese paleto loco tuve que arrastrarme por el suelo, entre cristales, para que no me disparara. —Alzó las manos para mostrar las vendas y después señaló su rostro—. Y ese maldito atracador me ha dado un golpe con su puñetera pistola en la cara. ¡En la cara! Me ha abierto una brecha de tres centímetros. ¡Y me han puesto grapas! ¡Grapas, por Dios! Necesitaré cirugía plástica para borrar la cicatriz, y con la suerte que tengo seguro que me destrozan el párpado y me dejan el ojo bizco. ¿Y aún quieres que te diga cómo me encuentro?

Castro se aproximó a ella y apoyó una mano sobre su hombro.

—Cálmese, ¿de acuerdo? Ya no tiene que preocuparse más por el hombre que ha querido atentar contra su vida. Está custodiado y el juez ordenará su ingreso en prisión preventiva, eso se lo garantizo. —Castro hizo una pausa y la mujer volvió a reposar la cabeza sobre la almohada—. Soy consciente de que ha sido una mañana dura, pero pronto podrá marcharse a casa a descansar y, poco a poco, comenzará a olvidarlo todo, se lo aseguro. Solo le pido que nos dé unos minutos de su tiempo. Mi agente le tomará una pequeña declaración con relación a lo sucedido y no la molestaremos más. Explíquele todo lo concerniente a ese cliente. Y después dígale todo lo que recuerde del atraco. Como comprenderá, es muy importante que detengamos a los autores, cuanto antes mejor. Y que obtengamos toda la información posible para llegar a ellos. Por lo que sé, iban completamente tapados, ¿verdad?

–Sí.

–¿Pudo ver algo en algún momento que nos permita llegar a identificarlos?

–Nada que recuerde.

–Está bien, no pasa nada. Solo una cosa más: ¿qué hay del dinero? ¿Consiguieron llevarse algo?

–Nada. Se olvidaron la bolsa cuando salieron. Estaban demasiado preocupados por sacar de allí al desgraciado que me ha estropeado la cara de por vida.

–Le garantizo que haremos todo lo que esté en nuestra mano para detener a esos atracadores y que paguen por lo que han hecho. Yo soy el responsable de la investigación y me encargaré de que así sea.

–Estaba colaborando en todo –se quejó la directora con amargura–, poniendo las cosas fáciles, y va y me golpea con la pistola aquí, en el pómulo, con toda su mala leche…

–De verdad que lo siento. Le pido que tenga un poco de paciencia y responda a las preguntas de mi agente. Después ya podrá marcharse a casa a recuperarse. Somos muy conscientes de que ha pasado por una situación muy traumática.

Castro se despidió y abandonó el box.

La directora de banco dedicó una mirada de cabreo a Saúl y este decidió entrar en faena. Castro había conseguido apaciguarla, pero aun así la mujer tocó bastante la pera, poniendo pegas a las preguntas, protestando cada vez que le solicitaba que aclarara algo o que detuviera su relato para poder anotarlo todo sin perder detalle.

Cuando Saúl consiguió que firmara las actas, salió de allí bufando. Había sido un peñazo de declaración y, en relación con el atraco, la mujer no había aportado nada de interés para la investigación que no hubieran dicho ya los otros testigos. Hasta la irrupción del viejo a bordo de su todoterreno, se trataba de un atraco de manual, bien planeado y con información privilegiada, ya que sabían que aquel día habría allí una gran cantidad de efectivo. Todo bastante profesional. Uno de ellos iba armado con una pistola simulada y el otro con una de fuego real (poca broma), poniendo todas las medidas necesarias para evitar cualquier tipo de identificación física. Un tercer autor les facilitó la entrada al banco y después los esperó a bordo de un vehículo robado, listo para huir a todo trapo de aquel lugar cercano a vías rápidas. Arcadi Soler les jodió el invento, pero aun así la investigación iba a resultar complicada.

Quizá Silvia había sacado algo interesante de los testigos de Canyelles.

Decidió llamarla.

También le preocupaba saber cómo se encontraba y si había comido algo. Estaba siendo muy pesado, era consciente, pero no podía remediarlo. No habían pasado ni cuatro días de la transferencia de embriones y temía que tanto trajín fuera contraproducente. Habían puesto mucha ilusión en aquel tratamiento y deseaban con todas sus ganas que saliese bien.

Sí, señor. Querían ser papás. Llevaban tiempo intentándolo, y que conste que intentarlo con ahínco está muy bien hasta que pasa el tiempo, la cosa no cuaja y surgen los nervios. Al cabo del año se hicieron las pruebas y resultó que los soldaditos de Saúl eran pocos y vagos, de modo que recurrieron a la fecundación in vitro. Y ahora tan solo quedaba esperar dos semanas, a ver si los embriones se implantaban en el útero. «Betaespera» llamaban a aquella fase, aunque mejor debían cambiarlo por «Putaespera». A Saúl se le iban a hacer muy largos aquellos quince días. Habían transferido dos embriones para aumentar las posibilidades de éxito, pero tenía esperanzas de que los dos tiraran para delante; deseaba ser padre de mellizos. A menudo bromeaba con Silvia diciendo que podían montar una banda de rock: batería, bajo, guitarra y cantante. Él se pedía los tambores.

Cuando Silvia descolgó, lo primero que dijo fue lo siguiente:

—Ni te imaginas el panorama que me he encontrado aquí. Escucha, escucha…

7

¿Qué siente una persona cuando se encuentra a las puertas de la muerte?

Hay muchas teorías al respecto. Algunas son simple charlatanería de lunáticos que buscan llamar la atención, mientras otras aseguran estar basadas en criterios científicos. Hay quien habla de una luz al final de un túnel, cuyo fulgor es tan potente que atrae al moribundo como un imán gigante mientras le invade una embriagadora sensación de paz y armonía. También hay quien habla de una sucesión de recuerdos que acuden a la mente de la persona que está a punto de expirar en forma de vertiginosos fogonazos, a modo de resumen de su vida, como si se tratara del tráiler de una película.

Jairo Quintana, retorciéndose de dolor en el maletero de aquel condenado Fiat Stilo, aullando cada vez que el vehículo pasaba por un bache, se cagaba en los muertos de todos los que se atrevían a hablar de las putas puertas de la muerte.

Lo que en verdad se sentía era dolor y miedo. Y dolor y arrepentimiento. Y dolor y rabia. Y dolor y odio. Pero, sobre todo, dolor.

Aquel hijo de puta, con su rifle de matar elefantes, le había jodido pero bien. El impacto de la bala lo lanzó de espaldas, como si le hubieran golpeado el estómago con un ariete, y, antes incluso de ser consciente de que acababa de recibir un disparo, una intensa quemazón se extendió hasta el último rincón de su

54

cuerpo. Sentía pinchazos en el estómago, en el pecho, en las piernas, en la cabeza y hasta en la punta de los dedos, pero lo que de verdad le puso los huevos por corbata fue sentir aquella sangre caliente brotando de su cuerpo, desparramándose sin control. Había tratado de contenerla, pero resultó imposible.

Apenas tuvo fuerzas para gritarle a aquel cabrón que se largara y dispararle sus malditas balas de fogueo. Después perdió el conocimiento durante un tiempo, no sabía cuánto, y despertó mientras lo sacaban del coche a rastras y lo dejaban caer sobre tierra caliente, deseoso de que se tratara de una pesadilla, como si el día aún no hubiera empezado y el atraco todavía no se hubiese llevado a cabo. Pero no. Ahí estaban el condenado dolor y aquella sangre que empapaba toda su ropa para decirle: «No, chaval. Esto va en serio».

Y tan en serio.

Se suponía que el robo iba a ser algo sencillo, un trabajo limpio: entrar y salir, con la caja fuerte ya abierta para facilitar aún más las cosas, sin nadie que opusiera la menor resistencia, gente normal y acojonada, deseosa de que aquello acabara de una vez... Mierda, ¡pero si no era nada comparado con sus habituales palos a traficantes de marihuana! Ahí sí que se la jugaban. Pero no en aquel puto atraco bancario; sabían cómo hacerlo y que no los pillaran. Lo que jamás hubiera imaginado Jairo, ni en un millón de vidas, es que aquel loco hijo de puta irrumpiría en la oficina como un tifón, destrozándolo todo y disparando su rifle sin ton ni son.

Se cagó en el viejo y en el jodido karma, mientras agonizaba encogido, consciente de que la vida se le escapaba a chorros por el estómago. Deseaba que el maletero se abriese de repente y apareciese ante él un ejército de doctores y enfermeros dispuestos a curarlo... ¡¿Por qué no lo llevaban a un hospital, por el amor de Dios?! La cosa pintaba mal, para qué engañarse, y a aquellas alturas tanto le daba que lo detuvieran por el atraco y se fuera todo a la mierda... Ni siquiera le importaba pasar un tiempo a la sombra. Tan solo quería sobrevivir.

Cuando recobró el conocimiento de nuevo, el dolor era tan intenso e insoportable que deseó volver a dormirse y no despertar jamás.

Se encontraba tendido sobre un colchón, en algún lugar cerrado que apestaba a maría y sudor. La visión se le había vuelto borrosa. Veía sombras que se agitaban sobre él, trasteándole el pecho y la espalda, mangoneándolo sin el menor cuidado, prolongando su agonía. Él trataba de agarrar las siluetas, tiraba de sus brazos y de su ropa exigiendo con gritos desesperados que dejaran de torturarlo.

—¡Calla, nen, joder!

Aquella voz era la de Gustavo, que intentaba aplacar sus gritos tapándole la boca con una mano.

—Cierra la puta boca, por Dios.

Esta vez reconoció la voz de Tito.

—¿Dónde coño estoy?

—En mi casa, tío —respondió Tito.

Aquello lo aterró.

—¿En tu piso de mierda…? —Le costaba hablar. Tenía la garganta seca y la lengua tan hinchada que apenas podía vocalizar—. Llevadme a un hospital, ¿vale?… ¿Me oís?… A un puto hospital… Juro que me comeré el marrón yo solito… ¡Lo juro por Dios, joder!

—No, no, no, nen. Lo siento, ¿vale? —La angustia en la voz de Gustavo era patente—. El Capi ha dicho que esperemos, ¿me oyes? Ha dicho que esperemos aquí a que venga. Ha ido a buscar a alguien para que te cure, ¿vale? Además, no tienes por qué preocuparte, nen. Ya no sangras tanto. Te hemos taponado las heridas con cinta americana.

—Escúchame, ¿vale?… —suplicó Jairo—. Veo borroso, tío… No puedo mover las piernas… Me duele el pecho, tío… Casi no puedo respirar… Ni cinta americana ni pollas… Os lo pido por favor…. ¡Llevadme a un puto hospital!

Dos pares de manos corrieron a cerrarle la boca.

—¡Que no grites! —exclamó Tito—. Te lo digo en serio, pavo. No podemos hacer nada más. Ten paciencia, ¿vale? El Capi está en camino. Si quieres te doy un poco de agua o lo que sea, pero deja de armar tanto escándalo o alguien llamará a la puta poli, bastante jodidos estamos ya.

—¡Lo que quiero es que me llevéis a un hospital, jodeeer!

Comenzó a revolverse como un loco porque no podía creer lo que estaba sucediendo. ¡Aquellos cabrones lo iban a mantener allí, agonizando hasta que la palmara!

Una tercera silueta apareció en la habitación. Tenía voz de mujer.

—¡Me cago en Dios, Tito! Como no hagas que se calle, va a acabar enterándose todo el bloque de que tenemos aquí a un tío a punto de diñarla. ¿No podéis taparle la boca con cinta también?

Se trataba de Olga, la parienta de Tito. Una pájara con un sentido de la empatía desbordante.

—¡Tú largo de aquí! —gritó Tito—. ¡Y no digas esas cosas delante de él, joder!

—¡Digo lo que me da la gana! ¡Y no me chilles! Te recuerdo que esta también es mi casa, ¿vale? Estoy aquí, tan tranquila, y me traes a este tío con las tripas colgando, llenándolo todo de sangre… ¡Y lo tumbas en nuestra cama, joder! Si no consigues que deje de gritar, te lo llevas de aquí ahora mismo.

—¡Está bien! Pero tú pírate. ¡No haces más que empeorarlo todo!

Las siluetas de Tito y Olga desaparecieron.

Jairo agarró el brazo de Gustavo y lo atrajo hacia él.

—Te lo pido por favor, Gus ¿vale? Escúchame bien… —Estaba haciendo grandes esfuerzos por hablar de un modo comprensible, tratando de vocalizar cada una de las palabras—: Somos amigos, tío… Tú y yo… Pasa del Capi y piensa en mí… La palmaré como no me lleves a un hospital ahora mismo, tío. Lo sabes, ¿no?… Mírame… Dime que sí, por favor… Necesito que hagas esto por mí… Te juro que no diré nada… Cerraré la boca y me comeré el marrón yo solito… Pero hazme el puto favor de sacarme de aquí…

Gustavo se apartó de la cama.

—Lo siento, nen, de verdad. Pero no puedo sacarte de aquí. El Capi ya está muy mosca conmigo por disparar a ese cabrón; no me lo he cargado de milagro. Entiéndeme, ¿vale?, no quiero cabrearlo aún más. Debes tener paciencia… El Capi viene para acá. Traerá a alguien, estoy seguro…

—¡Vamos, no me jodas!

—El Capi quiere que vivas, nen, ¿me oyes? Está muy preocupado por ti. Se va a encargar de todo. Conoce a gente, lo sabes. Tienes que confiar en él…

—¡Eres un hijo de la gran puta, mamón de mierda!

La silueta de Tito volvió a hacer acto de presencia en la habitación. Pidió a Gustavo que sujetara a Jairo con fuerza.

—¿Qué tienes ahí? —preguntó Gustavo.

Jairo trató de averiguar con inquietud qué era aquello que Tito sostenía en una mano. Parpadeó y bizqueó, esforzándose por enfocar la vista, pero, fuera lo que fuera, le resultaba imposible distinguirlo.

—Jaco —respondió Tito—. Necesitamos que se calme, tío. Esto ayudará. Arremángalo.

Al oír aquello, Jairo enloqueció. Hizo cuanto pudo por resistirse, pero apenas le quedaban fuerzas. Sintió cómo le subían una manga de la sudadera, cómo le mantenían el brazo extendido, cómo hacían presión para localizarle una vena…

Y llegó el pinchazo, acompañado de un intenso escozor.

Acto seguido, una oleada de calor recorrió su cuerpo en mil direcciones.

Las náuseas no tardaron en llegar. Después las convulsiones y las arcadas.

Le giraron la cabeza para que vomitara, pero tan solo expulsó sangre.

Se quedó paralizado y, para su sorpresa, comenzó a ver con mayor nitidez.

Pasado medio minuto, Gustavo le dio unos cachetes en el rostro.

—¿Estás bien, nen?

La respuesta era «sí», pero no podía articular palabra.

Estaba ardiendo y sentía frío a la vez.

—El Capi se encargará de todo, ¿vale? —repitió Gustavo—. No te preocupes, nen. No te preocupes.

8

Faltaba poco para las diez de la noche cuando Saúl Sanz y Silvia Mercado salieron del despacho de la UTI Metrosur, ubicado en la segunda planta de la comisaría de Sant Feliu de Llobregat.

Castro había enviado un escueto mensaje al grupo de WhatsApp que compartían todos los agentes de Violentos comunicándoles que podían marcharse a casa, y Saúl estuvo tentado de responderle con un «Oh, gracias, ser magnánimo y misericordioso. Todo un detalle por tu parte». Habían acabado doblando turno y al día siguiente debían presentarse a las siete y media de la mañana para volver al tajo. Los tres agentes del turno de tarde, Lupe, Borrallo y Montejo, aún tenían que quedarse un rato más hasta acabar las gestiones inmediatas y encarrilar las diligencias. Y la cosa iba para largo. Castro seguía en Vilafranca; no había podido reunirse con la jueza de instrucción hasta última hora de la tarde.

—Este tío es la hostia —se quejó Saúl mientras aguardaban en el pasillo a que llegara el ascensor—. Es que ni se digna a hacer una llamada. Envía un mensajito dando órdenes y se queda tan ancho.

Silvia se encogió de hombros. Estaba agotada.

Y Saúl también. Tenía hambre y necesitaba una buena ducha. No sabía qué haría primero, si comer o ducharse, aunque igual caía rendido en el sofá con una cerveza en la mano y no hacía ni una cosa ni la otra. No lo descartaba. Se había pasado todo el santo día en movimiento, sudando la camiseta bajo un sol más propio de julio que de septiembre, y estaba hecho polvo.

Las puertas del ascensor se abrieron y de su interior emergió Jordi Quiroga, agente del grupo de Delitos contra las Personas. En las manos llevaba un café humeante y la cartera para el tabaco de liar. Igual que ellos, parecía cansado, pero sonrió en cuanto se topó con ellos.

—¿Qué pasa? —preguntó Saúl—. ¿No te marchas a casa o qué?

Quiroga soltó un bufido.

—Qué va. El juez del caso de la descuartizada, que dice que no ve claro seguir pinchando los teléfonos. Me han pedido que redacte un oficio deprisa y corriendo, motivando la prórroga de las intervenciones.

—¿Y cómo lo llevas?

—Todavía no he empezado.

Saúl se rio en su cara. No había problema. Quiroga hubiera hecho lo mismo en su lugar. Eran buenos amigos y se puteaban con cariño.

—Pues será que tú no has pillado nada hoy, ¿eh, campeón? —contraatacó Quiroga—. No sé quién es más perdedor.

—Vete a la mierda…

Quiroga se volvió hacia Silvia con las manos en alto.

—Que conste que no me refería a ti, ¿eh? Eso solo iba por el pringado este…

—No, tranquilo, si aquí todos somos unos perdedores —respondió ella con una media sonrisa.

La pareja se despidió de Quiroga deseándole que acabara pronto y entraron en el ascensor.

—Pues ya es raro que Quiroga pille —comentó Saúl; los de Personas, menos cuando tenían un cadáver caliente, solían hacer un horario medianamente normal—. Pero nosotros… Es que lo nuestro es demasiado… desde que está Castro no hay manera de hacer un horario como Dios manda.

Silvia, al contrario que Saúl, no parecía muy preocupada por cómo conciliarían la vida personal y laboral cuando fueran padres; siempre respondía que ya se apañarían, que buscarían el modo de compaginarlo sin renunciar a lo que hacían. Todavía sentía pasión por su trabajo, algo que él había perdido hacía ya tiempo. Estaba quemado.

Cruzaron el vestíbulo de comisaría y salieron a la calle.

Fuera se estaba bien. Había anochecido hacía rato y el bochorno había disminuido drásticamente. Corría una brisa agradable.

Silvia se volvió hacia Saúl y dijo:

—Podría ser peor. ¿Ya te has olvidado de Calanda? Menudo vividor. Con ese teníamos que andarnos con ojo, siempre escaqueándose, siempre tratando de endosarnos marrones a los agentes. Castro, al menos, se echa el grupo a la espalda. Y es el primero en pillar. —A continuación, con una media sonrisa añadió—: Lo que a ti te pasa es que ya se te cruzó el primer día, cuando me tiró la caña...

Touché.

A ver, algo de razón tenía, no lo iba a negar, porque le jodió que Castro, a los pocos días de llegar a la UTI, invitara a Silvia a tomar una cerveza. Tampoco lo culpaba por fijarse en ella, y estaba claro que entonces no tenía ni idea de que estaba saliendo con Saúl, por la discreción con la que llevaban su relación en el trabajo. Ella rechazó la invitación y, con todo el arte que sabía desplegar, le dejó claro que no habría entre ellos nada que no fuera una relación profesional. El sargento aceptó la negativa con deportividad y ahí quedó la cosa, aunque Saúl no pudo evitar sentir una punzada de celos.

—No es porque tratara de ligar contigo, ¿vale? Ya lo sabes. —Saúl se había detenido en la rampa de acceso a comisaría y la miraba con incredulidad.

Silvia meneó la cabeza y resopló.

—¿Puedes andar y quejarte a la vez? Estoy cansada y quiero irme a casa. Y, además, me parece que te estás olvidando de algo importante.

—Ah, ¿sí? ¿De qué?

Silvia mantuvo el suspense durante unos segundos, al tiempo que reanudaban la marcha en dirección al Ford Focus de Saúl. Al fin lo soltó:

—Por si ya lo has olvidado, te recuerdo que el ginecólogo dijo que tenías que mimarme.

Saúl la miró y vio que sonreía. Él fingió indignación.

—Me parece que lo entendiste mal. Dijo que tú tenías que mimarme a mí, porque cuando te quedaras embarazada te pondrías insoportable.

—Y un huevo, chaval. Más vale que te pongas las pilas si no quieres conocer a la verdadera Silvia Mercado… Y piensa que aún has tenido suerte conmigo. ¿Sabes la que tiene que ser de armas tomar? La parienta del tío al que le he tomado declaración esta tarde, el repartidor. Estaba acojonadito. No paraba de repetir que no quería que su mujer se enterase. Me da que esta noche va a ir fino fino. Como la seda. «Sí, cariño», «Como tú digas, cariño», «Lo que tú quieras, cariño»… No estaría mal que tú también te pusieras en plan sumisito.

—Ya te gustaría a ti… —Saúl sonrió y añadió—: Por cierto, ha estado muy bien la información que le has sacado a ese calzonazos.

—No sé… Lo del coche y la moto está bien, pero, aun así, sin las matrículas y sin que pueda reconocer a nadie, será difícil seguir esa pista.

—¿Cómo era el casco?

—Rojo y blanco, como la moto. Marca Arai. Podría ser cualquiera. De camino aquí me he cruzado con tres motoristas que llevaban cascos del mismo estilo. Basta que busques algo para darte cuenta de que el mundo está plagado…

9

—Este tío no tiene ni puta idea —dijo Tito, sin apartar la vista del televisor—. ¿Cómo va un extraterrestre a querer violar a una mujer? ¿Qué necesidad tiene? Igual que ellos no nos ponen cachondos a nosotros, nosotros tampoco a ellos. Cae de cajón.

Olga Urrutia miró a su novio con gesto de perplejidad. Estaban sentados en el sofá del salón, en el apartamento que tenían ocupado en la avenida Carmen Amaya del barrio Gornal de Hospitalet, viendo Cuarto Milenio. Ambos estaban enganchados a aquel programa, y desde que Tito se agenció un pantallote de sesenta y cinco pulgadas con conexión al wifi del vecino, se pasaban el día entero revisionando sus reportajes y entrevistas. A Olga le iban más las historias de fantasmas y espíritus atormentados; le encantaba la sección en la que analizaban videos y fotografías con apariciones espectrales.

A Tito, sin embargo, le volvía loco todo lo que tuviera que ver con alienígenas. El tío estaba obsesionado, hasta un punto demencial. Defendía la teoría de que la vida en la Tierra había sido implantada por extraterrestres. Los Antiguos Astronautas, decía que se llamaban. Estaba convencido de que los alienígenas visitaban el planeta con cierta regularidad para hacer evolucionar a la especie humana, y que los dioses de la antigüedad eran seres venidos del espacio exterior. Entre canuto y canuto, con los ojos rojos como dos manzanas Fuji, Tito temblaba de emoción cuando aseguraba que los extraterrestres nos habían regalado su tec-

64

nología y otras maravillas más, como la planta de la marihuana. Afirmaba que la maría procedía de otra galaxia, y el día que salió la noticia sobre unos astrofísicos de no sé qué universidad que habían encontrado THC en un fragmento de meteorito, Tito lloró como un crío. Más tarde, cuando Olga supo que la noticia era una coña, optó por no romperle la ilusión y se lo calló; tan solo reía entre dientes cada vez que él le daba la barrila a alguien con aquel cuento, emocionado y convencido de que era la prueba que confirmaba todas sus teorías.

En aquellos momentos, sentados ambos en el sofá de escay desgastado y picoteado con múltiples quemaduras de porro, Olga observaba a Tito con estupefacción, no porque su novio asegurara con absoluto convencimiento que un extraterrestre sería incapaz de zumbarse a una terrícola, sino por el hecho de que parecía haber olvidado por completo que en el dormitorio había un tío a punto de diñarla.

—Tito, me importa una mierda si a los marcianos los pongo cachondos o no. Lo que sí que me importa, ¿sabes lo que es, eh? ¿Sabes lo que no me pone nada cachonda? Pues te lo voy a decir, para que te quede claro: tener a un pájaro desangrándose en mi cama.

Tito cogió el mando a distancia y pulsó el pause. La imagen de Iker Jiménez quedó congelada en la pantalla.

—Pero ¿qué quieres que haga? Bastante rayado estoy ya con el tema. Te digo de poner un programa para distraernos un rato y tú dale que dale, coño. Ya te lo he dicho: hay que esperar al Capi. Viene de camino.

—Lleva toda la tarde viniendo de camino. ¿De dónde viene, eh? ¿De China? ¿Viene andando o qué? ¿Viene arrastrándose? Hostia puta, Tito. Como ese tío la palme aquí, y, viendo como está, no dudes que la palmará, nos vamos a comer un buen marrón.

—No la va a palmar…

—¿Que no? Ya lo verás. Otros por menos han muerto, y este está chungo que te cagas.

—Deja de decir eso, joder.

—Vale, pero la va a palmar…

—¡Me cago en la puta, tía, calla de una vez!

—¿Por qué no lo habéis llevado a un hospital?

—¿Tú estás loca? Gus casi se pela al tío del rifle. La cosa es seria, ya lo has visto. Si lo llevamos a un hospital acabaremos cayendo todos. ¿Quieres que me trinquen por un palo de mierda del que no hemos sacado nada? Ni de coña, tía.

—La habéis cagado. Y a lo grande. Lo sabes, ¿no?

—Ya lo sé, joder. No me digas lo que ya sé. —Tito se puso en pie, apuró la tacha del porro que tenía entre los dedos y dijo—: Voy a ver cómo está ese.

Eran casi las diez y media. Olga lio otro canuto y cogió su teléfono móvil para comprobar si le había llegado algún mensaje de WhatsApp. Aquel era uno de sus días libres en la asociación cannábica donde curraba como dependienta, una de las muchas asociaciones controladas por el mismo grupo de serbios para el que trabajaba Tito como jardinero. De hecho, había sido Tito el que la enchufó allí.

Tito era un machaca, pero un machaca bien valorado. Supervisaba las plantaciones de marihuana de tres naves industriales, dos ubicadas en Hospitalet y otra en Rubí, y la verdad es que el tío era un máquina cultivando maría. Eso se lo reconocía Olga y cualquiera que hubiera probado su material. Pero donde se salía era con su plantación particular, que ocupaba toda una habitación en aquel mismo apartamento. Tito combinaba diferentes variedades de cannabis y experimentaba con ellas, buscando distintos efectos e intensidades de colocón. En aquel cuarto, acondicionado con esmero, con material sisado de las instalaciones de los serbios, había en aquellos momentos unas doscientas plantas en distintas fases de crecimiento. Por el consumo de luz y agua no tenían que preocuparse; habían pinchado los suministros. La plantación necesitaba tanta cantidad de electricidad que rara era la semana que no saltaba la luz del edificio.

Tito regresó al salón.

—Todavía respira.

—Qué suerte…

—Acabo de hablar con el Capi. Está abajo, aparcando. Viene con alguien.

—Pues más vale que ese alguien al que trae sea más útil que el capullo de antes.

—Deja a Gus en paz. Bastante acojonado está ya…

Cuando Tito trajo al moribundo, también venía con él un mazas de gimnasio con cara de gilipollas. Gus, se llamaba, y más que ayudar, los había puesto a todos como una moto. Era la primera vez que lo veía, al igual que al del boquete en el estómago. Poca cosa sabía Olga acerca de esos dos, salvo que metían palos con Tito.

Al que sí había visto en varias ocasiones era al tal Capi, que manejaba el cotarro en los palos a traficantes de maría y, a la vez, les sacaba la pasta a sus jefes, los serbios. Y Olga no se fiaba de él. Se lo había dicho a Tito en más de una ocasión, y este siempre respondía que no era mal tío, que tenía buenos contactos y que gracias a él se estaban forrando…

Tito era tonto del culo. No se daba cuenta de que las cosas iban bien hasta que empezaban a ir mal. Siempre les ocurría igual. Y entonces, capullo el último. A otros les salían chinches; a ellos un tío con forma de donut, desangrándose en su cama.

Sonó el timbre del apartamento.

—Estate calladita, ¿vale? —Tito lo dijo con los ojos muy abiertos—. O te saco del piso.

—A mí no me des órdenes, te lo advierto. Ni tú ni nadie.

Tito fue hasta la entrada. Olga lo siguió. Él abrió la puerta y ante ellos apareció el Capi, con su habitual aire de superioridad. No estaba mal para su edad y tenía estilo al vestir, siempre con ropa de marca y un aspecto pulcro, quizá algo demasiado pulcro para el gusto de Olga. Si no lo conociera, no le hubiera importado montárselo con él, pero el caso es que lo conocía y sabía que era un capullo integral. A veces pensaba que lo de Capi venía de eso, precisamente, de Capullo.

Y era cierto que no había venido solo. Junto a él había un tipo repeinado, vestido con traje y corbata, al que Olga no supo poner edad. El tipo llevaba un maletín de piel marrón y el Capi cargaba una abultada bolsa de lona negra con asas. Entraron a toda prisa.

—¿Es el médico? —preguntó Tito.

—¿A ti qué te parece? —lo cortó el Capi—. ¿Un perito que viene a tasaros el piso? Venga, vamos al lío, joder.

Avanzaron por el pasillo, dejando atrás un par de habitaciones, y entraron en el salón. El médico se llevó una mano a la cara para taparse la nariz y la boca. A Olga le dio la impresión de que contenía una arcada.

—¿Cómo podéis vivir así? —preguntó el Capi—. Menudo pestazo.

Olga no pudo contenerse:

—La asistenta se ha tomado unos días libres, no te jode. Yo no pedí que trajerais a ese a mi casa. Si no os gusta, os largáis con él. Por mí, encantada.

Tito le lanzó una mirada amenazadora y le susurró un «¡Cierra el pico, joder!». Después trató de justificarse:

—Se me ha jodido un extractor del cuarto de la maría.

—Si fuera solo la maría... —El Capi arrugó la nariz—. Esto apesta. Parece un vertedero.

Aquello hirió profundamente a Olga.

—Pues tu amigo tampoco es que huela a rosas, precisamente. Se le sale la mierda por las tripas.

El Capi se volvió hacia ella y le apuntó con el dedo índice.

—Ni una palabra más si no quieres que te chape la boca de un guantazo.

—Calma, calma —intervino Tito, a la vez que abría la puerta del dormitorio—. Vamos a lo que vamos, joder.

—Sí, por favor —dijo el médico, todavía con la mano en la cara—. No hay tiempo que perder.

El Capi le dedicó a Olga una mirada de desprecio y se volvió hacia la habitación abierta. Ella no pensaba achantarse. Estaban en su casa, ¿no? Mejor que allí no se pasaran con ella, coño.

Todos entraron en el dormitorio.

—¡Oh, joder! —exclamó el Capi en cuanto vio a Jairo allí tendido. Corrió hacia la cabecera para palparle el rostro.

—¡Santo Dios! —fue la primera valoración que hizo el médico de la situación. Un diagnóstico nada prometedor.

La verdad es que daba pena verlo. Estaba tapado de cuello para abajo con una manta marrón llena de lamparones sanguinolentos. Tenía el rostro blanco como la leche y empapado en sudor. Parecía un fantasma, ahí quieto, inmóvil completamente.

El médico abrió su maletín y extrajo un par de guantes de látex y una mascarilla. Se los puso. Tito permaneció a su lado y Olga optó por quedarse en el quicio de la puerta. Había sangre por todos lados, y el suelo estaba repleto de toallas y trapos teñidos de rojo. Menudo desastre. Olga estaba muy cabreada. Dudaba que volviera a acostarse en aquella cama; fijo que el colchón había quedado hecho una pena.

—Santo Dios, santo Dios... —El médico no decía otra cosa mientras evaluaba sus constantes vitales. De vez en cuando, entre un «Santo Dios» y otro, dejaba escapar alguna arcada. Y no era el único. Tito y Olga también. Porque del interior de Jairo emanaba un tufo similar al de los váteres embozados. Y eso que todavía no lo habían destapado.

Jairo tenía pulso, aunque muy débil. El Capi permanecía en la cabecera de la cama, susurrándole al oído y limpiándole el sudor de la cara.

El médico retiró la manta y a la vista quedó el torso del herido, forrado de mala manera con cinta americana. Lo palpó durante unos segundos y comenzó a negar con la cabeza, cada vez con mayor intensidad, hasta que, de repente, se puso en pie y se quitó los guantes de látex.

—¿Qué coño haces? —preguntó el Capi.

—Tiene... Tiene una infección de caballo, ¿es que no lo ves? Mira su vientre, está rígido como una roca. Vete a saber cuántos órganos están dañados. Te podría hacer una lista y aun así me quedaría corto. Y no solo eso. Por el olor que desprende, debe tener los intestinos muy afectados. Lo que significa que las heces habrán comenzado a campar a sus anchas, infectando la corriente sanguínea. Necesita una operación urgente. Yo no… Yo no puedo hacer nada… Aquí no… Esto es una pocilga. Y huele tanto a marihuana que ni siquiera puedo pensar con claridad. Este hombre necesita ser tratado en un quirófano, en un ambiente aséptico.

—¡No me digas que no puedes hacer nada! —le gritó el Capi.

—Ya te he dicho que no puedo, ¿me oyes? ¡No puedo! —El tipo estaba completamente fuera de sí, con los ojos a punto de saltarle de las órbitas—. Y, ¿sabes por qué no puedo hacer nada? ¡Porque yo me dedico a la cirugía plástica, no a salvar vidas!

El Capi se plantó ante el médico. Olga hubiera apostado a que iba a dejarlo seco de un derechazo, pero, para su sorpresa, posó sus dos manazas sobre los hombros del médico y le habló con voz suave; de algún modo, le recordó al siseo de una serpiente.

—A ver, Jesús, tranquilízate, ¿vale? Sé que puedes ayudarle, ¿me oyes? Sé que eres capaz. Pero necesito que mantengas la calma, porque si tú la pierdes, estamos todos bien jodidos.

El médico agachó la mirada en dirección a la cama.

—Haz algo por él, ¿vale? —lo apremió el Capi—. Por favor.

Tras unos segundos de duda, el médico asintió. Se agachó sobre el herido y comprobó nuevamente su pulso. Después le levantó el párpado de un ojo y con una pequeña linterna estudió su pupila. A continuación, hizo lo mismo con el otro ojo.

—Las pupilas están muy contraídas. —Levantó la vista en dirección a Tito y preguntó—. ¿Qué le habéis dado? Necesito saberlo.

Tito se encogió de hombros.

—Un poco de agua, nada más…

El Capi agarró a Tito de la camiseta y se encaró con él.

—No me jodas. ¿Qué le has dado?

Tito volvió a encogerse de hombros, esta vez con menos convicción.

—Un poco de jaco, para que se calmara. Pero muy poco…

—Santo Dios —repitió el médico.

El Capi empujó a Tito contra la pared.

—¿Tú estás loco o qué?

—Solo una micra, tío. No es para tanto…

—¿Que no es para tanto?

—El pavo estaba gritando como un poseso —intervino Olga—. Estaba dando el cante. Sus chillidos se oían desde la calle.

—Es verdad… —se defendió Tito. Todavía seguía empotrado contra la pared, con el Capi estrujándole la camiseta—. Estaba agonizando, ¿vale? Se retorcía de dolor. Se lo di para calmarlo… Rabiaba, tío, te lo juro, rabiaba como un desesperado.

—¿De dónde has sacado el jaco? ¿Te metes?

—No, joder. No era mío. He ido a pillárselo al chaval de arriba, ¿vale? Era una micra de mierda. No puede haberle hecho daño. Es imposible, tío, totalmente imposible.

—¿Queréis ayudar a vuestro amigo —los cortó el médico— o preferís seguir perdiendo el tiempo mientras muere? Voy a abrirle una vía para una transfusión de sangre y necesito ayuda.

El Capi soltó a Tito y le indicó con un gesto que asistiera al médico. Tito obedeció. Olga le hubiera dado una hostia por ser tan sumiso con aquel cabrón.

El médico abrió la mochila que cargaba el Capi al entrar en el apartamento y extrajo una bolsa con sangre. La unió a un tubito largo con regulador y en el otro extremo ensambló una aguja. Buscó una vena en uno de los brazos de Jairo y se la clavó. La sangre comenzó a correr por el tubo y el médico pidió a Tito que sostuviera la bolsa en alto. Le dio instrucciones para que la cambiara cada vez que estuviera a punto de vaciarse, sustituyéndola por otra de las bolsas que había en la mochila.

—Vamos a ver la herida —dijo el médico.

Con unas tijeras comenzó a cortar la cinta americana. A los pocos segundos, la herida salió a la luz y comenzó a escupir sangre. Usó gasas y suero para limpiarla. El Capi, también con guantes de látex, estaba a su lado acercándole todo el material que necesitaba. El médico taponó la herida con gasas y esparadrapo. Después pidió darle la vuelta, para ver el orificio de salida, y el Capi lo ayudó a ponerlo de lado. Retiró la cinta de la espalda y de nuevo comenzó a manar sangre. Limpió también aquella zona y también la taponó.

El médico sudaba a chorros. Se apartó la mascarilla de la boca y miró al Capi con gesto serio.

—Aquí no puedo hacer más. Si sigues decidido a no llevarlo a un hospital, al menos te pido que me dejes trasladarlo a mi clínica. Allí tenemos un pequeño quirófano. Es bastante simple, pero si tengo que abrirlo, prefiero hacerlo en unas mínimas condiciones, no en este puñetero estercolero.

Olga pasó por alto lo del estercolero. Con tal de que se llevaran de allí a aquel tipo agonizante, ya se daba por satisfecha.

El Capi pareció dudar.

—¿Crees que allí podrás operarlo?

—Creo que sí. O al menos puedo intentarlo.

—Está bien, prepáralo para el traslado.

Mientras el doctor vendaba el torso de Jairo a toda prisa, el Capi volvió a sujetarle la cabeza y a susurrarle palabras al oído.

Olga no pudo contenerse y dijo:

—La va a palmar y lo sabes.

El Capi mantuvo la mirada fija en el rostro de Jairo, pero dijo:

—Como vuelvas a abrir la puta boca, te juro por Dios que te la cierro para siempre. Último aviso.

Tito miró a Olga con angustia y meneó la cabeza en señal de negación.

Incluso Olga fue consciente de que había llegado el momento de desaparecer. Fue al salón y se sentó en el sofá, con un canuto entre los labios.

Al cabo de pocos minutos, los vio salir del dormitorio con Jairo a cuestas; el Capi lo sostenía por los pies y Tito por los hombros, con la bolsa de sangre apoyada sobre el pecho de Jairo. El médico iba tras ellos, con su maletín y la mochila.

Pasaron ante Olga, que se limitó a apartar las piernas a un lado para hacerles sitio. El Capi cruzó el umbral de la puerta y accedió al pasillo. Después Tito giró ligeramente a Jairo para compensar el peso, y el brazo con el catéter cayó a un lado. Tito no le dio importancia. Sin embargo, antes de cruzar el marco de la puerta, el tubo se tensó y se desenganchó de la aguja. Un buen chorro de sangre comenzó a regarlo todo, salpicando la pared, el sofá e incluso a Olga.

—¡Joder! ¡Mirad como me habéis puesto!

Tito trató de sujetar el tubo, se desequilibró y acabó soltando a Jairo. Su cabeza golpeó contra el suelo.

—¡Me cago en tu puta madre! —exclamó el Capi.

El doctor trató de ensamblar nuevamente el tubo a la aguja. Cuando lo consiguió, palpó el brazo de Jairo y después su muñeca. Esperó unos segundos. Después desvió los dedos hacia el cuello. Esperó unos segundos más. Finalmente alzó la vista y confirmó lo que ya todos sospechaban:

—Está muerto.

Martes

10

En el despacho de la UTI Metrosur, un grupo de agentes estaban apiñados en torno a la pantalla del ordenador de Silvia Mercado.

—Ponlo otra vez, venga —dijo Víctor, agente del grupo de Robos con Fuerza en Domicilios.

—Va, va… Dale, dale —insistieron otros.

—¿Es que no os cansáis o qué? —preguntó Silvia, sin poder reprimir una sonrisa. Había recibido a primera hora de la mañana las imágenes captadas por las cámaras de seguridad de la sucursal bancaria, y lo cierto es que habían causado furor.

Seleccionó la cámara que enfocaba la entrada del banco desde el interior del hall, y le dio al play justo en el momento en que el atracador con gorra llamaba al timbre.

La imagen era muda y en color. Con bastante buena definición.

Al tipo de la gorra apenas se le veía el rostro por culpa de la visera y el ángulo de la cámara. Sabía lo que hacía. Aguardaba unos segundos hasta que uno de los cajeros le daba paso desde dentro y, a continuación, empujaba la puerta, la sostenía unos instantes… y los dos atracadores encapuchados entraban a toda leche, empuñando sus pistolas. Nada que aquellos agentes de la UTI Metrosur no hubieran visto decenas de veces.

Sin embargo, lo que venía a continuación sí que despertaba su curiosidad.

Porque, menos de un minuto después… ¡Joder! El Land Rover irrumpía contra la cristalera y arrasaba con todo lo que encontraba a su paso: paneles de publicidad, expositores repletos de trípticos, sillas,...

Los agentes estallaron en carcajadas. Un par incluso aplaudieron.

—¡Hostia puuuta! —exclamó uno que aún no había visto las imágenes.

—Cuánto más lo veo, más me gusta —dijo otro—. Mira, ahí sale el cabrón con el rifle. ¡Pedazo armatoste!

Para ver los siguientes movimientos del viejo y los atracadores, había que cambiar de cámara. Disponían de dos más, una en el despacho de la directora y otra que enfocaba el mostrador de los cajeros.

El sargento Castro entró en el despacho removiendo un café de máquina y dispersó al grupo.

—Se acabó el circo. Dejad a Silvia tranquila.

—Habría que colgarlo en YouTube —opinó Víctor—. Es demasiado bueno para no compartirlo.

—Más vale que eso no aparezca en YouTube —dijo Castro, mientras se sentaba en su mesa— o seré yo el que te cuelgue a ti.

Silvia se sintió aliviada al recuperar su espacio. Aquel día se había despertado con ganas de vomitar y a punto estuvo de no llegar a tiempo al cuarto de baño. A pesar de que ya habían pasado un par de horas, todavía sentía náuseas. Cuando Saúl preguntó si aquello era un signo de que el embarazo seguía adelante, ella se encogió de hombros. Quién sabía. La espera hasta el día de la prueba se iba a hacer eterna.

Continuó analizando las imágenes de las cámaras de seguridad, seleccionando los prínters más relevantes para elaborar el acta de visionado que se adjuntaría a ambos atestados, el de la tentativa de homicidio y el del atraco. Iba cambiando de cámara, según el lugar donde se desarrollaba la acción, y, cuando llegó al momento en que el tercer atracador, el de la gorra, entraba para ayudar a sacar del banco a su compañero herido, Silvia advirtió en él algo: su rostro seguía oculto, gracias a la gorra bien calada y a que se había levantado el cuello de la camiseta hasta el puente de la nariz, pero era precisamente por haber tirado de la prenda hacia arriba que dejaba parte de su vientre al descubierto… y allí tenía un tatuaje. Congeló la imagen. No sabía muy bien qué era, porque solo dejaba a la vista una porción del dibujo, pero daba la sensación de ser bastante grande y muy característico.

Levantó la vista del ordenador y llamó a Saúl, que estaba sentado en una mesa próxima, cerrando el atestado de la tentativa de homicidio.

—¿Qué te parece? —preguntó Silvia.

Saúl inclinó la cabeza a un lado, después al otro, y comenzó a ampliar la imagen hasta que quedó completamente pixelada. Después volvió a reducirla hasta obtener una definición decente.

—No sé… Es raro. Parece una escalera o algo así, ¿no? Con forma de triángulo o pirámide.

Era raro, sí. Con lo que veían, resultaba difícil de adivinar. Se lo mostraron a Castro. Él tampoco supo qué demonios podía ser. Ni tampoco los demás agentes que había presentes en el despacho.

—Nos será útil cuando tengamos candidatos —apuntó Castro.

—Puedo echar un vistazo a reseñas de detenidos por atracos a bancos, a ver si hay suerte y aparece uno con algo parecido —propuso Silvia. Un trabajo de chinos, desde luego, pero que de vez en cuando daba resultado, especialmente si el tatuaje era tan peculiar.

Castro asintió.

—Bien, ponte a ello en cuanto acabes el acta y cierres el atestado—. Hizo una pausa y después añadió—: Envíame una captura del tío de cuerpo entero y otra del tatu. Se las pasaré a los de la UCAT, a ver si a ellos les suena.

Silvia respondió que sí, al tiempo que veía a Saúl aproximarse lentamente a la mesa de Castro.

—¿Cuándo vuelve Jairo? —preguntó Saúl.

—Todavía le quedan un par de días más de permiso…

—¿Un par de días más? Menudo ninja está hecho el colega esquivando marrones. Para cuando vuelva, ya estará toda la faena hecha.

—Siempre que tú has pedido días, te los he dado —se defendió el sargento.

—Y a qué precio…

Castro se quedó mirándolo con gesto reprobador y aguantándose las ganas de bronca. No era el momento para discutir con su gente. Saúl pareció no darse cuenta. O simplemente se hizo el loco mientras regresaba a su mesa. El sargento inspiró hondo.

Silvia miró a Saúl en silencio. No aprendía, por mucho que lo advirtiera, no aprendía. Pero qué le iba a hacer. Lo había conocido así, y así lo quería. Era cabezón, para lo bueno y para lo malo. Y que le tuviera tirria a Jairo pues, en fin, bastante razón tenía. Porque el tío era un escaqueado que siempre se libraba de la faena más pesada, y lo había conseguido a base de hacerle la rosca a Castro y al resto de jefes. Tenía el pack completo: pelota y mal compañero.

El subinspector Lacalle asomó la cabeza por la puerta de su despacho y pidió a Castro que entrara a explicarle en persona cómo había ido la reunión del día anterior con la jueza. El sargento entró en el despacho del jefe de la UTI y Saúl y Silvia se quedaron a solas en la sección de Violentos.

Cuando Silvia acabó de visionar todo lo relacionado con el atraco, decidió retroceder en el video hasta las diez de la mañana, al momento en que el viejo entraba por primera vez a la sucursal para amenazar a la directora. Observó como el hombre hacía acto de presencia, hablaba unos minutos con los cajeros y, cuando la directora aparecía, recién llegada de la calle, comenzaban a discutir y la agarraba de un brazo. Resultaba un encontronazo bastante violento. Después la cosa bajaba de revoluciones, discutían un poco más y el viejo se largaba.

Por curiosidad, echó un vistazo a las imágenes del despacho, dando por hecho que, después de una discusión así, la directora estaría muy nerviosa… Pero lo cierto es que, conforme avanzaban los minutos en el video, más se preguntaba qué coño le pasaba a aquella mujer.

Porque en las imágenes parecía que estaba trabajando, pero en realidad no hacía más que mover papeles de un lado a otro sin sentido alguno, mientras consultaba su reloj y el de la pared cada dos por tres. Y, exactamente veinte minutos antes de las doce, se levantaba y activaba la apertura retardada de la caja fuerte. Después volvía a sentarse y, tras recibir una visita de la cajera, se quedaba clavada con la mirada fija en la puerta de la calle, hasta el punto de que a veces parecía que la imagen estaba congelada.

—Oye, Saúl, ¿Qué carencia te dijo que tenía la apertura de esa caja fuerte? Veinte minutos, ¿no?

Saúl se levantó de nuevo y fue hacia ella.

—Sí, ¿por?

—¿Y explicó por qué estaba abierta ayer por la mañana?

—Según me dijo, entró la cajera a su despacho para informarle de que algunos clientes pasarían a retirar pasta en efectivo.

Silvia le mostró el video a una velocidad de 4x. En la imagen acelerada, la directora se ponía en pie, tecleaba la contraseña en el panel de la caja fuerte y, al cabo de unos minutos, la cajera se asomaba por la puerta del despacho.

—¿Y no entra antes?

—Desde que la directora vuelve de desayunar y se encuentra con el viejo, no. La cajera solo entra esta vez. Y en todo ese rato no entra nadie más al despacho.

Saúl levantó las cejas.

—Y no solo eso —añadió Silvia—. Fíjate en la directora.

Volvió a activar el play, esta vez a 8x, y, conforme se acercaba el momento del atraco, la directora prácticamente solo desviaba la mirada de la puerta de la sucursal para consultar su reloj.

—Jooooder —exclamó Saúl—. Cuando le tomé declaración ayer, la tía fue borde que te cagas. En ese momento pensé que, bueno, qué se le va a hacer, la tía es una gilipollas, y además debe estar desquiciada por todo lo que ha pasado y eso, pero después de ver esto...

—¿Crees que...? —Silvia dejó la pregunta inacabada.

—¿Por qué no? Mucha casualidad que desbloquee la caja fuerte veinte minutos antes de que entren los atracadores, ¿no?

—Aun así, la zurraron con ganas…

—¿Y qué tiene eso que ver? Puede que solo sea una táctica para que la descartemos como cómplice. O puede que comenzara a hablar más de la cuenta y la atizaron para mantenerla a raya. O que se quejara porque las cosas no marchaban como habían pactado. Yo qué sé. El caso es que en las imágenes no deja de mirar una y otra vez su reloj hasta que dan las doce menos veinte, ¿no? Entonces se levanta y abre la caja. Y después se vuelve a sentar y no deja de mirar hacia la puerta, esperando a que aparezca alguien. ¿Quién? Pues quien va a ser, los putos atracadores. La tía sabe lo que hay. Por eso abre la caja antes de que se lo comunique la trabajadora. Miente como una bellaca.

—Voy a llamarla —dijo Silvia—. A ver si sigue diciendo lo mismo.

—Venga.

Silvia marcó el número de teléfono de la banquera. Daba tono. Esperó unos largos segundos hasta que por fin descolgó.

—¿Diga? —Su voz sonaba pastosa y lejana.

—¿Señora Casal? Buenos días. Le llamo de la unidad de investigación que está llevando el caso del atraco que sufrió ayer. Disculpe las molestias.

—¿Sí? —Parecía no haber entendido ni una sola palabra.

—Primero de todo: ¿Qué tal se encuentra?

—Pues me duele todo. —Su voz ahora sonaba algo más clara—. Y estoy atacada de los nervios.

—Ya me lo imagino. Es normal. Hasta que no pasen unos días, seguirá sintiéndose así. Pero pasará, se lo aseguro. Es cuestión de tiempo.

—Cuestión de tiempo, dice… ¿Qué es lo que quiere? Y espero que no me haya llamado solo para molestarme mientras intento olvidarme de todo.

—No, claro. Seré breve, no se preocupe. Es sobre su declaración. Estamos haciendo una reconstrucción de los momentos previos al robo. Es acerca de la apertura retardada de la caja. ¿Suele abrirla a la misma hora cada día o...?

—Claro que no. Ya lo expliqué ayer, pero veo que tengo que repetirme más que el ajo. Depende de cuándo vayan a venir clientes a retirar grandes cantidades de efectivo, o si hay que hacer balance. Ayer la abrí porque me lo dijo Carmen, la cajera.

—¿Cuando entró a su despacho antes del robo?

Se produjo un silencio prolongado. ¿Se había cortado la señal o a la mujer le había dado un síncope?

—¿Señora Casal? ¿Está usted ahí?

—Pues claro que estoy aquí. No me he ido a ningún lado. Tan solo estoy haciendo memoria... No fue en ese momento en el que me lo dijo. Fue un rato antes, justo después de que ese loco de Arcadi Soler se marchara a buscar su rifle... Se me fue de la cabeza y no me acordé de abrir la caja hasta pasado un buen rato.

—¿Y para qué entró la cajera más tarde?

—Pues para recordármelo... ¿A qué viene tanta pregunta? Son ustedes unos impertinentes. Ya se lo dije a su compañero, el que me plantó un tercer grado en toda regla cuando aún estaba convaleciente en el hospital...

—Entonces fue un malentendido, ¿no?

—Pues claro —lo dijo con toda su mala leche. Ya no parecía nada dormida—. ¿Quieres que te lo deletree?

—No hace falta. Gracias y disculpe las molestias.

Silvia colgó.

—Menuda elementa.

Debido al elevado tono de voz que había usado la banquera al final de la conversación, Saúl había podido escuchar su relato.

—Y una polla. No fue ningún malentendido.

Castro acababa de sentarse en su escritorio. Silvia lo señaló con un ligero movimiento de cabeza y preguntó a Saúl:

—¿Se lo decimos?

—Antes quiero hablar con la cajera.

—Como veas.

Saúl llamó a la cajera y, sutilmente, le preguntó por el momento en que informó a su jefa de la necesidad de abrir la caja fuerte. La cajera dudó. Era una mujer mayor, a punto de jubilarse, y la tensión acumulada desde el día anterior le impedía ordenar sus recuerdos. Podía haber sido después de la discusión con Arcadi Soler, sí. O más tarde. No lo recordaba con claridad. Se disculpó varias veces y Saúl rehusó insistir. Resultaba frustrante, pero, por desgracia, aquello era algo que ocurría con frecuencia.

Y, aun así, Dolores Casal ocultaba algo.

Saúl podía intuirlo. Sin embargo, antes de tirarse a la piscina con aquella teoría, escarbaría en la vida de la banquera, a ver qué encontraba.

11

Dolores Casal había pasado media mañana tumbada en la cama bajo los agradables efectos de los analgésicos. Se había despertado muy temprano con un terrible dolor en el costado izquierdo de la cara, y se le ocurrió triplicar la dosis de calmantes. Y vaya si funcionó.

Ni recordaba el momento en que Arturo, su marido, había salido de la habitación, dejándola a solas. Durante horas se había ido despertando y durmiendo de un modo intermitente, hasta perder la noción del tiempo. Ahora llevaba un rato despierta, con la mirada fija en el televisor, viendo a Ana Rosa pasar de una sección a otra. Desde la condenada llamada de aquella policía preguntando por la apertura de la caja fuerte, se revolvía inquieta entre las sábanas, pensando en el día anterior…

Menudo desastre de atraco. *A priori* iba a ser algo fácil, sin complicaciones… pero ¿quién contaba con el loco de Arcadi Soler? Ella no, por supuesto. Y era consciente de que había salvado el pellejo de milagro.

Con todo, pese a haber sido el robo un absoluto fiasco, ella había cumplido con su parte del trato. Avisó tan pronto como supo que aquel lunes recibirían en su oficina una cantidad de efectivo considerable, e hizo cuanto estuvo en su mano por facilitarles las cosas a los atracadores. Quizá había cometido el error de apurar demasiado en abrir la caja fuerte; nadie le había dicho que mirarían eso con lupa. Sin embargo, confiaba en escurrir el bulto y salir airosa. Al fin y al cabo era su palabra contra la de una vieja chocha. Y lo de Soler no lo consideraba culpa suya, qué leches. Había pasado y punto. Sí, ella había cumplido, así que ahora lo suyo tenía que seguir adelante, su compensación por haber colaborado en el atraco.

No se trataba de dinero, sino de que alguien se encargara de su exnuera.

Que la matara, vamos.

Porque Dolores había sido incapaz de hacerlo por sí misma, a pesar de odiarla profundamente.

Lo había intentado, por supuesto. Había planeado su muerte, tras vigilar durante días el lujoso chalet de Sitges donde vivía aquella pajarraca junto al cantamañanas con el que se había casado, una especie de gurú de la autoayuda, un payaso de tomo y lomo. Cuando por fin se decidió a atacarla una noche, oculta tras unos arbustos, cuchillo en mano, dispuesta a saltar sobre ella y rajarle el cuello al grito de «¡Esto te pasa por jodernos la vida, zorra!», resultó que no tuvo agallas de hacerlo. Se quedó clavada en su escondite, temblando como un flan, vencida por la cobardía y sumida en la frustración.

Pero que ella fuera incapaz de dar el último paso no significaba que renunciara a su objetivo. Tan solo necesitaba a alguien que lo diera por ella.

Virgen santa, cómo odiaba a su exnuera. Se llamaba Lourdes Beltrán y había jodido, primero, la vida a su hijo Óscar y, después, la de la propia Dolores. Aunque parte de la culpa la tenía Óscar, claro. Haciendo un ejercicio de sinceridad, Dolores era lo suficientemente inteligente como para reconocer que su hijo había demostrado ser un inútil sin ambiciones, un chaval tan maleable como la plastilina e influenciable como un borrego. Dolores y su marido, un arquitecto ya retirado, se lo habían dado todo, y quizá ahí radicaba el problema. Óscar se convirtió en un adulto caprichoso, con la sesera llena de pájaros, sin aspiración alguna, y su exnuera lo encandiló de mala manera e hizo con él cuanto se le antojó. Lo enganchó a la cocaína, le hizo endeudarse en mil y un negocios que nunca acababan de prosperar debido a la falta de implicación de ambos, siempre de fiesta, siempre de viaje, quemando un dinero que no tenían y llevando un tren de vida que no podían permitirse. Y cuando los pufos dieron paso a las demandas judiciales, aquella lagarta desapareció del mapa dejándolo todo atrás, incluida su propia hija, Valeria, que tan solo tenía un año y medio de vida.

Cómo no, desde entonces Dolores pasó a hacerse cargo oficialmente de Valeria, aunque era lo que venía haciendo prácticamente desde que nació, cuidándola en su propia casa como si fuera más su hija que su nieta, con la ayuda de su marido y una niñera. Con Óscar no se podía contar; se pasaba la vida entrando y saliendo de centros de desintoxicación, y, a decir verdad, su relación con Valeria era casi nula y apenas se interesaba por ella. Dolores y su marido, al contrario, estaban encantados de ocuparse de la niña. Sentían devoción por ella y se desvivían por hacerla feliz. Era lo único bueno que había surgido de toda aquella pesadilla.

Sin embargo, ahora que aquella desgraciada de Lourdes había vuelto a inmiscuirse en sus vidas, tres años después, para reclamar la guarda y custodia completa de Valeria, sentían que había vuelto para rematarlos, despojándolos de la única dicha que les quedaba en la vida.

Tras la vista oral, la jueza manifestó abiertamente que pocas veces se lo habían puesto tan fácil: la niña debía estar con su madre. Un padre drogadicto, cargado de deudas y con un absoluto y manifiesto desinterés por la niña (interrogado por la jueza, ¡ni siquiera recordaba el cumpleaños de su propia hija, por Dios santo! Dolores se lo hubiera comido allí mismo…), no podía competir con el cariño y el hogar que podía ofrecerle aquella madre rehabilitada y arrepentida por su prolongada ausencia… y casada con aquel cantamañanas forrado hasta las trancas, claro.

Y ¿quién pensaba en Dolores y en su marido, eh? Nadie, claro. Por lo visto, los abuelos no pintaban nada, a pesar de todo el tiempo dedicado a criar a aquella pobre niña. ¿Dónde estaban sus derechos?

Tras entregársela a la arpía de su madre, Dolores supuso que esta haría todo lo posible por alejarla de ellos, pero no se imaginaba cuánto. Pronto quedó patente que Óscar era incapaz de cumplir con el régimen de visitas, y Lourdes se negaba a que los abuelos pasaran ni un solo minuto con Valeria. Denunciaron su situación, reclamando poder ver a la niña con cierta regularidad, pero los abogados de su exnuera y de aquel fantoche vendemotos consiguieron que se les denegara ese derecho.

Tres meses hacía ya que Dolores no abrazaba a su nieta. Mientras su marido se sumía en un silencio lánguido y pasaba las horas dando tumbos por el campo de golf, Dolores dejó que la frustración y el odio invadieran su mente y su corazón de un modo absoluto. Lloriquear no iba con ella. Tampoco la autocompasión. Su reacción ante la adversidad no era esperar a que las cosas cambiasen de manera espontánea o, simplemente, aceptar que el tiempo todo lo cura. Ella no tenía paciencia para eso. Necesitaba actuar. Deseaba recuperar a la niña, sí, pero, sobre todo, ansiaba vengarse de aquella víbora.

Y todo pasaba por acabar con ella.

No veía otra solución. De hecho, fantaseaba con esa solución. Estaba convencida de que, si la madre faltaba, la custodia de Valeria volvería a ella. Y si ella no podía quitarla de en medio, otro sí lo haría.

Y ya sabía su nombre:

Rafael Cabrales.

El tipo que organizó el atraco, a cambio de su colaboración, la puso en contacto con aquel elemento. ¡Y menudo elemento, el tal Cabrales! Se trataba de un convicto a punto de salir de prisión y, a pesar de que Dolores no lo conocía personalmente, tenía la certeza de que era un pieza de mucho cuidado. La comunicación entre ambos se había producido a través de cartas manuscritas. En la primera de ellas, repleta de faltas ortográficas, Cabrales se presentaba como un serio hombre de negocios, cosa curiosa teniendo en cuenta que sus servicios cubrían un amplio espectro que iba subiendo de intensidad, desde amenazas y rotura de huesos hasta quitar una vida. En aquella misma carta, adjuntó copia de algunas sentencias que daban fe de que era un tipo cumplidor. Desde luego, era el currículum más surrealista que Dolores había leído en toda su vida.

Tanto la primera como las otras dos cartas que recibió de él se las hizo llegar la hermana de otro preso, ya que Cabrales estaba catalogado como reo de especial seguimiento e investigaban todas sus comunicaciones, así como a todas las personas con las que mantenía contacto. Dolores, por su parte, le hizo llegar dos cartas por el mismo conducto; suficientemente crípticas pero claras para el buen entendedor. Y aquel hombre, que no veía el momento de abandonar la prisión y volver a las andadas, se mostraba dispuesto, incluso impaciente, por acabar con su exnuera. Con semejante entusiasmo y un currículum tan amplio, ¿quién no iba a confiar en él?

Antes jamás se hubiera imaginado carteándose con un preso peligroso o participando en un robo a su propia sucursal. Aunque tampoco antes había deseado de un modo tan sincero la muerte de alguien...

Arturo no sabía nada de todo aquello ni tampoco debía enterarse. Estaba hecho de otra pasta; las cosas le afectaban demasiado y era mejor no correr el riesgo de tener que lidiar con su conciencia. La tarde anterior, cuando se enteró de lo sucedido en el banco, se había puesto como loco. Hacía tiempo que no lo veía tan alterado; desde que aquella arpía les arrebató a Valeria, parecía sumido en un estado de letargo perpetuo. Pero aquello lo reactivó. Anuló el partido de golf que tenía previsto para aquella mañana y concertó una cita con un prestigioso abogado, a ver cómo podían hundir en la miseria a Arcadi Soler. Y a Dolores le pareció perfecto, con tal de tenerlo ocupado.

Al otro lado de la puerta comenzó a escucharse un zumbido que iba en aumento. Dolores supuso que se trataba de María Fernanda, pasando el aspirador por el pasillo. La asistenta boliviana acudía allí cada mañana, de lunes a viernes, a limpiar y preparar la comida. Dolores nunca coincidía con ella porque a esas horas solía estar trabajando en el banco, y ahora se daba cuenta de lo incómodo que resultaba tenerla por ahí, moviéndose y haciendo ruido.

Su hijo Óscar también debía estar en casa. Había salido hacía poco de una clínica de desintoxicación y deambulaba por las estancias medio zombi, hasta arriba de Diazepam, Lorazepam y Fluoxetina, yendo de la cama al sofá y del sofá a la cama, con alguna parada en la cocina para ponerse ciego a carbohidratos. Se pasaba todo el santo día enganchado al televisor, viendo series de superhéroes y moteros pistoleros.

Qué desgracia de crío. Y apenas le faltaban dos meses para cumplir los cuarenta...

Una preocupación más a su larga lista, encabezada por el frustrado robo y las dudas de si el acuerdo seguía en pie. Confiaba en que las consecuencias del calamitoso atraco no incluyeran posponer su venganza.

Dolores no podía esperar más. Tenía que ser ya.

Aunque existía cierto contratiempo: no disponía del dinero en efectivo necesario para pagar al sicario.

Siempre había confiado en desviar algo del atraco para no tener que recurrir a sus cuentas personales. No quería dejar rastro, ni de cara a Arturo ni, mucho menos, de cara a la policía. Veinte mil euros era una cantidad demasiado elevada como para hacer una extracción bancaria y que el bueno de su marido no preguntase. En otra época habían tenido aquella cantidad de efectivo en casa, e incluso más, pero desde que Óscar rondaba por allí no podían fiarse de él. No sería la primera vez que llegaban de cenar y se encontraban todos los cajones revueltos y a su hijo como una moto, puesto de cocaína hasta las cejas, sufragada por los ahorros en B de sus padres.

Justo pensaba en eso cuando alguien golpeó suavemente la puerta de la habitación.

—¡Más vale que sea importante! —gritó Dolores.

La puerta se abrió tímidamente y apareció el rostro moreno y curtido de María Fernanda.

—Disculpe, señora. Hay un hombre en el salón.

—¿Un hombre? ¿Qué hombre?

—No sé… No pregunté. Lo siento. Pero él dice que es amigo suyo.

—¿Amigo mío? ¿Qué amigo?

—Ya le digo que no sé.

—Pero, por el amor de Dios…

Dolores salió de la cama refunfuñando y se cubrió el cuerpo con un bata color púrpura, a juego con el camisón. Cuando se dio cuenta, María Fernanda ya había huido, con el rabo entre las piernas.

Bajó las escaleras dando fuertes pisotones, para que todos supieran que estaba de muy mala gaita, y cuando entró en el salón se topó con un hombre completamente desconocido, repanchingado en el sofá, con una cerveza en la mano.

Era un tipo de unos cincuenta y muchos años, flacucho, con el rostro moreno y de pómulos marcados. Tenía una pelambrera bastante pobre y canosa, peinada hacia atrás, pegada a su cráneo con algún tipo de fijador capilar, y lucía un tupido bigote, también canoso, que prácticamente ocultaba su labio superior. Vestía de un modo sencillo y vulgar, con aquellas deportivas negras tan castigadas, un pantalón vaquero viejo dos tallas mayor a la suya, una camiseta de color blanco apagado y, a pesar del calor, una chaqueta barata de cuero negro.

—¿Quién es usted?

El tipo puso cara de fingida sorpresa, aunque no se esforzó mucho por parecer creíble.

—¡Coño! Vaya manera de recibirme. Con todo lo que hemos compartido…

—No diga tonterías. No lo conozco de nada. ¿Cómo ha entrado aquí?

—¿Que cómo he entrado? Menuda chorrada de pregunta. Pues caminando, por la puerta.

Parecía estar pasándoselo en grande.

—Haga el favor de…

91

—¿Estabas en la cama? ¿A estas horas? No hay mejor vida que la buena vida, ¿eh? ¿Te importa si paso de llamarte Dolores? Suena demasiado formal y, después de verte de esta guisa, ya casi somos íntimos, ¿eh? ¿Qué tal Lola? ¿Te importa que te llame Lola? A mí me gusta más. Te pega.

—Pero ¿quién demonios es usted?

—Pues quién voy a ser, encanto. Rafa Cabrales. El mismo que viste y calza.

12

Hola Señora:

Quien con salud le escribe, la misma le desea a usted y los sullos.

Decirle que soy persona de pocas palabras. Siempre he preferido los hechos. Aquí le adjunto algunas de mis cartas de presentación, por llamarlo de alguna manera. Son sentencias de eso que llaman Justicia, aunque estará de acuerdo conmigo conque no hay más Justicia que la que impone uno mismo. Ahí se relatan algunas de mis azañas con pelos y señales. En realidad son nimiedades en comparación con mis mayores logros, pero le darán una idea de con quien está al habla.

No se asuste. No soy un loco. No soy un salvaje. Soy un hombre serio. Un hombre de honor.

Entre unas cosas y otras llevo 25 años de prisión, más de la mitad en celdas de aislamiento y incomunicado. Estoy calificado como interno de especial seguimiento. Investigan a toda persona con la cual tengo trato y tengo todo intervenido (correo, teléfono, etc).

Esto le llegará limpiamente, sin pasar los controles de seguridad a los que estoy sometido. Por lo que tranquilidad y buenos alimentos como decimos en mi mundo. No se complique usted la vida que yo sé hacer las cosas. Usted vea los toros desde la barrera. Creo que me entiende.

El socio que me ha pasado su asunto me ha explicado su problema. Y le digo desde ya que para mí no hay nada peor que una madre despreciando a su hijo. Los hijos son sagrados. Mi madre se quitaba la *comida de la boca para dársela a mí y a mis hermanos. Ahora no puede ser que su yerna, esa mala madre que dejó tirada a su propia hija, carne de su carne, vuelva para robársela a usted con la ayuda de los jueces asquerosos. Eso no tiene perdón. Merece lo peor.*

Yo no soy ni Dios ni cura para perdonar. El perdón es el refugio de los covardes. El que la hace la paga. Supongo que en eso estamos de acuerdo.

En setiembre acabo de pagar mi condena y ya podremos charlar en persona de las flores y las mariposas, ya me entiende. De mientras podemos hablar por carta.

La persona que le ha dado esta carta que usted está ahora lellendo es la hermana de un interno común que no le controlan el correo. Dele sus cartas a ella y su hermano me las dará a mí. Escriba siempre a máquina. Nunca le hable a nadie de mí.

Ya hablaremos de dinero y de lo que quiere que haga con la sujeta en cuestión. Y dígame discretamente como desea que se haga lo que halla que hacer. Yo estoy dispuesto a todo.

Sin más ya está. Se despide este humilde prisionero.

Reciba un cordial saludo.

Rafael Cabrales.

Aquella fue la primera de las tres cartas que Cabrales escribió a la banquera. Y fue la que leyó y releyó más veces antes de enviarla. Quería causar buena impresión y, tras varias correcciones, quedó satisfecho con el resultado. Había usado palabras largas como «nimiedades» y se mostraba respetuoso con la señora. Eso estaba bien. Había evitado los tacos y las expresiones barriobajeras. Todo un logro tratándose de él. Y le había echado bastante salsa al asunto, aprovechando que las sentencias que adjuntaba a la carta lo pintaban aún más loco y agresivo de lo que era en realidad. Bueno, todo ayudaba. El caso es que la cosa cuajó, porque, en cuanto recibió respuesta, supo que el trabajo era suyo.

Y la pasta le venía que ni pintada.

Porque salía del talego con una mano delante y otra detrás. Y con deudas.

94

Hostia puta, la de deudas que tenía. Sobre todo con el Pato, otro interno. Aunque no era un interno cualquiera. Aquel gordo le había confiado el trabajito de la banquera con la condición de que le soltara el noventa por ciento de lo que cobrara. ¡El noventa por ciento, menudo sablazo! Y eso que había buen rollo entre ellos. En prisión, Rafa Cabrales, el Cabra Loca, trabajaba de vez en cuando para aquel mandamás seboso ajustando cuentas con los internos mal pagadores y con los boqueras que intentaban joderle el chanchullo de drogas que tenía montado en prisión. Pero una cosa era llevarse bien y otra muy distinta que le financiara su afición a la aguja. Eso se lo apuntaba.

Hacía solo un día que habían soltado a Cabrales y todo le resultaba jodidamente raro. Tenía la sensación de ir a cámara lenta en comparación con el resto del mundo. Su última campaña en prisión había durado siete años y ahora, fuera, se sentía oxidado. Miraba a su alrededor y se asombraba de ver a todo quisqui enganchado a la pantalla de su teléfono móvil. Pero ¿qué miraban? Y no solo eso, joder. Eso era lo de menos. Las chavalas perdían el culo por niñatos vestidos con pantalones ceñidos y camisetas que les llegaban a las rodillas, con peinados de peluquería y gorras encasquetadas en la coronilla, como si les fueran pequeñas. ¿Ese era el macho que buscaban ahora? Pero si tenían pinta de pasarse más tiempo que ellas delante del espejo…

La puta. El mundo se iba al garete. Cabrales lo tuvo claro cuando vio pasar ante él a hombres adultos, con los huevos bien peludos, montados en patinetes eléctricos. ¿Es que no veían lo ridículos que resultaban?

Y, mirara donde mirara, solo veía a gente en chándal. Chándal, chándal, chándal. Lo usaban para todo. Aquello parecía el patio del talego con tanto chándal.

El primer día en libertad fue bastante decepcionante. Uno soñaba con salir y que unos colegas se lo llevaran por ahí de fiesta, a darse un buen homenaje, pero qué va. Nadie fue a recogerlo ni le ofreció un lugar donde pasar la noche. Algunos viejos amigos habían muerto, muchos con la aguja en el brazo, y otros seguían a la sombra. La familia renegaba de él y las exmujeres, exnovias y exligues habían hecho lo posible por perder el contacto. No se lo reprochaba. Tampoco a sus hijos. Esos no podían adquirir la etiqueta de «ex» pero sí desaparecer sin dejar rastro. De modo que pasó el día dando tumbos, aclimatándose, advirtiendo lo desfasado que estaba del mundo actual. Consiguió la mandanga suficiente para pasar un día sin sobresaltos y acabó en un albergue, compartiendo habitación con doce personas más, cada uno en su cubículo, tapado con una cortina, colaborando a ambientar la estancia con sus respectivos pestazos corporales.

Por la mañana, bien temprano, se puso en contacto con Isabelita, la hermana de Expósito, la misma que había hecho de intermediaria entre él y Dolores Casal llevando de un lado a otro sus cartas. Lo primero que le contó Isabelita fue que el día anterior atracaron el banco de Dolores Casal, y que, a su vez, un zumbado intentó darle matarile. Cabrales necesitó que se lo explicara con más detalle, porque no entendía nada. La chica se había enterado por las noticias de la tele. Rafa le había pedido que obtuviera el máximo de información posible sobre la directora, e Isabelita, en compañía de su novio, se había dedicado a seguir a la mujer durante unos días, de modo que conocía la sucursal dónde trabajaba. Cuando vio en el telediario la fachada destrozada y dijeron que un cliente cabreado había tratado de matar a la directora, tuvo claro que hablaban de ella. Isabelita también le dio la dirección dónde vivía Dolores Casal. Había muchos motivos por los que Cabrales quería conocer el máximo de detalles posibles de la directora de banco; el rollo ese de que la información es poder y tal, pero sobre todo le preocupaban las personas que habían intercedido para que la mujer llegase a contactar con él. No quería pelarse a alguien y después quedarse con el culo al aire.

Había acordado con la banquera que la llamaría a un número de teléfono concreto para concertar una cita, pero Cabrales cambió de opinión y decidió pillarla por sorpresa, no fuera a echarse atrás.

Supuso que la mujer se había tomado el día libre después de todo el revuelo del día anterior, y pidió a Isabelita y a su novio que lo acercaran a Sant Cugat, donde vivía. Si no la encontraba allí, pues ya improvisaría.

Cuando lo dejaron frente a la puerta de la casa, Cabrales no pudo reprimir un silbido. Menuda choza, colega. Grande que te cagas, de tres plantas, rodeada de jardín… Fijo que tenía una de esas piscinas con forma de riñón. Qué cabrona. A saber a cuánta gente había desplumado para vivir a todo tren.

Abrió la cancela exterior y enfiló el camino hacia la puerta principal ignorando el sendero de baldosas y pisoteando el césped sin compasión con sus queridísimas J'hayber Olimpo negras; ni recordaba el tiempo que hacía que calzaba aquel par, pero es que, coño, aquellas zapatillas eran indestructibles.

Cuando llegó a la entrada, llamó al timbre y esperó.

Y esperó y esperó.

Volvió a llamar y, al cabo de un par de minutos, la puerta se abrió y apareció un tipo con entradas y una camiseta con el lema «Cerebro antes que balas». Cabrales se fijó en sus ojos y no tuvo ninguna duda: aquel pavo iba hasta arriba de tranquilizantes. Lo miraba fijamente, con los párpados a media asta, pero sin decir ni mu.

—Vengo a ver a Dolores Casal. ¿Está en casa?

Tras una pausa que pareció durar un siglo y medio, el menda reaccionó.

—¿A quién?

—Dolores Casal. ¿La conoces?

Otra pausa eterna.

—Es mi madre.

—¿Está en casa?

El pavo mantenía fija en Cabrales una mirada mortecina. La mandíbula se le descolgó ligeramente y un goterón de baba comenzó a caer por la comisura de sus labios.

La Virgen. A tenor de lo que decía su camiseta, a ese tío más le valía conseguir balas, y muchas, porque lo que era el cerebro lo tenía bastante frito.

—Entro y la busco, ¿vale? —dijo Cabrales, apartándolo a un lado. El otro asintió. Como si hiciera puñetera falta...

La casa por dentro aún tenía mejor pinta: mármol reluciente por todos lados.

Los mamones que vivían ahí se lo habían montado muy bien. Cabrales se encendió un pitillo y deambuló por distintas estancias hasta que llegó al salón, situado en el otro extremo del inmueble. Y sí, joder, sí. Tenía piscina; no con forma de riñón, sino rectangular, pero daba la misma envidia. Salió al jardín y allí también pisoteó el mullido césped con sus J'hayber. Daba la sensación de que hacía siglos que nadie se daba un chapuzón en aquella charca de lujo. Menudo desperdicio. A punto estuvo de quedarse en cueros y tirarse en bomba...

Mientras pensaba en ello, una chacha sudamericana apareció tras él.

A Cabrales la vista casi se le empaña de la emoción. ¡Joder, cómo estaba la tía! A ver, siendo sinceros, estaba tan desesperado por mojar con una pava que una señal de STOP con peluca le hubiera bastado, pero es que aquella panchita estaba muy buena. Era su tipo: bajita, rechoncha, culona, con tetas grandes y labios carnosos. Se le puso gorda al instante.

La mujer le preguntó qué quería y Cabrales respondió que era amigo de la señora Casal, que venía a verla. La chacha se mostró desconfiada, cosa que aún puso más cachondo a Cabrales. Dijo que avisaría a la señora y le pidió que aguardara en el salón. También le pidió que apagara el cigarrillo. Desde que le habían extirpado un pulmón al señor por culpa del cáncer, le explicó, nadie fumaba en aquella casa, estaba estrictamente prohibido. Él respondió que no tenía ningún inconveniente y dejó caer la colilla al suelo. Después hizo como que se disculpaba mientras ella la recogía (disfrutando de la panorámica que le proporcionó la panchita al agacharse) y preguntó si sería tan amable de servirle una cerveza. La mujer volvió a mirarlo con recelo, consultó su reloj y respondió que ahora le traería algo pero que por favor entrara al salón, como si le hubiera leído las intenciones de tirarse en pelota picada a la piscina. Poco después, la chacha puso en la mano de Cabrales un botellín de algo de importación y desapareció.

Al cabo de unos minutos hizo acto de presencia una mujer bajita, con forma de botijo, embutida en una bata de seda lila. Iba despeinada, como recién levantada, con la melena chafada a la altura del cogote. Lo que más llamaba la atención en ella, sin embargo, no era ni siquiera el abultado vendaje que cubría buena parte del lado izquierdo de su rostro, sino el cabreo monumental que traía. Los morros le llegaban al suelo.

Menuda elementa, la Dolores Casal.

Rafa Cabrales jugó un poco con ella, por tocar la pera, más que nada, porque formaba parte de su naturaleza, y después se presentó. La reacción de ella fue pasar del enfado a la perplejidad.

—¿Cómo has averiguado dónde vivo?

—Preguntando por ahí. No me dirás que es un secreto, ¿eh?

—Pero no deberías estar aquí. ¡No puedes estar aquí!

—Yo creo que sí. ¿No me ves?

—Mi marido... —Dolores bajó la voz y, tras mirar a su alrededor, repitió—: mi marido no sabe nada.

—Si sigues hablando entre susurros, van a pensar que estamos liados, chata.

Dolores arrugó el morro en señal de impaciencia y se ajustó la bata. Después, con tono seco, ordenó:

—Acompáñame.

Cabrales se puso en pie y apuró la cerveza, más por entonarse que porque le gustara el sabor de aquella bazofia extranjera. ¿Dónde estaban las cervezas de toda la vida? No conocía aquella marca. De hecho, tenía tantas consonantes que era impronunciable. Debía ser una mierda de esas artesanas... ¿Por qué le había dado a la gente por fabricar su propia cerveza? Con lo sencillo que era ir a un bar, pedir una birra y jincársela... Madre del amor hermoso. El mundo se estaba volviendo gilipollas.

Siguió los pasos de la banquera por un largo pasillo y entraron en un despacho repleto de archivadores y figuritas de cristal.

La mujer cerró la puerta y se sentó en uno de los dos butacones de piel situados al fondo, bajo un gran ventanal con finas cortinas blancas que permitían el paso de la luz pero que aislaban visualmente del exterior. Cabrales ocupó el otro butacón y los muelles chirriaron. Aquellos reposaculos tenían pinta de ser viejos. Y caros que te cagas. Y eran incómodos, la verdad.

Pero bueno, el caso es que por fin se encontraban frente a frente. Cabrales extrajo el paquete de tabaco del bolsillo de su chupa de cuero, junto a un mechero Bic. La mujer negó con la cabeza.

—En esta casa está prohibido fumar. Mi marido…

—Ya he oído la historia del pulmón.

—Pues aquí no se fuma.

—Él fumaba, ¿no? Pero como ya no puede, nadie puede, ¿eh? No hay nadie peor que los ex fumadores. Son los más intolerantes.

—Déjate de historias y escúchame bien —ladró la banquera—. Nadie sabe nada de esto, ¿me oyes? Nadie. No puedes presentarte aquí sin avisar. Y menos dando la nota. Me pones en un compromiso.

—No tenía otra forma de ponerme en contacto contigo —mintió Cabrales, al tiempo que volvía a guardar el paquete de tabaco—. ¿Cómo se suponía que iba a hacerlo? ¿Con señales de humo?

—Te apunté un número en la última carta. Un número seguro, para evitar todo esto.

—Ya. Y yo tuve que deshacerme de la carta. Y resulta que no tengo muy buena memoria para los números. Pero, oye, ya estoy aquí, ¿no? Así que no perdamos más tiempo y dame los datos de…

—En las cartas parecías más serio. Más profesional.

Había que joderse…

—¿A qué viene esto, guapa? Cuando quiero soy serio. Cuando quiero soy profesional. ¿A qué coño viene esto?

—A que pareces otro.

—¿Y qué importa si parezco otro o no? Tú quieres que haga algo y yo lo haré. Cojones si lo haré, en cuanto pueda me pongo manos a la obra. Pero ahórrame la clase, si no te importa, porque llevo demasiado tiempo aguantando monsergas de gente que se cree superior a mí. Sabes de dónde vengo, ¿no? Pues imagínate las pocas ganas que tengo de que me digan cómo debo comportarme. Estoy fuera. Ahora puedo ser yo. No tengo que pedir permiso a nadie, joder. Puedo hacer lo que me dé la gana. ¡Se acabó el rollo de hacer fila para todo!

Cabrales era consciente de que se había puesto como una moto, y no sabía ni siquiera por qué. Quizá la actitud altiva de la mujer, quizá el modo de tratarlo con tanta prepotencia. El caso es que el corazón le bombeaba a toda pastilla. Y necesitaba como mínimo un pitillo, por no decir otro puto pico.

—¿A qué viene todo eso? —La mujer se había quedado parada.— Cálmate.

—Me calmaré si quiero, joder…

Estaba asustando a la mujer. Y tenía que relajarse, coño. No podía perder aquel trabajo, por poco que llegase a cobrar. Dijo:

—Estoy aquí por algo, ¿no? Pues centrémonos en el tema y dejémonos de chorradas, ¿vale? No perdamos los nervios.

La mujer abrió los ojos, perpleja.

—Aquí el único que pierde los nervios eres tú.

Cabrales alzó la vista y volvió a tomar aire.

—Las cosas aquí fuera son distintas —dijo, como si aquello sirviera de disculpa—. Van a otro ritmo, no sé si me entiendes. Me cuesta no pensar que estoy rodeado de hijos de puta… ¿Hacemos las paces y todo eso? ¿Qué te parece? Sigues interesada en lo que me propusiste, ¿no?

La mujer asintió.

—Pues dame la información de la pájara y dime si quieres algo especial. Acabaré con el tema lo antes posible y aquí paz y después gloria.

La mujer se levantó y fue hasta el escritorio. Abrió el cajón superior y extrajo un pequeño papel mecanografiado. Lo tenía preparado, sí señor. Se lo tendió a Cabrales y este leyó un nombre: Lourdes Beltrán. Debajo había anotada una dirección de Sitges.

—¿Es una casa?

—Ajá.

—Vosotros la tocáis, ¿eh? —Cabrales volvió a extraer el paquete de cigarrillos—. ¿De verdad que no me vas a dejar fumar? Abriré la ventana.

La mujer le mantuvo la mirada, dura. Preguntó:

—¿Cuándo piensas hacerlo?

Cabrales, todavía con el paquete en la mano, dijo:

—Iré a echarle un vistazo al tema en cuanto pueda, hoy por la tarde o mañana por la mañana. No me quiero precipitar, pero tampoco voy a perder el tiempo. Cuanto antes mejor.

—¿Cómo…?

La mujer calló.

—¿«Cómo» qué?

—¿Que cómo vas a hacerlo?

—¿El qué? ¡Lo de…?

Cabrales se llevó un dedo al cuello y lo rajó imaginariamente de un tajo. Después hizo una mueca de indiferencia.

—No sé… Depende. No soy de los que sienten apego por ninguna arma en particular. Los cuchillos me tiran bastante, pero más por costumbre que otra cosa. ¿Alguna petición especial?

—Dolor.

Joder con la vieja.

—Pues muy bien. Dolor a tutipleni. —Hizo una pausa y añadió—: Ahora viene el momento en que me sueltas la pasta, ¿no?

—¿Qué?

Mierda. ¿Se estaba haciendo la sueca?

—Que aflojes la pasta. Lo acordado. La mitad: quince y quince, ¿recuerdas? Treinta en total.

—¿No eran diez y diez? ¿Veinte en total?

¿Estaba de coña?

—Oye, guapa, ¿con cuántos pavos te has estado carteando? Porque debe haber uno que se ha dedicado a reventar precios, y ese no soy yo.

—¿Eh?… ¿Qué quieres decir? Solo he tratado contigo.

—Pues en ese caso, déjate de juegos. Quedamos en treinta. Lo dejé bien clarito: quince antes y quince después. Treinta en total. Tú no te quejaste de nada. Tú dijiste: «vale, muy bien». Pues eso: vale, muy bien. Ahora no me vengas con regateos.

—Está bien, pero hay un problema.

—¿Qué puto problema?

—Que ahora mismo no dispongo de esa cantidad de dinero en efectivo.

Debía ser una broma. Cabrales, esta vez sí, encendió un cigarrillo. La mujer no se quejó. Se limitó a observarlo en silencio. Cabrales expulsó una gran nube de humo y preguntó, con toda la calma que consiguió reunir:

—Cuando dices «ahora mismo no», ¿quieres decir que no en este preciso instante, pero que sí en media hora o una hora, o quizá en dos?

—Necesitaré algo más de tiempo.

—Hostia puta. Mírame a la cara y respóndeme, ¿vale? ¿Vas en serio con esto?

—Por supuesto.

—Pues a mí no me lo parece. Lo que me parece es que me quieres hacer perder el tiempo, que me tomas por gilipollas.

—Eso no es verdad. No quiero hacerte perder el tiempo. Pero ha habido un contratiempo. Ayer atracaron el banco donde trabajo...

—Y por lo que he oído también intentaron enviarte al otro barrio, ¿no? ¿A ese también lo tomaste por gilipollas?

La sorpresa se dibujó en el rostro de la banquera.

—¿Cómo? No, no. Eso no tiene nada que ver...

—Pues claro que no, y te voy a ser sincero: a mí todo eso me importa una mierda. Lo único que quiero es que me pagues por hacer lo que voy a hacer. Pero lo que acabas de decirme es que no puedes soltar la pasta, y me lo has dicho aquí sentada, en tu casoplón, como si fueras la reina de Saba, esperando a que me manche las manos por ti sin ver un puto duro antes. Me parece que no me respetas, y eso no me gusta un pelo.

—Sí te respeto.

—Pues demuéstramelo. Págame la mitad del dinero y yo también te mostraré respeto cumpliendo con mi palabra.

—Mañana por la tarde podré darte algo.

Aquello iba de mal en peor.

—¿Algo?

—Los quince mil, quiero decir. Pero tienes que darme un día. Joder…

En otra época, Cabrales no habría permitido que lo vacilaran de aquella manera. En otra época se habría hecho respetar de verdad… Pero ahora solo podía pensar en la pasta que necesitaba y no tenía. Y, para colmo, de aquel trabajo apenas se iba a llevar tres mil euros. Mierda, con eso no tenía ni para empezar. Era injusto. El puto Pato se pasaba un huevo. Ojalá pudiera darle esquinazo, pero le faltaban pelotas para hacerlo. Sí señor, en otra época habría hallado el modo de sacar la mejor tajada de todo y mandar al resto a tomar por culo; ahora se sentía cansado y con las manos atadas. Desde luego, la prisión lo había oxidado… la prisión y las drogas, para ser del todo sincero. Había perdido fuelle.

Se sorprendió a sí mismo diciendo lo que dijo a continuación:

—Si no fuera porque este encargo me ha llegado a través de alguien importante al que no puedo fallar, te mandaba a paseo ahora mismo. No quiero hacerle un feo a ese tipo, así que mañana volveré y recogeré esos quince mil. Después, y solo después de que me pagues, me pondré manos a la obra. De lo contrario, ya puedes olvidarte de mí.

—No habrá problema. El dinero no es un problema.

—Entonces, ¿por qué no me lo das ahora?

—Necesito sacarlo sin que mi marido se entere. Entiéndeme, tampoco sabía que vendrías precisamente hoy.

—Pues es hoy cuando estoy aquí, joder. Y tienes hasta mañana para conseguirlo. Si no, olvídate.

Cabrales se guardó en el bolsillo trasero de los tejanos el papel con el nombre y la dirección y se puso en pie.

La banquera señaló un macetero y dijo:

—Apaga ahí el cigarrillo, por favor.

Cabrales dio una última calada y clavó la colilla naranja en la tierra oscura del macetero, junto al tallo de una flor extraña de color morado.

Salieron del despacho y pasaron junto a una habitación repleta de trofeos donde la chacha estaba sacando el polvo con un plumero. En cuanto Cabrales la vio, se paró en seco. Estaba sorprendido; por lo general, y tras abusar tanto de las drogas, el sexo había bajado varios grados en el escalafón de prioridades, pero aquella tipa tenía algo que lo ponía muy burro. La observó moverse, en su vestido de faena azul, y se convenció de que era de las que sabían cómo hacer que uno pasara un buen rato, con todos aquellos «papíto, sí, dámelo todo» y «qué rico, qué rico». Sí, rico rico. No estaría nada mal zumbársela mirándola a los ojos, para variar. Estaba harto de ver espaldas. Demasiadas espaldas en sus últimos años, sebosas y peludas.

—¿Tiene novio? —preguntó Cabrales, señalando a la sudamericana.

—Está casada —respondió la banquera, impaciente por retomar la marcha.

—Su marido será algún tapón de esos tiraflechas, ¿no? Un aconcagua achaparrado.

—La verdad es que es bastante corpulento para ser boliviano.

—¿Boliviano? Esos no me intimidan. ¿Y ella? ¿Sabes si es receptiva?

—¿Receptiva? ¿A qué te refieres?

—A si le va la marcha. Ya me entiendes.

—No, no te entiendo.

—Yo creo que sí. Tiene pinta de mosquita muerta, y por experiencia sé que esas son las mejores. O las peores, según para quién… Menudo bombón rondando por casa. Antes he visto a un tipo, más ciego que un topo, hasta las cejas de trankimazines o alguna mierda por el estilo…

—Es mi hijo. Está convaleciente.

—Pues si yo fuera él, me mantendría bien despierto, corriendo detrás de ella de un lado para otro, picando piedra hasta que cediera… ¿No tienes miedo de que tu marido haya pensado lo mismo? Ya sabes lo que quiero decir, a que esté inyectándole un poco de la madre patria a esa pedazo de indígena.

Aquello no le hizo ni puta gracia a la banquera.

—Creo que es mejor que te marches.

—Sí, será lo mejor.

Porque estaba harto de estar ahí.

Menudo coñazo de tía. Y encima se largaba sin un duro en los bolsillos.

13

Saúl se dio prisa en cerrar el atestado que le había encargado Castro y, sin dudarlo, comenzó a leer todos los procedimientos en los que constaba Dolores Casal.

Había mucha denuncia cruzada con la expareja de su hijo, mucha mierda echada en cara y mucha mala baba. El motivo principal era la custodia de su nieta, pero ahí podía leerse entre líneas que la cosa venía ya de lejos.

Después pasó a los atestados relacionados con su trabajo como directora de oficina bancaria. Había mucha denuncia por estafa y hurto, pero, como ya suponía Saúl, aquel no había sido el primer atraco que Dolores Casal sufría en sus carnes. Ni mucho menos. Llevaba varias décadas en el mundo de la banca y había un poco de todo; sin embargo, hubo un incidente que llamó la atención de Saúl por encima del resto. Un atraco que acabó convirtiéndose en un secuestro.

Los hechos se remontaban a dos años atrás, cuando Dolores Casal estaba supliendo de manera temporal al director de una oficina de Rubí. El inicio de aquel atraco fue de los clásicos: tres calandracas más curtidos que la piel de camello viejo irrumpieron en el lugar, pistolas en mano, gritando aquello tan manido pero efectivo de «¡Esto es un atraco!». Después más gritos y amenazas para que Dolores abriera la caja fuerte y, de repente, el atracador que permanecía atento a la calle, vigilando, empezó a chillar: «¡La pasma! ¡La pasma!». Ahí acabó el atraco de manual y comenzó el sálvese quien pueda. Los tres atracadores se pusieron como motos y el que estaba junto a la directora la agarró por el pescuezo y salió a la calle con ella a rastras, seguido por los otros dos. La subieron a un Golf, aparcado sobre la acera, a pocos metros de la entrada y, antes de poder arrancar el motor, tenían ocho pipas apuntándolos desde todos los ángulos posibles.

Se trataba de la UCAT, que llevaba meses tras ellos, con seguimientos y pinchazos telefónicos, y habían montado un dispositivo para detenerlos en cuanto salieran de la sucursal con el botín. Quizá cometieron algún error mientras trataban de desplegarse con cautela alrededor de la sucursal, o quizá el atracador que gritó aquello de «¡La pasma! ¡La pasma!» estaba más paranoico de lo normal. Tanto daba. El caso es que la situación subió de revoluciones y ahí estaban todos los agentes presentes encañonando el coche, con tres atracadores y un rehén dentro. Una auténtica ida de olla, nada que ver con lo que mandaban los protocolos y guías policiales, pero es que los que escribían aquellos protocolos y guías policiales no habían pisado la calle en su puñetera vida.

La cosa acabó bien. Los calandracas tuvieron el suficiente sentido común como para asumir que habían perdido aquella batalla, y salieron del vehículo con los brazos en alto, sin jugar la carta del rehén.

Tras leer aquel incidente, algo llamó la atención de Saúl. ¿Qué era? Releyó la minuta policial, se fijó en los números de los agentes que practicaron la detención y… Oh, sorpresa.

Una de las pipas que encañonaban el coche de los atracadores era la de un agente al que Saúl conocía muy bien:

Jairo Quintana.

Y no solo eso. También había sido el agente que tomó la declaración a la mujer después de lo sucedido.

Por entonces, Jairo estaba destinado en la UCAT, antes de llegar en comisión a la UTI Metrosur, un año atrás.

Saúl echó un vistazo a su teléfono móvil.

El día anterior, el chat del grupo de Violentos había echado humo, repleto de mensajes y fotografías sobre el atraco, pero

Jairo no había dicho ni mu. Aquello era raro; solía ser de los más participativos, especialmente si se le presentaba la ocasión de hacerle la pelota a Castro, riéndole alguna gracia.

Se fijó en la hora de su última conexión y era a las 00:18 horas de la pasada noche.

Le envió un breve mensaje preguntándole cuándo volvería a trabajar y ni siquiera lo recibió. Lo llamó al móvil y saltó directamente el contestador.

Decidió llamar al teléfono fijo de casa. Si no recordaba mal, todavía vivía con su madre.

Tras varios tonos, escuchó la voz de una mujer mayor.

—¿Diga?

—Hola, buenas. Me llamo Saúl Sanz. Soy compañero de Jairo.

—Ah, hola. ¿Compañero de dónde? ¿De Sant Feliu?

—Eso es. ¿Está Jairo en casa? Quiero comentarle una cosa y no responde al móvil.

—Pues no, no está.

—Y ¿dónde puedo encontrarlo?

—Está de viaje.

—¿De viaje? No lo sabía.

—Sí, por los Pirineos. Pero no te creas, que yo tampoco sabía nada. Me he enterado esta misma mañana, cuando me he despertado y he leído sus mensajes. A este niño hay que sacarle las cosas a la fuerza. No cuenta nada. Ya me podía haber dicho algo ayer cuando salió de casa.

—Y ¿cuándo volverá?

—Ni idea, pero no creo que esté muchos días fuera, porque apenas se ha llevado ropa. Se marchó al gimnasio por la mañana temprano, cuando vino su amigo a recogerlo, y ya no ha vuelto a pasar por casa. No llevaba encima más que la bolsa del gimnasio.

—¿Sabe cómo se llama ese amigo?

—Claro…

Y cuando se lo dijo, Saúl, de manera inconsciente, se llevó una mano a la frente.

14

Saúl detestaba mentir a Silvia.

Sin embargo, aquella tarde lo hizo.

Estaban ya en su apartamento de Gavà Mar, él sentado en el sofá y ella tumbada, completamente dormida, cuando Saúl decidió salir. Ella se despertó al notar su movimiento y le preguntó con los ojos aún cerrados dónde iba. Él respondió que al gimnasio.

Pero no era así.

Se preparó la mochila, como de costumbre, pero en su lugar condujo hasta un bloque de pisos de Cornellà.

Estacionó su Ford Focus azul en un lugar discreto, a medio camino entre la entrada peatonal del edificio y la puerta del garaje, y esperó, como tantas otras veces había hecho en su día a día.

Tras cuarenta y siete minutos allí plantado, viendo entrar y salir personas y vehículos del edificio, la puerta del garaje se abrió por enésima vez y una Honda CBR600 de carenado rojo, pilotada por un hombre corpulento con casco rojo y blanco marca Arai y una mochila de deporte cruzada a la espalda, salió a toda mecha.

Saúl intentó seguir a la Honda con su Focus, pero tres semáforos más tarde ya la había perdido. ¡Joder! El mamón conducía como un loco, zigzagueando entre los coches.

Estaba seguro de que el tipo no lo había visto, básicamente porque ni siquiera había tenido tiempo. Conducía como un energúmeno porque era un energúmeno, nada más. Y seguir a un motorista era prácticamente imposible, a menos que se dispusiera de otro motorista, cosa que Saúl no era.

Menudo éxito. ¿Qué podía hacer ahora?

Llevaba una bolsa de deporte a la espalda, ¿no? Y tenía pinta de ser un enfermo de los gimnasios, ¿no?

Pues por ahí podía empezar.

Lo había perdido cuando circulaba por la carretera de Esplugues, de modo que buscó en Google gimnasios a los que podía haberse dirigido y descubrió que no eran pocos.

Inició un recorrido por Cornellà, de gimnasio en gimnasio, buscando la puñetera Honda roja.

Tenía que encontrarla, joder. Tenía que encontrarla.

Y, antes de lo que se esperaba, la encontró.

Estaba aparcada frente a un local de artes marciales mixtas llamado Fernan Esports. Era un local pequeño, situado en una callejuela estrecha, donde resultaba imposible aparcar el coche sin dar el cante. Saúl optó por continuar hasta el siguiente cruce y aparcó sobre la acera, controlando la moto a través del espejo retrovisor derecho. Desde allí no controlaba la puerta del gimnasio, pero sí vería el momento en el que el tipo subiera de nuevo a la Honda.

Y vuelta a esperar.

Hora y cinco minutos, esta vez.

Hasta que el motorista apareció en el retrovisor recién duchado y hablando por el teléfono móvil.

Cuando vio que se ponía el casco, Saúl arrancó el motor del coche y se preparó; tenía la esperanza de aguantar un poco más que tres semáforos y, a poder ser, no quemarse a lo bonzo, básicamente porque estaba utilizando su coche particular.

La moto se puso en marcha y avanzó hasta rebasar la posición de Saúl. Esta vez, parecía no tener tanta prisa como antes.

Saúl se debatía entre pegarse al culo de la Honda y arriesgarse a que lo reconociera, o darle cuerda y arriesgarse a perderlo.

Optó por lo primero.

La moto salió de Cornellà por Sant Ildefons y se internó en Hospitalet. Cruzó la avenida Carrilet por la zona de naves y continuó en dirección a Bellvitge. Torció en travesía Industrial y se mantuvo en aquella calle hasta cruzar las vías de Renfe por el túnel del Gornal.

Hasta allí, Saúl había sudado bastante. Se había saltado varios semáforos en rojo y a punto estuvo de embestir a un ciclista que le dedicó un sonoro «¡Tus muertos, cabrón!». Saúl lo encajó con deportividad. Lo que sí le jodió un poco más fue lo de petarse tantos semáforos con su coche; cuando lo hacía con los vehículos policiales de paisano dolía mucho menos, básicamente porque en ese caso las multas no llegaban a casa.

Esperaba que aquello mereciera la pena.

La moto llegó a una rotonda y tomó la primera salida, que correspondía a la calle Can Tries; después continuó internándose en el barrio del Gornal.

Cuando Saúl alcanzó la rotonda, se vio obligado a dar un frenazo para no chocar con un BMW X5 que circulaba por ella, ocupado por tres marroquís que le lanzaron miradas de perdonavidas. Acababa de entrar en territorio comanche.

Cuando volvió a ponerse en movimiento y enfiló Can Tries, la Honda había desaparecido.

O se había metido de lleno en el Gornal o había seguido recto en dirección a la Gran Via. Y si había seguido recto, ya podía despedirse.

Era o el Gornal o nada.

Entró.

Tras unos minutos de búsqueda, ¡bingo!, localizó la moto estacionada en mitad de la avenida Carmen Amaya. Echó un vistazo a su alrededor, pero no encontró al motorista.

Saúl resopló.

Estaba solo y aquel lugar era jodido de vigilar. Si salía del coche, los habituales del barrio no tardarían ni cinco minutos en preguntarse qué coño hacía aquel tío con pinta de poli (parecían tener un radar) merodeando por ahí. Lo bueno era que había tantos candidatos a ser investigados que no sabrían a por quién iba… Sin embargo, sin refuerzos, él solo, se jugaba el tipo.

Tenía que pasar lo más desapercibido posible.

Aparcó en batería, a unos pocos metros del edificio frente al que estaba estacionada la Honda, y lo hizo con el culo del Focus enfocando a la entrada. Sin salir del vehículo, se pasó a los asientos de atrás y, desde allí, gracias a los cristales traseros tintados, se sintió lo suficientemente cómodo y seguro para vigilar el entorno.

Y, cómo no, vuelta a esperar.

Silvia y él solían bromear diciendo que les pagaban por esperar a que pasaran cosas. Pasaban más tiempo charlando y comiendo pipas que en pleno seguimiento. Esperar, esperar, esperar… y, de repente, debían activarse de inmediato e intentar no cagarla perdiendo al objetivo. A veces era divertido. Otras, simplemente, soporífero.

Alguien tan impaciente e impulsivo como Saúl necesitó años para acostumbrarse. Y aún se le hacía duro, especialmente cuando le tocaba vigilar desde dentro de una furgoneta y no tenía ninguna botella vacía donde evacuar la meada.

Tres tipos jóvenes, de veintipocos años, vestidos con pantalón de chándal Nike y camisetas de GUCCI, DOLCE&GABBANA y MOSCHINO con las letras bien grandes estampadas sobre el pecho, pasaron junto al coche y se quedaron mirándolo como si olieran su presencia. A pesar de estar resguardado por los cristales oscuros, Saúl se encogió en el asiento. Estaba seguro de haber visto a dos de ellos en las reseñas policiales. Uno se agachó y golpeó la llanta posterior derecha. Dijo cuánto valía, y no se equivocaba. Después hablaron entre ellos en voz baja, uno negó varias veces con la cabeza, y finalmente se marcharon. Más valía que la cosa acabara rápido, porque la calle comenzaba a llenarse de parroquianos sacando sillas a la calle para tomar el fresco de media tarde y matar el tiempo. Y a esos no se les escapaba nada fuera de lo normal. Había muchos negocios que ocultar allí.

Silvia le envió un mensaje para saber dónde estaba y él respondió que saliendo del gimnasio. Como la cosa iba para largo, improvisó y añadió que pasaría por el Ànec Blau, a mirar un par de cosas que quería comprarse. Ella aprovechó para pedirle que fuera a recoger unas botas que había encargado en una de las zapaterías del centro comercial. Saúl respondió que ningún problema.

Se le acumulaba la faena.

Justo cuando acababa de enviarle el último mensaje a Silvia, vio al motorista salir del edificio. Y no iba solo.

Lo acompañaba un tipo alto y delgado, con los brazos tatuados. Llevaba una riñonera cruzada frente al pecho con los colores de la bandera africana.

Saúl, todavía con el móvil en la mano, los encuadró y los cosió a fotos.

El motorista parecía cabreado; el otro hablaba de vez en cuando y se encogía de hombros. Se aproximaron a la moto. Intercambiaron un par de frases y el motorista se puso el casco y los guantes. Encendió la Honda y montó.

Era el momento de decidir qué hacer: saltar al volante y seguir de nuevo al motorista... O cambiar de objetivo.

Al motorista lo tenía identificado y sabía dónde vivía.

De modo que optó por el cambio. A ver quién era aquel nuevo personaje que aparecía en el tablero.

El motorista se largó y el otro tipo echó a andar por Carmen Amaya, en sentido a la Gran Via. Se detuvo un par de veces para intercambiar algunas palabras con un par de hombres, primero, y una mujer con un crío, después. Justo cuando estaba a punto de perderlo de vista, Saúl decidió salir discretamente del Focus y comenzó a andar en paralelo a él, por el paseo central de la avenida.

El tipo se detuvo frente a un coche negro.

¿Era un Fiat Stilo?

¡Sí, joder! Un puto Fiat Stilo negro.

Se subió en él.

Saúl no podía ver la matrícula; los coches aparcados junto al paseo se lo impedían.

El coche se puso en movimiento. Maniobró y comenzó a desplazarse Carmen Amaya arriba.

Saúl avanzó rápidamente en dirección a la calzada, con su teléfono móvil pegado a la oreja. Parloteaba sin sentido, como si mantuviera una conversación, mientras cruzaba la calle justo después de que el Fiat Stilo pasara a toda prisa. La cámara del teléfono enfocaba al coche, que se alejaba cada vez más.

Y comenzó a pulsar el botón, haciendo fotos como un poseso.

Cuando el vehículo desapareció, Echó un vistazo a la galería de imágenes y vio un porrón de fotografías descentradas y movidas. En tres de ellas se leía perfectamente la matrícula.

15

Tito Toledo, a bordo de su Fiat Stilo negro, estaba parado en un atasco de la A2, a la altura de Sant Joan Despí. Iba de camino a la nave de Rubí, a controlar la plantación. El tráfico estaba asqueroso a aquella hora, pero al menos le permitía manejar el volante con los antebrazos mientras se liaba un joker, un canuto XXL de cinco papeles. Por si fuera poco malabarismo, entre el hombro y la oreja derecha sostenía un teléfono móvil. Al otro lado de la línea, el Capi preguntaba:

—Pero ¿se lo ha tragado o no?

Se refería a Gus. Tito le había enviado un mensaje al Capi hacía un rato, para contarle que el mazas se había presentado en su apartamento.

—Sí, tío. Pero no para de decir que quiere verlo.

—¿Y qué le has dicho?

—Lo que hablamos ayer, el rollo ese de que lo habías llevado a un sitio que conocías en Gerona o por ahí, un sitio de confianza. Que se estaba recuperando bien, pero que de momento es mejor que nadie vaya a verlo ni hable con él. Y que no haga ninguna gilipollez.

—¿Y se ha quedado conforme?

—Más tranquilo que cuando ha llegado, sí… pero sigue rayado.

—Habrá que atarlo corto.

—Habla con él, Capi. Tranquilízalo tú.

—Está bien, yo me encargo.

Y colgó.

A Tito le hubiera gustado hacerle algunas preguntas, pero sabía que debía callar. Igual que había hecho la noche anterior, cuando se ocuparon del cuerpo de Jairo.

Ver, oír y callar. Ese era el nombre del juego.

Y conducir.

Y cavar.

Todo junto.

Tras la muerte de Jairo, el Capi mantuvo una tensa conversación con el doctor y después se lo llevó de allí. Cuando regresó un rato más tarde, lo hizo solo. Tan solo dijo que podían olvidarse de él, que no había nada de qué preocuparse, y le preguntó dónde estaban las cosas de Jairo. Tito le acercó la mochila que aquel había dejado en su coche antes del robo y el Capi rebuscó en ella. Había ropa de recambio, su cartera y su teléfono móvil en modo avión, tal y como el Capi les recordaba que lo pusieran siempre que se disponían a meter un palo. El Capi cogió el móvil y tocó la pantalla; estaba bloqueado con huella. Se lo guardó en el bolsillo interior de la chaqueta.

Bajaron el cuerpo a la calle y lo encajonaron en el maletero del Fiat Stilo, envuelto en la misma manta roñosa en la que había muerto. Tito había acercado el vehículo hasta la misma entrada del edificio, pero aun así tuvieron que ser rápidos. En el maletero también metieron un par de palas, de cuando Tito se dedicaba a las plantaciones de exterior.

Acto seguido el Capi le ordenó que condujera hasta la estación de Sants.

Cuando apenas faltaban cinco minutos para llegar, el Capi le indicó que parara en un vado que había a izquierda, en una zona poco iluminada, bajó del coche y abrió ligeramente el maletero; no mucho, lo justo para inclinarse y meter medio cuerpo en él. Aquello puso muy nervioso a Tito; por suerte, fue breve. Al cabo de medio minuto, el Capi ya volvía a estar sentado junto a él, trasteando el móvil de Jairo, ahora desbloqueado.

Retomó la marcha hacia la estación y, durante el trayecto, observó por el rabillo del ojo como el Capi leía conversaciones de Jairo desde la aplicación WhatsApp, concentrado y sin decir ni mu.

Cuando faltaba poco para llegar, el Capi desactivó el modo avión. Llegaron avisos de llamadas y mensajes. El Capi esperó a estar parados frente a la estación y volvió a acceder a WhatsApp. Tito observó cómo tecleaba en el móvil. No tardó mucho, lo suficiente para enviar algunos mensajes a varias personas. O eso le pareció a Tito.

Después el Capi volvió a poner el móvil en modo avión y se lo guardó.

Y le dijo que pusiera rumbo a Collserola.

Subieron por la carretera de la Rabassada y tomaron el desvío de Sant Medir. Al cabo de pocos minutos se internaron en una pista forestal. Después giraron en un camino lleno de baches y avanzaron por él hasta llegar a un punto en el que la maleza los obligó a detenerse. Estaban en medio de ninguna parte.

Cavaron un hoyo con gran esfuerzo y depositaron el cadáver en su interior. El Capi se quedó inmóvil durante unos segundos, observando a Jairo por última vez, susurrando algo a modo de despedida. A continuación, comenzaron a cubrirlo de tierra. Y estaban en ello cuando, de pronto, El Capi le gritó que parara.

Bajó al hoyo y apartó la tierra que cubría su mano derecha. Le extendió los dedos, que habían empezado a adquirir rigidez, y utilizando el extremo afilado de la pala dio varios golpes secos sobre el dedo índice hasta cortarlo. Lo envolvió en un clínex y lo guardó.

Salió del hoyo y continuaron rellenándolo hasta sepultar completamente el cadáver de Jairo. Después cubrieron la superficie con ramas, piedras y hojas secas, y el resultado fue bastante aceptable.

Con la ropa sudada y manchada de tierra, extenuados por el ejercicio físico de las últimas dos horas y de todo un día cargado de puta mala suerte, El Capi y Tito se apoyaron en el capó del Fiat Stilo. Tito encendió un porro; le ofreció una calada al Capi y este negó con la cabeza. En su lugar lo miró fijamente y dijo:

—Sabes lo que tengo que advertirte ahora, ¿no?

Hacía rato que Tito lo esperaba.

—Puedes ahorrártelo. No pienso decir nada de nada… Joder, tío, ¿cómo iba a hacerlo? El asunto ha salido en todos los canales de televisión. Como empiece a correr el rumor por ahí de que estoy metido en esto, nadie querrá acercarse a mí por miedo a que la poli me esté dando caza. Los serbios me mandarán a paseo y… No me malinterpretes, ¿vale? No quiero parecer un puto insensible ni nada de eso. Me ha jodido la muerte de Jairo. Me ha jodido y mucho. Pero no quiero problemas. Sabré mantener la boca cerrada.

—¿Y tu parienta?

—¿Olga? Ella tampoco dirá nada.

—Pues a mí me parece una bocazas de tres pares de cojones.

—Habla cuando no debe, sí. Y es bastante tocapelotas, también. Le cuesta dejar las cosas tranquilas, eso no te lo voy a negar. Discutir con ella es complicado, porque no se cansa, ¿sabes? Es como un pájaro carpintero, toc–toc–toc–toc–toc. Va picando y picando y picando hasta que saltas, hasta se te inflan las pelotas. A veces parece una amargada a la que le jode que al resto le vayan bien las cosas. Eso lo admito. Pero ¿una chivata? No, joder. Es imposible que vaya a la poli a contar nada. Con el asco que le da.

El Capi no parecía tenerlo tan claro, pero pasó a otra cosa. Dijo:

—Gus no resistirá la verdad.

—Lo sé.

—Le repetiremos lo acordado hasta la saciedad y, cuando lo vea preparado para saber que está muerto, se lo diré.

—Esperemos que se lo trague…

—El tío solo quiere oír que su amigo se pondrá bien, que la situación no es tan mala como pinta. Pues eso le diremos. Lo último que necesitamos es que se ponga más nervioso. Y ya lo está un rato.

Tito también estaba nervioso, coño. ¿Cómo no iba a estarlo? Pero, no le quedaba otra que mantener el tipo y aguantar.

A lo hecho, pecho, ¿no? Qué remedio…

De vuelta al atasco de la A2, la fila de vehículos que había frente a Tito comenzó a moverse. Pisó el acelerador y avanzó veinte metros. Después volvieron a pararse.

De pronto tuvo la sensación de que no saldría de ahí en la vida.

16

Saúl necesitaba un ordenador con acceso a la base de datos policiales, de modo que regresó a la comisaría de Sant Feliu, subió a la segunda planta y entró discretamente en uno de los locutorios de la UTI.

Consultó la placa de matrícula del Fiat Stilo en la base de datos de la DGT y obtuvo el nombre de la titular: Olga Urrutia López.

Echó un vistazo a la ficha policial de la tal Urrutia y, si bien no tenía antecedentes, sí constaba en un buen número de procedimientos relacionados con el consumo de sustancias estupefacientes, sobre todo marihuana. De hecho, había sido imputada por tráfico de dicha droga tras llevarse a cabo una entrada y registro en una asociación cannábica donde ejercía como dependienta.

El vehículo también había sido parado a lo largo de los últimos años por media docena de patrullas de Mossos, y gracias a esas identificaciones y al estudio de las personas relacionadas en diligencias con Olga Urrutia, Saúl obtuvo el nombre del principal usuario del Fiat Stilo, que no era otro que el novio de Olga: Ernesto Toledo Gámez.

Y a ese sí pudo verle el careto en su ficha policial.

Joder si pudo. El tío había sido detenido por Mossos en siete ocasiones. Tenía un par de robos violentos en su historial, nada demasiado salvaje pero sí con un mínimo de preparación: atracos en tiendas de telefonía a punta de cuchillo. También había cometido dos delitos de robo con fuerza por medio de alunizaje, y dos robos de vehículos. El antecedente más reciente era de salud pública, por tener una plantación de marihuana en casa.

Cuando Saúl clicó el enlace para ver sus fotos de detenido, no le cupo ninguna duda de que aquel era el tío que había visto hablando con el motorista un rato antes. Aquella mirada de fumeta era inconfundible, con los dilatadores en las orejas y los tatuajes en los brazos; solo le faltaba la riñonera cruzada.

Pero aún obtuvo más. Mucho más.

Accedió al apartado de «otras imágenes» y descubrió que acababa de identificar a uno de los tres atracadores del banco. El de la gorra. El de la camiseta amarilla de manga larga. El del tatuaje en el torso.

Porque en esas «otras imágenes» había un total de dieciocho fotografías mostrando al detalle todos los tatuajes que cubrían el cuerpo de Ernesto Toledo. Y, cuando alguien elegía la delincuencia como forma de vida, llevar la piel pintarrajeada podía constituir un serio contratiempo.

Aquel pájaro tenía ambos brazos cubiertos por unos tatuajes muy característicos, de ahí que usara manga larga durante el atraco. También tenía las piernas y la espalda tatuadas, pero, oh, joder, cuando apareció el dibujo que cubría parte de su vientre y el lateral derecho de su torso… Coincidía sin ninguna duda con aquel que se veía parcialmente en las imágenes de la cámara de seguridad. Ahora Saúl lo contemplaba en su plenitud, y no podía dejar de pensar que el tal Ernesto Toledo era un puto friqui: el dibujo consistía en un ovni sobrevolando un templo maya. Desde la parte inferior del platillo volante se proyectaba un gran haz de luz hacia aquella edificación de forma piramidal, iluminándola y dejando caer una serie de objetos, como una rueda, un tronco en llamas y otras mandangas.

Saúl se tomó unos segundos para recapacitar.

Sacó el teléfono móvil y buscó el mensaje de WhatsApp que le había enviado a Jairo por la mañana. Todavía no lo había recibido.

Lo llamó, pero, como imaginaba, volvió a saltar el contestador.

Montejo, su compañero de Violentos, pasó por delante de la puerta del locutorio y se sorprendió al verlo ahí. Entró.

—Eh, ¿cuánto rato llevas aquí? No te he visto llegar.

—Poco rato. Quería consultar un par de cosas, pero ya me iba.

Saúl apagó el ordenador y se puso en pie.

—Salimos a merendar —dijo Montejo—, ¿te apuntas?

—Qué va, no puedo.

Y, sin dar más explicaciones, Saúl salió del despacho y se largó de allí.

Veinte minutos más tarde, estaba pulsando un botón del interfono de un edificio de dos plantas en el casco antiguo de Sant Joan Despí. Allí vivía Jairo, con su madre. Lo cierto es que poco sabía Saúl de la vida de su compañero. No se caían muy bien, de modo que habían intimado poco. En algún momento sí le comentó que su padre había muerto cuando era pequeño. De cáncer. Debió ser duro para ambos.

Pasó un minuto y, cuando empezaba a pensar que allí no había nadie, respondió una voz de mujer, la misma con la que había hablado aquella mañana por teléfono.

—¿Sí?

—Hola. Soy Saúl Sanz, el compañero de Jairo que la ha llamado esta mañana.

—Hola. Jairo no ha vuelto todavía.

—Ya. ¿Puedo subir, igualmente? Quisiera hablar con usted.

Una pausa y:

—Está bien. Sube.

Entró y subió las escaleras hasta la primera planta. Allí, bajo el marco de una puerta, lo esperaba una mujer de mirada cansada que aparentaba más años de los que debía tener en realidad. Iba apoyada en una muleta.

Cuando llegó a su altura, Saúl le mostró la credencial. La luz del rellano era tenue y parpadeaba de vez en cuando, dándole al ambiente un toque más lúgubre del necesario.

—Lleva todo el santo día con el teléfono apagado... —dijo la mujer, y tras una espesa e incómoda pausa, añadió—: ¿Ha pasado algo?

Lo último que deseaba Saúl era inquietar a aquella mujer, de modo que respondió:

—No, qué va. Supongo que estará en algún lugar perdido de la montaña sin cobertura. Pero lo que quiero preguntarle también me lo puede responder usted.

La mujer asintió, sorprendida, y después se echó a un lado para dejarlo pasar al interior.

17

El complejo de apartamento donde vivían Saúl Sanz y Silvia Mercado estaba situado prácticamente en el límite de Gavà Mar con Viladecans, al inicio de la avenida Europa.

Cuando Saúl llegó allí al volante de su Ford Focus, faltaba poco para las nueve y ya había oscurecido. Aquella era una zona peculiar de la ciudad, poco iluminada, con pinedas entre complejo y complejo, mucho menos abarrotada que otras zonas de Gavà Mar, a pesar de que allí tenían la playa a solo una calle de distancia.

Rebasó a gran velocidad la rotonda que comunicaba con la salida «Playas/Gavà Mar» de la C-31 y continuó en dirección al final de la avenida, donde había otra rotonda idéntica, pintada en el suelo de un intenso color rojo, delante de la estación elevadora de agua. Hizo un cambio de sentido y estacionó frente a la valla de la terraza del restaurante Mar de Pins, en un hueco junto a los contenedores. Hacía un par de horas que el restaurante había cerrado y se notaba; cuando estaba abierto, costaba aparcar en aquel tramo de calle, y el barullo de los clientes que ocupaban las mesas diseminadas bajo los pinos se oía desde la calle.

Saúl echó un vistazo al otro lado de la avenida y vio luz en la ventana de la cocina de su apartamento.

A Silvia y a él les gustaba vivir allí. Era agradable, sobre todo en primavera y otoño. Tenían la playa a un paso y, en verano, cuando les agobiaban las aglomeraciones, se quedaban en la piscina comunitaria. La única pega, por encontrarle alguna, era toda la arena que se acumulaba en la terraza cuando soplaba el viento. Pero por lo demás, les parecía un buen sitio para formar una familia.

Alzó un poco más la vista y observó en el oscuro cielo las luces de posición de los aviones, yendo y viniendo del cercano aeropuerto del Prat, dando vueltas mientras esperaban a que les dieran pista.

No podía quitarse de la cabeza a Jairo.

Tras la visita a su madre, las dudas no se habían disipado. Incluso habían aumentado. Su ausencia lo inquietaba.

Un rato antes, en el centro comercial, mientras recogía las botas de Silvia, se le ocurrió que quizá Castro podía sacarlo de dudas. Lo telefoneó, pero el sargento no respondió a la llamada. En aquellos momentos, aparcado frente a su apartamento, valoró la posibilidad de volver a intentarlo, pero prefirió esperar. Castro siempre devolvía las llamadas.

Necesitaba hablar con Silvia, explicarle con calma lo que había descubierto y después ya decidirían qué hacer a continuación.

Salió del coche y cruzó la avenida en dirección a la entrada de los apartamentos.

Cuando se disponía a meter la llave en la cerradura de la puerta exterior, recordó que se había olvidado las botas nuevas de Silvia en el maletero.

Dio media vuelta y regresó al vehículo. Sacó la bolsa de las botas y volvió a cerrar.

Comenzó a cruzar la avenida, cambiándose de mano la bolsa para extraer nuevamente del bolsillo las llaves de casa, cuando escuchó a su derecha el sonido de un potente motor acelerando. Se volvió para mirar allí y sintió un escalofrío al descubrir que un coche se dirigía hacia él a toda velocidad con los faros apagados.

—Pero ¿qué coño…?

Intentó escabullirse, corriendo hacia un lado, pero apenas avanzó un metro.

El impacto fue brutal. No, más que brutal: fue salvaje.

Miércoles

18

Silvia se dejó caer en el suelo del pasillo exterior de la Unidad de Cuidados Intensivos. Estaba exhausta.

No podía creer lo que había sucedido.

Pero era cierto.

Como la puta vida misma.

La imagen de Saúl, tirado en mitad de la avenida, no se le quitaba de la cabeza. Era atroz. Recordaba el alboroto en la calle, asomarse a la ventana de la cocina y ver a alguien tumbado bocabajo, rodeado de gente. Hasta ese momento no relacionó aquel golpe seco, proveniente del exterior y al que apenas dio importancia, con un atropello. Y no tardó en darse cuenta de que se trataba de Saúl. Primero vio su coche aparcado enfrente; después la bolsa rota con el logotipo de la zapatería dibujado, una caja de cartón hecha trizas y un par de botas desperdigadas sobre el asfalto, idénticas a sus botas nuevas. En aquel momento se estremeció… y antes de volver a mirar desde allá arriba el cuerpo tendido en plena calle, echó a correr escaleras abajo.

La pesadilla acababa de empezar.

Saúl respiraba, pero su estado era crítico.

Una ambulancia medicalizada lo trasladó al Hospital de Bellvitge, donde ingresó en estado de coma.

Silvia lo acompañó en la ambulancia, pero tuvo que quedarse en la recepción de Urgencias. Temió que aquella fuera la última vez que lo veía con vida.

Había conseguido no perder la calma, pero sabía que, tarde o temprano, dejaría de comportarse como una autómata y... Dios, Saúl...

Compañeros de la UTI Metrosur llegaron a Urgencias prácticamente al mismo tiempo que la propia Silvia. Tenían que haber volado, literalmente, para estar allí en tan poco tiempo: Lupe, Montejo, Borrallo y media docena más de agentes de otros grupos.

Algunos se quedaron con Silvia y otros, la mayoría, se dirigieron al lugar del atropello en busca de imágenes y testigos; querían ayudar a cazar al cabrón que había arrollado a Saúl y se había largado sin mirar atrás.

En el hospital, Silvia aguardó noticias que parecían no llegar nunca. Y cuando por fin llegaron, mejor podían habérselas metido por el culo.

La vida de Saúl pendía de un hilo.

Lo de menos eran las ocho costillas rotas y la fractura del fémur izquierdo. Había sufrido un traumatismo craneoencefálico grave y en aquellos momentos lo estaban sometiendo a una craneotomía descompresiva, con el fin de mitigar la inflamación del cerebro y contrarrestar la formación de un edema, entre otras muchas complicaciones. Y si salía de esa, joder, aún debían operarlo del bazo, a riesgo de que acabara desangrándose por dentro.

Para entonces, los padres y el hermano de Saúl ya estaban allí, tan abatidos y asustados como Silvia.

El cirujano que salió a hablar con ellos expuso la situación de forma clara y sincera. Sin falsas esperanzas. Sin promesas difíciles de cumplir. Dijo que la situación de Saúl era muy crítica y que debían ir paso a paso antes de empezar a hablar de posibles secuelas. Primero debía superar aquellas dos intervenciones, algo que no tenían del todo claro, y aunque así fuera, se encontraba en un estado de coma profundo del que no sabían cuándo saldría, si es que lo conseguía. Les dijo que se esperaran lo peor. Pero que no por eso dejaran de tener esperanzas.

Esperar lo peor y tener esperanzas. Pura esquizofrenia emocional.

La noche fue larga. Por aquellos pasillos desfilaron compañeros y jefes. Algunos de uniforme, otros de paisano. Antiguos compañeros de Saúl que se habían enterado del atropello, y mandos a los que Silvia ni siquiera conocía, pero que hacían acto de presencia para cubrir expediente o para mostrar su sincero apoyo.

El subinspector José Antonio Lacalle, el jefe de la UTI Metrosur, tras dar ánimos a los padres de Saúl, abrazó a Silvia y se la llevó a un lado. Le hizo saber que, a pesar de que no era competencia de la UTI, se harían cargo de la investigación del atropello.

–Porque Saúl es uno de los nuestros y nadie jode a uno de los nuestros.

Había hablado con el jefe de la Policía Local de Gavà, responsable de instruir las diligencias en accidentes de tráfico que tenían lugar en su núcleo urbano, y este no había puesto ningún impedimento en ceder la instrucción. Incluso se había ofrecido para ayudar en todo lo que hiciera falta. Lacalle dijo que la prioridad absoluta era identificar al cabrón que se había llevado por delante a Saúl, y que el Grupo de Personas ya se había puesto manos a la obra. Se habían solicitado las imágenes de todas las cámaras de seguridad que permitían, aunque fuera solo mínimamente, ayudar a identificar al responsable del atropello, y se había comenzado a tomar las primeras declaraciones.

Hasta el momento, poco se sabía. Muchos testigos salieron de casa tras el accidente, pero nadie lo presenció desde su inicio. Una vecina dijo haber escuchado el motor de un coche acelerando, después algo así como un fuerte martillazo y, a continuación, un frenazo. Se asomó junto a su hija y les pareció ver a alguien fuera de un coche, recogiendo algo; no se dieron cuenta del cuerpo tirado en el suelo hasta más tarde, cuando el conductor volvió a subir al coche, hizo un cambio de sentido y voló bien lejos. Eran incapaces de dar una descripción del hombre más allá de que era delgado y se tapaba el rostro con la capucha de la sudadera; tampoco podían aportar ningún dato concreto del coche, solo que era grande y oscuro. Sin embargo, otro vecino que circulaba en dirección contraria, recordaba haberse cruzado con un BMW Serie 3 huyendo a gran velocidad con las luces apagadas. El color era negro y el modelo un tres puertas. Tenía la luna delantera y el morro hechos trizas. No vio la cara del conductor ni se le ocurrió leer la placa de matrícula. Eso sí, le pareció que había un único ocupante en el vehículo.

¿Había sido un accidente y el conductor había huido por miedo a las represalias? ¿Estaba borracho? ¿Conducía sin carnet?

¿O, simple y llanamente, iba a por Saúl?

Todavía era pronto para saberlo.

Las horas fueron pasando, y Saúl continuaba resistiendo. Acabada la primera operación, dio inicio la segunda. Y el mensaje que les transmitieron los doctores fue el mismo que la vez anterior: debían seguir esperando lo peor. Pero sin perder las esperanzas.

A las nueve de la mañana, ahí seguían familiares, amigos y compañeros. Algunos sentados en silencio, tratando de vencer el sueño, otros reunidos en pequeños grupos, hablando en voz baja. Y todos poniéndose tiesos como palos cada vez que las puertas de la UCI se abrían y médicos y enfermeros salían de allí. Por lo general, no traían noticias para ellos. Ni buenas ni malas.

El estado anímico de Silvia parecía una montaña rusa. Había pasado del miedo a la frustración, después a la rabia y, finalmente, al cabreo más absoluto, contra todo y contra todos. Y ahí se había quedado, porque todo la irritaba. Estaba cansada de ver llegar gente que preguntaba lo mismo una y otra vez con cara de pena. Y harta de escuchar frases de ánimos estériles y sin sentido:

—Estoy seguro de que saldrá de esta. Lo presiento…

—Tranquila, tenemos unos médicos que son unos fuera de serie…

—Saúl es un tío con suerte…

De pronto, todo el mundo era vidente, los médicos hacían milagros y Saúl tenía tanta potra que, mira por dónde, un puto loco se lo había llevado por delante.

Otro comentario más y estallaría.

Era consciente de que aquellas personas solo tenían buenas intenciones, pero es que, conforme pasaban las horas, se iba sintiendo cada vez más y más impotente, y eso era algo que la enfurecía.

Castro pagó los platos rotos. Parecía sinceramente tocado por lo sucedido, y llevaba toda la noche encima de los de Personas, asegurándose de que nada se les pasaba por alto, llamando a unos y a otros, y poniéndola al día de cualquier novedad en la investigación. En un momento dado, por la mañana, se aproximó a Silvia y le preguntó si Saúl le había mencionado el día anterior algo fuera de lo normal. Ella lo miró perpleja y respondió de un modo tajante:

—¿Algo cómo qué? ¿No te parece que ya os lo hubiera dicho a estas alturas?

—Ya lo sé. Pero debemos tener la mente abierta y pensar que el atropello quizá no fue algo fortuito. Quizá fue intencionado. Ayer por la tarde me llamó, pero no pude contestarle; y cuando le devolví la llamada, su teléfono ya estaba apagado. Habrá que esperar a ver qué sacan en claro los de Personas… Pero tú no te preocupes por nada, ¿vale? Tu prioridad ahora tiene que ser Saúl. Es un tío fuerte. Seguro que sale de esta…

Aquello fue la gota que colmó el vaso.

—No me jodas… ¿Que saldrá de esta, dices? ¿Y cómo lo sabes? ¿Lo has visto esta mañana en los posos del café? ¿De pronto os habéis convertido todos en videntes o qué? Me extraña que no os haya tocado la lotería.

—Silvia, tranquila. Lo que quiero decir es que ahora toca tener paciencia y pensar que todo irá bien…

—Pues es jodidamente difícil, ¿sabes? Lo último que me apetece es seguir aquí, esperando, de brazos cruzados. Quiero salir a la calle y encontrar al cabrón que lo ha destrozado, ¿vale? Y lo que no entiendo es por qué no somos nosotros, los de Violentos, los encargados de la investigación, ¡joder! ¿Por qué lo llevan los de Personas?

—Ha sido decisión de Lacalle.

—Pues me parece que podrías haber luchado un poquito más por hacerte cargo, ¿no? Coño, Castro, ¿te fías tú de esos? Son un puto desastre, ya lo sabes, y encima Saúl les cae como el culo a la mayoría...

—Pues claro que lo sé, ¿qué te crees? Pero hay que confiar en ellos. Han metido a todo el grupo a investigar el caso, y yo no dejo de apretarles para que no bajen el ritmo...

—¿Que no dejas de apretarles? ¿Y qué pretendes con eso? ¿Que te dé las gracias? Vamos, no me jodas... Esperaba más de ti, Castro. Saúl es uno de tus agentes, por muy mal que os llevéis.

Silvia dio media vuelta para alejarse. No quería seguir hablando con Castro. El sargento trató de agarrarla de un brazo.

—Silvia, espera...

Pero Silvia se zafó de él.

Luz Auserón, una buena amiga de Silvia desde que coincidieron en el periodo de prácticas, acababa de llegar, y lo hizo a tiempo de ver cómo le soltaba el moco a su sargento. Se aproximó a ella con cautela.

Silvia se había dejado caer en el suelo del pasillo que había frente a la puerta de la UCI, tapándose la cara con ambas manos. Cuando Luz estuvo lo suficientemente cerca como para poder hablarle en voz baja, dijo:

—Vaya palo, ¿eh?

Silvia tardó unos segundos en responder, y lo hizo sin mirarla.

—Ya te digo...

—Y encima te toca aguantar a pesados que no dicen más que chorradas.

—Imagínate...

—Pero... sabes que lo dicen para animarte, ¿no? Que se preocupan por Saúl, pero también por ti, ¿eh?

Silvia se volvió hacia Luz.

—Ya, pero es que...

—Estás en tu derecho de cabrearte. Coño, si no te cabreas ahora, entonces ¿cuándo? Hoy puedes mandar a la mierda a quien te dé la gana. Te sale gratis.

Luz se agachó y abrazó a Silvia lentamente. Esta hundió la cabeza en su pecho.

—¿Hay algún capullo por ahí al que quieras mandar a tomar por culo? —continuó Luz—. Aprovecha, tonta. No te cortes. ¿Llamo a algún jefe gilipollas? La lista es larga. Los aviso y que vayan pasando. Uno tras otro, pim-pam-pum, pim-pam-pum…

Por primera vez, desde que comenzó aquella pesadilla, Silvia se permitió el lujo de dejarse ir. Había resistido como una jabata, pero ya no podía más. Necesitaba soltar todo lo que llevaba dentro: la ira, por supuesto, y la impotencia y la frustración, también, pero sobre todo el miedo por lo que pudiera pasar a continuación, por los cambios que se avecinaban.

Lloró mientras Luz bromeaba y la aferraba con fuerza.

Silvia apreció aquel gesto. Su amiga era cabo y había desarrollado prácticamente toda su carrera en la División de Asuntos Internos; y, como la conocía bien, sabía lo incómoda que se sentía rodeada de «otros» policías. Porque lo cierto es que la miraban con una mezcla de temor y antipatía, como sucedía también en aquellos momentos. Aunque ahora parecía ignorarlos.

—¿Cómo se llamaba aquel inspector que decía aquello de «tenéis todo mi apoyo, pero no me vengáis con marrones»? Menudo listo, ¿eh? Si quieres a ese también lo llamo y le haces una peineta. Nadie se atreverá a decirte nada. ¿Y sabes por qué? Pues porque lo que ha pasado es injusto, Saúl no se lo merecía. —Hizo una pausa y añadió—: Sé que ahora mismo te sientes fatal y quieres hacer algo, porque la espera te está matando. Y también sé que eso te pone de mala leche.

Silvia se pasó las manos por las mejillas, secándose las lágrimas, y dijo:

—De muy mala leche.

—Me lo imaginaba.

—Todo esto es una putada…

—Ni que lo digas… Pero ¿cómo estás tú? Ya me entiendes, aparte de cansada y jodida —preguntó Luz, bajando la vista hacia el vientre de Silvia.

Dios, los embriones.

Con todo aquel jaleo, lo había olvidado por completo.

—¿Te estás tomando la medicación?

Silvia negó con la cabeza.

—Pues tómatela. Si la dejas, después te arrepentirás.

Silvia no le veía sentido a seguir con el tratamiento. En aquellos momentos, era el pesimismo personificado. No se lo había dicho a nadie, pero tenía el presentimiento de que Saúl no sobreviviría… De pronto deseó que ninguno de los dos embriones se implantara en su útero, y al instante se sintió como una mierda. ¿Cómo podía pensar eso?

No era justo que tirara la toalla cuando Saúl no hacía más que resistir y luchar por su vida. Ni tampoco era justo que deseara que ninguno de los dos embriones creciera en su vientre, con toda la ilusión que le habían puesto al embarazo.

Todavía no había ocurrido nada irreversible. Todavía podían llegar a formar esa familia que tanto anhelaban.

Debía ser positiva y confiar en que sí, porque lo contrario no servía de nada.

Y su pensamiento se vio reafirmado media hora después. Cuando los informaron de que la operación del bazo había ido bien.

Se moría de ganas por ver a Saúl y abrazarlo.

Y susurrarle al oído que no pararía hasta detener al hijo de puta que le había hecho eso.

19

El rollo de Rafa Cabrales era el speedball: heroína y cocaína directas a la vena en el mismo chute. Sí señor, un rebujito de puta madre que compenetraba ambas drogas para que dieran lo mejor de sí. El dulce colocón y un final por todo lo alto.

Era la bomba… Siempre que la mandanga fuera buena, claro.

Vivía por y para esa mierda, y, mientras el cuerpo aguantara, seguiría así, y después aún un poco más. ¿Por qué iba a dejarlo? ¿Porque era malo y te quitaba la vida? «Di "no" a las drogas, colega…». Sí, claro. ¿Y a qué había que decir "sí"? ¿A un trabajo de mierda con un horario de mierda y un sueldo de mierda? ¿Soportando a unos jefes gilipollas y prepotentes, mucho más jóvenes que tú, dándote órdenes y lanzándote esas miraditas de «si me enfurruño te echo»? ¿Aguantando a tu parienta dándote la murga con que hay que hacer esto, hay que hacer lo otro, hay que comprar esto, hay que comprar lo otro, mientras los críos berrean y corretean por el apartamento, peleándose a grito pelado, rompiéndolo todo, sin dejarte ver el condenado partido y obligándote a decir que vas al váter a cagar solo para poder estar tranquilo de una santa vez en algún sitio?

Ni de puta coña.

A lo que él decía «no» era a esa vida, la de los primos, la de los tristes curritos. Eso sí era malo. Él quizá se estaba matando lentamente, pero más agónica era la muerte de esos calzonazos que se pasaban la vida portándose bien, cumpliendo las leyes, pagando impuestos, haciendo la declaración de la renta y obedeciendo a las parientas hasta que los hijos también los toreaban. Eso era puro masoquismo.

Rafa Cabrales no estaba hecho para esa vida. Igual que tampoco lo había estado su padre, ni sus hermanos, ni sus tíos, ni el resto de sus vecinos de San Cosme. Joder, él había mamado otra cosa: sacar pasta de cualquier lado, trampear donde fuera. Esa era la tradición familiar, no ser un primo más.

Tenía cuarenta y ocho años, aunque la gente solía echarle como mínimo diez más, y llevaba tanto tiempo chutándose que se había convertido en todo un yonqui profesional; los abscesos en sus brazos y otros puntos más ocultos de su anatomía lo atestiguaban. Había pasado épocas completamente ciego, y otras en las que se controlaba, siempre dependiendo de dónde estuviera (dentro o fuera) y del dinero de que dispusiera (poco o muy poco). En serio en serio, solo lo había dejado una vez, y fue a los veintisiete años recién cumplidos, para jugar a las casitas. Acababa de ser padre y se sentía con la obligación de cuidar de su familia. Pero, mierda, cuando la aguja entraba en juego, sus únicas preocupaciones en la vida eran tres: buscar dinero, buscar al camello y buscar la vena. Un, dos, tres y aaah. Sin embargo, desenganchado, todo eran problemas y gastos y obligaciones y compromisos y malas caras y reproches. No duró mucho, claro. Lo suficiente para embarazarla una segunda vez. Ahora no sabía mucho de los dos chavales. Solo que el mayor estaba cumpliendo condena en Quatre Camins por tráfico de cocaína y que el pequeño estaba haciendo méritos para convertirse en su compañero de chabolo. Pura tradición familiar, aunque apenas hubiera cruzado cuatro palabras con ellos. Pero era evidente que el rechazo a convertirse en unos primos lo llevaban en la sangre.

Ser yonqui era más fácil. Especialmente si sabías cómo agenciarte de manera regular la pasta necesaria para la siguiente dosis.

Si no, estabas jodido. Y mucho.

Sobre todo en el talego. Ahí era dónde la cosa pintaba más chunga. No porque la mierda no circulase, sino por su precio.

Resultaba bastante más cara que fuera y las opciones de encontrar algún modo de obtenerla sin abrirle la cabeza al camello (un auténtico suicidio a lo bonzo) eran muy reducidas. Por eso se arrimó al Pato, y por eso ahora estaba a punto de pelarse a una tía sin oler apenas nada de los treinta mil euros que iba a cobrar por el trabajo.

Eso sí era una putada.

Aquella mañana se levantó temprano, como siempre, por culpa de la jodida rutina carcelaria, y le pidió prestado al novio de Isabelita su apestoso Ford Fiesta (a cambio de veinte euros, el depósito a medias y la promesa de no meter ningún palo con él). Fue a abastecerse a la choza del Turbina (el rey de la heroína) y se chutó un speedball de escándalo. Después condujo bien cocidito por las Costas del Garraf y se plantó frente a la casa de la exnuera de la banquera, situada en medio de una urbanización de Sitges con unas vistas que te cagas del Mediterráneo.

No tenía intención de cargarse a la pava todavía, básicamente porque la jodida banquera aún no había soltado los quince mil del anticipo: para eso debía esperar un poco. Pero se había acercado para ver qué tal pintaba el tema, y así ir adelantando faena. Quería acabar cuanto antes con aquello y comenzar a ganar dinero por su cuenta.

Si no fuera el Pato el que estaba detrás de aquel asunto, si se tratara de cualquier otro, lo mandaría a tomar por culo y se quedaría con la pasta para él solito. Pero con el Pato la cosa era más complicada. Aquel gordo tenía demasiados contactos como para hacerle la vaina y aspirar a que la cosa no pasara de ahí.

Al cabo de media hora de plantón, muerto de asco, la cancela del casoplón donde vivía la exnuera comenzó a abrirse. A los pocos segundos, un deslumbrante Jaguar todoterreno de color gris metalizado franqueó la puerta y se detuvo frente a ella, esperando a que volviera a cerrarse.

Al volante iba una mujer de treinta y pocos años, melena negra, rostro atractivo y gesto de perdonavidas bajo unas amplias gafas de sol.

Tenía que ser ella, joder. Tenía que ser ella.

Vio cómo el todoterreno se alejaba de la casa y puso en marcha el motor del Ford Fiesta. Decidió seguirla, a ver qué hacía.

Se dirigieron a la C-32 y tomaron rumbo a Barcelona. Pasados los primeros túneles, llegaron al peaje. Ella accedió a un carril de Teletac y él se pegó al culo de otro vehículo, acelerando tras él en cuanto subió la barrera. Hizo saltar la alarma, pero nadie pareció inmutarse. Ya le llegaría la denuncia al novio de Isabelita, a él se la pelaba.

No tardaron en abandonar la autopista y continuaron desplazándose en sentido a Barcelona por una larga avenida de Castelldefels. Resultaba sencillo seguir a aquella tía; no se había coscado de nada. Cuando por fin tomaron un desvío a la izquierda, enfilaron una calle empinada. Dejaron atrás las urbanizaciones y se internaron en una zona boscosa. Y a los pocos minutos descubrió a dónde se dirigían gracias a un llamativo cartel: al Gran Hotel Rey Don Jaime.

La mujer aparcó su Jaguar en el estacionamiento para clientes, cerca de la recepción, y Cabrales optó por detener su vehículo en una plaza más alejada, desde donde podía observar sin dificultad sus movimientos. Vio como descendía del todoterreno con una especie del maletín (la pava estaba como un queso, la verdad) y como accedía al hotel, que consistía en una construcción alargada y baja, con unas vistas privilegiadas de la playa de Castelldefels, en un entorno verde y montañoso. Aquel lugar atufaba a pasta que echaba para atrás.

Apenas habían transcurrido tres o cuatro minutos cuando la mujer salió del edificio acompañada de un tipo trajeado. Ambos caminaban en dirección al estacionamiento. Cabrales supuso que se dirigirían al Jaguar, pero no; en lugar de detenerse a la altura del todoterreno, lo dejaron atrás y siguieron andando, directos hacia su posición.

—Joder, joder, joder.

Cabrales se escurrió en el asiento tanto como pudo y respiró aliviado cuando advirtió que pasaban de largo. Levantó nuevamente la cabeza y los vio entrar en un edificio mucho más moderno que el hotel, de fachada acristalada y con una escultura hortera que te cagas en la entrada.

Bajó del Ford Fiesta y echó un vistazo al lugar. En el acceso principal había un cartel que anunciaba «PALACIO DE CONGRESOS. GRAN HOTEL REY DON JAIME». Se asomó al interior y vio a la exnuera en mitad de un auditorio con capacidad para unas cuatrocientas personas, hablando con varios operarios mientras estos instalaban luces y altavoces, tanto en el escenario como fuera de él. La mujer daba órdenes y los otros obedecían con diligencia.

Cabrales regresó al coche convencido de que aquella tipa, se dedicara a lo que se dedicara, manejaba panoja. Mucha panoja. Eso seguro. Cargársela no era problema, joder, pero cargársela por nada, sí. No podía dejar de pensar en eso. Cuando la banquera le diera la pasta, iba a resultar muy duro entregarle al Pato el noventa por ciento. ¡El noventa! Cada vez que lo recordaba, se le encogía el estómago. Le había dado vueltas al asunto, buscando una forma segura de hacer el trabajo y después quedarse con una tajada más grande, algo que le permitiera recibir una compensación superior a tres mil míseros euros… Pero tenía las manos atadas porque el gordo sabía que cobraría treinta de los grandes. Lo único que se le ocurría era pasar del tema y dedicarse a otros asuntos, cosa que el Pato no toleraría.

Así que no había forma de librarse de todo aquello… A menos que…

A menos que no hubiera ningún trabajo que hacer. ¿Cuánto es el noventa por ciento de nada, eh? Pues eso, nada. Podía pasar de volver a casa de la banquera y en su lugar explicarle al Pato que la tía se había echado atrás. Que no había querido pagar, vamos. Al fin y al cabo, la tarde anterior se había hecho la remolona, ¿no? E incluso había intentado colar que la cantidad pactada era menor, ¿verdad? Pues, ¿para qué insistir? Le diría al Pato que no había nada que rascar ahí y le juraría y perjuraría que movería cielo y tierra para encontrar un modo de saldar su deuda con él. Y, mientras tanto, tenía vía libre para dedicarse a sus propios chanchullos, alejado del radar del puto gordo... Chanchullos como, por ejemplo, el que se le acababa de ocurrir en aquellos instantes, con la exnuera de la banquera como fuente de ingresos.

Mientras la veía salir del Palacio de Congresos, con su maletín de ejecutiva en la mano, toda peripuesta, Cabrales pensó que sí, coño. Que podía funcionar.

Su cerebro oxidado comenzaba a entrar en el juego de nuevo.

Que le dieran a la banquera. Y que le dieran al Pato.

La mujer entró en el todoterreno y cerró la puerta.

Cabrales bajó rápidamente del Ford Fiesta y se encaminó hacia el lado izquierdo del Jaguar.

Un par de metros antes de llegar a la ventanilla del conductor, oyó cómo la mujer accionaba el cierre centralizado del vehículo.

Putos prejuicios.

Golpeó con los nudillos el cristal y la mujer lo ignoró, mientras ponía en marcha el motor y agarraba el volante con ambas manos.

Cabrales se desplazó hasta el morro del coche y dio varios golpes suaves sobre el capó.

Esta vez, la mujer se encaró con él.

—¿Qué quieres?

A pesar de las gafas de sol, Cabrales pudo distinguir en ella una mirada de desprecio.

—Tenemos que hablar.

—¡Quítate de en medio o llamo a la policía!

Cabrales sonrió.

—Llama a la poli si quieres, chata. Pero entonces te perderás lo que tengo que contarte sobre tu exsuegra. Y te juro por Dios que te interesa escucharlo. Joder si te interesa.

—¿De qué estás hablando?

Cabrales regresó lentamente hacia la puerta del conductor. Una vez allí, hizo una pausa dramática, mirando a un lado y a otro mientras la mujer aguardaba impaciente. Le pidió con un gesto que bajara la ventanilla y ella, a regañadientes, obedeció, aunque tan solo hizo descender el cristal cuatro centímetros, por si acaso.

—Tienes que haber jodido mucho a esa banquera —dijo Cabrales—, porque ha puesto precio a tu cabeza.

Acto seguido, el motor del Jaguar se detuvo.

Y, cinco minutos después, el todoterreno seguía estacionado en el aparcamiento exterior, mientras Cabrales y la mujer, Lourdes Beltrán, estaban sentados frente a frente en la terraza del bar del hotel, junto a una piscina extraña, con forma de calavera y sobre la que cruzaba una pequeña pasarela que acababa en un antiguo torreón. El camarero le acababa de servir a ella un botellín de agua y a Cabrales una Voll Damm. Ambos fumaban como carreteros.

—Antes he estado en tu casa —dijo Cabrales cuando se quedaron a solas, por romper el hielo más que nada—. Menuda choza. Os habrá costado un huevo…

La mujer ignoró el comentario por completo.

—Ya tienes toda mi atención, así que deja de hacerme perder el tiempo y suelta de una vez lo que tengas que decir.

Menuda tipa. Parecía delicada, con aquellas piernas y aquel par de peras tan bien puestas, pero lo cierto es que tenía malas pulgas.

—Directa al grano, ¿eh? Sin rodeos. Supongo que tendrás que ir a recoger a la cría al cole, o algo por el estilo.

—¿Qué sabes tú de mi hija?

—Lo suficiente como para estar al tanto de que es la razón por la que tu antigua suegra te quiere fuera de juego.

—Explícate.

—La cosa es sencilla. A la banquera no le hizo ni puta gracia que aparecieras después de tanto tiempo y le quitaras a la niña. Aunque eso tú ya lo sabes, ¿no? Si no me equivoco, habéis estado con mierdas legales y todo eso. El caso es que la vieja estaba tan trastornada que se puso en contacto con un tipo y le pidió eso que te he dicho antes: que la ayudara a quitarte de en medio. Y el tipo ese contactó con un pez gordo, y que conste que cuando digo gordo lo digo con todas las letras, joder, porque ese cabrón es la hostia de gordo, aunque no lo suficiente como para no caber en una celda de Brians, y le pasó el encargo. Y entonces el gordo buscó a alguien para que hiciera el trabajo.

—¿Quién?

Cabrales hizo una pausa. Después tomó aire y respondió:

—Yo.

Lourdes enarcó las cejas.

—¿Tú?

El labio inferior de la mujer había comenzado a temblar ligeramente. Cabrales tenía que ir con cuidado. Si quería que aflojara la pasta, debía calmarla pero no demasiado, para que no se confiara.

—Sí, yo. Pero tranquila. No voy a hacerte nada.

La mujer pasó del miedo a la perplejidad en cuestión de un segundo. Aquel repentino cambio ofendió a Cabrales.

—Mira, chata. Si quisiera matarte, ni me habrías visto venir... Pero dejémonos de historias, ¿vale? Lo importante es que he cambiado de opinión.

—¿Por qué? ¿La vieja urraca no ha soltado el dinero?

Mierda, la tipa era lista. No debía infravalorarla.

—La conoces bien, ¿eh?

—Lo suficiente como para saber que es una hija de puta amargada. Y me quedo corta.

—¡Joder, y todo por una condenada cría!

—No te pases ni un pelo. —Volvía a ser la mujer fría de antes—. Estás hablando de mi hija.

—Vale, vale... Tampoco te mosquees. A mí me da igual con quien esté la niña; tú eres su madre, ¿no? Pues es contigo con quien debe estar. Por mí bien. Además, viendo cómo ha acabado su hijo, la tipa esa no está en condiciones de criar a nadie.

—¿Has visto a Óscar?

—Claro, pero la pregunta que debes hacerme no es esa. La pregunta que debes hacerme es si me vio el a mí cuando me tuvo delante. Estaba completamente colgado.

La mujer apartó la mirada y dio una calada. Después dijo:

—Siempre ha sido un perdedor.

—Ni que lo digas, aunque ahora que lo mencionas, algo de culpa también te echa a ti la banquera.

Lourdes chasqueó la lengua.

—Me estoy cansado de esta conversación. ¿Qué buscas?

—¿Que qué busco? ¿Por venir aquí y contarte todo esto? Pues qué coño va a ser: una compensación.

—¿Una compensación?

—Claro, joder. Una compensación. Por dejar de hacer el trabajo por el que me iban a pagar treinta mil boniatos y además avisarte de lo que se está cociendo en contra tuya… No sé si te has dado cuenta, chata, pero me la estoy jugando por ti.

—Ya… —dijo ella, calibrándolo con la mirada a través de los cristales oscuros de sus gafas.

¿Estaba sonriendo? Joder, parecía que sí. ¿Estaba flirteando con él? ¿Una tía como ella? ¿Sí? Dios, era sexy. Muy sexy. Sexy como el rock'n'roll.

—Te miro y, ¿sabes qué pienso? —dijo ella—. Que o bien eres un cobarde o bien eres un jeta. O ambas cosas a la vez.

—¿Qué?

—Digo que o bien eres un cobarde que no se atreves a matar a nadie, o bien eres un jeta que, antes de acabar conmigo, quiere sacarme pasta. O las dos cosas a la vez: un cobarde con jeta, que no solo es incapaz de matar a nadie sino que, además, quiere aprovecharse de la situación y llevarse un dinero calentito por delatar a las personas que lo han contratado.

Cabrales se llevó una mano al bolsillo de la chupa de cuero y, al instante, ya blandía un cuchillo bajo la mesa de teka, con la afilada punta a escasos milímetros del estómago de la mujer. Era un triste cuchillo de cocina, pero aun así, con sus diez centímetros de hoja visibles a través de las rendijas que había entre lama y lama, intimidaba. Joder si intimidaba. La mujer dejó de sonreír de inmediato.

A su alrededor, la gente seguía a lo suyo, charlando, riendo y dándose chapuzones en la piscina.

—¿Qué quieres, zorra? ¿Provocarme? Pues más vale que te cortes conmigo, porque tengo mi historia, joder. No sabes quién cojones soy y aun así me vacilas, y eso no te conviene. He dejado seco a verdaderos hijos de puta a cambio de nada, ¿me oyes? ¿Qué crees que me impediría rajarte la barriga como a una cerda, eh? Me la suda dónde estamos. Me la suda que me vean. Basta con que alguien me caliente la cabeza y soy capaz de mandarlo todo a tomar por culo. ¿Quieres ver dónde está mi límite? Tú sigue así, que yo te lo enseño. Sigue jugando, venga. Tú y tu rollo me tenéis hasta la polla.

La mujer se quitó las gafas de sol y le sostuvo la mirada, como si no le impresionara lo más mínimo tener la hoja del cuchillo tan cerca de su cuerpo.

—¿Cuánto has dicho que te iba a pagar ella por matarme?

La zorra era fría como el hielo.

Cabrales no sabía si seguirle el juego o no. Dudó demasiado.

—Venga, machote, responde. ¿Cuánto iba a soltarte la urraca?

—Treinta mil.

—Te ofrezco el doble por acabar con ella.

¡Hostia puta! ¡Menudo par de zumbadas!

—¿Va en serio?

—Tan en serio como eso que tienes en la mano.

Cabrales se mantuvo estático.

¡Joder! Durante todo el tiempo que había pasado a la sombra, el mundo ahí fuera se había vuelto loco de remate.

Lentamente, retiró el cuchillo y lo volvió a guardar en el bolsillo. Preguntó:

—¿Cuándo me pagarías?

—La mitad ahora mismo. El resto cuando esa cabrona deje de respirar. Es así cómo se hace, ¿no?

Cabrales se apoyó en el respaldo de la silla, asimilando el repentino giro de los acontecimientos. Miró a su alrededor. Los ocupantes de las demás mesas conversaban y bebían, ajenos a ellos. Los críos chillaban al tirarse en bomba a la piscina. Miró a la mujer, esta vez con nuevos ojos, y preguntó:

—¿De dónde coño has salido tú?

—De un sitio muy jodido. Tú tienes tu historia y yo tengo la mía. Pero ahora no es momento de ponernos en plan sensiblero a recordarlas… ¿Qué dices a mi oferta? ¿Aceptas o no?

—Claro, coño.

La mujer volvió a encasquetarse las gafas y cogió el teléfono móvil de encima de la mesa. Hizo una llamada.

—Beatriz, busca al director y dile que necesitas acceder a la caja fuerte que nos ha prestado. Saca treinta mil y me los traes a la terraza del restaurante. —Silencio—. ¿Ya han llegado? —Silencio—. Bueno, pues trae algunas muestras cuando vengas con el dinero y me las enseñas.

Colgó.

—¿Así de fácil? —preguntó Cabrales.

—Así de fácil.

Joder con la tipa. Vaya nivel.

Cabrales encendió otro pitillo y dijo:

—Te he visto antes en ese edificio de ahí enfrente, organizando algo. ¿Es algún tipo de reunión o qué?

—Un macroevento para este fin de semana. Cuarenta y ocho horas con Ángel Ríos.

—¿Ángel Ríos? ¿Ese quién es?

—¿No has oído hablar de él?

—En la vida, aunque tampoco tienes por qué extrañarte; he pasado los últimos años bastante colgado. ¿Es cantante o algo así?

—¿Cantante? —Eso le hizo gracia—. No, qué va. Es coach motivacional.

—¿Qué cojones es eso?

—Alguien que ayuda a los demás a subir su autoestima y a sacar lo mejor de sí mismos para alcanzar el éxito.

—Como si conociera el secreto de la felicidad o algo así, ¿no?

—Algo así —respondió ella.

—Vamos, lo que viene a ser un vendemotos de toda la vida, ¿eh?

El comentario ofendió a Lourdes.

—La gente se vuelve loca por escucharlo y seguir sus consejos. Es un experto detectando los pensamientos limitantes y transformándolos. No deberías tomártelo a broma. Ha ayudado a políticos, futbolistas de élite y empresarios muy importantes, y hace meses que se agotaron las plazas para este evento. Y eso que participar cuesta diez mil euros.

—¿Diez mil euros? ¿Por dos días?

—Con el alojamiento incluido, por supuesto. La mayoría de los asistentes tiran de crédito para poder participar. Empeñan todo lo que tienen.

—¿Y cuántas plazas hay?

—Cuatrocientas.

—¡La Virgen!

Hizo el cálculo de cabeza. Si no se equivocaba, eran cuatro putos millones de euros por soltar su cháchara de gurú...

—¿Desde cuándo trabajas para ese tipo?

—Desde hace cuatro años. Es mi marido.

Una chavalita bien vestida a la que Cabrales había visto recibir órdenes de Lourdes un rato antes, se aproximó a la mesa. Iba cargada con un rollo de grandes dimensiones bajo el brazo y un fajo de trípticos. También traía un sobre. Observó con recelo a Cabrales y después se dirigió a Lourdes.

—Aquí tienes esto —dijo, tendiéndole el sobre a su jefa. Después dejó los trípticos sobre la mesa de teka—. Recién llegados de la imprenta; tres cajas llenas. Parece que esta vez no se han equivocado. Todo un milagro. Y aquí te traigo uno de los pósteres para la entrada del auditorio. ¿Quieres verlo?

—Ya que lo has traído...

La chica desplegó el póster y Cabrales observó la imagen con detenimiento. En ella aparecía, prácticamente a tamaño natural, un tipo fotografiado en pleno discurso, con uno de esos micrófonos inalámbricos encajado a un lado de la cara, vestido completamente de negro y gesticulando con ambas manos en una postura exagerada. Sobre la cabeza del tipo aparecía escrito el nombre «ÁNGEL RÍOS» y, en la parte inferior de la imagen, el lema: «TÚ TIENES EL PODER» y, más abajo, «EL DESPERTAR DEL DRAGÓN INTERIOR. VI EDICIÓN».

Lo que él decía, un vendemotos de toda la vida.

Tras recibir el visto bueno, la chica desapareció con el póster enrollado.

De nuevo a solas, Lourdes le tendió el sobre a Cabrales. Él lo abrió discretamente y miró los billetes por encima, salivando. Mierda, si hasta podía sentir el latido en sus venas. Su cuerpo pedía salsa.

Cuando se puso en pie para salir de allí, Lourdes dijo:

—Espero que no acabes resultando ser ni un cobarde ni un jeta. Ni ambas cosas a la vez.

—¿Estas de coña? Pero si acabas de despertar mi dragón interior…

Y lo decía en serio. No iba a haber quién lo parara.

Porque ahora sí tenía un trabajo por delante. Uno de los que daban pasta de verdad.

20

—Coño, Silvia —soltó el agente Jordi Quiroga—, no hacía falta que vinieras a comi para saber cómo va la investigación. Bastaba con que me hubieras hecho una llamada.

—Ya lo sé —respondió ella, al tiempo que se echaba a un lado para permitir que un par de agentes de Sala pudieran pasar. Pero estar en el hospital, de brazos cruzados… no me gusta.

Los padres y el hermano de Saúl habían insistido en que fuera a casa a descansar un poco después de tantas horas despierta, y ella aceptó. Fue a casa, se duchó, se cambió de ropa y, en lugar de descansar, condujo hasta la comisaría de Sant Feliu para hablar con Quiroga. Quería saber de primera mano lo que habían averiguado los de Personas e intentar ayudar en algo. Era su forma de velar por Saúl, aunque a algunos probablemente les costaría entenderlo. Así que, en cuanto entró en el despacho, localizó a Quiroga y se lo llevó a las escaleras para coserlo a preguntas, lejos de las miradas compasivas y morbosas del resto de compañeros.

—¿Se están tomando en serio la investigación? —preguntó Silvia, impaciente.

—Ya te digo. Lacalle está apretando a todo el mundo, eso te lo puedo asegurar, y Bartomeu se ha puesto las pilas. Está irreconocible. Hoy a primera hora ha ido a Gavà a hablar con la jueza para presentarle unas peticiones de telefonía. Y la tía ha comprado. Ha emitido los mandamientos a media mañana, con carácter de urgencia, y no creo que tardemos en recibir las primeras respuestas de las compañías telefónicas.

Eso era bueno. Silvia se alegró.

—¿Qué jueza es?

—La del tres. Un golpe de suerte entre tanta mierda.

Silvia la conocía de otras investigaciones; estricta pero competente. Y, lo mejor de todo, no solo era pro policía, sino también pro Mossos. Algo que *a priori* no tendría por qué condicionar el modo de trabajar de un magistrado, pero que años de experiencia habían demostrado que era jodidamente determinante a la hora de que un caso progresara o acabara recibiendo carpetazo.

—¿Qué línea estáis siguiendo?

—Esta mañana no nos cerrábamos a nada, pero ahora estamos prácticamente convencidos de que el atropello fue intencionado. Y hay muchos números de que tuviera que ver con lo que estuvo haciendo Saúl ayer por la tarde.

Silvia asintió; también ella lo creía. Había estado dándole vueltas al tema y la única explicación lógica que le encontraba a todo aquel misterio era precisamente esa. Sentía cierta inquietud (y también estaba un poco cabreada, para qué negarlo) por el hecho de que Saúl le hubiese ocultado lo que fuera que estuviera haciendo, pero se decía a sí misma que debía haber alguna razón para sus reservas. Debía haberla, joder.

—Te voy a ser sincero, ¿vale? Una de las líneas que se valoraron en un primer momento fue que tuviera un lío con alguien. Yo dije que eso no podía ser, joder, porque lo conozco bien y sé cómo es, pero en mi grupo hay mucho cabrón y, qué coño, hemos visto a pavos jodidamente fieles perder la chaveta por tías que no valían un duro. Solo en nuestro despacho ya hay unos cuantos… Pero no, esa línea está prácticamente descartada.

—¿Prácticamente?

—Ya sabes cómo va esto, mientras no se sepa a ciencia cierta lo que ha pasado, aquí no se descarta nada.

—Pues más vale que lo descartéis —afirmó Silvia. No porque fuera una ilusa, sino porque conocía a Saúl y sabía que antes de ponerle los cuernos la dejaría. Era un tío claro. Decía que «o estás al cien por cien con alguien o no estás. Punto. El resto es hacer el gilipollas». Y si algo detestaba Saúl era eso precisamente: hacer el gilipollas–. Me jodería que perdierais el tiempo con eso.

–No lo estamos haciendo, tranquila… Por cierto, ¿sabes si Saúl guarda copia de seguridad de su móvil en alguna nube? ¿Tiene cuenta de Google Drive?

El teléfono móvil de Saúl no había aparecido por ningún lado, de modo que entre eso y que los testigos vieron al conductor del BMW buscando algo por el suelo, podían dar por hecho que se lo había llevado. Y algunos de aquellos servicios de almacenamiento de datos, como Google Drive o Dropbox, permitían guardar copias de seguridad de conversaciones de WhatsApp entre otras muchas cosas.

–Sí que guarda copia de seguridad; creo que en Google Drive… Su dirección de correo es Gmail. Te la puedo dar, pero habrá que pedir mandamiento judicial para acceder a ella porque no sé cuál es la contraseña.

–Ya, pero es que eso es una jodienda. Tarda un huevo en llegar la respuesta, incluso para una tentativa de homicidio…

Quiroga permaneció pensativo unos segundos y ella aprovechó para preguntar:

–¿Qué hay del coche? Era un BMW Serie 3, ¿no?

–Sí. Lo robaron ayer por la tarde, poco antes del atropello.

–¿Cómo habéis conseguido el número de placa?

–Gracias a las cámaras de un casoplón que hay justo en el acceso de la C-31 en dirección a Castelldefels. Todavía no ha aparecido por ningún lado; deben tenerlo bien escondido, porque da mucho el cante con el capó y la luna delantera destrozados. En las imágenes solo se ve un ocupante, el conductor, que va con la capucha bajada. Un tío de piel blanca y pelo oscuro. Es una descripción tan pobre que da pena, ya lo sé.

–¿Habéis sacado algo más de los testigos?

–Nada relevante. También hemos pedido las cámaras de seguridad de la Policía Local de Castefa, por si apareciera el BMW y algún otro coche interesante en su misma franja, pero ya nos han avisado de que tienen unas cuantas estropeadas.

—Genial.

—Sí, maravilloso…

Un agente de Científica con el que Silvia mantenía una buena relación pasó junto a ella escaleras arriba, cargando una botella grande de agua de la máquina de vending. La miró y no dijo nada; tan solo le tocó el hombro con afecto y continuó. Ella le dirigió una mirada de agradecimiento.

—Ah, por cierto —dijo Quiroga cuando volvieron a quedarse a solas—, Policía Local recogió del lugar del atropello algunas cosas de Saúl que quedaron ahí tiradas y nos las han entregado. ¿Quieres que te las dé ahora o prefieres que te las acerque al hospital? Por mí no hay problema.

—No, tranquilo. Ahora está bien. Pero mejor espero aquí y me las traes, si no te importa.

—Claro, como prefieras. Preparo las actas y vengo.

Minutos después, cuando Quiroga le entregó una bolsa azul con los objetos de Saúl (las llaves de casa, el reloj Garmin con la correa rota, una sola zapatilla Adidas y las botas nuevas de Silvia, encajadas dentro de su caja de cartón machacada), Silvia se quedó mirando las puñeteras botas, que de pronto ya no le gustaban tanto como días atrás. De hecho, las detestaba.

Comenzó a bajar las escaleras y volvió a preguntarse por qué demonios el conductor se había arriesgado tanto bajando del coche para llevarse el teléfono de Saúl. ¿Qué había en el teléfono?

Cuando llegó a la planta baja, frente a la puerta de acceso a la terraza donde la gente salía a fumar y a escaquearse un rato, Silvia se detuvo y volvió a abrir la bolsa azul de la Policía Local de Gavà. Seguía dándole vueltas a lo que le había dicho Quiroga acerca de la cuenta de Google. Examinó el llavero de casa de Saúl y encontró la llave que buscaba: una pequeña, con la base de plástico negro. El despacho de la UTI estaba repleto de cajoneras de oficina, y cada agente tenía asignada una.

153

Regresó al despacho y pasó de largo las mesas de los grupos de Personas y Robos con Fuerza en Domicilios, ignorando las miradas, huyendo de las conversaciones torpes e incómodas. Cuando llegó a la zona de Robos Violentos, no encontró a nadie allí. Lupe, Montejo y Borrallo debían estar fuera, haciendo gestiones.

Introdujo la llave en la cajonera de Saúl. Allí dentro encontró su mochila de trabajo, con carpetas llenas de actas, fotografías de personas investigadas e información relacionada con los casos en los que estaba trabajando. Quizá ahí había alguna pista acerca de lo que había estado haciendo la tarde anterior, pero no era eso lo que ella buscaba en aquellos momentos. Se trataba de la tablet Samsung que Saúl solía llevar consigo cuando trabajaba. Y ahí estaba. La encendió y se conectó al wifi de la red externa que había en la oficina.

Al instante, comenzaron a llegar notificaciones de correos electrónicos recibidos en su cuenta Gmail.

Saúl tenía la tablet configurada con su contraseña, de tal modo que la cuenta de Google se abría automáticamente cada vez que la encendía.

Accedió a Google Drive y encontró una copia de seguridad del móvil de Saúl; sin embargo, no había ninguna copia de seguridad específica de WhatsApp ni de ninguna otra aplicación de mensajería instantánea. Eso la desanimó, aunque algo era algo.

Pensó en entregarle la tablet a Quiroga, pero antes prefirió comprobar algo por su cuenta. Accedió a Google Fotos y, tal como suponía, Saúl tenía sincronizadas las fotografías que hacía con su teléfono móvil. La propia Silvia llevaba tiempo insistiéndole en que hiciera algo para guardar las fotos, harta de que solo se comprara móviles de marcas raras que se estropeaban en el momento más inesperado, perdiendo las fotografías que hacía durante los viajes. Buscó las más recientes y correspondían a las tomadas el lunes en la sucursal bancaria, mientras hacían gestiones de investigación. Había fotos del Land Rover de Arcadi Soler aparcado en mitad del hall, del fusil de caza tirado en el suelo, de la fachada acristalada hecha añicos, del reguero de sangre dejado por el atracador herido… Siguió retrocediendo en la galería de imágenes y se topó con las que hicieron el domingo, mientras comían una paella en la terraza del Chiringuito del Garraf. Se les veía felices; apenas hacía dos días de la transferencia de embriones. Estaban muy ilusionados. En una fotografía que le tomó ella, Saúl mostraba una amplia sonrisa, y eso que odiaba que le hicieran fotos… Aquello la hizo sentirse culpable. ¿Qué carajo hacía allí, en la oficina? ¿Por qué no estaba junto a él, compartiendo un tiempo que podía ser el último?

Cuando se disponía a apagar la tablet, la pantalla se actualizó y, bajo el título de «Ayer», aparecieron varias fotografías.

Las más recientes eran de un coche.

Un Fiat Stilo negro.

Un…

Puto…

Fiat…

Stilo…

Negro.

Silvia alzó la vista. Nadie la observaba, y, si lo hacían, disimulaban. Se le había alterado el pulso. Aferraba con tanta fuerza la tablet que le dolían las yemas de los dedos.

Entró en uno de los locutorios del fondo del despacho y se sentó.

Tomó aire y comenzó a mirar con más detalle las fotos del coche y las anteriores. En ellas aparecían dos tipos.

Y a uno de ellos lo conocía. Ese que sujetaba en una mano un casco Arai de colores blanco y rojo era agente de Seguridad Ciudadana ahí mismo, en la comisaría de Sant Feliu. Se llamaba Gustavo, como la rana. Aunque este parecía más bien un sapo ciclado.

Consultó a toda prisa la placa de matrícula del coche en el aplicativo informático y no le costó más de tres minutos relacionar a su titular, una mujer, con el tipo que aparecía junto al tal Gustavo.

Se llamaba Ernesto Toledo, también conocido como Tito. Había visitado unas cuantas veces los calabozos de Mossos y, joder, cuando echó un vistazo a las fotografías de sus reseñas, vio el tatuaje en su torso. Era él. El tercer atracador. Y sin duda Gustavo era uno de los otros dos encapuchados, el mazas.

Saúl había descubierto, como mínimo, a dos de los atracadores. Era bueno, el tío. Muy bueno. Y esta vez se había salido.

Tiempo atrás, Saúl le confesó que ser policía ya no lo motivaba, pero ella sabía cuál era el problema realmente; no era el trabajo policial en sí, sino la burocracia, el politiqueo y, en fin, toda la mierda que lo rodeaba, y que impedía que los policías pudieran hacer su trabajo sin sentirse coartados. Sin ser cuestionados por todos y por todo, con jefes miedosos y políticos que los tiraban a los leones para contentar a sus votantes. Pero, por mucho que Saúl se quejara, ya lo vio trabajar como un jabato durante los atentados de la Rambla, y ahora acababa de resolver él solito aquel atraco, y en un tiempo récord.

Aunque había pagado un precio demasiado alto.

Tenía que hablar con Castro cuanto antes, explicárselo todo. Y que los de Personas le metieran caña al asunto y detuvieran a esos hijos de puta. Que uno de ellos fuera policía, le hacía sentir un asco tremendo hacia él. Era escoria.

Salió del locutorio y descubrió que Lupe y Montejo estaban allí, frente a sus ordenadores. Ni los había oído llegar. Ellos también se sorprendieron al verla.

—¿Qué haces aquí? —preguntó Lupe—. Creíamos que estabas en el hospital.

—Íbamos a pasarnos por allí más tarde —dijo Montejo—. ¿Ha habido alguna novedad?

—No, qué va. Saúl sigue igual. He venido a ver qué tal va la investigación y a recoger unas cosas. —No quería extenderse en explicaciones—. ¿Sabéis dónde está Castro?

—Se ha marchado hace un rato —dijo Lupe.

El teléfono fijo de su mesa comenzó a sonar y Lupe lo descolgó.

Silvia se aproximó a Montejo y le preguntó:

—¿Ha dicho Castro algo de si volverá más tarde?

—Ni idea. Yo creo que no; tenía que ir a algún sitio con uno de sus hijos. A nosotros nos ha mandado un huevo de gestiones del atraco y, ¡joder!, lo que nosotros queremos es participar en lo de Saúl. Pero no nos dejan.

—El sargento Castro no está —respondió Lupe al teléfono.

Silvia se disponía a contarle a Montejo lo que acababa de descubrir, cuando escuchó a Lupe pronunciar el nombre de Saúl al teléfono. Se volvió hacia ella.

—Sí, el agente Saúl Sanz también trabaja aquí en la UTI —dijo Lupe—, pero tampoco está. —Silencio—. Dile que si quiere hablar con alguien más de su grupo… —Silencio—. En ese caso dile que no, que no insista, que no puede hablar con ninguno de los dos ahora.

Silvia hizo señas a Lupe para que le explicara de qué se trataba.

—Espera un momento —dijo Lupe a su interlocutor.

—¿Quién es? —preguntó Silvia.

Lupe tapó el micrófono del teléfono.

—Es el compañero de puerta. Dice que se ha presentado una mujer mayor preguntando por Castro. Cuando le he dicho que no estaba, la mujer ha preguntado por Saúl. No quiere hablar con nadie más, dice que se trata de un tema personal.

—¿Cómo se llama?

Lupe consultó en un papel la anotación que acababa de hacer.

—Adela Vicens. ¿Te suena?

Silvia negó con la cabeza, pero algo le decía que debía hablar con aquella mujer.

—Dile al de puerta que no la deje marchar. Bajo a ver qué quiere.

Lupe asintió y volvió a ponerse al teléfono.

—¿Hola? Que espere un momento, ¿vale? Ahora baja una compañera a hablar con ella. —Silencio—. Sí, gracias.

Cuando Silvia bajó al hall de la comisaría, vio a varias personas en la zona de espera, sentadas y de pie. En una de las hileras de bancos había dos mujeres sentadas. Pero solo una de ellas, la sentada con la muleta al lado, era incapaz de ocultar su angustia.

Silvia preguntó al agente de recepción por la persona que quería hablar con Castro o Saúl, y el compañero le señaló precisamente a aquella mujer. Se aproximó a ella y se presentó.

—Buenas tardes. Mi nombre es Silvia Mercado. Soy compañera de Saúl.

La mujer hizo una mueca de impaciencia.

—Siento que la hayan molestado para nada. Quería hablar con él o con el sargento, pero si no están, ya volveré en otro momento.

Hizo ademán de levantarse, apoyándose en la muleta, pero le costó horrores. Silvia la ayudó a sentarse de nuevo.

—Espere un momento, por favor. Quizá yo pueda ayudarla.

—Lo dudo. De todos modos, muchas gracias. Solo necesito que me ayude a ponerme en pie y me marcho.

Pero Silvia no la ayudó.

—No le voy a dejar marchar así como así.

Aquello indignó a la mujer.

—¿Cómo que no?

—Lo haré si me dice de qué quiere hablar con ellos.

—Es algo personal entre ellos y yo.

La mujer no parecía dispuesta a dar su brazo a torcer. Y era evidente que no tenía ni idea de lo que le había pasado a Saúl.

—Entiendo que usted ya ha hablado con Saúl antes, ¿no?

—¿Yo? Claro, ayer.

¿Ayer? El pulso de Silvia se aceleró.

—¿Por la tarde?

—Sí, por la tarde… Mire, no es con usted con quien quiero hablar, ¿de acuerdo? No se ofenda, pero esto es una pérdida de tiempo.

—Pues que sepa que si quiere volver a hablar con Saúl, tendrá que esperar un tiempo.

—¿Cuánto?

—No sé. Es difícil de adivinar. Porque está en coma, en la Unidad de Cuidados Intensivos del Hospital de Bellvitge. Ayer alguien lo arrolló con un coche. Y no, no fue un accidente, fue a cosa hecha.

La mujer parecía consternada por lo que acababa de oír, pero seguía sin soltar prenda. Silvia se aproximó a ella y, en un tono bajo pero directo, mirándola fijamente a los ojos, dijo:

—Mire, señora, Saúl no es solo mi compañero de trabajo. También es mi pareja. Y quiero saber qué ha pasado. Porque es muy probable que tenga algo que ver directa o indirectamente con lo que hablaron usted y él ayer. Y, como comprenderá, no pienso dejarla marchar hasta que me lo cuente todo.

La mujer cerró los ojos y asintió lentamente. Agachó la cabeza, abatida, y dijo:

—De acuerdo.

—¿Por qué se puso en contacto con usted Saúl?

—Para preguntarme por mi hijo. Jairo Quintana.

Aquella respuesta dejó a Silvia completamente perpleja.

21

La preocupación de Adela Vicens iba en aumento. Pasaban las horas y seguía sin noticias de Jairo, y aquella incertidumbre le estaba causando una inquietud difícil de apaciguar.

La mossa había dicho que se llamaba Silvia Mercado. Parecía de fiar, pero ¿quién lo era a esas alturas? El otro mosso, Saúl Sanz, también parecía honesto, aunque en un primer momento se mostró recelosa de él; sus preguntas despertaron en ella dudas que el policía evitó responder. Antes de marcharse trató de tranquilizarla, pero con su visita consiguió justamente lo contrario. Si era cierto que su atropello tenía que ver con Jairo... Dios bendito, ¿en qué se había metido su hijo?

La mossa propuso ir a hablar a otro sitio más tranquilo y Adela aceptó. No le gustaba el ambiente frío de la comisaría. Salieron a trancas y barrancas, debido a lo mucho que le costaba a Adela caminar, y la mossa le preguntó cómo había llegado hasta allí. Adela respondió que con mucho esfuerzo; primero dándose la paliza padre hasta bajar a la calle, que menudo martirio, y luego más cómoda, a bordo de un taxi. Entonces la mossa le pidió que esperara frente a comisaría y fue a buscar su propio coche. Después se dirigieron a una cafetería.

Allí Adela se pidió una tila para aplacar los nervios y Silvia un cortado. A Adela no le pasó desapercibido el gran surtido de bollería y pasteles que había en la vitrina del mostrador; en otra época, antes de que el sobrepeso y la artrosis le provocaran aquellas graves molestias en la rodilla, no se habría resistido a probar alguna, porque siempre había sido muy golosa, pero ahora no podía. Y no porque el médico se lo hubiera prohibido tajantemente, sino porque el estómago se le había cerrado por completo.

La cafetería era tipo self-service y frente a la barra había un amplio salón repleto de mesas. Al fondo había varios reservados y ellas ocuparon uno. Nada más sentarse, la mossa le preguntó qué era exactamente lo que Saúl le había dicho al ponerse en contacto con ella.

—Quería hablar con Jairo. Por lo visto, llevaba todo el día llamándolo y no había manera. Tenía el teléfono apagado. Y es verdad. Yo tampoco pude hablar con él. De hecho, a día de hoy, todavía no he podido.

Le contó a la mossa que el lunes por la mañana Jairo, a pesar de que le había dicho que ese día libraba, se levantó temprano y salió de casa para ir al gimnasio. Pasó a recogerlo un amigo suyo que también trabajaba en Sant Feliu. Gustavo Malla.

Al oír aquello, la mossa enarcó las cejas.

—¿El lunes Gustavo recogió a Jairo?

—Sí. Los vi por la ventana, cuando se marchaban juntos en su moto. Hace un ruido del demonio.

—¿A qué hora?

—No lo recuerdo exactamente, pero diría que sobre las ocho. Me extrañó un poco, porque no suele levantarse a esas horas cuando tiene fiesta.

—Y ¿Saúl sabía lo de Gustavo?

—Sí, se lo conté ayer por la mañana, cuando llamó a casa preguntando por Jairo. Y también le dije que la noche del lunes recibí unos mensajes suyos diciendo que se tomaba unos días libres para irse de viaje.

—¿Y eso es normal? ¿Suele hacerlo muy a menudo?

—¿El qué? ¿Marcharse así, de sopetón?

—Sí.

—Ya lo ha hecho otras veces. Sobre todo en fines de semana. El crío… Jairo, tiene sus necesidades, ya me entiende. Estoy harta de decirle que se busque un piso. Se lo puede permitir, pero prefiere quedarse conmigo.

—Pero dice que no ha podido hablar con él…

—No…

Adela le confesó que se inquietó un poco cuando Saúl fue a verla por la tarde y comenzó a hacerle preguntas acerca de algunas personas con las que se relacionaba su hijo; le preguntó por Gustavo y también por aquel otro chico… Adela no recordaba su nombre…

—¿Ernesto Toledo? También lo llaman Tito —dijo Silvia.

—Ese es. Me enseñó una foto, pero no me sonaba de nada. Y menudas pintas tenía; ese seguro que no era policía.

Todo aquello la sorprendió. ¿Tenía algo que ver con la repentina marcha de Jairo? Saúl respondió que no, que simplemente estaba investigando un caso y necesitaba la ayuda de Jairo, porque podía conocer a algunas de las personas implicadas, pero que ya hablaría con él cuando volviera.

Cuando Saúl se marchó, Adela marcó el número de su hijo, pero el teléfono seguía apagado. ¿Qué podía hacer?

Tenía el número de la comisaría de Sant Feliu y también el del sargento de Jairo; su hijo se los había anotado en la agenda situada junto al teléfono fijo, por si surgía alguna emergencia mientras él estaba trabajando y no respondía al móvil. Buscó el número del sargento y lo llamó.

Y al hablar con el sargento se quedó más tranquila. Le confirmó que sí, que Jairo estaba fuera de viaje, que a él también le había enviado unos mensajes para pedirle algunos días más de fiesta para poder marcharse.

—El sargento me dijo que se molestó un poco por la forma en que se lo pidió, mediante mensajes, pero que aceptó alargarle el permiso porque sabía que le irían bien unos días de descanso. La verdad es que desde hace unas semanas está bastante bajo de ánimos, no me preguntes por qué…

Durante todo el rato que llevaban hablando, la mujer no había dejado de remover la tila con su cucharilla. A esas alturas ya debía estar más que fría.

—Esos mensajes dan mucho que pensar —opinó Silvia.

La mujer asintió. Tras una dolorosa pausa, dijo:

—Me duele decir esto, pero… Creo que esos mensajes que nos han llegado…

Silvia acabó la frase.

—No los ha enviado Jairo.

Adela volvió a asentir. Trataba de contener el llanto, pero sintió las lágrimas resbalando por sus mejillas.

—He pasado buena noche —dijo la mujer—, pensando que el chico estaba bien, que llamaría pronto… Pero no ha llamado. Y su teléfono sigue apagado. Mi hijo puede ser muchas cosas, pero no un mal hijo. No es normal que pase tanto tiempo sin decirme dónde está, ni cuándo vuelve… Entonces he comenzado a husmear entre sus cosas y he encontrado algo que me ha llevado a pensar que puede estar metido en algún lío.

—Y ¿qué es?

La mujer se enjugó las lágrimas, tratando de recuperar la compostura, y dijo:

—Mejor me llevas a casa y te lo enseño.

22

De camino al piso de Adela Vicens, la cabeza de Silvia iba a mil por hora.

Saúl lo había descubierto. No sabía cómo, pero lo había descubierto. Había ido tirando del hilo hasta llegar a Gustavo Malla, Tito Toledo y... ¿Jairo? ¿Su compañero de Violentos? ¿Uno de los agentes que hubieran estado a cargo de la investigación del mismo atraco que había cometido?

¿De verdad?

Resultaba increíble y, sin embargo, también evidente.

Aunque la verdadera pregunta, la madre del cordero de todo, era:

¿Dónde estaba Jairo?

O, mejor aún:

¿En qué condiciones estaba Jairo?

Porque si Tito Toledo era el conductor y Gustavo Malla el mazas que disparó al viejo del rifle...

¿Jairo era el tercer atracador?

¿El que acabó con las tripas colgando?

Pensar en eso dentro del coche, con la madre de Jairo sentada a su lado, compungida y angustiada, resultaba perturbador.

¿Quién había enviado esos mensajes?

¿Gustavo?

¿Tito?

Se le ocurrían un sinfín de preguntas más, y todas llevaban a lo mismo. Si habían descubierto que Saúl iba tras su pista y habían atentado contra él, ella también estaba en peligro.

Debía ir con pies de plomo. Vigilar con quien hablaba. Y protegerse.

Sobre todo, protegerse.

Llegaron al centro de Sant Joan Despí y la mujer le señaló dónde vivía. Silvia estacionó en un carga y descarga cercano y entraron al edificio. Ayudó a la mujer a subir los escalones que llevaban a su rellano y entraron en el piso.

Adela la condujo hasta el salón. La estancia era pequeña pero agradable. Le recordó al salón de sus padres, aunque con menos fotos. Los muebles y el sofá eran antiguos y robustos, de los que aguantan durante generaciones. Había bordados de macramé por todos lados: en la mesa, en los respaldos de las sillas, en las vitrinas, en las paredes, en el suelo... menos en la tele, que era muy delgada y sin apenas marco, en prácticamente cualquier lugar donde posaras la vista.

—Veo que le gusta el macramé.

Adela se encogió de hombros.

—Tengo mucho tiempo libre... Ven conmigo. Lo que quiero enseñarte está en el cuarto de Jairo. Tiene una caja fuerte.

Silvia la siguió. Que tuviera una caja fuerte no era extraño. Muchos policías se instalaban una en casa para guardar su segunda arma o su arma reglamentaria cuando no la dejaban en el armero de comisaría. Se sentían más seguros, especialmente cuando en casa había críos curiosos aficionados a las películas del oeste o de policías. Sin embargo, algo le decía que allí dentro guardaba otra cosa.

Entraron en la habitación de Jairo y, al mirar a su alrededor, Silvia tuvo la sensación de encontrarse en la habitación de un adolescente. ¿Cuántos años tenía Jairo? Como poco, ya había pasado de los veinticinco. Al ver la ropa tirada por el suelo y los pósteres colgados en las paredes (Star Wars, Marvel, Metallica) tenía la sensación de que ahí dormía alguien al que aún le quedaba mucho por madurar. Se imaginaba a Adela planchándole y doblándole el uniforme recién lavado, como si fuera la ropa del cole en lugar del uniforme de un policía.

La mujer abrió el armario empotrado del fondo. En la parte inferior había una caja fuerte de tamaño medio, anclada a la pared y al suelo, con un teclado numérico en la parte frontal. Adela marcó una secuencia de dígitos y la caja se abrió. Entonces se echó atrás para dar paso a Silvia.

Silvia se acuclilló y abrió la puerta, que tenía varios centímetros de grosor. Al momento vio los fajos de billetes, apilados unos sobre otros, rellenando todo aquel espacio como ladrillos en una pared de obra vista. ¿Cuánto había ahí? ¿Cincuenta? ¿Setenta mil euros? ¿O más bien tirando a cien mil? Había billetes de todas las clases y colores.

—Jairo me dio la combinación por si necesitaba dinero en efectivo; por si surgía alguna emergencia —se justificó Adela—. Pero nunca antes la había abierto.

Ahí había dinero suficiente para cubrir unas cuantas emergencias. Y, si con eso no bastaba, en el estante inferior asomaba una Glock 19 de color negro, alojada en una funda interior de cuero, por si las cosas se ponían aún más feas.

Silvia se puso en pie.

Si hasta aquel momento tenía alguna duda, esta ya se había disipado por completo.

—Adela, supongo que sabe que ese dinero no viene de su nómina, ¿no?

—No sé de dónde ha salido. Lo único que sé es que compró la caja fuerte hace unos meses.

Silvia contempló a Adela durante unos segundos. ¿Qué podía decirle? ¿Qué podía contarle si todavía no sabía con certeza si el atracador herido era su hijo o no?

La mujer lo leyó en sus ojos.

—Tú tampoco sabes nada de lo que ha pasado, ¿verdad?

Silvia, con gran pesar, hizo un ligero movimiento de cabeza en señal de negación.

—No. Todavía hay muchas cosas que no comprendo. Y también hay muchas preguntas para las que no tengo respuesta. Pero le prometo que, cuando descubra lo que ha pasado, vendré aquí y se lo contaré. Y si puedo traerle a su hijo, se lo traeré.

—Con eso me basta —dijo la mujer con los ojos vidriosos—. Con eso me basta.

23

En el área de custodia de la comisaría de Sant Feliu, el borracho que ocupaba el calabozo número tres, en lugar de dormir la mona, parecía empeñado en dar la vara toda la noche. Por lo visto, creía que aquello era el Club de la Comedia.

—Saben aquel que diu que había un ladrón que se coló una noche en una casa para robar y, mientras inspeccionaba con su linterna, buscando objetos de valor, oyó de pronto una voz que decía «Jesús ve todo lo que haces». El ladrón pegó un bote, acojonado, y apagó la linterna. Esperó uno, dos, tres minutos a ver qué pasaba, pero no oyó nada más. Pensó que no eran más que imaginaciones suyas y volvió a encender la linterna para seguir buscando algo que guindar. Y, al cabo de pocos segundos, otra vez: «Jesús ve todo lo que haces». Y él: «¡Mierda!». Barrió con la luz de su linterna todo el salón y descubrió, en un rincón, un pequeño loro dentro de su jaula que repitió: «Jesús ve todo lo que haces». Entonces va él y le pregunta: «¿Quién coño eres tú?». A lo que el loro responde: «Yo me llamo Moisés». «Y ¿quién carajo pone de nombre a un loro Moisés?». «El mismo que pone de nombre a su dóberman Jesús». Y acto seguido el puto loro gritó: «¡Ataca, Jesús!».

El borracho estalló en carcajadas.

El detenido del calabozo número dos soltó un bufido y gritó:

—¡Agente! ¡Haz que se calle de una puta vez!

Y el agente de custodia, Gustavo Malla, que no llevaba ni media hora de servicio y estaba ya hasta los mismísimos cojones de aquel puñetero borracho, entró en el pasillo de los calabozos y se encaró con él.

—Cierra la puta boca.

—¿Por qué?

—Porque si no, cuando te entre el bajón del pedal que llevas, pasaré cada cinco minutos a despertarte golpeando los barrotes de tu celda.

—¡Eh, eso es tortura!

—¡No, eso es el karma, capullo!

Fin del Club de la Comedia. El borracho era un habitual. Aquella noche se había convertido en cliente del lujoso Hotel Rejas por liarla en un bar y acabar detenido por atentado a agentes de la autoridad. Al día siguiente pasaría a disposición judicial y, al mediodía, ya estaría empinando el codo otra vez.

Al salir del pasillo de los calabozos, el detenido del número dos le dio las gracias y Gustavo murmuró un «vete a la mierda». Aquel estaba allí por un robo violento en un súper a punta de cuchillo. Había un par de georgianos más en las otras dos celdas, pero esos no decían ni mu. Se dedicaban al robo con fuerza en interior de domicilio y eran adictos a la heroína. Se habían tomado su dosis de Diazepam y estaban flotando, ajenos a todo.

Gustavo Malla regresó a la mesa reservada para el agente de custodia y se dejó caer sobre la castigada silla reclinable. Estaba molido por la falta de sueño, agobiado por toda la mierda que había desencadenado el maldito atraco. Lo alivió recibir la noche anterior unos mensajes de Jairo, diciéndole que se estaba recuperando, pero aquella misma mañana había vuelto a ver a Tito y este le había advertido de que no se relajara, que la cosa se había complicado. Al principio no quiso explicarle más, pero Gustavo insistió y el otro acabó contándole que un poli había estado husmeando en el asunto y que no habían tenido más remedio que encargarse de él. Gustavo ató cabos. Las noticias volaban, y un agente de la UTI atropellado no era algo que ocurriera todos los días. A pesar de su aspecto de gorila, Gustavo sabía sumar dos y dos. Se lo soltó a Tito y este lo admitió: aquel cabrón iba a por ellos y no había quedado más remedio que silenciarlo. Otra mierda más para comerse la cabeza en el área de custodia por las noches, porque la del lunes, con todo el jaleo, había llegado tarde a su turno y desde entonces el mamón del sargento no le había dado tregua; lo tenía castigado haciendo un servicio que nadie quería. Gustavo trataba de mantenerse calmado, ciñéndose a su rutina de gimnasio y a la jodida dieta, pero costaba. Vaya si costaba. No dejaba de darle vueltas al asunto...

El lunes, cuando se largó del apartamento de Tito para ir al trabajo, su amigo todavía respiraba, aunque seguía inconsciente. Habían pasado ya más de diez horas desde que recibió aquel puñetero balazo. Jairo era fuerte, muy fuerte. Lo estaba demostrando. Pero ¿cuánto tiempo más aguantaría? Él, igual que todos, tenía un límite. Llamó al Capi con uno de los teléfonos ful y este, además de decirle que iría para allá con ayuda, le soltó otro chorreo sobre la condenada pistola.

Gustavo trató de hacerle entender que no había tenido más remedio que disparar cuando vio que aquel cabrón levantaba el rifle y apuntaba de nuevo, que creyó que iba a rematar a Jairo, que quería volarle la tapa de los sesos. Pero el Capi lo cortó en seco. Le dijo que cerrara la puta boca y le recriminó una vez más que llevara su arma reglamentaria en lugar de la pistola detonadora.

La puta pistola detonadora... Vaya mala suerte, nen.

¡A saber dónde estaba en aquellos momentos!

Se la habían robado la misma mañana del lunes de la taquilla del maldito gimnasio, el Level Gym 24 Horas de Hospitalet, uno de los tres a los que estaba abonado. Aquel no era su gimnasio predilecto, prefería el Tandem Gym, más cercano a su casa, donde un colega le controlaba el plan de entrenamiento y el ciclo de anabolizantes, o el Fernan Sports, donde entrenaba MMA con un equipo amateur, dándose de hostias con la peña. Sin embargo, el Level era el único que abría las 24 horas del día, y aquella mañana, a las cuatro y media, se hartó de dar vueltas en la cama (cosa frecuente cuando estaban a punto de meter un palo) y decidió acudir allí para darle caña a los músculos y relajarse, con todo el material preparado (pistola de fogueo incluida) para después ir directo a recoger a Jairo. Pero cuando bajó de la sala de pesas… ¡hostia puta, nen! No se lo podía creer. Le habían reventado el candado de la taquilla. Aquella mierda era frecuente en los gimnasios: entraban cabrones con cara de niños buenos y una pinta decente, decían tener la intención de apuntarse si las instalaciones los convencían, y recibían un pase de un día tras identificarse con el DNI robado de alguien que se parecía a ellos. Y después se dedicaban a petar taquillas cuando nadie los observaba. Su candado lo habían forzado con unas tenazas. Eran hábiles, los muy mamones. Se cagó en sus muertos. ¿Por qué tenía que pasarle a él, precisamente aquel día? Menuda putada, nen. Cuando fue a quejarse, el pavo de recepción se rascó el cogote, dijo que lo sentía y preguntó qué le habían robado. Gustavo soltó un bufido y se limitó a responder que su cartera, nada más. Suerte tuvo de dejar la credencial en casa, porque de lo contrario la cosa se habría complicado mucho más con la correspondiente visita a Asuntos Internos. Se despachó a gusto con el tipo de recepción, echándole en cara que la seguridad de aquel gimnasio era de pena y fue a ducharse a toda prisa, cagándose en la madre que los parió a todos. Cuando salió del local, el responsable quiso hablar con él, pero Gustavo no estaba para perder el tiempo y lo mandó a la mierda. Necesitaba un arma y rápido, y, por descontado, no pensaba llamar al Capi para confesarle que había metido la gamba. De modo que, antes de pasar a por Jairo, hizo una parada en comisaría y sacó del armero su Walther P99 de dotación, convencido de que solo tendría que mostrarla, que aquella mañana nadie, nadie, nadie efectuaría ningún disparo, ni siquiera intimidatorio…

Pues vaya que no, nen. Vaya que no. Tres taponazos que soltó, ni más ni menos.

Trataba de convencerse a sí mismo de que menos mal que había llevado el arma buena, porque, de lo contrario, Jairo habría acabado con un balazo en la cabeza, seco al instante.

El Capi quiso saber si su arma constaba en el registro de balística. Gustavo respondió que no sabía a qué se refería y el

Capi, tras soltar un «me cago en la hostia», le preguntó si había disparado antes, estando de servicio. Era gato viejo y sabía que, de ser así, siempre pedían las armas para sacar muestras de proyectiles, para averiguar quién había disparado contra quién o contra qué. Gustavo lo tranquilizó respondiendo que no. El Capi respiró aliviado y dijo que era un puto tarado con una flor en el culo, que menos mal que no se había pelado al viejo, y Gustavo dijo que sí, nen, que menuda potra, aunque se guardó para sí que su intención al disparar no era otra más que dejarlo seco. Iba a por Jairo, algo tenía que hacer, ¿no? Pues claro que sí, joder, acabar con él. Y sobre eso no sentía ningún remordimiento.

Pero ahora no podía dejar de pensar en todo lo sucedido. ¿De verdad existía alguna opción de librarse de todo aquel embolado? ¡Si habían hablado del atraco en todos lados, joder! En la tele, en internet, en la radio… El Capi decía que sí, que estaba convencido, pero Gustavo sospechaba que era puro postureo, porque cualquier persona normal estaría tan acojonada como él… A menos que fuera un puto psicópata, claro.

Antes de colgar, el Capi le advirtió una vez más de que no hiciera ninguna gilipollez y que actuara con normalidad. Que fuera a trabajar y siguiera como si nada… ¡Como si fuera tan fácil, nen!

Allí, sentado, en el Área de Custodia, Gustavo echó un vistazo a su móvil por enésima vez, para ver si Jairo había respondido a su último mensaje, pero ni siquiera le constaba como recibido.

Comenzó a pensar en cómo plantearle al Capi que le dejara ir a visitar a Jairo cuando, ante él, apareció una de las agentes de la UTI. La del pelo largo y mirada de mala leche. La misma que estaba liada con el agente de la UTI atropellado.

Joooder.

—Hola, Gustavo —dijo ella.

No solo tenía mirada de mala leche, es que toda ella era pura mala leche. Parecía encabronada y con ganas de pagarlo con él.

—Hola… ¿Qué quieres?

—Poca cosa. Básicamente, hacerte tres preguntas.

Pero ¿qué coño?

—¿Cómo?

—Tres preguntas. Ahí va la primera: ¿Dónde está Jairo?

—¿Qué?

—No conozco ningún lugar llamado «Qué». ¿Hablan nuestra lengua en «Qué»?

—¿Eh?

—Veo que no has visto *Pulp Fiction*, entonces mejor nos dejamos de gilipolleces y respondes de una vez. ¿Dónde está Jairo?

El cerebro de Gustavo hacía esfuerzos por recordar lo que debía decir.

—Fuera… De viaje. No sé dónde, pero de viaje… Tenía unos días libres.

—Ya. Segunda pregunta: ¿Dónde estabas el lunes por la mañana?

¡Mierda, lo sabía! ¡Ella también lo sabía!

Aquello tenía que ser una puñetera pesadilla, nen…

—En el gimnasio —respondió, y tratando de ganar tiempo para pensar, dijo—: ¿A qué viene esto?

—¿En el gimnasio? ¿En cuál?

—En el Level… —Mierda, allí no conseguiría coartada—. Espera, no. Me he equivocado. Estuve en el Tandem de Cornellà…

Estaba seguro de conseguir a un par de tipos que mentirían por él.

—Supongo que fuiste con tu moto. Me han dicho tus compañeros de turno que tienes una Honda CBR600. Buena moto. Muy de moda últimamente. Sobre todo las rojas, a juego con los cascos Arai.

Hostia puta, aquello era un tercer grado en toda regla.

—Espera un momento, tía. ¿Qué se supone que…?

Desde el interior de los calabozos, el borracho comenzó a vociferar.

—Saben aquel que diu que había un atracador de bancos que…

Aquella cabrona ni se inmutó.

—Tercera pregunta: ¿Quién atropelló a Saúl?

Gustavo sentía el sudor corriendo por su espalda.

−... y tras coger el botín se gira hacia los testigos y dice: «me habéis visto la cara, así que tendré que mataros»...

El de la celda dos comenzó a berrear.

−¡Agente! ¡Haz que se calle!

Gustavo se volvió hacia los calabozos.

−¡Eh! −gritó la agente de la UTI−. Mírame a mí y responde: ¿Quién atropelló a Saúl?

−... le pregunta a una mujer cómo se llama y ella responde: «Isabel». A lo que el atracador dice: «Mierda, mi madre se llamaba Isabel, a ti no puedo matarte»...

−¡Agente!

−¡Callaros de una puta vez! −gritó Gustavo.

−Responde −insistió la agente de la UTI, con ambas manos apoyadas sobre la mesa e inclinada hacia él.

−... entonces el atracador se volvió hacia otro testigo y preguntó: «¿Y tú cómo te llamas?».

−¡Agente! ¡Que se calle!

Gustavo se levantó en dirección a los calabozos.

La mossa lo agarró de una mano y él se la quitó de encima de un manotazo. Después se encaró a ella, avasallándola con su corpulencia.

−Déjame de una puta vez. No sé qué buscas, pero te equivocas conmigo. Yo no sé qué le pasó a tu compañero. No tengo ni puta idea, ¿te enteras? A lo mejor solo fue un accidente o a lo mejor no, pero sea lo que sea deja de darme por culo porque yo no sé nada, ¡joder!

Para su sorpresa, ella no se intimidó lo más mínimo. Se aproximó aún más a él y le susurró al oído:

−Voy a ir a por ti. Voy a ir a por todos. Y os voy a joder vivos.

−... y el testigo va y responde: «Me llamo Joaquín, pero mis amigos y mi familia me llaman Isabel».

El borracho se partió de risa, aplaudiéndose a sí mismo.

−¡Agente, por Dios Santo! ¡Aquí no hay quién duerma!

Cuando Gustavo reaccionó, la agente de la UTI ya había desaparecido.

24

Silvia salió del Área de Custodia convencida de que había sido un error abordar a Gustavo de aquel modo.

No era el momento, no eran las formas y, sobre todo, no estaba preparada.

Un rato antes, sin embargo, creyó que funcionaría. Después de hablar con Adela, regresó a comisaría para coger su arma y advirtió que ya había comenzado el turno de noche a trabajar. No se había dado cuenta de lo tarde que era. Preguntó al compañero de puerta por Gustavo y este señaló una de las múltiples imágenes que aparecían en una gran pantalla dividida en rectángulos y que correspondían a las cámaras de seguridad de comisaría. La que él indicaba era la del pasillo de los calabozos. Y en ella se veía a Gustavo Malla, de pie, frente a una celda, hablando con uno de los detenidos.

Al tenerlo tan cerca, no pudo resistirse. Bajó a Custodia y trató de desconcertarlo. Al principio pareció funcionar, pero poco a poco fue perdiendo el control de la situación. Le faltaba información y, sobre todo, un entorno adecuado. Con aquellos tarados berreando, no había manera de que focalizara toda su atención en lo que ella le decía.

No obstante, de todo se sacaba algo positivo. Se había expuesto, sí, había mostrado sus cartas, pero también había puesto frenético a Gustavo Malla. Y cuando las personas se alteraban, tendían a cagarla.

De modo que salió del Área de Custodia y subió a toda prisa hasta la entrada del edificio. Le alivió dejar atrás aquel hedor tan característico y rancio de los calabozos (mezcla de sobaco, pies, orina y podredumbre) y que durante un tiempo se convirtió en lo primero que venía a su mente, y a su nariz, cada vez que le preguntaban a qué olía una comisaría. Con el tiempo, la respuesta cambió; fue a causa de las numerosas incautaciones de plantaciones de marihuana que llevaban a cabo. Y es que no daban abasto; se plantaba maría como si no hubiera un mañana. De pronto, toda la comisaría olía a marihuana; la almacenaban donde fuera, a esperaba de la autorización judicial para destruirla.

Entró en la pecera, el espacio reservado para el compañero de puerta, y le preguntó qué hacía Gustavo.

–¿Qué ha pasado? Lo has puesto como una moto.

–Bueno, yo y los que hay en las celdas. A uno le ha dado por ponerse chistoso.

–Míralo, míralo –dijo el compañero señalando a la pantalla. Había cámaras en algunos puntos estratégicos de comisaría, pero en custodia era donde trataban de cubrir todos los ángulos. Ahora Gustavo estaba golpeando los barrotes y gritando algo que no podían oír–. Menudo subnormal. En el grupo no hay quien lo trague. Y tampoco queremos salir con él de patrulla. A parte de que va de tío duro y encabrona al personal, huele raro, ¿sabes? Con todos esos potingues que se mete… Como a pescado o algo así.

Silvia sonrió, aunque la verdad es que con el tufo de los calabozos no lo había notado. Pero sabía a qué se refería.

Siguieron con las cámaras a Gustavo mientras salía del pasillo de los calabozos. Pasó de largo el locutorio de declaraciones, la sala de reseñas y el almacén de colchonetas y mantas, y entró en la recepción de custodia. Allí se agachó para coger su mochila, que estaba bajo la mesa. Extrajo algo de ella y, acto seguido, salió del Área de Custodia.

Cambiaron a la cámara que enfocaba a la entrada del Área; la puerta estaba abierta y al fondo se observaban algunos de los vehículos de paisano aparcados enfrente. Al cabo de unos segundos, durante un breve instante, vieron pasar a Gustavo. Silvia hubiera jurado que hablaba por teléfono. Pasó una segunda vez, en sentido contrario, y sí, estaba hablando con un móvil. Entonces a Silvia se le ocurrió pedir al compañero que ampliara la imagen de la cámara que enfocaba el interior de la recepción. Y allí, sobre la mesa, junto al teclado del ordenador, había otro teléfono, un smartphone, el móvil «oficial» de Gustavo.

¿A quién estaba llamando desde aquel segundo teléfono?

¿A Tito Toledo? Podía ser.

¿A Jairo? Por qué no. Todavía no sabía a ciencia cierta si era el atracador herido. Lo sospechaba, sí, pero aún no había hallado ningún dato objetivo de que así lo demostrara, más allá de su paradero desconocido.

¿A una cuarta persona? Por qué no. Daba por hecho que aquellos tres eran los autores materiales del atraco, pero podía haber alguien más detrás. Por un lado, cabía la posibilidad de un santero, la persona que desde dentro les dio la información a los atracadores. Y Saúl estaba convencido de que la directora del banco estaba metida en el ajo.

Además, estaba claro que Gustavo era incapaz de montar un atraco de ese calibre. A Tito no lo conocía, pero todo indicaba que tampoco era el cerebro de la trama; los robos por los que lo habían detenido eran simples y de escasa preparación. Y Jairo quizá era más listo que aquel par, pero tampoco era una lumbrera, que dijéramos. Era más de dejarse guiar, obedecer y cumplir con su cometido.

De modo que, ¿con quién estaba hablando Gustavo?

Pasados un par de minutos, lo vieron regresar a la recepción de custodia y ocupar su silla.

Silvia le dio las gracias al compañero de puerta por su ayuda y subió al despacho de la UTI.

Había un par de agentes de Homicidios, uno de los cuales era Jordi Quiroga, y los dos compañeros de la guardia de noche. Silvia los saludó y entró en un locutorio. Mientras el ordenador arrancaba, aprovechó para llamar a su cuñado. Este le dijo que Saúl seguía estable y ella le prometió que en cuestión de media hora iría para allá, para pasar la noche en el hospital.

Se le había ocurrido que, si todo había comenzado cuando Saúl se interesó por el sospechoso comportamiento de la banquera durante el atraco, quizá ella también encontrase la conexión con Jairo.

Y no tardó en encontrarla. Descubrió lo del atraco de Rubí en el que fue secuestrada. Jairo fue uno de sus salvadores, a punta de pistola, y también uno de los dos agentes que le tomaron declaración. Hacía poco tiempo que se había incorporado a la Unidad Central de Atracos.

Se entretuvo un rato más con aquellas diligencias y, finalmente, apagó el ordenador.

Cuando salía del despacho de la UTI, Quiroga se levantó de su mesa y corrió a su lado para acompañarla hasta el ascensor.

—Dale un abrazo a ese mamonazo, ¿quieres? —Parecía realmente tocado. Echó un vistazo a un lado y a otro y dijo—: Tenemos la tarificación de Saúl. Estamos ahora liados con ella. En cuanto saquemos conclusiones, te llamo ¿vale?

—Gracias. Avísame con lo que sea, ¿vale?

Se dieron un abrazo y Silvia bajó en el ascensor hasta la planta -1. Allí se dirigió a su armero.

Cogió su Walther P99 reglamentaria y, por si acaso, también el segundo cargador.

Emprendió el camino al Hospital de Bellvitge, corriendo más de lo habitual con su Seat Ibiza, y en cuestión de doce minutos ya estaba entrando por la puerta del edificio principal, que daba acceso a la Unidad de Cuidados Intensivos.

Tiempo atrás, tanto en aquel hospital como en muchos otros, limitaban las horas de visita a pacientes ingresados en la UCI a un par de horas al mediodía y otro par por la noche. Sin embargo, la nueva política era permitir la presencia de familiares durante las 24 horas, siempre que respetaran unas normas básicas de comportamiento.

Silvia tomó el ascensor hasta la segunda planta y, una vez allí, se aproximó a la entrada de la UCI. Llamó al timbre, se identificó y las puertas se abrieron. Un mundo blanco y frío apareció ante ella, con pitidos simétricos a lado y lado, en las distintas habitaciones de paredes acristaladas.

Caminó hasta la habitación de Saúl. Saludó a una enfermera que recordaba de la mañana y a otra a la que no había visto antes. Sintió cómo las tripas le crujían y se dijo que, en cuanto relevara a Adrián, el hermano de Saúl, bajaría a comprarse algo a la máquina.

Y también tendría que comenzar a valorar la posibilidad de hablar con su amiga Luz Auserón acerca de todo lo que acababa de descubrir. Si había policías metidos en aquel asunto, algo tendría que hacer Asuntos Internos, ¿no?

Entró a la habitación y vio a Saúl postrado en la cama, exactamente igual que al mediodía. La impresionó; todavía le costaba hacerse a la idea. Saúl seguía con el rostro completamente vendado y estaba conectado por medio de cables a un sinfín de máquinas repartidas a su alrededor. El sonido del respirador, llenándose de oxígeno y bombeándolo a los pulmones de Saúl, resultaba hipnótico.

Se volvió hacia la derecha, en busca de Adrián, y se llevó una sorpresa.

Porque su cuñado no estaba allí, sino alguien a quien no esperaba.

25

Sentado en la butaca de lona azul que había situada frente a la cama de Saúl, el sargento Román Castro la miró con gesto serio.

—¿Dónde está Adrián? —preguntó Silvia.

—Tu cuñado estaba hecho polvo. Le he dicho que se marchara, que ya me quedaba yo a esperarte.

—Y ¿cómo te han dejado entrar? —No había acabado de formular la pregunta que ya se estaba arrepintiendo.

—Tirando de chapa. De algo tenía que servir, ¿no? Además, con todo el jaleo de hoy, ya nos tienen más que fichados a todos.

—Ya.

Silvia se sentía incómoda. Estaba acostumbrada a la presencia de Castro, pero ahora era diferente. Y no solo porque Saúl estuviera tendido en la cama de al lado, dormido, debatiéndose entre la vida y la muerte. Era una sensación extraña, como si la acabaran de pillar haciendo algo malo.

—Me ha sorprendido no encontrarte aquí —dijo Castro, levantándose de la butaca y aproximándose a Silvia. Hablaban en voz baja, casi entre susurros.

—He ido a casa a ducharme y a descansar un poco.

—Y a comisaría, ¿no?

Silvia sintió el deseo de apartar la mirada, pero la sostuvo.

—Me han comentado que te han visto allí esta tarde —añadió Castro.

—Sí. Quería saber cómo iba la investigación.

—Y ¿cómo va?

—Lenta.

—No te preocupes, seguro que dan con el cabrón.

—Eso espero.

—Yo también.

Castro hizo un ligero movimiento de cabeza en señal de despedida y ella se lo devolvió. Se dirigió a la puerta acristalada, y, justo cuando se disponía a cruzarla, dio media vuelta.

—Esto... Silvia.

—¿Sí?

—¿Puedo confiar en ti?

—Claro.

Castro regresó tras sus pasos.

Silvia seguía de pie en el centro de la estancia, a los pies de la cama, con el bolso colgando.

—Verás —Castro seguía hablando en voz baja—, tengo que reconocerte que me siento culpable por lo que le ha pasado a Saúl. Si hubiera respondido a su llamada, o si se la hubiera devuelto antes, quizá ahora no estaríamos aquí.

—Es un poco tarde para lamentaciones, ¿no crees?

—Supongo que sí... —Su gesto se endureció—. Sin embargo, está claro que Saúl sabía algo, y en lugar de hacer lo que tenía que haber hecho desde un primer momento, que es venir y contármelo, decidió ir a su bola. Siempre le ha costado aceptar la cadena de mando. Y eso es peligroso. Para él y para el resto. Muchos que empiezan así acaban creyéndose por encima de todo y de todos, y no es raro que acaben desviándose del camino correcto.

—Pero ¿qué estás diciendo? —Las palabras de Castro la habían enfurecido—. Saúl es un buen policía. Lo sabes tan bien como yo, así que no te atrevas a insinuar lo contrario. Además, te llamó, ¿no? ¿Qué más quieres, joder? Ya veo que ni siquiera estando en coma vas a perdonarle que te plantara cara cuando no le gustaban tus decisiones. Supongo que prefieres a los lameculos como Jairo. A ese sí que lo cuidas, ¿eh? Dándole permiso aunque el resto vayamos de culo...

Castro soltó un bufido de hastío.

—De Jairo ni me hables, que ese también me tiene contento.

—¿Por qué?

—Porque llevo desde ayer intentado hablar con él y no hay manera. Si lo sé, no le doy el condenado permiso. El muy cabrón estará por ahí de fiesta, con el teléfono apagado, como hacía cuando estábamos en Egara.

Silvia se hartó de seguir escuchando a Castro y dijo:

—Ha sido un día largo, me gustaría descansar un poco aunque sea en esa maldita butaca.

Castro tardó en volverse hacia la puerta. Cuando por fin lo hizo, la miró por encima del hombro y dijo:

—Espero que tú no cometas los mismos errores que Saúl. No quiero perder a dos agentes en tan poco tiempo.

Y salió de la habitación.

La tensión, agudizada por el ruido cadencioso del respirador, subiendo y bajando, dejó paralizada a Silvia durante unos segundos.

Después se dejó caer en la butaca y observó a Saúl.

¿Por qué tenía el presentimiento de que se le estaba escapando algo?

Algo que había llamado su atención durante una fracción de segundo y después se había disipado…

Y entonces cayó:

Cuando estábamos en Egara.

Eso había dicho Castro: Cuando estábamos en Egara.

Sacó su teléfono móvil del bolso y llamó a Adela. Tras un breve saludo y una breve disculpa, le preguntó:

—Adela, ayer, cuando usted llamó a Castro para preguntarle si sabía algo del viaje de su hijo, ¿le mencionó la visita de Saúl?

La mujer respondió de un modo rotundo.

—Claro. Le comenté que había venido a casa buscando a Jairo y que me había preguntado por Gustavo y también por el otro… el Tito Toledo ese.

Dios.

Egara, la central de Mossos d'Esquadra. Donde trabajan las Unidades Centrales de la División de Investigación Criminal. Entre ellas, la UCAT, la Unidad Central de Atracos.

Cuando un rato antes había leído el atestado policial del secuestro de la banquera, solo se había preocupado por buscar entre sus páginas el número de agente de Jairo. Pensaba que él era el único nexo con el atraco de Vilafranca, pero ahora acababa de descubrir que no. Porque estaba segura de saber quién era el instructor de esas diligencias.

Y es que, en aquella época, el jefe de la UCAT era el sargento Román Castro.

Menudo hijo de puta.

26

Por lo general, la gente suele tener una visión positiva de sí mismo, y Román Castro no era una excepción. Él se consideraba un buen policía, mucho mejor que la mayoría.

Invertía horas y esfuerzo en meter en prisión a mamones sin miramientos que iban por la vida jodiendo al prójimo, y lo conseguía, vaya si lo conseguía, atando todos los cabos necesarios para que la instrucción de cada caso que investigaba fuera contundente y sin fisuras.

Como compensación por tanta dedicación, utilizaba el sistema en su propio beneficio. ¿Por qué no? Al fin y al cabo, se trataba de un sistema imperfecto, con demasiadas carencias, lento, deficiente e injusto... un panorama ideal para sacar tajada.

Castro era hábil tranquilizando su conciencia; si ponía en una balanza las cosas buenas y malas que hacía, las primeras ganaban a las segundas por goleada. Vale que vendía información a delincuentes, escamoteaba dinero durante las entradas y registros, y, desde hacía una buena temporada, asaltaba a traficantes de marihuana, pero para él todo eso resultaba insignificante en comparación con el número de casos resueltos a lo largo de su carrera, los grupos criminales desarticulados, los atracadores apartados de circulación, las armas sacadas de la calle y la droga intervenida. No había color.

O eso pensaba él, al menos.

Su nivel de remordimientos era igual a cero.

Llegar a aquel peligroso equilibrio en el que se mantenía no fue algo que sucediera de la noche a la mañana. Se fue gestando a fuego lento, sin prisa pero sin pausa, motivado por la necesidad de dinero, primero, y acrecentado después por las ansias de poseer más, mucho más, convencido de que lo merecía, convencido de que no podía seguir siendo un infeliz ahogado por las hipotecas, las pensiones alimenticias, los préstamos personales, los gastos imprevistos… Estaba bien ir trampeando para cubrir todo aquello, pero él quería tener pasta para muchas otras cosas. Cosas caras. Cosas que, *a priori*, estaban fuera de su alcance.

Y es que, como decía aquel anuncio de la Primitiva, no tenemos sueños baratos. Claro que no, y Román Castro menos que nadie.

Cuando cumplió los veintidós años, la cosa ya comenzaba a pintar bien. A él no le tocó la Primitiva, sino algo más parecido al «Sueldo Para Toda La Vida» de Nescafé. O eso fue lo que sintió al ingresar en el cuerpo de Mossos d'Esquadra. Sin oficio ni beneficio, ni más titulación que el graduado escolar, de pronto se vio con un sueldazo, soltero y sin ningún gasto fijo más allá del préstamo del flamante Volkswagen Golf que acababa de comprarse y el ridículo alquiler de una habitación en un piso compartido con otros mossos allá donde estuviera destinado en la Catalunya profunda, a la espera de que el despliegue llegase a Barcelona. De modo que, gracias al cuadrante de Seguridad Ciudadana, disponía de semanas enteras libre de servicio y de todo el dinero que hiciera falta para salir de fiesta, viajar y divertirse dónde, cuándo y con quién le diera la gana.

Un auténtico chollo, sí, pero lo más gracioso es que el trabajo de policía le encantaba.

Se trataba de un oficio que no le era del todo ajeno. Cuando llegó a la última fase de la oposición, la temida entrevista, y aquel cabo le preguntó si conocía personalmente a algún policía, él no dudó en revelar que su padre había sido inspector del Cuerpo Nacional de Policía. Aquello agradó al entrevistador, de modo que, para acabar de granjearse su simpatía, o más bien para despertar un sentimiento de compasión, añadió que su padre había muerto cuando él solo tenía ocho años. En aquel momento, el entrevistador se limitó a acentuar su semblante serio y emitir un «Oh, vaya. Lo siento», pero no preguntó el motivo. De haberlo hecho, Castro hubiera respondido lo de siempre: «Tranquilo, ya está superado. Fue un accidente de coche», una mentira de las gordas, porque ni estaba superado ni fue un accidente de coche. La verdad es que, una tarde de marzo de 1985, el muy cabrón de Genaro Castro se sentó en la cocina, metió en su boca el cañón de un revólver del 38 y apretó el gatillo. El propio Román fue quien encontró el cadáver. Lo primero que llamó su atención al asomarse al umbral de la puerta fueron las extrañas figuras que formaban sus sesos secos pegados en la pared. Después miró abajo y vio a alguien con media cara abierta. Gracias al reloj dorado y a la esclava, no tuvo duda de quién se trataba. Era el broche de oro a una relación jodida de verdad. El hombre estaba roto por dentro y había conseguido destrozar también las vidas de su mujer y su único hijo. Y el muy mamón se fue por la puerta grande. Dio el do de pecho.

Aquella jodida imagen quedó grabada a fuego en la mente de Román Castro. Se juró que jamás sería como su padre, que jamás acabaría como él, amargado y resentido, siempre en contra de todo, siempre en contra de todos. No señor, ni de coña. Él aprovecharía el tiempo. Él disfrutaría de la vida.

Ingresar en Mossos fue un paso acertado. Disfrutó de aquellos primeros años, en el trabajo y fuera de él, y conoció a un montón de mujeres, aunque con ninguna se planteó nada serio, convencido de que una relación estable lastraría su buena vida. Hasta que conoció a Marta, su Ex Número 1, la Manirrota. Ambos se encontraban en la terraza de un hotel de Miami, tomando una copa con grupos diferentes de amigos. Se gustaron al instante y aquella primera llama, fruto de la atracción, se vio avivada por una afición común: el amor por el derroche. La Manirrota trabajaba de responsable en el departamento de recursos humanos de una empresa farmacéutica y su sueldo era aún más alto que el suyo, de modo que ambos vivían a todo tren: viajes, restaurantes caros, ropa de marca, regalos lujosos… A él le gustaba gastar, pero lo de ella… ¡joder! Lo de ella no tenía nombre. Para cuando Castro abrió los ojos y se dio cuenta de que era un maldito agujero negro con tetas, ya era demasiado tarde. La época de vacas flacas había llegado. Para entonces ya se habían hipotecado hasta las trancas con la compra de un ático en Sitges durante el otoño de 2006, con el mercado inflado y a punto de reventar. Dos años antes había nacido Leire y un año después llegó Pol. A los gastos de hipoteca (casi dos mil eurazos al mes por culpa del puñetero Euribor que subía y subía hasta el infinito) había que sumarle la guardería de los críos, la ropa, la alimentación y la medicación, especialmente la de Pol, que nació con dermatitis atópica severa. A Castro se le caía el alma a los pies cada vez que veía a su hijo recién nacido con la piel en carne viva, desesperado, a pesar de todas las pomadas y los jabones especiales y jodidamente caros que compraban para él. Habían entrado en una peligrosa espiral de pagar a crédito y acumular préstamos, y, aun así, la Manirrota exigía salir de viaje «porque no me estoy deslomando yo en el trabajo y en casa para pasarme las putas Navidades aquí encerrada como una miserable». Montaba unos espectáculos de niña malcriada que Castro detestaba. En invierno quería ir a esquiar; en verano, a tostarse al sol en alguna isla remota. Quería comer y cenar fuera de casa, y cambiar de coche cada poco tiempo. No le entraba en la cabeza que la situación había cambiado, que el dinero era finito y que habían adoptado un ritmo peligroso, pagando con un dinero que no tenían…

Para entonces, Castro ya era cabo de investigación; su sueldo había aumentado, aunque tampoco era para tirar cohetes. Además, con la condenada crisis, sobrevolaba sobre sus cabezas la posibilidad de que acabaran despidiendo a la Manirrota, cuya actitud no ayudaba: cuanto peor era su situación económica, más hija de puta se volvía con la gente que la rodeaba. Era pura frustración. Cada vez que Castro insistía en reducir gastos, ella cargaba contra él y lo tachaba de cabrón tacaño. Se había convertido en una tirana amargada, en una zorra insoportable. De no ser por los críos y los pufos en común, Castro la hubiera mandado a la mierda hacía tiempo.

Aumentar las fuentes de ingresos no era cosa fácil. El restrictivo régimen de incompatibilidades laborales existente en Mossos, según el cual prácticamente se descartaba cualquier trabajo alternativo, ataba de manos a Castro. Por entonces, ni se le pasaba por la cabeza cometer una ilegalidad. Sin embargo, saltarse dicho régimen de incompatibilidades y arriesgarse a un expediente disciplinario era un riesgo que estaba dispuesto a asumir si encontraba algo que mereciese la pena. Y la oportunidad surgió gracias a un antiguo compañero de la Escuela de Policía, guardia urbano de Barcelona, que le ofreció la posibilidad de trabajar para él como escolta, proporcionando seguridad a empresarios extranjeros que acudían a Barcelona a cerrar negocios y a disfrutar de los pequeños placeres que la ciudad ofrecía.

Todos los hombres que trabajaban para el urbano eran policías, y todos cobraban en negro a doscientos euros el servicio, una media de tres noches por semana.

Castro no se lo pensó dos veces. Se subió al carro y comenzó una nueva etapa en su vida acompañando a americanos, árabes, japoneses y europeos por toda la ciudad, sobre todo de noche y sobre todo a restaurantes, discotecas y puticlubs. Ganaba dinero, dormía poco, trabajaba como una mula en comisaría encerrando a hijos de puta que vivían a costa de darles el palo a los currantes y, de paso, se libraba de aguantar los ataques cargados de rabia y bilis de su mujer. Un buen plan, de no ser porque echaba de menos pasar más tiempo con sus hijos.

Aquella solución restó presión al problema económico en casa, pero no logró que el carácter de la Manirrota volviera a ser el de antes. Cuando Castro se dio cuenta de que por mucho que recuperaran el tren de vida anterior la relación entre ellos estaba muerta, que se detestaban mutuamente, que no soportaban estar en la misma habitación, zanjó la enésima discusión con un «Que te den. Me largo de casa» y así lo hizo.

Dar aquel paso le costó poco, aunque lo que vino después resultó bastante más duro: el divorcio. No tuvo más remedio que asumir que, entre el trabajo diurno en investigación y el nocturno como guardaespaldas (ambos necesarios para seguir cubriendo unos gastos de los que no había forma de divorciarse), le resultaba imposible cuidar de los niños, de modo que renunció a la custodia compartida. Tomar aquella decisión fue jodidamente difícil para él. Siguió cubriendo la mitad de la hipoteca del ático de Sitges, ofreció una manutención más que generosa e, incapaz de pagarse un apartamento en condiciones, regresó al piso de Bellvitge de su madre, el mismo donde, cada vez que pisaba la cocina, creía ver los sesos de su padre estucando la pared. La situación era deprimente y la actitud de su madre no ayudaba; el Alzheimer comenzaba a hacer acto de presencia y las pérdidas de memoria la estaban convirtiendo en un ser hosco y desconfiado.

Era incluso peor que volver a empezar.

¿Dónde había quedado todo aquello de que jamás acabaría amargado como su padre, que él sí disfrutaría de la vida?

Se había desviado bastante de aquel camino.

Menos mal que tenía una válvula de escape: el trabajo. Ahora que tan solo debía ocuparse de los críos dos fines de semana alternos al mes, se pasaba el día entero currando, e incluso aparecía por el despacho las noches que no escoltaba a empresarios. Si le hubieran pagado horas extras, se habría forrado, pero en investigación no se cobraban las horas de más, tan solo se acumulaban. A base de resolver casos y pasar información relevante a otras Unidades, se hizo un nombre en la rama de Investigación. Pasado un tiempo, le ofrecieron un puesto en la Unidad Central de Atracos, y aceptó. A partir de ese momento, se dedicó a detener a atracadores veteranos, viejas glorias del pasado recién salidos de prisión, y a amateurs que creían que los bancos seguían siendo un chollo. Todo bastante sencillo, por lo general, aunque de vez en cuando investigaba a alguna banda de tipos preparados y con la mente suficientemente fría como para sacar una buena morterada de un solo golpe. Y esos sí eran los casos que motivaban a Castro. Le encantaba cazar y encerrar a aquellos cabrones.

En el mundo de la noche, las cosas también cambiaron a mejor. Hizo contactos y se independizó de su colega de la Guardia Urbana, montando su propio equipo de guardaespaldas, junto a un par de agentes de confianza. Los ingresos aumentaron en poco tiempo y alquiló un apartamento en Castelldefels que le permitió acoger a sus hijos en un lugar mucho más agradable que aquel piso de Bellvitge que tan malos recuerdos le traía. Aquellos fines de semana eran sagrados para él; eran las únicas horas que desconectaba del trabajo. Los niños, por su parte, parecían haber normalizado la situación. Por muy insoportable que fuera la Manirrota y por mucho que detestase tratar con ella, Castro debía admitir que era una buena madre. Y ella tampoco podía quejarse de él: se involucraba en todo lo referente a sus hijos, seguía pagando religiosamente e incluso gastaba en ellos mucho más de lo que ordenaba la sentencia de divorcio.

El resto del tiempo, Román Castro trabajaba, trabajaba y trabajaba. De día y de noche. En comisaría o en los clubs como guardaespaldas. Se dio algún capricho que otro, como el Audi Q5 que tanto disfrutaba conducir, pero por lo demás se esforzaba por contenerse y no llamar la atención.

Como no podía ser de otro modo, fue precisamente trabajando como conoció a Berta, su Ex Número 2, la Neuras. Era gerente de un restaurante de la zona alta de Barcelona y la cosa comenzó con un tonteo y se fue alargando en el tiempo hasta pasar cada vez más tiempo juntos. Castro había acabado tan escaldado de su relación anterior que se prometió a sí mismo no caer en los mismos errores. Casi lo logra: no se hipotecó con ella ni se casó, pero sí tuvieron un crío, Rubén, que llegó por sorpresa. La Neuras, cuando descubrió que estaba embarazada, confesó que le hacía mucha ilusión ser madre y Castro, pese a ser consciente de lo que aquello implicaba, se mostró conforme y hasta ilusionado. La relación no marchaba mal, pasaban grandes momentos juntos y parecían entenderse bien a pesar de los inestables horarios de ambos. Y, aun así, algo dentro de Castro le decía que aquella relación no iba a durar. Y no duró. Se separaron once meses después del nacimiento del niño. Ella lo acusaba de estar todo el santo día fuera de casa. Él le recriminaba que hubiera renunciado al restaurante para cuidar de Rubén y, sin embargo, lo dejaba a primera hora de la mañana en la guardería y se pasaba el día tumbada en el sofá, enganchada a Telecinco, con cara apática, como si todo fuera un fastidio. Ella decidió volver a terapia, algo que había hecho con regularidad en otras etapas de su vida, y el psicólogo la escuchó y le recomendó que mirara por ella, que se quisiera más, que Castro era un foco tóxico y que debía alejarse de él.

De modo que sí, se alejó, pero llevándose al niño con ella.

Castro tenía dos opciones: tratar de reavivar su relación o aceptar sin más la separación. También se le ocurría una tercera alternativa, que era meterle una paliza al puñetero psicólogo por entrometerse en su vida, aunque acabó descartándola. ¿Para qué? Optó por asumir que las cosas se habían acabado y que, muy a su pesar, de nuevo tenía que renunciar a la custodia compartida y verse obligado a aflojar otra generosa manutención, algo en lo que no regateó lo más mínimo. No podía pensar en Rubén sin sentirse culpable. Estaba resultando ser un padre de mierda.

Esta vez no tenía la opción de regresar a casa de su madre para ahorrar dinero. La enfermedad de la mujer se había agravado hasta tal punto que necesitaba vigilancia continua. Se desorientaba con facilidad y ya apenas tenía momentos de lucidez en los que recordara quién era. Poco antes de que naciera Rubén, Castro la ingresó en una residencia donde le daban el mejor cuidado posible. Era demasiado cara para la minúscula pensión que cobraba, de modo que Castro decidió vender el piso de Bellvitge y cubrir con ello los gastos de la residencia. Por un lado, se alegró de no tener que regresar nunca más a aquel apartamento, pero, por otro, lamentó tener que malvenderlo en un momento en que los precios estaban por los suelos.

Tras la segunda separación, los ingresos volvieron a menguar y aumentó el número de servicios nocturnos. Para aguantar el tipo, recurría a cafés y Red Bull, pero nunca a cocaína ni psicoestimulantes; había visto suficiente mierda a lo largo de los años como para tener muy claro que aquello era la mayor trampa en la que se podía caer. Ni siquiera encontraba divertido pillarse una cogorza a base de alcohol; bebía algunas cervezas cuando se encontraba animado y en buena compañía, pero jamás hasta el punto de perder el control. Su única adicción era ganar dinero, y parecía estar desgastándolo tanto o más que la droga, porque el ritmo de vida que llevaba le estaba jodiendo la salud. Durante el día no aflojaba en la UCAT y por las noches se mantenía despierto hasta altas horas de la madrugada. Fue tirando del carro durante unos meses, pero su cuerpo tenía un límite. Cuando surgieron una serie de disputas con su antiguo socio de la Urbana, que no acababa de aceptar que se hubiera convertido en su competencia directa, decidió reducir drásticamente los servicios nocturnos a un par por semana, temiendo que aquel mamonazo hiciese llegar alguna información anónima a Asuntos Internos. Comenzó a descansar más y, a la vez, a tirar de los ahorros obtenidos de la venta del piso de Bellvitge. Pan para hoy y hambre para mañana, porque tarde o temprano se acabarían y se vería en la necesidad de hallar un modo nuevo de obtener más dinero.

Mientras eso sucedía, su ritmo de trabajo en la UCAT no bajó lo más mínimo. Cuando se anunció una oposición a sargento, un jefe de la División se aproximó a él en la máquina de café y le recomendó que se presentara. Castro estudió como un cabrón, se preparó las pruebas físicas a conciencia y aprobó. Después vio como enviaban al antiguo sargento de la UCAT a otra Unidad y a Castro le ofrecieron su puesto.

Él aceptó sin dudarlo. Aquella oferta era gloria bendita: podría seguir haciendo lo que más le gustaba y continuaría cobrando el plus de la especialidad de Investigación. Y, lo mejor de todo, por fin tendría su propio cortijo y haría las cosas como él pensaba que debían hacerse.

El personal que quedó bajo sus órdenes se dividió en dos grupos: los que eran capaces de seguir su ritmo y los que no. Se quedó con los primeros y les dio la patada a los segundos, incorporando a gente en comisión de servicios dispuesta a trabajar a destajo. Sabía que los agentes hablaban a sus espaldas; algunos lo describían como un currante y otros, en cambio, se despachaban a gusto llamándolo «puto explotador de los cojones». Y lo cierto es que sí, que Castro era exigente en sus investigaciones. No se conformaba con identificar a uno de los autores de un atraco, trincarlo y cerrar el caso sin pensar más en el asunto. Quería detener a toda la banda y apartarlos de circulación, invirtiendo en ello todo el tiempo que hiciera falta en vigilancias y seguimientos, pinchazos telefónicos y todas las gestiones de investigación necesarias.

Fue en aquella época en la que Castro comenzó a obsesionarse con el estilo de vida de sus investigados. Muchos eran unos auténticos capullos, drogatas sin remedio recién salidos de prisión que no sabían hacer otra cosa más que aquello que los había llevado de cabeza al agujero, pero había otro tipo de delincuentes que el sargento detestaba con profunda intensidad: aquellos que daban buenos palos y se dedicaban a pegarse la gran vida, haciendo ostentación en sus perfiles de Facebook e Instagram, tumbados al sol en la cubierta de un barco, posando junto a un chef famoso en su restaurante o al volante de un Maserati. Aunque jamás lo hubiera reconocido en voz alta, sentía una mezcla de odio y envidia hacia aquella panda de hijos de puta e iba a por ellos sin contemplaciones.

Hacía poco que había cumplido los cuarenta y no dejaba de preguntarse si eso era lo que le aguardaba el resto de su vida: currar como un desgraciado mientras veía a aquellos delincuentes vivir a todo tren, carentes de remordimientos.

Joder, se había equivocado de bando.

Se había equivocado.

Sin proponérselo, Castro había comenzado a prepararse mentalmente para cruzar la gran línea roja. Antes ya había cruzado otras más finas, aunque no por ello dejaban de ser rojas. La primera de ellas no costó. Dicen que esa es la más difícil, aunque en su caso fue algo simple. Sucedió poco después de incorporarse a la UCAT como cabo. Estaba participando en una entrada y registro y, al abrir un cajón, se topó con un buen fajo de billetes de cincuenta euros enrollados. Debía tener el grosor de un tubo de escape. Con un gesto rápido, deslizó el fajo de billetes en el bolsillo de su chaqueta y continuó buscando indicios entre la ropa del detenido. Nadie reparó en él, ni sus compañeros, ni el sargento, ni el secretario judicial, ni el detenido. Fue algo tan breve que podría decirse que ni siquiera había sucedido, pero lo cierto es que, al salir de aquel domicilio de Ripollet, Castro era mil cuatrocientos cincuenta euros más rico. ¿Valía la pena jugarse el puesto y el prestigio por eso? No, claro que no. Aquel dinero le incomodaba, parecía pesarle en la conciencia y quemarle en el bolsillo. Lo dilapidó el siguiente fin de semana en compañía de sus hijos y, de algún modo, la sensación de culpa desapareció.

Aquella fue la primera de muchas veces. Lo hacía siempre por su cuenta, sin cómplices. Y fue un buen sobresueldo hasta que ascendió de rango. Normalmente el sargento se limitaba a dirigir el registro, mientras sus subordinados removían cajones y armarios en busca de pruebas incriminatorias. Podía haber recurrido a la confabulación de alguno de sus agentes, permitirle despistar algo de pasta y repartírsela, pero aquello iba en contra de la imagen que se había forjado en el cuerpo de Mossos. Tenía fama de tipo recto, obsesionado con el cumplimiento de la ley. Una tapadera que le permitía continuar con sus servicios nocturnos de guardaespaldas sin que Asuntos Internos se fijara en él.

La segunda línea roja que cruzó fue algo más gruesa y llegó en forma de un gordo seboso de más de ciento ochenta kilos llamado Ramiro Beluga, propietario de varios locales de copas de Barcelona, Castelldefels y Sitges. Por lo que se rumoreaba, aquella no era su única fuente de ingresos; de hecho, aquellos locales eran lavadoras de dinero que, de paso, le aportaban grandes beneficios. Ramiro Beluga, apodado por muchos, a sus espaldas, el Pato, participaba como intermediario entre mayoristas y minoristas del tráfico de cocaína. Era algo así como un seguro de transacciones; ponía en contacto a unos y a otros y garantizaba que no habría sorpresas desagradables en el momento de llevar a cabo el trueque de dinero por mercancía. A cambio, se llevaba un buen pellizco del negocio.

Eso era lo que había llegado a oídos de Castro, pero hasta donde él sabía ninguna Unidad de Investigación había logrado meterle mano al tipo.

Hasta aquel momento, Castro se había mantenido al margen de cualquier servicio de guardaespaldas que apestara a narcotráfico. Una cosa era ganarse un sobresueldo acompañando a empresarios para que tomaran unas copas y echaran un polvo y otra muy distinta era verse involucrado en tráfico de drogas. Por eso, cuando se le acercó uno de los hombres de Ramiro Beluga en uno de sus clubs de Castelldefels y le dijo que el mandamás quería verlo, se puso en guardia. E hizo bien, porque cuando se sentó junto a aquel mastodonte en el reservado de la zona VIP, lo primero que escuchó de su rolliza boca fue que sabía quién era y a qué se dedicaba, y que también tenía conocimiento de lo que hacía en los registros cuando nadie lo veía. Castro se mantuvo impertérrito, aunque por dentro deseaba saltar sobre aquel cabrón y sacarle a hostias qué coño pretendía con todo aquello. El gordo añadió que uno de sus hombres, al que Castro detuvo años atrás por el atraco a una joyería de Sabadell (alzó la copa de gin-tonic y lo señaló disimuladamente con ella), lo había reconocido. Castro miró al tipo; lo recordaba, al igual que recordaba aquel registro. Trincó tres mil y pico euros que había ocultos en el interior de un rollo de papel de váter. Lo que no recordaba era que aquel hijoputa tuviera la vista fija en él mientras escamoteaba la pasta.

Castro logró mantener la calma, se puso en pie y, con una media sonrisa, mandó a la mierda al gordo de los cojones. Después le advirtió que mejor se pensara dos veces lo que iba a hacer con aquella información.

—Tranquilo, macho, tranquilo —soltó el gordo con aire divertido—. No tienes de qué preocuparte. No pienso ir a ningún lado con ese cuento, y te garantizo que mi hombre tampoco, porque de lo contrario sabe que le reventaré la puta cabeza. Vamos, hombre, no te sulfures y siéntate, ¿vale? Hazme ese favor.

Castro contempló al tipo durante unos segundos. Era doblemente vomitivo, tanto por su físico como por su estilo de vida. Ese mismo estilo de vida que tanto resentimiento despertaba en él… Sin embargo, aquel cabrón podía llegar a joderlo de verdad.

Castro necesitaba controlar la situación. No sabía cómo, pero lo necesitaba.

Tomó asiento.

—Gracias —dijo el gordo—. ¿Quieres tomar algo? ¿No? ¿Ni uno de esos Red Bull que te veo beber a todas horas? Está bien, como quieras. Iré al grano. Hace tiempo que busco a alguien como tú, con la mente abierta, ya me entiendes, que trabaje en un lugar privilegiado y esté dispuesto a velar por mis intereses.

—Te estás equivocando conmigo…

—¿Sí? Yo creo que no. Alguien tan desesperado como para jugarse el empleo y la reputación agenciándose tres mil quinientos euros de mierda, necesita eso y mucho más. Y yo ofrezco mucho por poco.

Castro se sentía violento, allí sentado, hablando con aquel tipo en un local repleto de gente. Cualquiera podía verlos, y, joder, aquello era precisamente lo que lo había llevado a aquel reservado y verse sometido a un elemento del calibre de Ramiro Beluga.

—Olvídame —dijo Castro, y trató de ponerse en pie. La manaza del Pato se posó en uno de sus hombros y lo retuvo en el sofá.

—Es difícil olvidarse de alguien como tú. Sé que trabajas en la comisaría central de Mossos. Sé que por allí pasa mucha información, que se pronuncian y se escuchan muchos nombres, nombres de gente a la que queréis echarle el guante… A mí eso me interesa, especialmente si ese nombre que se pronuncia y se escucha es el mío. Pon una cifra y seremos amigos.

Castro se abalanzó sobre Ramiro Beluga y lo agarró por las solapas de la americana. Aproximó su rostro al del gordo y, apretando los dientes con rabia, escupió:

—Tú no podrías pagarme, hijo de puta.

El Pato no pareció inmutarse. Un par de sus hombres corrieron hacia el reservado, dispuestos a levantar a Castro en volandas, pero el gordo los detuvo con un gesto de su mano. Miró fijamente a Castro y dijo:

—Lo entiendo. Tienes que hacer tu numerito, demostrarme lo digno e incorruptible que eres. Pues muy bien. Ya te he oído. Y ahora me vas a oír tú a mí, porque aquí mando yo y me importan tres cojones tu placa y tu pistola. —Hizo una pausa y añadió—. ¿Me sueltas o hago que te rompan los dedos?

Castro tardó unos segundos, pero finalmente apartó sus manos de él. No porque le tuviera miedo, sino porque era consciente de que estaba llamando demasiado la atención. Pensó en largarse en aquel preciso instante, dejar a aquel cabrón ahí plantado, con la palabra en la boca, y que los dos agentes que aquella noche lo acompañaban se hicieran cargo del grupo de belgas que los habían contratado…

Pero no lo hizo. No, joder. No lo hizo. Prefirió quedarse y escuchar a aquella bola de grasa.

Y la bola de grasa habló:

—Ya te he dicho que no pienso ir a ningún lado con esa historia de los tres mil quinientos euros, ¿me oyes? Así que quítatelo de la cabeza de una vez y deja de verme como una puta amenaza. Esa historia solo me importa a mí, y me importa porque me dice de qué pie cojeas, ¿te queda claro? Mira, lo tuyo no es nada malo; es lo más normal del mundo. El jodido dinero nos lleva a todos de culo. Dicen que no da la felicidad y, ¿sabes qué respondo yo a eso? ¡Mis cojones que no! Todo es mucho más fácil con pasta. Con el bolsillo lleno, disminuyen las preocupaciones y uno se puede permitir el lujo de relajarse y disfrutar de la vida, de tu gente, de las cosas que te gustan, de lo que de verdad merece la pena. —Guardó silencio durante unos segundos para recuperar el resuello y después añadió—: Deja que te muestre lo generoso que puedo llegar a ser.

El gordo extrajo de un bolsillo de su americana un bolígrafo y una tarjeta con un número de teléfono móvil impreso en relieve, sin ninguna otra inscripción. Giró la tarjeta y escribió algo en ella. Se la tendió a Castro y dijo:

—Es un dinero tan fácil que hasta podría decirse que eres tú el que se está aprovechando de mí.

Castro volteó la tarjeta y leyó:

1000 AL MES + 500 POR LLAMADA

Su cabeza comenzó a sumar o, mejor dicho, a restar deudas. Últimamente no salía de un crédito bancario y ya se metía en otro y en otro, y no podía seguir tirando de los fondos obtenidos con la venta del piso de su madre. Los últimos meses se había visto obligado a recurrir a ellos más de lo habitual debido a que la Neuras se había obsesionado con que Rubén sufría algún tipo de trastorno psicológico. El crío se había metido en un par de peleas en clase y la maestra les había llamado la atención. Castro no creía que fuera nada serio, entre otras cosas porque ni siquiera la propia maestra le había dado mucha importancia al tema, pero la Neuras ya había comenzado a hablar de Trastorno por Déficit de Atención e Hiperactividad, de Trastorno de Conducta Disocial, de Trastorno Negativista Desafiante y de otras mierdas por el estilo. Insistió en llevarlo a un psicólogo infantil que le había recomendado su propio psicólogo, aquel puto metomentodo, y el crío de cinco años comenzó a acudir a terapia una vez por semana, a lo que hubo que añadir otra sesión de terapia grupal cada quince días. Castro lo consideraba una pérdida de tiempo y de dinero, porque el chaval seguía igual de movido que al principio, aunque más confundido, debido a que empezaba a sospechar que tenía algo estropeado en la cabeza. Castro se subía por las paredes, pero estaba cansado de lidiar con la Neuras. Su discurso pasivo-agresivo estaba repleto de autocompasión y víctimismo, de reproches y lamentaciones. Resultaba extenuante discutir con ella.

Sentado en aquel reservado, no podía apartar la vista de las cifras escritas en la tarjeta. Su cerebro no solo pensaba en cómo aquel dinero serviría para tapar agujeros del tamaño de un camión, sino también en cómo lo disfrutaría en compañía de sus hijos, o solo, o con alguno de esos ligues esporádicos que surgían de vez en cuando, casi siempre breves o intermitentes y casi siempre compañeras policías que tenían claro que él no deseaba nada más allá de un polvo o un viaje de fin de semana.

Pero aquel dinero no era ningún regalo. Era a cambio de algo. Algo comprometido.

—¿Solo quieres saber si te están investigando? —preguntó Castro, escéptico.

—Nada más. Con eso me basta. Quizá te llame de vez en cuando para preguntarte por alguien, pero tienes mi palabra de que no voy a abusar… ¿Qué me dices?

—Tengo que pensarlo.

—Tú mismo. Me desharé del número de teléfono que hay anotado en esa tarjeta dentro de una semana. Hasta entonces, la oferta sigue en pie.

Durante los siguientes días, Castro valoró todas las posibilidades. Unas veces pensaba en aceptar la oferta y después se recriminaba el simple hecho de haberla considerado. Después optaba por hacer lo correcto y declinar, y acto seguido se cabreaba consigo mismo por ser un gilipollas cobarde. Unas veces se decía que no, joder, que no podía ceder a la tentación, y otras trataba de atenuar los remordimientos pensando que la cosa no era tan grave, que tan solo comportaba consultar los registros con cautela, y que, si no lo hacía él, otros lo harían en su lugar y se beneficiarían.

Se autoconvenció de que jamás daría ningún dato que pusiera en peligro la vida de alguien y, finalmente, efectuó la llamada el último día. El Pato no pareció sorprendido de su decisión. Eso ofendió a Castro, aunque no hasta el punto de cambiar de opinión. Con el tiempo se olvidó de aquella sensación inicial de indignación, de pensar que otros veían en él a alguien fácilmente corruptible. Con el tiempo descubrió que la cosa apenas suponía riesgo alguno, que recibía dinero por no hacer prácticamente nada y que era capaz de mantener la situación controlada sin comprometer su posición ni su trabajo diario. Con el tiempo normalizó la situación y dejó de tener la impresión de estar haciendo algo por lo que sentirse culpable. Más bien al contrario. Porque si, como policía, estaba expuesto a que un buen día un yihadista de mierda corriera hacia él al grito de *Allahu Akbar!*, levantándose la camisa y mostrándole un puñetero chaleco bomba, aquello le serviría para compensar ese riesgo, qué coño.

Y mantuvieron aquel acuerdo durante dos años, y habría continuado así hasta el fin de los días de no ser por un tal Alberto Marlango, un antiguo hombre de confianza del gordo, recién salido de prisión y cargado de resentimiento y ganas de joderlo todo. Vendió al gordo y nada pudo hacer Castro para prevenirlo. El cabo que llevaba la investigación era de la vieja escuela y escondió su jugada hasta el último momento. Tras aquello, Ramiro Beluga ingresó en prisión y Castro dejó de estar en su nómina.

Sin embargo, aquella pérdida no le preocupó en exceso; sus espaldas estaban cubiertas y, además, disponía de otros «clientes». No eran muchos, seis en total, y no todos pagaban la misma cantidad ni se ponían en contacto con él con la misma frecuencia. Tampoco eran descerebrados encocados ni traficantes de gatillo fácil. Eran delincuentes que se tomaban su trabajo como una ocupación profesional a tiempo completo, emprendedores del sector del crimen con ganas de perdurar y con un gran interés por tener a alguien dentro de la policía, velando por sus intereses. El propio Castro era el que se aproximaba a ellos y les proponía el acuerdo. Para entonces, ya había perdido el pudor inicial. Se presentaba un buen día y les mostraba lo que había averiguado sobre ellos con apenas rascar la superficie, y entonces les soltaba una de sus frases preferidas: «Has tenido suerte de llegar a conocerme». Después recalcaba lo mucho que los beneficiaría su colaboración, y, como era de esperar, la cosa solía cuajar. No pretendía que su propuesta sonara a amenaza, aunque era inevitable pensar en ello, claro. Esa era su estrategia de marketing.

Entre esos «clientes» había un grupo de serbios, todos ellos rondando la treintena, que se lo habían montado a lo grande gracias al limbo legal en el que se encontraban las asociaciones cannábicas. Aquellos chavales habían comenzado con una asociación en la Barceloneta y pronto vieron lo fácil que era saltarse los requisitos para vender marihuana. No hacía falta que los compradores fueran realmente socios, ni tampoco que la cantidad de venta fuera la máxima estipulada, ni que consumieran dentro del club. Todo era manipulable. Todo era falsificable. ¿Quién podía creerse que aquella pequeña asociación tuviera más de cinco mil socios? ¿Dónde hacían las reuniones para elegir presidente? ¿En un campo de futbol? Después de ese primer club vinieron más y más, y pasaron de cultivar la maría en caserones perdidos en urbanizaciones remotas a alquilar naves industriales de varias plantas. Cuando entró en contacto con ellos, ya disponían de doce naves a pleno rendimiento repartidas por media Catalunya. Tenían el tinglado muy bien montado y controlaban las principales asociaciones cannábicas del Área Metropolitana de Barcelona. Joder, si producían tanta marihuana que hacían envíos regulares, escondidos en tráilers, a otros países de Europa. Aquellos cabrones estaban forrados y no reparaban en gastos cuando se trataba de mantener a Castro contento. Y él perdía el culo porque no se volviera a repetir la cagada que cometió con el Pato.

¿Cuántas líneas había cruzado hasta entonces? La administrativa fue la primera, trabajando como guardaespaldas, pero también había sobrepasado la penal, trincando pasta en las entradas y pasando información a delincuentes. Las deudas habían disminuido, pero sus gastos habían aumentado. Se dio un capricho y cambió el Q5 por un Q7. Se llevó de viaje a los críos a Eurodisney. Se mudó a un apartamento de Playafels por el doble de alquiler. Se fue de viaje a Japón con un ligue. Quemaba la pasta, pero no lo hacía a saco, ni descerebradamente, ni de un modo ostentoso. El coche era de segunda mano y pagado con un préstamo legal, al igual que todo lo que llamaba la atención. Sin embargo, apenas ahorraba; en el día a día, tiraba de efectivo y seguía endeudado hasta el cuello porque no podía renunciar a nada. O eso creía él hasta que recibió un toque de atención de lo más jodido:

El jefe de la División de Investigación Criminal lo llamó a su despacho una mañana y le informó de que Asuntos Internos había abierto una información reservada sobre él. Los cojones se le pusieron por corbata. Mantuvo el tipo, sin tragar saliva ni pestañear, y en cuanto escuchó que también se la habían abierto a un par de sus agentes, los mismos que formaban su equipo de escoltas, se permitió el lujo de respirar. Castro reconoció ante su superior que era cierto; aquello solo comportaba una sanción administrativa y, mientras no saliera a la luz la otra mierda, la situación no era tan grave. Desconocía quién se había ido de la lengua, quizá aquel urbano rencoroso o quizá alguno de sus agentes más perros, los que detestaban trabajar con él.

El jefe de la DIC lo reprendió, pero también comentó que entendía su situación personal y que sabía que uno debía hacer lo que fuera por cuidar de los suyos. Castro asintió. La conversación comenzaba a tomar buen cariz. Y no se equivocaba. El jefe se mostró agradecido por su franqueza y se ofreció a interceder por él, para frenar el golpe, porque era uno de sus mejores sargentos y se dejaba la piel a diario investigando. Pero puso una condición: que pusiera punto y final a aquel negocio nocturno. Castro respondió que le estaba infinitamente agradecido y que, por supuesto, aquella faceta de su vida había tocado a su fin. Y salió del despacho cavilando cómo coño supliría aquella fuente de ingresos, porque no podía seguir metiendo mano a los ahorros de su madre.

El jefe cumplió su promesa y consiguió que no lo sancionaran, pero, aun así, los de Asuntos Internos no consintieron que se fuera de rositas. Pusieron fin a la información reservada sin abrirle expediente disciplinario pero, a cambio, achucharon para que cambiaran a Castro de destino. Era un modo de marcar paquete, de joderlo silenciosamente, de decirle que esa vez se había librado, pero que no era intocable. El jefe de la DIC, que no estaba dispuesto a perder un sargento como Castro, lo envió a la Unidad Territorial de Investigación Metropolitana Sur.

De eso hacía ya año y medio.

A partir de ese momento, y ante una creciente falta de liquidez, Castro se vio obligado a mover ficha. Lo necesitaba con urgencia. Y lo hizo del modo más bestia que se le podía ocurrir:

Asaltando a traficantes de marihuana.

Aquella era una línea roja de las gordas. Una señora línea de las que uno no se saltaba por error, sino porque decidía jugar a lo grande, con posibilidad de ganar mucho y, a la vez, arriesgándolo todo.

Castro seguía tensando la cuerda, como los elefantes tensaban la tela de una araña en esa vieja canción infantil, yendo a buscar a otro elefante. Y a otro y a otro...

Asaltando a traficantes de marihuana.

Aquella idea no se le ocurrió de repente, sino que derivó de una conversación que mantuvo con Marko Obradovic, uno de los dos serbios que cortaban el bacalao en el tinglado de las cannábicas, cuando este le ofreció dinero para que le quitara de en medio a un grupito de niñatos que pretendía hacerles la competencia. Lo soltó un buen día, sugiriendo, medio en broma, medio en serio, que se presentara en casa de aquella gente, fingiendo un registro policial y los acojonara.

Traficantes de hierba los había a patadas. El boom del cultivo de marihuana surgió tras la crisis de la primera década de los dos mil, y raro era el día que no se desmantelaba una macroplantación descubierta casi por casualidad. El personal que se dedicaba a aquel negocio era muy variado. Por un lado estaban los vividores y gente en paro que un buen día comenzaron a cultivar hierba de interior, ya fuera en habitaciones, garajes e incluso armarios habilitados para tal efecto, con sus correspondientes sistemas de riego, luz artificial, ventilación, abonos, fertilizantes y demás parafernalia, para conseguir, en poco más de dos meses, unos beneficios económicos acojonantes y libres de impuestos, a cambio de unas pocas horas de dedicación diaria. Algunos de esos oportunistas no fueron más allá de sus pequeñas plantaciones, pero otros aumentaron su cosecha y, los más ambiciosos, comenzaron a cultivar a lo grande. Otros, por el contrario, simplemente eran organizaciones criminales que vieron mercado y se tiraron en plancha sobre la marihuana, ya fueran de Europa del Este, chinos, españoles, marroquíes o gitanos, llegando incluso a dejar de lado el tráfico de cocaína alguno de ellos.

Tanto unos como otros jodían el negocio de los serbios, obligándolos a bajar precios.

Castro tenía claro que él no iba a presentarse en casa de ningún traficante de marihuana tirando de placa y a cara descubierta, exponiéndose a que después lo reconocieran. Ni loco. Ni él ni nadie que trabajara para él.

Durante un tiempo trató de obtener dinero de los serbios a cambio de pasar información sobre sus competidores a las diferentes Unidades de Investigación de la zona donde estos tenían las plantaciones. Pero el cultivo de hierba era un delito tan frecuente y los jueces eran tan poco contundentes con él que a menudo los otros investigadores pasaban de su chivatazo o, en caso de que llegaran a trabajarlo, solían tardar meses antes de reventar el tema. Y eso, a los serbios, no les servía de mucho. Necesitaban una solución más drástica y eficaz contra la competencia.

Y Castro sabía cuál era esa solución.

Porque, ¿a quién temían los traficantes más que a la policía?

Pues a los ladrones de traficantes.

Pero ¿estaba dispuesto a llegar tan lejos?

Castro le dio vueltas al asunto, sopesó pros y contras, y decidió liarse la manta a la cabeza, porque sí, porque podía probar una vez a ver qué tal salía y después ya valoraría si merecía la pena. Y porque aquellos cabrones no se atreverían a denunciar. Y porque la ley era jodidamente lenta y hacía falta que alguien les parara los pies en plan justiciero. Y porque había comenzado a investigar asaltos a domicilio y veía lo fácil que resultaba cometerlos y salir indemne si se hacían bien las cuatro cosas básicas. Y porque necesitaba la pasta. Y porque podía sacar una buena tajada. Y porque se lo merecía. Y porque aquellos parásitos sociales se daban la vida padre sin apenas dar un palo al agua. Y porque él se deslomaba a diario encerrando a hijos de puta sin que nadie se lo agradeciera. Y porque se había ganado el derecho a vivir a cuerpo de rey más que ellos y más que muchos otros. Y porque sí, joder. Porque sí y punto.

Fue a ver a los serbios y les ofreció una tarifa exprés: él se encargaría de joderles el negocio a sus principales competidores, dándoles el palo y reventándoles las plantaciones, y a cambio recibiría una compensación por golpe y (esto no lo dijo pero se daba por hecho) arramblaría con todo el dinero que pillase durante los asaltos.

Aceptaron, claro, y a partir de ese momento comenzó una época de bonanza con la que Castro jamás se hubiera atrevido a soñar.

Los serbios le marcaban objetivos y él, por su cuenta, buscaba otros.

Para dar aquellos golpes, Castro descartó recurrir a los agentes que habían sido parte de su equipo de seguridad. Se había distanciado de ellos para no mosquear a los cabrones de Asuntos Internos y ahora tenía otro grupo, formado por Jairo Quintana, Gustavo Malla y Tito Toledo.

Jairo era un agente que llegó bastante verde a la UCAT, meses antes de que desterraran a Castro a la UTI Metrosur. El chaval era nuevo en la especialidad de investigación, pero voluntarioso y con ganas de agradar, especialmente a él, su jefe. Se ofrecía para todo y, poco a poco, se ganó la estima del sargento, especialmente cuando este supo que, al igual que le sucedió a él, se quedó huérfano de padre siendo un chaval. Cuando el sargento se hizo cargo del Grupo de Robos Violentos de la UTI Metrosur, movió cielo y tierra para que le hicieran una comisión de servicio a Jairo. Castro acababa de llegar a un sitio nuevo y necesitaba gente de confianza a su lado. Había tanteado a algunos de sus nuevos agentes, pero ninguno respondió como esperaba. Jairo se incorporó encantado a la UTI Metrosur y continuó venerando a su sargento, con mayor devoción incluso. Cuando Castro le habló de los asaltos a traficantes de marihuana, se lo vendió del modo más práctico posible: que aplicarían la justicia a su manera y, de paso, trincarían pasta. Jairo se mostró entusiasmado, aunque, para ser sinceros, a cualquier cosa que Castro le hubiera propuesto, legal o ilegal, el chaval se habría lanzado de cabeza sin pensárselo dos veces.

Después captó para la causa a Gustavo, un agente de Seguridad Ciudadana destinado en la comisaría de Sant Feliu de Llobregat, amigo de Jairo. Un adicto al gimnasio, las mancuernas y los ejercicios de repetición, con más músculo que cerebro, pero muy útil a la hora de mantener a raya a los traficantes. Y el tercero fue Tito Toledo, un buen elemento, algo colgado, con antecedentes por delitos contra la salud pública y un par de robos con violencia, pero bastante manipulable y con profundos conocimientos sobre el cultivo a gran escala de marihuana. Tito trabajaba para los serbios como «jardinero», controlando algunas de sus macroplantaciones, mimando a aquellas condenadas plantas como si fueran bebés, y a Castro le interesaba tenerlo de su lado porque sabía quién y dónde movía más material, y cuándo era el momento idóneo para asestarles el golpe. El cabrón era muy bueno, entendía del tema y rara vez se equivocaba.

No recordaba cuándo comenzaron a llamarlo Capi o Capitán, pero debió de ser al poco de empezar con los asaltos. Alguno de ellos dijo que eran como corsarios, y de ahí salió la coña. Y a Castro tanto le daba como lo llamaran, con tal de que no usaran su verdadero nombre.

Palo tras palo, se convirtieron en unos eficientes asaltadores de traficantes de marihuana. Entraban a saco con el rostro tapado y armados con pistolas detonadoras, calentaban al personal y los amordazaban, se llevaban la pasta y jodían a golpe de hacha la instalación de agua, luz y ventilación de las plantaciones, a la vez que destrozaban la cosecha rociándola con lejía.

Sí señor. Trincaban pasta de los serbios y trincaban pasta por su cuenta, repartían a partes iguales y en pocos meses se hicieron con una pequeña fortuna. La hierba movía muuucho dinero, joder. Y, de pronto, Castro se vio con más efectivo del que había tenido jamás.

Y aun así quería más. Mucho más. Porque no sabía cuánto tiempo podría seguir jugando a aquel juego tan peligroso. Porque en cualquier momento podría notar en el cogote el aliento de Asuntos Internos. Y porque sí, joder, porque le gustaba la pasta. Porque mejor en su bolsillo que en el de los delincuentes. Y porque le encantaba el tacto de los billetes y comprobar lo mucho que llevaba acumulado.

Era un «yonqui del dinero», igual que aquel tipo con pinta de hípster que se plantó ante las cámaras de televisión a las puertas de la Ciudad de la Justicia valenciana y anunció que iba a colaborar para destapar la corrupción del Partido Popular en aquella comunidad autonómica. El tío justificó su participación en la trama autodefiniéndose con aquellas mismas palabras: porque era un yonqui del dinero.

Castro lo entendía a la perfección. Quería más porque no sabía cuánto tiempo iba a durar aquello. Quería más simplemente porque estaba ahí y, si no se aprovechaba de la situación, es que era un auténtico gilipollas.

Castro había pasado tanto tiempo haciendo malabarismos económicos que, por primera vez en muchísimo tiempo, podía respirar tranquilo. Guardaba el dinero a buen recaudo y, poco a poco, sacaba para saldar deudas, cubrir imprevistos y dar algunos caprichos a sus hijos. Exigía a Jairo, Gustavo y Tito que fueran igualmente cautelosos gastando el dinero, aunque, con el tiempo, todos se permitieron ciertos lujos.

El lujo que se concedió Castro tenía once metros de eslora y estaba amarrado en Port Ginesta. Era un yate de quince años de antigüedad, pero restaurado de arriba abajo, con los interiores forrados de caoba, equipado con un camarote doble, cuatro literas, cocina, aseo con ducha, una pequeña sala de estar interior y un salón en cubierta bastante amplio y con suelo de teka, propulsado por dos motores de 140 CV que permitían llegar hasta los dieciocho nudos sin problema. Era una verdadera joyita, algo con lo que Castro llevaba años soñando y que adquirió gracias a la intervención de los serbios, que también tenían amarradas sus embarcaciones en aquel pequeño puerto de Sitges, justo al lado de Castelldefels. Y le consiguieron aquella ganga por poco más de setenta mil euros. Castro pagó parte de la embarcación con un préstamo legal, para guardar las apariencias, y el resto en negro. Sus tres críos alucinaron con la nueva adquisición; salían a navegar cada fin de semana que estaba con ellos, y Castro disfrutaba como nunca, olvidándose por completo del trabajo y de los palos a traficantes.

Para evitar suspicacias en comisaría, trabajaba con tanto ahínco que su porcentaje de resolución era el más alto de entre los grupos de Robos Violentos de todas las UTIs. Y lo lograba a base de echarle horas y de apretar al personal. Se había producido un repunte de asaltos violentos en interior de domicilio y no les faltaba faena, de modo que, cuando alguno de los asaltos cometidos por Castro y su gente llegaba a su propia mesa para investigarlo (cosa que rara vez ocurría, porque aquellos cabrones no solían denunciar), Castro dejaba morir el caso, mareando la perdiz, limitándose a realizar las gestiones básicas, consciente de que habían hecho bien los deberes, que nada los conduciría hasta ellos. Tras un tiempo de espera, el caso acababa cerrándose como no resuelto, argumentado la falta de colaboración de las víctimas porque eran unos jodidos delincuentes y odiaban a la policía. Aquel era un lujo que Castro se podía permitir gracias a que los casos resueltos positivamente mantenían la estadística alta, algo que, a su vez, hacía feliz al jefe de la UTI, el subinspector José Antonio Lacalle. Y, por si fuera poco, cada vez que una patata caliente caía sobre la mesa de Lacalle, fuera de la temática que fuera, Castro siempre se ofrecía para hacerse cargo. Su gente se quejaba, claro, y se quejaba mucho, porque iban de culo y porque eran un grupo bastante reducido. Pero no por eso Castro dejaba de asumir más trabajo. Había que seguir encerrando hijos de puta, cuantos más mejor, y, sobre todo, guardar las apariencias.

Sin embargo, como buen yonqui del dinero, jamás tenía suficiente. Cuanto más tenía, más quería, y lo buscaba donde fuera y como fuera. Pero, sobre todo, lo hacía con vistas a lo que él denominaba su «plan de contingencia», una salida que le permitiera en el futuro seguir obteniendo la misma cantidad de dinero o más que la que ganaba con los asaltos, pero sin mancharse las manos. Porque Castro no se engañaba; sabía que no podría seguir eternamente con aquello. De lo contrario, tarde o temprano, acabaría pillándose los dedos.

Y fue nuevamente Marko Obradovic el que le ofreció una oportunidad para poner en marcha su plan de contingencia.

Castro odiaba a aquel jodido serbio por lo que era, un puto parásito social que se forraba a base de pasarse la ley por el arco del triunfo, y, a la vez, lo admiraba porque tenía todo lo que Castro deseaba. Debía reconocer que el tío era un visionario, ya que previó antes que nadie el gran negocio que supuso el cannabis en España y, más concretamente, en Barcelona, adulterando el concepto de asociación cannábica y convirtiendo la ciudad catalana en la nueva Ámsterdam, aunque mucho mejor que esta gracias al sol, la playa y los clubs cannábicos donde se podía fumar hierba y, al mismo tiempo, tomarse una cerveza o un cubata. Marko era un treintañero guaperas que dirigía un tinglado descomunal junto a Zoran Petrovic, un serbio con muy malas pulgas. Mientras este último se dedicaba a la supervisión del cultivo en las naves industriales, a controlar la distribución del material por las asociaciones cannábicas y a organizar el transporte clandestino a otros países europeos, Marko se ocupaba básicamente de blanquear el dinero de la organización. Invertía en todo lo que permitiera falsear las facturas, ya fueran restaurantes, cafeterías, empresas de importación-exportación, agencias de viajes… Lo que hiciera falta con tal de que garantizara el ABC del blanqueo: colocación del dinero negro, su encubrimiento y la posterior integración junto al resto de capitales legales. Y fue una noche, sentado en el despacho que Marko tenía en su restaurante de la calle Enric Granados de Barcelona, un establecimiento de lo más pijo pero con buena comida, que el serbio le habló de la inversión hotelera en Panamá.

La cosa pintaba bastante bien. Según Marko, la mayoría de los países centroamericanos se mostraban abiertos a inversiones extranjeras en el sector hotelero, y el que ofrecía mayores ventajas era Panamá. Marko tenía participaciones en una empresa que había recibido el permiso del Gobierno panameño para la construcción y explotación de un complejo hotelero de lujo en el corazón de Boca Chica, un paraje natural situado en la costa pacífica del país y cuyo principal reclamo eran las largas playas de arena blanca rodeadas de naturaleza salvaje. El serbio había viajado hasta allí para estudiar el terreno donde se planeaba levantar el resort, y había vuelto entusiasmado. Le habló de iguanas verdes, tortugas marinas, mantas gigantes y las visitas veraniegas de las ballenas jorobadas. Fue menos claro respondiendo a la pregunta de Castro acerca de la rapidez con la que habían conseguido la autorización para el proyecto; se limitó a hablar de contactos, incentivos económicos, contactos de esos contactos, más incentivos económicos y, por fin, luz verde.

Castro le dio vueltas al tema, lo consultó por internet, habló con un par de tipos que entendían de inversiones y, finalmente, se convenció de que aquel asunto podía ser un negocio muy rentable. Contactó con Marko y le pidió participar. El serbio le dijo que sí, que vale, que no había ningún inconveniente, siempre que aportara la cifra mínima de participación estipulada por los socios inversionistas: ciento veinticinco mil euros.

En aquellos momentos, y tras una racha bastante prolongada soltándoles pasta extra a la Manorrota y a la Neuras, a Castro le quedaba bajo el colchón algo más de setenta mil euros. El serbio le dijo que no era suficiente, pero que no había prisa, que aún disponía de un mes para entrar en el negocio.

A Castro le hizo gracia aquello de que «no había prisa». ¿Cuánto tardaba aquel cabronazo en acumular sesenta mil euros? Joder, los asaltos a traficantes de hierba daban pasta, pero al dividir entre cuatro apenas tocaban a tres o cuatro mil euros por cabeza. A aquel ritmo, incluso contando con el fijo que obtenía por pasar información a sus «clientes», jamás reuniría todo el dinero a tiempo, ni siquiera yendo a destajo.

A punto estuvo de renunciar a aquel negocio, de no ser por la llamada de Dolores Casal.

Bendita llamada.

La directora de banco tenía su número de teléfono profesional a raíz de una investigación dirigida por Castro cuando aún era jefe de la UCAT. La misma investigación que acabó con ella como rehén en un banco de Rubí.

La noche en que recibió aquella llamada, la mujer parecía completamente fuera de sí, hablaba de un modo errático y no dejaba de repetir que había estado a punto de hacer una locura. Castro le pidió que se tranquilizara e insistió en que se reuniera con él. Ella manifestó que prefería no ir a ninguna comisaría, y acabaron quedando en un estacionamiento público de Sitges. Cuando Castro llegó allí, se encontró a la mujer dentro de su Mercedes-Benz Clase A con la mirada perdida y las manos todavía sobre el volante. Consiguió que saliera de su catatonia golpeando repetidamente la ventanilla y le pidió con un gesto que desbloqueara las puertas. Después se sentó a su lado y la observó detenidamente. Iba vestida de negro, con guantes y sin maquillaje. Castro le pidió que le explicara lo que había sucedido y, tras dar muchos rodeos y divagar sin sentido, la mujer acabó confesando que había estado a punto de matar a su exnuera. Comenzó a vomitar mierda sobre aquella mujer, acerca de lo mucho que había jodido la vida de su hijo y de lo mucho que se la estaba jodiendo a ella y a su marido, arrebatándoles a su nieta después de haberla criado durante los últimos años. Narró el frustrado intento de asesinato y reconoció su cobardía en el momento de la verdad, que se había quedado clavada, impotente, rabiando y deseosa de dar el paso y rajarle la garganta...

Castro, sentado ahí a su lado, escuchándola, leyendo entre líneas, sintió que se le abría el cielo. Pensó en cómo podía sacar tajada de todo aquello y su mente comenzó a saltar de un lado a otro, uniendo puntos. Sabía que Dolores Casal era en aquellos momentos la directora de una sucursal de Vilafranca del Penedès, y, acto seguido, recordó que pronto llegaría la época de vendimia. Y sabía muy bien cómo pagaban los viticultores la recogida de la uva. Su cerebro comenzó a llenarse de ceros, uno detrás de otro, tantos como habitaciones tenía aquel resort cojonudo de Panamá. Pensó en las ballenas jorobadas y en aquellas sombrillitas que ponían a los cócteles… Después volvió a prestar atención a la mujer y la analizó. ¿Qué pretendía? ¿Confesar y entregarse? ¿O simplemente se había asustado de sí misma, de lo que era capaz de hacer, y necesitaba que alguien la parara? Joder, de lo que no cabía ninguna duda era de que Dolores Casal odiaba a su exnuera con toda su alma y seguía deseando verla criando malvas. Si había recurrido a él, quizá fuera porque buscaba a alguien que le hiciera cambiar de opinión, que le recordara lo mucho que podía perder… O quizá, más o menos conscientemente, buscaba a alguien acostumbrado a tratar con la chusma, alguien que la pusiera en contacto con la persona adecuada…

Castro le dijo que la entendía, que creía que tenía todo el derecho del mundo a estar con su nieta y que aquella mujer no podía llegar así como así, de la noche a la mañana, y arrebatársela. Dolores asintió, convencida de que tenía razón, y él pinchó el globo recordándole que la ley estaba de parte de su exnuera. Eso la cabreó. Castro le pidió que se olvidara por un momento de que estaba hablando con un policía y le preguntó hasta dónde estaba dispuesta a llegar. Ella guardó silencio. Él preguntó si el hecho de que la detuviera en aquel preciso instante por el intento de asesinato aplacaría su odio. Ella negó con la cabeza y, tras unos segundos de duda, se envalentonó y afirmó que la quería ver muerta, que no había sido capaz de dar el último paso, pero que si otra persona lo daba por ella… Por fin habían llegado al meollo de la cuestión. Era rencor en estado puro. Si la mala leche tuviera mala leche, sería aquella tipa.

Y fue ahí cuando Castro soltó su frasecita: «Has tenido suerte de llegar a conocerme». Dijo que podía hacer algunas llamadas y ponerla en contacto con alguien. Después, decidiera lo que decidiera, sería cosa suya. A cambio, tendría que devolverle el favor y ponérselo fácil para cometer un robo en su sucursal. La mujer asintió. A aquellas alturas, ya no se andaban con tonterías. Castro le preguntó cuánto podía haber en la caja fuerte el día con más movimiento de efectivo y ella respondió que en torno a doscientos mil euros. Aquella noche cerraron el trato.

A pesar de lo sucedido con el Pato, Castro todavía mantenía contacto con él de vez en cuando. Consiguió el número de teléfono que el gordo utilizaba en aquellos momentos para gestionar sus negocios desde su celda de Brians 2 y lo llamó. Y el Pato le dio un nombre: Rafael Cabrales, un buen pieza a punto de salir de la trena y ansioso por conseguir dinero. Castro le pasó el contacto a Dolores Casal y, conforme avanzaba la vendimia, ella señaló un día en el que la caja fuerte estaría llena hasta los topes.

La fecha estaba decidida. Todo preparado. Mientras los otros daban el golpe, él estaría en el despacho, guardando las apariencias y controlando que nadie les siguiera la pista. Un golpe perfecto…

¡Los cojones, un golpe perfecto!

Él, que se vanagloriaba de pensar en todos y cada uno de los contratiempos que pudieran surgir, de preverlos, de evitarlos… Mierda, ¿quién coño podía imaginarse que un viejo loco, cargado de resentimiento, alcohol y mala hostia, aparecería rifle en mano para mandarlo todo a tomar por culo?

Nadie, joder. Nadie.

Se suponía que la investigación del robo recaería en su grupo tras solicitar la UCAT que las UTIs se hicieran cargo de los atracos a entidades bancarias y a joyerías cometidos lejos de Barcelona. Y así habría sido si se hubiera tratado de un atraco de manual como el que habían planeado. Como el que esperaban, vamos.

¡Pero es que se había montado un circo de los grandes, joder! ¡Un circo de tres pistas en el que no faltaban ni los payasos ni los acróbatas ni los enanos ni los equilibristas! ¡Cojones, si hasta tenían a la mujer barbuda!

A pesar de haber vendido a todo el mundo la historia esa de que le habían endosado el caso sin opción a negarse, lo cierto es que, a causa del revuelo ocasionado por el tiroteo, desde la División decidieron que la UCAT debía hacerse cargo de la parte relativa al atraco. En cuanto Castro lo supo, entró como un miura al despacho de su jefe y no paró hasta convencerlo de que la UTI Metrosur debía ocuparse de todo, tanto de la tentativa de homicidio como del robo, y que él era el más idóneo para manejar el asunto. El jefe dudó y Castro presionó. Necesitaba controlar la información, joder, alejar la investigación de sus hombres y, sobre todo, de él.

Castro logró convencer a Lacalle de que debían hacerse cargo de todo y este hizo unas llamadas. Costó, pero el caso fue suyo.

Y por fin pudo comenzar la fase de distracción… aunque no le resultó nada sencillo.

Porque estaba conmocionado por Jairo.

Le costaba mantener las formas, haciendo el numerito de sargento supereficiente, organizando a todo el personal, fingiendo que estaba obsesionado con dar caza a los atracadores… sin olvidar ni por un solo instante que la vida de Jairo pendía de un hilo. Contactaba cuando podía con los otros para informarlos de por dónde debían moverse para evitar los equipos de búsqueda, incluido aquel condenado helicóptero, y desde el primer momento ya lo avisaron de que el estado de Jairo era grave. Muy grave. Y Castro lo sintió de veras, vaya si lo sintió. El chaval había recibido de pleno. Estaba jodido de verdad.

Sin embargo, no podía permitirse el lujo de la debilidad.

Ni por asomo.

La situación era desbordante y empeoraba por momentos. Y cada novedad era peor que la anterior: la irrupción del viejo con

214

el rifle, los disparos de Gustavo con su arma reglamentaria, los testigos del cambio de vehículo...

Castro trataba de mantener la calma, pero por dentro era puro fuego. Había jugado fuerte, había arriesgado, y la cosa amenazaba con venirse abajo de un modo calamitoso. Demasiados cabos sueltos, joder, demasiados cabos sueltos...

Y uno de ellos era, sin lugar a duda, Dolores Casal.

Cuando se reunió con ella a solas en el hospital, después de que declarara ante Saúl, la tipa estaba histérica. Se quejó de que el agente le había tocado las pelotas con sus preguntitas. Se quejó de que ahora no sabía cómo coño le pagaría al tal Cabrales sin dejar rastro, porque contaba con sacar algo del dinero de la caja fuerte robada. Y se quejó una vez más de su cara magullada.

Castro le dijo que se dejara de historias y apechugara.

Peor estaba Jairo, no te jode. Con un boquete en el estómago y agonizando. No podía quitárselo de la cabeza. Tenía que hacer algo por él. Encontrar un remedio antes de que el corazón del chaval dejara de bombear y todo pasara a otro nivel. Un nivel sin retorno.

Y debía hacerlo cuanto antes, consciente de que llevarlo a un hospital no era, ni siquiera remotamente, una opción a tener en cuenta.

Ni de coña.

La solución por la que optó fue recurrir al doctor Jesús Manzano, especialista en cirugía plástica, estética y reconstructora.

Otro de los «clientes» de Castro.

Era médico del Servicio de Cirugía Plástica del Hospital de Terrassa y socio de una clínica privada de cirugía plástica y medicina estética en Sabadell. El tío trincaba pasta por un tubo, y aun así se sacaba un suculento sobresueldo ofreciendo sus servicios a gimnasios, donde hinchaba a culturistas y levantadores de peso, y a clubs deportivos, donde dopaba a deportistas profesionales y amateurs que sabían que solo tenían opciones si recurrían a las trampas.

Un buen yonqui del dinero, otro más, en el que Castro se veía reflejado.

Castro lo había pescado por casualidad, en mitad de una investigación, a raíz de unas llamadas telefónicas muy comprometedoras a las que el juez de instrucción no dio ninguna importancia puesto que solo le interesaban los atracos a joyerías. El cirujano le aflojaba a Castro trescientos euros mensuales, para que lo asesorara, para que velara por él y, en fin, para que aquellas llamadas jamás salieran a la luz.

Aquella tarde, tras el desastroso atraco, Castro estaba loco por librarse de sus obligaciones en Vilafranca e ir en busca del doctor, allí donde estuviera, para llevarlo a rastras al piso de Tito. Y no fue fácil. La jueza fue posponiendo la condenada reunión a lo largo de la tarde, el maldito doctor estaba ilocalizable, y, para colmo, no paraban de llamar a Castro de todos lados consultándole cosas y más cosas del incidente.

Cuando por fin Castro dio con el doctor, le ofreció un trato: acompañarlo a curar a su amigo a cambio de dejar de pagar los trescientos mensuales.

—Y ¿qué pasa si no puedo hacer nada por él? —Quiso saber el doctor.

A lo que Castro respondió:

—Eso es algo en lo que no quiero pensar. Me niego a hacerlo. Y espero que tú también. Me basta con ver que haces todo lo posible por mantenerlo con vida.

Y allí que fueron.

Y pareció que el doctor hizo todo cuanto estuvo en su mano por salvar al chaval, pero de poco sirvió.

Castro podía fingir ante los demás que el destino de Jairo quedó marcado justo en el instante en que recibió el disparo, que por mucha prisa que se hubieran dado en llevarlo a un hospital ni el mejor de los médicos lo podría haber salvado. Pero eso no era más que una justificación cobarde. Un intento de calmar su conciencia y hacer sentir menos culpables al resto. Puede que Jairo hubiese sobrevivido tras recibir una asistencia médica adecuada, o puede que no, eso jamás lo sabrían, pero lo único cierto era que Castro le había arrebatado tal posibilidad en el momento en que ordenó que lo llevaran al piso de Tito.

Había sido su decisión. Tito y Gustavo obedecieron, acojonados y desbordados por la situación, deseosos de que alguien tomara las riendas por ellos, que los guiase ante un marrón de tal magnitud. Y la prioridad de Castro fue, en aquel momento más que nunca, salvar su culo. Sí, señor. Salvar su puto culo.

Acababa de cruzar una gran línea roja sin retorno.

Y, sin embargo, Castro estaba convencido de que era capaz de lidiar con ello. Por cojones. Tan solo debía pensar en su futuro y en la vida que siempre había deseado. Cualquier cosa parecida a dar un paso al frente y reconocer lo sucedido con Jairo no haría más que joderlo todo. Lo pensaba antes, cuando Jairo agonizaba en aquel dormitorio de mierda, y lo seguía pensando ahora, con Jairo muerto. Ya no podían hacer nada por él. Confesar lo sucedido no beneficiaría a nadie, tan solo traería desgracias. Y prisión.

Joder, sí. Prisión.

Castro se había pasado media vida enchironando gente. Él no pensaba, ni por asomo, pasar por ahí. Ni de puta coña. Por primera vez consideraba en serio la posibilidad de acabar entre rejas, con todo el revuelo que ello comportaría. Aquel asunto había ocupado bastantes minutos en televisión; la radio y la prensa también habían hablado largo y tendido del tema. Si llegaban a enterarse de que se trataba de una banda formada en su mayoría por Mossos d'Esquadra, con un sargento al frente, el castigo que caería sobre ellos, policial y judicial, sería ejemplar. Especialmente para él, por estar al mando y dedicarse a detener a gente que cometía precisamente los mismos delitos que cometían ellos. Los periodistas se iban a poner las botas con el asunto. Se iban a hacer pajas con aquella información, corriéndose de gusto. Y él ya podía despedirse de esa buena vida que apenas había comenzado a disfrutar, de un trabajo al que estaba enganchado y en el que, joder, era bueno de cojones, de su prestigio, del respeto, del cariño y de la admiración de sus... mierda, solo con pensar en lo que podían llegar a sentir sus hijos al enterarse de que su padre estaba encerrado con los malos, él que los capturaba…

No. Antes de acabar encerrado, si las cosas se complicaban, arramblaría con toda la pasta que pudiera y desaparecería del mapa. Mejor eso que enfrentarse a la realidad desde una celda de tres por dos, comiéndose la puta cabeza. Puestos a ser un padre de mierda, mejor en libertad que como un maldito taleguero.

No. La cárcel no era una alternativa. No en esta vida.

Improvisó una historia para justificar la ausencia de Jairo, utilizando el móvil del chaval (y su dedo índice) para enviar mensajes a su madre y a sí mismo, imitando su modo de redactar. Después también lo usó para tranquilizar a Gustavo. Necesitaba dejar pasar el tiempo, para que nadie relacionara el atraco con su desaparición.

A partir de ahí, tocaba amarrarse los machos, tirar balones fuera y asegurarse de que nada apuntaba hacia ellos.

Y durante unas horas creyó que lo conseguiría, hasta que recibió aquella llamada de la madre de Jairo…

Jueves

27

Al finalizar el turno a las seis de la mañana, Gustavo Malla pretendía pasarse tres horas en el Tandem Gym siguiendo con su rutina; era lo único que lo mantenía centrado. Aquel día le tocaba pecho y tríceps. Se pondría a hacer series de press de banca como un loco y cargaría la polea y las mancuernas hasta sentir que los brazos y los hombros le fueran a reventar.

Sin embargo, no pudo. Porque a las seis y dos minutos recibió un mensaje del Capi, en el teléfono ful. Decía que fuera a casa, que lo estaba esperando allí.

Y Gustavo supo que el chorreo sería tremendo.

Unas horas antes, cuando lo llamó para contarle que aquella tocapelotas de la UTI había insinuado que sabía lo del atraco, el Capi lo advirtió de que, jamás jamás jamás volviera a decirle nada parecido por teléfono. Gustavo no entendía el motivo, básicamente porque llevaban utilizando aquellos teléfonos solo un día, pero el Capi le ordenó que dejara el tema a un lado y que, la próxima vez, se limitara a concretar un punto de encuentro y una hora, y entonces ya llegaría el momento de explayarse cara a cara. Gustavo le dijo que vale, que así lo haría, y, sin embargo, insistió un poco más relatándole parte de la visita de la tal Silvia y las preguntas que le había formulado. El Capi resopló al otro lado del teléfono, le dijo que era subnormal y colgó. Y Gustavo pasó una noche de perros, con el calabozo lleno de chusma y comiéndose la cabeza.

Le tocaba las pelotas que el Capi lo tratara como si fuera idiota.

Dejó la moto en el aparcamiento interior del edificio donde vivía, situado en el barrio de Sant Ildefons, en Cornellà, y salió a la calle, a buscar al Capi.

Pero no vio rastro de él. Tan solo había abuelos y caras extranjeras, de todos los colores y variedades imaginables, que ya constituían mayoría en aquel barrio. Gustavo detestaba vivir entre ellos, pero tampoco se imaginaba haciéndolo en otro sitio. Se había criado allí y había sido testigo del cambio. A diferencia de él, casi toda la gente de su edad se había largado en cuanto tuvo la menor oportunidad. Pero él no. A él le bastaba con tener ahí un pisito barato donde llevar a la churri de turno, pasar por casa de sus padres a buscar la ropa limpia y comer cuando no se veía con ganas de seguir la dieta, e ir al Tandem a seguir su plan de entrenamiento y anabolizantes.

Esperó unos minutos y, al no ver al Capi, decidió subir a su apartamento. Y cuando llegó al rellano, aquel apareció desde la planta superior, bajando por las escaleras, con su look vaquero y una mirada inexpresiva.

—Hola —dijo Gustavo.

El Capi saludó con un ligero movimiento de cabeza y dijo:

—Abre. Vamos dentro.

Entraron.

Gustavo dejó la bolsa de deporte en el suelo del recibidor y fue encendiendo luces. Fuera había amanecido hacía rato, pero las persianas estaban bajadas.

Se dispuso a subir la persiana del salón, pero el Capi le dijo que estaba bien así, que por él no la subiera.

Ambos se sentaron a la mesa. Sobre ella había una gran cantidad de botes, algunos tamaño XXL, de suplementos deportivos: proteínas, aminoácidos ramificados, zinc, magnesio, vitamina B6, vitamina D3, carbohidratos de rápida absorción, testosterona, potenciador de testosterona, malato de citrulina... todo recomendado por su monitor del Tandem, el mismo que le inyectaba los anabolizantes.

—No le he contado nada, te lo juro —comenzó defendiéndose.

—Te creo.

Eso alivió a Gustavo. Un poco. Entonces dijo:

—Esa cabrona tiene que saber algo… parecía que tuviera pruebas.

—Eso es imposible… Quizá se imagina cosas, pero no puede demostrar nada concreto. De todos modos, me ocuparé de ella.

Eso también alivió a Gustavo. Un poco más.

Pensó en el atropello del agente de la UTI, pero no quiso tratar ese tema a menos que el Capi lo mencionara. Se suponía que él no sabía nada, y quería seguir así. Sabía por Tito que el Capi le había enviado a pelárselo, y ya se arrepentía de haberle preguntado. En su lugar, dijo:

—Quiero ver a Jairo.

El Capi hizo un gesto de negación.

—Ni siquiera yo voy a verlo. Hay que esperar. Al menos un tiempo.

—¿Tampoco puedo hablar con él? Me envió un mensaje la otra noche, pero no recibió los míos.

—He dado indicaciones de que no le dejen usar mucho el móvil. Se está recuperando, pero la cosa es lenta. La última vez que hablé con mi amiga me dijo que todavía seguía con infección y fiebre.

Gustavo deseaba con todas sus ganas que Jairo se recuperara, pero no le gustaba nada tanto secretismo. Confiaba en el Capi y eso, y menos mal que tomó las riendas del asunto, pero sentía que lo ninguneaban, que lo dejaban al margen. Prefería estarlo para temas como lo de quitar de en medio a Saúl Sanz, pero temía que aquello no era lo único que le ocultaban.

—Escucha, Capi. Sé que he estado muy nervioso y que no me he comportado como debería, pero…

—Limítate a cerrar el pico y a aguantar como un cabrón —lo cortó el Capi.

—Ya lo hago, pero…

El Capi se abalanzó sobre Gustavo, le agarró la mata de pelo con ambas manos y le estampó la cara contra la mesa.

Su tabique crujió y un intenso calambrazo le hizo gemir como una nenaza.

¡¿A qué coño venía eso?!

El Capi volvió a tirar de su cabello hacia arriba y, con una mirada impasible, dijo:

—Vamos a ver si te enteras de una puta vez que aquí se hace lo que digo yo. Y si te digo que cierres el pico, pues tú cierras el pico y me escuchas, ¿te queda claro?

Gustavo asintió en silencio. Sentía como la sangre le resbalaba por el labio superior y se le metía en la boca.

—No soy tu puta niñera. Ni lo soy ni quiero serlo. La cosa se nos ha complicado de cojones, por si no te habías dado cuenta, y lo último que necesito es tener que preocuparme porque no la cagues. Y cuando digo porque no la cagues, no me estoy refiriendo a que lleves tu puta arma reglamentaria a un atraco y la uses, para eso ya no hay remedio, me estoy refiriendo a pasearte por ahí con tu puta moto y tu puto casco, idénticos a los que han visto unos testigos. ¿Pero en qué cojones estás pensado? ¿Qué tienes en la cabeza? ¿Mierda? ¿A quién se le ocurre seguir yendo arriba y abajo con la puta moto y el puto casco? —Por un momento, el Capi perdió la compostura y exclamó—: ¡Joder!

En eso Gustavo tuvo que reconocer que algo de razón tenía. No lo dijo, claro, solo lo pensó. Y continuó escuchando la bronca mientras la nariz seguía chorreándole sangre y formando un pequeño charquito sobre el hule de la mesa. Como poco, se la había partido en dos.

—Y luego, cuando Silvia va a verte, te pones a temblar y me llamas a la primera de cambio, soltándolo todo por teléfono... ¿Pero tú eres gilipollas? No sé ni por qué lo pregunto. ¡Claro que eres gilipollas! Lo más seguro es que te estuviera controlando. Y tú reaccionas de la manera más sospechosa posible, joder... Te lo voy a repetir una vez más: no soy tu niñera. No quiero serlo. No te conviertas en otro puto problema del que tenga que ocuparme, ¿te queda claro?

Gustavo volvió a asentir. El Capi seguía sujetándolo por el pelo y temía que en cualquier momento volviera a aplastarle la cara contra la mesa o le arreara un puñetazo. Gustavo era mucho más fuerte que el Capi, eso resultaba evidente, pero el Capi le intimidaba de un modo abrumador. Lo paralizaba.

–Te lo voy a poner fácil –dijo el Capi–. Acabo de partirte el tabique nasal. Te pones algo para detener la hemorragia y vas al CAP a que te den la baja. Di que te lo has hecho en el gimnasio, tropezando con unas pesas. Después lo notificas en el trabajo y desapareces. Si te necesito, te llamo a este número. –Le tendió un teléfono básico con tarjeta de prepago–. Si pasa algo verdaderamente urgente, y más vale que lo sea, me haces una perdida al número que hay en la agenda. Yo luego te envío un mensaje con un lugar y una hora.

Gustavo asintió. Por un momento había creído que aquello acabaría realmente mal. El Capi por fin le soltó el pelo y se puso en pie. Señaló hacia los botes de suplementos, algunos desparramados por el suelo debido al temblor de la mesa cuando le estampó el jeto contra ella, y dijo:

–Toda esta mierda que te tomas, todo lo que te pinchas… Te inflan mucho, pero te encogen el cerebro y las pelotas. Espero que no me des excusas para romperte más huesos.

28

Poco después de las diez de la mañana, Silvia abandonó el Hospital de Bellvitge. Acababan de reunirse con los médicos de Saúl y las noticias no eran muy prometedoras que digamos. Las lesiones físicas que había sufrido parecían evolucionar correctamente, sin embargo, el neurólogo no se mostraba muy optimista respecto a su salida del coma. Además, consideraba que, en caso de que despertara por fin, habría que asumir una alta probabilidad de daños cerebrales con consecuencias significativas. La madre de Saúl se puso a llorar desconsoladamente y su marido la abrazó, con gesto compungido y los ojos enrojecidos. Silvia, por su parte, sentía una tristeza enorme en su interior, pero se negó a llorar; aquello no podía ser el final de Saúl. No podía aceptarlo. No quería aceptarlo.

Mientras hubiera un mínimo de esperanza, Silvia se aferraría a ello.

Y si bien no podía hacer nada para que despertara, sí había algo que estaba en su mano: encerrar a todos los responsables de que ahora se encontrara así.

Empezando por Castro.

Ahora que lo analizaba desde otro ángulo, surgían ante ella detalles a los que antes no les había dado importancia. Como el nivel de vida que llevaba Castro. Pocos policías conocía ella con una embarcación, por pequeña que fuera, amarrada en Port Ginesta. Y solo en manutenciones ya debía pagar un buen pico, aunque no parecía pasar penurias e iba siempre de punta en blanco. El muy cabrón se las había ingeniado para ponerles a todos una venda en los ojos.

Salió del hospital con una idea fija en la cabeza: hablar con su amiga Luz Auserón, cabo en la División de Asuntos Internos y, más concretamente, en el Área de Investigación Interna, a cargo de investigar y detener a policías corruptos como Román Castro. Había pasado prácticamente toda la noche en vela, dándole vueltas a lo sucedido el día anterior y a los siguientes pasos que debía dar. Y aquel iba a ser el primero.

Cuando se dirigía en su coche hacia la comisaría de Les Corts, llamó a Luz con el manos libres. Su amiga respondió que sí, que estaba en el edificio, y que subiera a hablar con ella, sin problemas.

Pero sí que había problemas. Silvia no quería que nadie la viera entrando o saliendo de Asuntos Internos, teniendo en cuenta que se trataba del mismo edificio donde había otra UTI, la de la Región de Barcelona. Castro tenía contactos en todos lados y cualquiera podía informarlo, aunque solo fuera por simple curiosidad o chismorreo, de que había visto a una de sus agentes charlando con alguien de DAI. No, no subiría a su oficina, ni tampoco irían a tomar un café a los bares habituales de la zona; y menos a la hora del almuerzo, donde habría otros muchos policías con la antena puesta. En su lugar, le dijo que la recogería en la puerta trasera de la comisaría, la de Taquígraf Garriga, en diez minutos.

A Luz le sorprendió la proposición, pero accedió.

Silvia detuvo su coche frente a un vado en la calle Taquígraf Garriga, pasada la comisaría, y al cabo de un par de minutos apareció Luz. Echó un vistazo a su alrededor y localizó el Seat Ibiza de Silvia. Subió al coche, se dieron un par de besos y Silvia se puso en marcha.

—¿Cómo está Saúl?

—Las operaciones parece que han ido bien, pero sigue dormido. Y no saben cuándo despertará ni en qué estado lo hará.

—Lo siento mucho. De verdad.

Silvia se encogió de hombros y susurró un «gracias» mientras giraba en la calle Constança y se internaba en el túnel que cruzaba la avenida Diagonal. Desde luego que agradecía sus muestras de consuelo, pero aquel no era el motivo por el que había acudido a su antigua compañera de prácticas.

Tras dejar la avenida Sarrià, Silvia rodeó la rotonda de la plaza Prat de la Riba y salió al inicio de Numància. Encontró un hueco en la zona azul y estacionó. A continuación, fue directa al grano.

—Sé que te va a parecer una locura lo que te voy a decir, pero pido por favor que me escuches. Y, sobre todo, que me creas.

Luz se removió incómoda en el asiento.

—Bueno, a ver. Cuéntame.

—El atropello de Saúl no fue algo fortuito. Fue completamente intencionado; querían silenciarlo. Y el responsable no es otro que mi sargento, Román Castro.

Luz enarcó las cejas pero no dijo nada, de modo que Silvia continuó.

—Supongo que estás al tanto del atraco que hubo el lunes en Vilafranca, el que acabó en un tiroteo. —Luz asintió con un movimiento de cabeza; seguía escuchando, atenta, con mirada cautelosa—. Nosotros nos hicimos cargo de la investigación, con Castro al mando, y Saúl empezó a ver cosas raras. Sin decírselo a nadie, ni siquiera a mí, empezó a hacer averiguaciones por su cuenta. Descubrió que Jairo Quintana, agente de la UTI Metrosur y Gustavo Malla, agente de USC Sant Feliu, junto a un tercer tío con antecedentes por robos violentos y salud pública llamado Ernesto Toledo, fueron los autores materiales del atraco. Castro no participó directamente, porque permaneció en comisaría toda la mañana, pero es fácil imaginar el plan en caso de que el robo hubiera salido bien: nos hubiéramos hecho cargo de la investigación igualmente, porque la UCAT hace meses que deriva los atracos sucedidos fuera del Área Metropolitana a las UTIs correspondientes, y Castro, encargado de dirigir la investigación, se las habría apañado para mantener el foco alejado de ellos. Con lo que no contaban era con que apareciera aquel cliente empuñando un rifle y se llevara a uno por delante. Después de que Saúl descubriera quién estaba detrás del robo, creo que...

—Espera —la interrumpió Luz por primera vez—. ¿Por qué dices «creo que»? ¿No tienes pruebas de todo esto que me estás contando?

—Escúchame, ¿vale? No tengo pruebas de todo, pero sí las suficientes como para saber que estoy en lo cierto. El tal Ernesto Toledo era el conductor del vehículo de huida; se le puede identificar por los tatuajes. Y también hay indicios evidentes contra Gustavo Malla y Jairo... Reconozco que la implicación de Castro todavía está un poco verde, pero sé que él es quien lo organizó con ayuda de la directora del banco. Y también sé que, cuando se enteró de que Saúl los había descubierto, quiso quitárselo de en medio.

Luz se echó hacia atrás en el asiento a la vez que se cruzaba de brazos. Mantenía la mirada fija en Silvia. Tras unos segundos en silencio, chasqueó la lengua y comenzó a negar con la cabeza. Parecía disgustada.

—Silvia...

—¿Qué?

—Esto que me estás contando, aquí, así... No me gusta. No es el lugar ni la forma correcta de hacerlo. Y, lo peor de todo, me temo que lo que le ha pasado a Saúl te ha afectado demasiado. No te ofendas, ¿vale? Es lógico, lo comprendo, pero también creo que te impide pensar con claridad...

Silvia observó a su antigua compañera. ¿Cuánto tiempo hacía que se conocían? En las prácticas hicieron buenas migas y, cuando aprobaron y cambiaron de destino, siguieron manteniendo el contacto, algo bastante difícil en un cuerpo en el que la gente iba y venía y las promesas de quedar para tomar unas cervezas se perdían en el olvido. Sus siguientes destinos fueron dispares: Silvia acabó en Granollers y a Luz la mandaron a un lugar más jodido, cerca del Pirineo y lejos de su marido y de su hijo de tres años, por lo que se presentó a todas las ofertas que salieron en Barcelona, sin importarle el destino ni el tipo de funciones que desempeñaría. Y así fue como acabó en la DAI. *A priori*, no era un destino que hiciese especial ilusión a Luz, porque eso de ser policía de la policía, con el estigma que comporta, le hacía tan poca gracia como a Silvia, pero menos gracia le hacía pasar semanas enteras alejada de su familia. El tiempo pasó e hizo carrera allí, primero como agente del Área Disciplinaria y después en Investigación Interna, donde permaneció al aprobar la oposición de cabo. Con el transcurrir de los años, a Silvia no le pasó por alto el modo como su amiga se había ido distanciando del resto de policías, quizá de un modo consciente por un exceso de celo, o quizá porque le costaba relacionarse con compañeros que en un futuro podrían ser centro de sus investigaciones. Sin embargo, la relación entre ambas estaba por encima de eso; seguían quedando, charlando, recordando los viejos tiempos… Aunque estaba claro que esta vez era distinto. Ahora, por primera vez, sentía que su amiga levantaba un muro entre ambas, como si apenas se conocieran, y, por si fuera poco, la trataba de chalada.

—¿Crees que se me ha ido la olla? ¿Que estoy desquiciada?

—No te lo tomes así, ¿vale? Solo digo que tienes que tranquilizarte.

—¿Y cómo quieres que me tranquilice si no me escuchas? ¡Joder! Tienes que creerme. Castro ahora mismo está desbocado, intentando tapar toda la mierda que ha ido levantando a su paso, cueste lo que cueste. Jairo Quintana recibió una herida de muerte y nadie sabe dónde está. Y estoy segura de que ese atraco no ha sido algo fortuito, que llevan tiempo cometiendo robos por el estilo.

Luz volvió a negar con la cabeza.

—No podemos hablar aquí. Así no funciona esto. Si de verdad crees todo lo que me dices, haz una nota informativa y…

—¿Pero qué coño de nota informativa? Te estoy diciendo que Castro ha intentado matar a Saúl para salvar su culo y que es posible que haya dejado morir a Jairo por lo mismo. Y como no lo paremos, vete a saber a quién más se lleva por delante. −Silvia se detuvo para inspirar hondo y tranquilizarse. Sentía que la situación se le iba de las manos, y no podía permitirlo−. Mira, Luz, ni estoy histérica ni me lo he inventado. Estoy jodida, sí, eso no te lo niego, y cansada y cabreada, no te imaginas cuánto… Pero no pienso perder el tiempo escribiendo ninguna puta nota informativa, ¿te queda claro? Estoy aquí, sentada contigo, contándote lo que sé, y lo hago para que la maldita DAI se ponga las pilas y tome cartas en el asunto. Ahora. Ya. Esto no puede esperar.

Luz miraba a su alrededor, incómoda, como si quisiera salir corriendo de allí. Silvia volvió a encenderse. ¿Acaso le jodía que hubiera acudido a ella con semejante patata caliente? Pues que le dieran mucho por culo. Era lo que había. A ver si empezaba a hacer su trabajo de una santa vez.

−Está bien, joder −dijo Luz−. Deja de mirarme así. Te creo, ¿vale? Pero eso no basta para ir contra Castro… Especialmente si todo lo que tienes contra él son meras suposiciones.

−Pero ¿qué es lo que te pasa? −inquirió Silvia−. ¿Queréis que os lo den todo hecho o qué? ¿Entonces para qué os necesito?

−No se trata de eso… Si fuera agente como los otros… Incluso si fuera cabo…

−Mierda, Luz… ¿qué estás insinuando?

−Que el hecho de que Castro sea sargento… un mando de la escala intermedia… jefe de un grupo de la policía judicial a cargo de investigar los delitos que él mismo ha cometido… Sacar todo eso a la luz sin tenerlo bien atado… es delicado.

−¡Vamos, no me jodas!

−No es cosa mía, ni siquiera de mis jefes. Con la situación política que estamos viviendo últimamente, con todas las miradas puestas en el cuerpo de Mossos… Un escándalo así, aunque se venda como un ejemplo de limpieza interna… −Negó con la cabeza, mientras le dirigía una mirada lastimera−. No quieren mala prensa. Ahora no.

—¡Iros a la mierda! ¿Qué coño sois? ¿Policías o políticos? Me cago en… ¡Joder! Después os quejáis de que la gente os trate como apestados.

—Me estás ofendiendo.

—Pues me alegro, ¿sabes? Porque esperaba mucho más de ti. ¿Vas a permitir que Castro se vaya de rositas? Pues yo no, ¿me oyes? ¡Yo no! Si hace falta, iré dónde sea, a otro cuerpo si es necesario, pero no voy a dejar que todo esto quede en nada. Castro tiene que pagar por lo que ha hecho. ¿Es que te importa una mierda que haya intentado matar a Saúl? Pues a mí no, joder. ¡A mí no!

—¡Y a mí tampoco! Si Castro es culpable, tiene que pagar. Eso ni lo dudes. Pero sigues sin entender lo que quiero decir con que ir a por él, así, con tan poco, es delicado. Tú investigas a delincuentes que no le importan una mierda a nadie; los detienes, el juez los mete en prisión, tu jefe hace una rueda de prensa, la gente ve la noticia en la tele y dice: «Oh, otro delincuente más entre rejas». Incluso a veces, si se sienten generosos, aplauden. Pero con nosotros es diferente. Cuando detenemos a un mando de Mossos, especialmente si se ha dedicado durante meses o años a amañar las investigaciones de delitos que él y otros policías han cometido, se levanta tal tsunami de mierda que sale en todas las televisiones. Entonces la gente dice: «Oh, ves, esa policía catalana está podrida, no sirve para nada, son todos unos corruptos». Se pone en juego el respeto ganado durante tantos años, y eso nos perjudica a todos, desde los patrulleros en las calles hasta a vosotros, los investigadores, cuando vais a los juzgados.

—Encerrar a un asesino sin importar las consecuencias, eso es algo que yo respetaría. Y la gente no es idiota. Algunos aprovecharán para echar mierda contra el cuerpo, pero esos ya lo hacen a diario. Que les den.

—No es tan fácil…

—Ya. El caso es que tú aún no has movido un solo dedo y ya estás poniendo excusas por lo que pueda pasar.

—No son escusas. Lo que intento que comprendas es que el cuerpo no puede exponerse a algo así y que después la investigación sea tan endeble que el mando acabe absuelto; si pasa eso, nada habrá merecido la pena. Y el prestigio es algo que pocas veces se recupera… Mira, tú has venido a mí y yo te cuento como van las cosas. Y con eso no te estoy diciendo que no vaya a ayudarte, lo que te estoy diciendo es que tienes que traerme pruebas, algo sólido con lo que empezar. Hazlo y yo misma te llevaré de la manita a ver a mi jefe para ponerlo todo en marcha. Tienes mi palabra. Pero debe ser algo que no puedan guardar en un cajón porque, ¡joder!… –Luz chasqueó la lengua y añadió, a regañadientes–: Castro no es ningún santo. Su nombre ya ha sonado en la DAI más veces de las que a él le gustaría.

—¿A qué te refieres?

—Como cuentes algo de lo que te voy a decir, me cortan el cuello, ¿me oyes? No puede salir de aquí. –Silvia asintió–. Hace un par de años o así que estuvimos a punto de sancionar a Castro por hacer servicios privados de escolta a gente con dinero, la mayoría empresarios, pero también había tipos de dudosa reputación. Su jefe en la DIC intervino y paró el expediente. Intercedió por él, dijo que era un trabajador ejemplar, con problemas de dinero por los divorcios, y la cosa quedó ahí.

—Pero eso es un tema disciplinario, ¿no?

—Sí, pero hará cuestión de medio año llegaron una serie de escritos anónimos informando de que Castro se relacionaba con unos serbios metidos de lleno en el tráfico de marihuana, y que por eso ahora vivía a todo tren, con yate incluido.

—¿Y qué hicisteis?

Luz calló. Parecía avergonzada.

—Nada, ¿no?

—Nada, no, joder. La información era tan detallada que realmente parecía vivir por encima de sus posibilidades. Se le hizo un estudio patrimonial y resultó que todo lo que llamaba la atención, el yate, el coche, el piso, todo estaba en regla. Se consultó con vuestro superior, el jefe de la UTI, y este habló muy en su favor: dijo que trabajaba a destajo, que no había nada en él que le hiciera dudar de su profesionalidad, y el asunto acabó archivándose. Al fin y al cabo, nunca se supo quién había enviado esos anónimos.

—Y, además, tratándose de un mando, era un asunto delicado, ¿no? —Silvia no pudo evitar sonreír con socarronería—. No le hicisteis seguimientos, ¿eh? No os pegasteis a él como una lapa para ver lo que hacía a diario, ¿verdad?

—Joder, Silvia. Yo no decido una mierda… Y no, no hicimos nada de eso. Pero te repito lo que te he dicho antes: tráeme pruebas, algo consistente, y te apoyaré. Te lo prometo.

Aquello sonaba a promesa vacía.

—Y, mientras tanto, tú no vas a hacer nada, ¿verdad?

—No. Y, aunque te cueste creerlo, es lo mejor para ti.

—Pues sí, me cuesta creerlo. Porque, para mí, nada significa nada.

—Escucha. A Castro ya le salvaron el culo una vez. Cuando fluye la información, nunca sabes a dónde va a parar. Especialmente cuando fluye hacia arriba. Si llega hasta sus oídos que quieres hundirlo antes de poder demostrarlo, le estaremos dando una ventaja que no queremos.

—¿Y qué pasaría si viniera a por mí como fue a por Saúl?

Luz soltó un bufido de agobio.

—Mejor no pensar en eso, ¿vale? Tú ten cuidado.

—Ya, pero ¿qué harías tú si pasara?

—¿Que qué haría? Pues joderlo hasta las trancas. Te lo juro por Dios. Lo haría picadillo.

—Eso quería oír, joder… ¿Tanto te costaba decirlo?

—Mierda, no podría vivir con eso en la conciencia.

29

A media mañana, mientras Castro seguía haciendo el paripé en el despacho de la UTI fingiendo que se moría de ganas por atrapar a los autores del atraco de Vilafranca, se encerró en el cuarto de baño para consultar sus teléfonos de prepago y descubrió que, poco rato antes, había recibió un SMS en uno de ellos. Se lo había enviado Marko Obradovic, uno de sus «clientes» serbios. El principal.

«Sigues interesado en aquello? Se acaba el tiempo».

La hostia con el tío, cómo apretaba.

Respondió:

«Aún tengo tiempo, no?».

Otro SMS:

«Sí pero hay novedades. La cifra ha subido».

«Cuanto???».

«200».

¿Dos cientos mil? ¡Vamos, no me jodas!

Lo que faltaba. No podía dejar escapar aquel negocio. Era su maldito plan de contingencia. Los palos que él y sus chicos venían metiendo desde hacía más de un año acabarían explotándole en la cara más pronto que tarde, eso lo veía ahora claramente. Necesitaba una fuente de ingresos estable y sin riesgo, y aquel tinglado que le había presentado el serbio era su gran oportunidad. Le reportaría una buena cantidad de dinero sin mover un solo dedo y, sobre todo, sin jugarse el sueldo, el prestigio y, qué coño, la libertad. Pero ¿cómo iba a conseguir la pasta para entrar? ¡Para eso se suponía que era el puñetero atraco de Vilafranca! Y, para colmo, con la muerte de Jairo debía pararlo todo hasta que las aguas se calmaran… ¡Joder!

Inspiró hondo y escribió:

«Luego voy a verte».

Y la respuesta llegó a los pocos segundos.

«No tardes».

Estaba resultando un día de mierda en muchos aspectos, pero sobre todo en el económico. Una hora antes le habían llamado de Port Ginesta; llevaba días con el yate en el varadero, a causa de una avería en el depósito del combustible, y por fin habían terminado. Cuando le comunicaron el precio final de la reparación, le dolió como si le hubiesen arrancado un huevo de cuajo.

Y ahora le venía el condenado serbio con esto.

Todo era pasta, pasta, pasta.

Salió del cuarto de baño y se topó con Lacalle.

—¿Cómo van las peticiones al juzgado de Vilafranca? —preguntó el subinspector.

—Estamos liados con el oficio. Supongo que para la semana que viene ya lo podremos presentar.

—Mejor mañana que la semana que viene, ¿no?

Castro contuvo un bufido.

—Hago lo que puedo. No tengo turno de mañanas, y los de tardes no dan abasto.

—Pues te asignaré un par de agentes de Domicilios, pero no te duermas, ¿vale? Los jefes de la División están con los ojos puestos en el caso.

Castro los hubiera mandado de buena gana a la mierda, tanto a los jefes de la División como al mismo Lacalle, pero en su lugar dijo:

—Está bien. Yo ahora salgo a hacer un par de gestiones, pero dime quién viene de Domicilios y les daré faena.

Ya en el coche, de camino al restaurante de Barcelona donde Marko tenía algo parecido a una oficina desde la que movía todos sus chanchullos, Castro recapacitó sobre lo sucedido aquella misma mañana con Gustavo. Detestaba recurrir a la violencia física, pero sabía que había ciertas personas con las que no había otro modo de hacerse entender. Tipos como Gustavo estaban demasiado acostumbrados a intimidar con su corpulencia y, por lo general, no necesitaban mover un solo músculo para imponerse sobre los demás. Pero cuando alguien físicamente inferior a ellos los retaba y los vencía, se acojonaban. En el fondo, estaban llenos de carencias y de complejos. Pero él no. Él era pura seguridad y confianza en sí mismo.

Aunque su seguridad y confianza se debilitaban cuando dependía de otros. De que callaran. De que mantuvieran la calma. De que no hicieran nada que los pusiera en riesgo y todo acabara yéndose a la mierda… Cuando las cosas venían rodadas, la gente era feliz, coño, pero cuando se torcían, los remordimientos surgían de repente y los esfínteres se aflojaban.

Gustavo, Tito, Dolores, Olga, el cirujano plástico… Todos tenían mucho que perder si la cosa se iba de madre. Pero ¿hasta qué punto podía confiar en que ninguno se fuera de la lengua? Creía tenerlos a todos controlados, pero uno nunca está seguro de nada al cien por cien.

Debía estar atento a todos ellos… y tomar medidas a la menor sospecha.

Como había hecho con Saúl.

Ay, Saúl, Saúl, Saúl…. Pero qué cabronazo.

Castro no tenía ni idea de cómo se las había ingeniado para descubrir tanto en tan poco tiempo. ¿Cuánto había tardado? ¿Veintiocho? ¿Treinta y dos horas?

El hijoputa tenía instinto. Eso se lo reconocía. Era como uno de esos malditos perros que enganchan un hueso y comienzan a roerlo de manera obsesiva hasta que no queda más que un charco espeso de babas.

Tendría que haberlo atado bien corto.

Pero no lo hizo. Y en cuanto recibió la llamada de la madre de Jairo fue consciente de que aquel desgraciado lo iba a mandar todo a tomar por culo.

Castro ignoraba si sus pesquisas habían llegado hasta él, pero decidió ponerse en lo peor… Y si se ponía en lo peor, ¿qué podía hacer para frenarlo?

La Gran Línea Roja, con mayúsculas, apareció ante él.

La Gran Línea Roja.

La que se juró a sí mismo que jamás cruzaría, por mucho que estuviera en juego: matar para salvar el pellejo.

Lo de Jairo no contaba. Para Castro se trataba de algo muy diferente. Porque su muerte fue un accidente, algo imprevisto. O al menos había acabado convenciéndose de ello.

Sin embargo, con Saúl… La cosa era distinta.

Aquel era un problema real al que debía enfrentarse y sin demora. No una situación hipotética, lejana, en la que uno ni siquiera se permite el lujo de pensar cuando comienza a cruzar una línea tras otra, cuando todo parece un juego en el que hay que apostar fuerte si se quiere ganar, autoconvenciéndose de que no es para tanto, que jamás se llegará tan lejos, que todo tiene un límite…

Hasta que de pronto aparece ahí, bajo tus pies.

La Gran Línea Roja.

Y en el mismo instante en que ordenó a Tito que acabara con Saúl, la había cruzado.

Cuando se enteró de que Saúl no había muerto, se puso como una moto. Se cagó en la madre que parió a Tito, hasta que comenzaron a llegarle fotografías tomadas en el lugar del atropello, y, al ver a Saúl hecho un guiñapo en el suelo, rodeado de un enorme charco de sangre, tuvo claro que Tito había hecho todo lo posible por dejarlo seco. Después su ira se vio aún más templada al saber que Saúl estaba en coma, hecho trizas por dentro, y que con toda probabilidad acabaría en estado vegetativo durante el resto de su vida, si es que no la diñaba antes. Decir que lo sentía, que tenía remordimientos, habría sido algo falso y cínico. Tampoco se sentía orgulloso, claro, pero es que, mierda, Saúl se lo había buscado. ¿Qué otra cosa podía hacer? Había tenido que salvar su culo.

Con Silvia no pensaba cometer el mismo error.

Saúl había sido buen investigador, pero ella era aún mejor. O peor, según para quién. Para los sospechosos de sus casos, por ejemplo. O para los sargentos responsables del atropello de su novio, también.

No podía permitirse el lujo de dejarla a su aire, husmeando aquí y allá, hasta que descubriera algo irreversible que lo obligara a cruzar de nuevo La Gran Línea Roja. Debía evitar llegar a ese punto, y para ello necesitaba frenarla como fuera, apartarla de circulación.

Y debía hacerlo de un modo contundente.

30

Castro no podía creer lo que Marko Obradovic acababa de explicarle, por eso volvió a preguntar:

–¿Cómo cojones han subido tanto esas acciones en tan poco tiempo?

–Ya te lo he dicho, coño. –Al serbio le encantaba soltar tacos en español; sonaba ridículo, con aquel acento tan peculiar, un poco afeminado, parecido al deje de un borracho que se hace el simpático–. El negocio es un chollo. Y la gente se está volviendo loca por meterse. Cuando te lo comenté, las acciones acababan de salir al mercado; entonces, estaban a 5000. Ahora a 8250. Y como sigas perdiendo el tiempo, subirán aún más. O peor, estarán todas vendidas.

–¿Cuántas quedan?

–Veinte paquetes. Pero no te duermas, te lo advierto. Si quieres pillar tajada, no te duermas. Están volando.

Ambos estaban sentados en el despacho de la planta superior del Sublime, un restaurante pijo situado en la calle Enric Granados de Barcelona, con platos de treinta euros para arriba; el serbio lo había montado por medio de testaferros y lo utilizaba para blanquear parte del dinero que obtenía de la venta de marihuana. Y lo curioso del asunto era que el local marchaba como un tiro; la gente perdía el culo por comer allí.

Ahí sentado, frente a Marko, Castro hizo un rápido cálculo mental. Las acciones no se vendían individualmente, sino en paquetes de veinticinco, y, por supuesto, él solo aspiraba a comprar un paquete. Si las acciones ahora estaban a 8250 dólares cada una, eso hacía un total de... Joder, más de doscientos mil dólares. Al cambio eran algo menos de doscientos mil euros, aunque la diferencia se la llevaba Marko con la comisión que le cobraba por hacer de intermediario, recibiendo sus euros en efectivo e ingresando en el banco de Panamá los dólares necesarios para la compra.

Ya veía difícil reunir los 125.000 euros que preveía inicialmente, como para sumarle ahora 75.000 euros más.

Menuda mierda. Había depositado sus esperanzas en aquel negocio. No podía permitirse el lujo de dejar que se le escapara de las manos.

—¿Puedes conseguir la pasta? —preguntó Marko.

—¿Sigues sin querer prestármela?

Lo preguntó para ver si colaba. Pero no coló.

—Ya te lo dije: no soy un banco. No te ofendas, ¿vale? Te respeto y eso, pero en estos asuntos, cada uno se paga lo suyo. No es una cuestión de confianza, es una cuestión de principios, entiéndeme. Pero, oye, no estás obligado a participar; si no puedes ahora, pues pasa. Ya aparecerá otra oportunidad.

—¿Cuándo?

Marko dio una calada a su Marlboro y puso los ojos en blanco.

—Con esta empresa, no sé. Puede que de aquí a un año, cuando pongan en marcha el hotel y empiece a circular la pasta. Pero puedes probar con otras sociedades; desde que esos países centroamericanos comenzaron a dar facilidades a inversores extranjeros, están saliendo como setas.

—¿Puedes recomendarme alguna de esas otras empresas?

—¿Yo? No, qué va. Solo conozco a estos. —Señaló los papeles que tenía sobre la mesa, con la propuesta del proyecto hotelero—. Son gente seria. Ya he trabajado con ellos antes, en Andorra, Luxemburgo y Holanda; pagan desde el primer año y cumplen la rentabilidad prevista, incluso más. Y lo que prometen con este chollo de Panamá es la hostia. Pero de los demás, no tengo ni idea. No respondo por ellos.

Castro echó otra ojeada a la documentación destinada a los inversionistas. En el encabezado podía leerse el nombre del proyecto: «LOVELY CARIBBEAN PARADISE». Era mucho más que un simple hotel. Consistía en un resort de lujo repleto de bungalós flotantes. Lo promocionaban como las Maldivas del Caribe Panameño, mucho más cercano a Estados Unidos y a Europa que las islas del océano Índico, pero con iguales o mejores condiciones. Contenía múltiples fotografías de aquel paraíso marino y prometía aguas cristalinas repletas de corales y temperaturas cálidas todo el año, sin peligro de huracanes ni tsunamis. Para tranquilizar a los inversionistas, aseguraban que Panamá era un país en férreo crecimiento económico y con una alta tasa de seguridad en la calle. Con respecto a eso último, Castro tenía serias dudas. Sin embargo, lo que le humedecía los ojos de la emoción era el apartado financiero del proyecto. Garantizaba, ya desde el primer año, una rentabilidad mínima de entre el 17 y el 21% de la inversión, y seguía ascendiendo con el paso de los meses hasta llegar al 50% en el quinto año. Y todo gracias a las facilidades fiscales que ofrecía Panamá, sin gastos adicionales ni comisiones.

Un puto chollo, sí, demasiado bonito para ser verdad. Algo de lo que Castro hubiera huido como de la peste si no estuviera metido en el asunto aquel tío que tenía sentado enfrente, un puto imán para el dinero.

Miró al serbio y preguntó:

—¿Cuántas acciones has comprado tú?

Marko se mostró evasivo.

—Bastantes.

—Vamos, no me jodas. ¿Es un secreto o qué?

Marko sonrió.

—Cuando salieron a la venta, compré cien.

—¿Qué quieres decir, que has comprado más?

Volvió a sonreír.

—Sí, pero no ahora. Cuando estaban a 6750. Me hice con cien más.

Hijo de puta. Más de un millón invertido en aquel tinglado.

Cuanto más observaba Castro a aquel niñato de treinta y cuatro años, forrado hasta las trancas gracias al negocio de la maría y a las puñeteras asociaciones cannábicas, más asco le daba. Y más lo envidiaba. Un porrero de mierda que llegó a Barcelona para estudiar en la universidad y que, tras ver la luz entre canuto y canuto, montó un puto imperio junto a un puñado de compatriotas. Comenzaron alquilando casas en urbanizaciones perdidas de la mano de Dios, llenando las habitaciones de plantas, lámparas y sistemas de riego, perforando las paredes para pasar tubos de ventilación y cables, y cuando la demanda fue tan grande que no dieron abasto, pasaron a alquilar naves industriales.

Y habían sabido mover bien la mercancía, manteniéndose alejados del radar policial. Habían sufrido alguna que otra confiscación puntual mientras transportaban la hierba, sí, y también les habían descubierto alguna nave industrial, por pura casualidad, e incluso les habían cerrado un par de asociaciones por vender la droga a turistas sin respetar las normas administrativas, pero eso no eran más que rasguños, nada que hubiera puesto en peligro la organización ni, aún menos, que hubiera llegado a amenazar a la cúpula. Y seguían haciendo pasta a espuertas, más de la que podían imaginar. Marko había demostrado tener buen ojo para blanquear sus ganancias, que no eran pocas.

De modo que, si aquel tío invertía tanto en aquel asunto de Panamá, él también quería estar ahí.

Quería su parte del pastel.

Porque la merecía, qué coño, y porque ya había arriesgado demasiado como para dejarlo correr. Era su salida, su plan de contingencia; no podía seguir jugándosela indefinidamente, dependiendo de otras personas y de la condenada suerte en cada palo que daban. Y con las ganancias del primer año, conseguiría el extra suficiente para continuar con su buen nivel de vida.

—Si estás interesado de verdad —dijo Marko—, date prisa. Hay más gente que se te puede adelantar.

—Tu socio también habrá invertido, ¿no?

—¿Zoran? No. Ese no cree en el dinero que no puede ver ni tocar. En eso somos distintos. Él prefiere guardar el dinero debajo del colchón.

—Pues tendrá un colchón jodidamente grande.

Marko rio. Él era la cara amable del negocio, mientras que Zoran era el que se ensuciaba las manos, controlando los cultivos y los envíos, y ejerciendo como hombre del saco cuando alguien de la organización se descantillaba. Castro solo había coincidido un par de veces con Zoran y apenas habían intercambiado cuatro palabras. Las suficientes. Prefería tratar con Marko; era un tipo sociable y listo, con mentalidad de empresario.

Castro volvió a ojear las fotografías de aquel paraíso terrenal llamado Bocas del Toro y, cuando llegó a la última, ya había establecido un plan para formar parte de aquel negocio tan tentador. Un plan retorcido de cojones. Entornó los ojos ligeramente y dijo:

—Puedo conseguir el dinero en un par de días. Quizá antes, incluso.

—¿Sí? —Marko parecía escéptico—. ¿Entonces por qué me has pedido que te lo preste?

Castro sonrió.

—Para ver si te enrollabas, tío. Pero ya veo que eres un rata.

—¡Qué cabrón!

Ambos rieron. Marko, por el comentario, pero Castro por un motivo muy distinto: al pensar en el palo que le daría la llave para entrar en Panamá. Dos palos, de hecho: uno de los grandes y otro más pequeño pero igual de efectivo.

Ambos se pusieron en pie y Marko acompañó a Castro escaleras abajo, hasta la puerta de servicio del restaurante.

—El otro día vi que estaban reparando tu yate en el varadero —comentó Marko.

—No me hables. Tenía el maldito depósito del diésel hasta arriba de algas. Luego pasaré por el puerto a pagar al mecánico. Y me daré una vuelta en él, a ver cómo tira.

El yate había acabado siendo un agujero negro de gastos, pero disfrutaba navegando con él, especialmente cuando se llevaba a los críos. Y aquel fin de semanas tenía a los tres, y, además, les había prometido hacer una ruta por la Costa Brava.

Confiaba con tener la situación controlada para entonces.

31

Tras hablar con Luz, Silvia fue a comisaría y se lo contó todo a Quiroga.

Porque Quiroga tenía que saberlo. Y porque le necesitaba.

Se aseguraron de que Castro no estuviera en comisaría y quedaron en el patio trasero del edificio, donde solían acudir los agentes y funcionarios a fumar un pitillo y escaquearse un rato del trabajo.

Le contó lo que podía demostrar y lo que no.

O lo que sucedió realmente en el atraco a Vilafranca.

Y lo de la desaparición de Jairo y su temor a que hubiera muerto.

Lo de la investigación de Saúl y su atropello.

Y, finalmente, lo de la conversación con Castro y lo que había percibido como una amenaza velada: «Espero que tú no cometas los mismos errores que Saúl. No quiero perder a dos agentes en tan poco tiempo». Eso le había dicho el muy cabrón.

Se lo contó todo.

No se guardó nada.

Quiroga se limitó a fumar y escuchar, y, muy de vez en cuando, enarcaba las cejas sobre sus gafas de pasta negra, o la interrumpía para pedir alguna aclaración, poniendo unas veces cara de «no me jodas» y, otras, cara de «pero ¿qué me estás contando?».

Ambos hablaban en voz muy baja.

—Espero que me creas —dijo Silvia cuando acabó.

Quiroga agachó la mirada durante unos segundos y pisoteó la colilla de su cuarto cigarrillo consecutivo, sin emitir palabra alguna. Ante aquella reacción, Silvia temió haber cometido un error. Cuando su compañero levantó la vista, por fin, inspiró hondo y dijo:

—Mira, nunca me he fiado de Castro, ¿vale? Nunca me ha gustado. Porque va con el rollo ese de tío guay, de jefe colega, pero cuando menos te lo esperas se le gira la cabeza y ni te saluda. Y he visto como os aprieta; se pasa un huevo, el pavo. Pero no es solo por eso que no me fío de él. Me largué de Violentos porque estaba harto, sí, pero también porque, cuando se anunció que Castro venía a Sant Feliu, empecé a recibir llamadas de colegas de la DIC recomendándome que me alejara de él.

—Pues gracias por avisarnos al resto…

—A ver, tampoco es que me dijeran nada concreto, ya sabes: que suele exprimir a la peña, que está obsesionado con el curro… Aunque sí que alguien me comentó que Asuntos Internos lo tenía enfilado…

—¿Te parece poco?

—Venga, ni que fueras nueva. Aquí las noticias vuelan, pero la mierda circula por tierra, mar y aire. Al personal le gusta rajar, compartir rumores y darlos por buenos. Somos cotillas con placa. Y no puedes hacer caso de todo lo que oyes, solo ponerte a resguardo y estar atento a lo que pueda pasar. Además, tú misma me lo has comentado más de una vez, que si no es mal tío, que si es muy currante… —se defendió Quiroga—. ¿O es que no lo recuerdas?

Esta vez fue Silvia quien agachó la mirada.

Tras ajustarse las gafas, Quiroga continuó:

—A Saúl sí que se lo advertí, y quizá él te lo explicó a su manera, burra y torpe, pero él sí lo sabía. —Hizo una pausa y después añadió—: Y también está lo del Pla.

—¿Qué es lo del Pla?

Quiroga pareció sorprendido.

—Lo que me pasó con Castro en el Polígono El Pla, a la entrada de Sant Feliu. ¿No te lo contó Saúl?

—No.

—Le pedí que no se lo dijera a nadie, pero suponía que a ti sí. Silvia negó con la cabeza. Dijo:

—Parece mentira que no conozcas a Saúl.

Quiroga asintió lentamente.

—Lo que te voy a contar —dijo Quiroga, mientras encendía el quinto pitillo de la conversación— no lo sabe nadie más que Saúl, ¿vale? No sé si recuerdas aquel caso de atracadores de hoteles que llevasteis al poco de llegar Castro a la UTI. —Silvia asintió—. Faltaban agentes para el dispositivo y a mí me tocó hacer una entrada y registro en el piso donde vivían dos de los macarenos, uno era el Niño y el otro no recuerdo cómo se llamaba… Bueno, da igual. El caso es que Castro estaba en mi entrada y, cuando otro y yo comenzamos a registrar, veo que él también se pone al lío con nosotros. Me sorprendió, porque ya sabes que los jefes si pueden se escaquean del tema, no vayan a pillar la fiebre bubónica, que para eso ya estamos los putos agentes… Bueno, pues resulta que durante el camino de vuelta sucedió algo que me mosqueó mucho. Íbamos los dos solos y en el maletero llevábamos la caja con los indicios que habíamos recogido en el domicilio. Y va el tío y, en mitad del polígono del Pla, me pide que pare el coche a un lado de la calle principal y que baje con él. A todo esto, yo flipando. Nos acercamos al maletero y Castro lo abre. Empieza a rebuscar entre los indicios y saca una de las bolsas transparentes con un par de New Balance parecidas a las que calza uno de los atracadores en las imágenes de uno de los atracos, ¿vale? Y digo parecidas porque no eran el mismo modelo; pero como fue el propio Castro el que las recogió como indicio, yo me callé la boca… Entonces veo que coge una de las zapatillas, levanta la plantilla y, para mi sorpresa, aparecen dos billetazos de quinientos euros doblados… Y va el tío y me dice: «¿Vamos a medias?». —Silvia enarcó las cejas, sorprendida—. Sí, sí, como lo oyes. La mismita cara puse yo. Lo miré y le dije: «Paso de estas mierdas». Y entonces va el pavo y me suelta: «Buena respuesta. No quiero trabajar con nadie que se deje comprar. Ni por esto ni por diez veces más». No me he encontrado con nada igual en la vida, te lo juro.

—¿Y qué pasó con el dinero?

—Pues nada. Añadió una diligencia al atestado comentando que se habían encontrado aquellos mil euros después del registro y lo ingresamos en el banco. Y después, santas pascuas. Se justificó diciendo que había visto el dinero en la zapatilla, pero que al indiciarlas se olvidó de comentárselo al secretario; y que aprovechó para ponerme a prueba. Y ¿sabes qué? Después de lo que me acabas de contar del atraco a Vilafranca y todo lo demás, creo que sí, que el muy cabrón me estaba poniendo a prueba. Pero para reclutarme para su banda.

—No tenía ni idea. Saúl no me comentó nada de eso.

—Él insistió en que lo denunciara, pero yo pasé. Había sido raro, sí, y apestaba que te cagas, pero no se había quedado con el dinero, al fin y al cabo. —Quiroga se encogió de hombros, como para quitarle la importancia que tanto él como Silvia sabían que tenía—. Hice como si el problema no fuera mío, y la verdad es que la cagué… —El agente apuró la colilla y comentó—: Supongo que ya habrás hablado con tu amiga de la DAI, ¿no?

—Luz, sí… Y ¿Sabes lo que me ha dicho? Que solo irán a por Castro si hay pruebas sólidas; no se conforman con menos. Se ha justificado con que la repercusión sería muy perjudicial para el cuerpo, y más si después resulta que el juez no tiene indicios suficientes para imputarlo. Que con Jairo y Gustavo no hay problema pero que con él…

—¿Ves como tendríamos que haber estudiado? Los galones de mando te dan derecho a coche, teléfono, horario a la carta y una tarjeta de «queda libre de la cárcel». Son todo ventajas.

—Mierda, Jordi, tienes que ayudarme a conseguir esas pruebas. Por Saúl…

Él alargó una mano y la posó sobre su hombro con afecto.

—Eso no tienes ni que decírmelo. Esta tarde creo que podré escaquearme. Vamos a dónde haga falta.

Silvia sintió un nudo en el estómago y le entraron ganas de llorar, pero esta vez no fue por tristeza, sino de alegría. Por fin había alguien que la apoyaba sin condiciones. Y era un alivio no sentirse sola en medio de toda aquella historia.

Volvió a hacer un esfuerzo por contenerse, ya que había otros agentes en el patio que los observaban, y dijo:

—Ahora iré al hospital con Saúl. Pero esta tarde te llamo y quedamos. Hay un par de sitios a los que quiero que me acompañes.

—Cuando quieras. Por Saúl y por ti, lo que sea. Ya lo sabes.

32

—Cuéntame otra vez lo del parking —dijo Castro.

Estaba en la cocina del apartamento de Tito, frente a él, y más le valía ir con cuidado y no apoyarse en nada, porque aquel lugar daba asco. Había tanta roña incrustada en la encimera de mármol que resultaba imposible adivinar su color original; y allá donde mirara había platos y vasos sucios, así como bolsas arrugadas de McDonald's, Burger King, Glovo y Deliveroo, pringosas de aceite y apestando a comida podrida.

Acababa de llegar y no veía el momento de irse.

Tito le había preguntado por Saúl, ansioso por conocer su estado, pero Castro no había acudido a aquel apartamento de mierda para hablar de Saúl. Saúl era historia. Ahora tenía otro asunto en mente, por eso le pidió que le contara lo del parking.

—¿Qué parking? —preguntó Tito.

—El de plaza Europa.

—Ah, ese parking.

—Sí, ese parking.

Tito dio un sorbo a la lata de cerveza barata que acababa de sacar de la nevera; le había ofrecido una a Castro, pero este la rechazó. Después, siguió tomándose su tiempo. Dio una calada al porro que sostenía entre los dedos y asintió lentamente. El pestazo a maría ayudaba a enmascarar el tufo que reinaba en la cocina; no lo mejoraba, claro, pero sí conseguía por un momento que no se oliera nada más. Como la cosa se alargara mucho,

251

Castro tendría que acabar tirando a la basura la ropa que llevaba. Le lanzó una mirada inquisitiva a Tito y este preguntó:

—¿Qué quieres saber?

—Todo. Cómo funciona el asunto, cuánta gente participa en el intercambio, qué día se hace, a qué hora… Todo.

—Vale, Capi, vale. A ver, déjame que piense…

Mierda, lo que faltaba. Un porreta pensando.

—Tito, no tengo todo el día.

—Vale, coño. Pero yo solo te puedo hablar de lo que he visto. Y solo he estado allí tres o cuatro veces. Lo habitual es que me llamen y me digan la cantidad que tengo que embolsar, ¿vale? Yo preparo la mercancía, la empaqueto al vacío y la meto en cajas. Después se presenta Alek con una furgo de alquiler y se las lleva.

—Pero no siempre, ¿no?

—No. Algunas veces no pueden enviar a Alek ni a ningún otro, por lo que sea, y me piden a mí que alquile una furgo, prepare las cajas y las lleve al parking ese de plaza Europa. Allí me espera Zoran con otro tío, en un coche, abren la puerta del parking y los sigo hasta la última planta, donde hacen el intercambio.

—¿De qué cantidad estamos hablando?

—Eso depende. Yo, por si acaso, siempre tengo bastante material preparado. Por lo general, entre doscientos y trescientos kilos. A veces más.

Castro trató de imaginarse lo que ocupaba aquello. La marihuana era voluminosa, pero una vez se despalillaban las ramas y se envasaban los cogollos en bolsas de cierre al vacío, se optimizaba el espacio. Aquellos mamones lo tenían bien montado. Tito se encargaba del cultivo de tres naves industriales, dos en Hospitalet y otra en Rubí, con una media de tres mil plantas en cada una, divididas en tres fases diferentes de crecimiento, de tal modo que la producción era ininterrumpida. Y Tito no era su único jardinero; como él, tenían media docena más.

—Estamos hablando del parking que hay debajo de esos tres edificios iguales, los del lado del Gran Via 2, ¿no? —quiso saber Castro—. Los de color turquesa…

—Sí, esos.

—¿Cuántos accesos tiene?

—Creo que dos, pero yo siempre entro y salgo por el mismo, el que da a la Fira, no sé si sabes cuál te digo.

—Creo que sí.

—El parking ese parece un puto laberinto, joder. Menos mal que me acompañan...

—Pero ¿qué pasa cuando entras al parking? ¿Vais siempre al mismo sitio?

—Sí.

—Y, ¿qué más? Sigue...

—Pues eso, que hay un intercambio.

—Dame más detalles.

Tito frunció el ceño, preocupado. Sin duda, comenzaba a sospechar lo que se avecinaba. Dio una profunda calada al porro y dijo:

—A ver... Primero entra Zoran con su coche... suele ir acompañado del tío ese chungo... Ahora no recuerdo cómo se llama, ¿vale? Pero es uno que lleva el pelo a lo mohicano, no sé si lo conoces.

Castro lo tenía visto pero tampoco sabía su nombre. Otro serbio.

—Sigue.

—Yo voy tras ellos con la furgo y comenzamos a movernos por dentro del parking, creo que giramos a la derecha y a la derecha, después continuamos y bajamos a la siguiente planta... Que yo sepa, esa es la última... Seguimos recto y volvemos a girar a la derecha y a la derecha, hasta que llegamos a un rincón, al fondo del pasillo. Ahí suelen estar esperando los compradores.

—¿Los conoces? ¿Son siempre los mismos?

—No tengo ni puta idea de quién son. Parecen ingleses, o al menos hablan en inglés. Yo he visto a dos grupos distintos, pero quizá trabajan para los mismos, eso no lo sé.

—¿Cuántos suele haber?

—Siempre son tres. Dos son los machacas, eso seguro, porque nada más llegar comienzan a descargar las cajas de mi furgo y a cargarlas en la que han traído ellos. El tercero debe de ser el que corta el bacalao, porque a media carga le entrega una bolsa negra a Zoran.

—¿El dinero?

—Puedes apostar tu culo a que sí. Porque en cuanto Zoran la agarra, no se separa de ella.

—¿Cuánto puede haber? ¿A cuánto venden el kilo?

—¿Qué quieres que te diga? Yo soy el jardinero, no el contable. Pero me puedo hacer una idea. Tienen margen para ser generosos. Tal y como está la cosa hoy, pon que vendan el kilo a mil ochocientos… Mil setecientos si la cantidad compensa.

—¿Me dices que puede haber entre trescientos cincuenta y quinientos mil en esa bolsa?

—Fácilmente. Ya sabes que esos cabrones mueven mucha viruta.

Castro apretó los dientes. Tenía que hacerlo, joder. Ese dinero tenía que ser suyo.

—¿Qué hace Zoran cuando recibe el dinero? ¿Se sube en el coche y se larga?

—No, qué va. Espera a que los compradores acaben de cargar y se despide del que ha soltado la pasta. Después hace que uno de sus hombres los acompañe a la salida. En cuanto desaparecen, Zoran y el serbio con el peinado a lo mohicano van a la zona de ascensores, para subir a uno de los apartamentos que tienen alquilados en esos bloques. Yo espero a que vuelva el que ha acompañado a los compradores y me guíe a mí, porque, si no, no tengo ni idea de cómo salir.

—¿Sabes qué piso es ese al que sube Zoran?

Tito negó con la cabeza.

—Ni puta idea. Yo solo he estado en el parking. Cuando salgo de ahí, tengo que ir a limpiar la furgo para que no dé el cantazo a maría y la devuelvo a la empresa de alquiler. Pero sé que tienen varios pisos alquilados porque me lo ha contado uno de los jardineros serbios que viene de vez en cuando a echarme una mano, cuando no doy abasto. A veces él viene a mis naves o yo voy a las suyas, según cómo esté la producción. El tío habla poco español, pero se hace entender. Y, por lo que dice, esos apartamentos están de puta madre. Él está instalado con otros dos jardineros en uno de tres habitaciones, y me ha dicho que Zoran vive en uno de los de arriba del todo, un ático grande que te cagas.

Castro no tenía ninguna duda. Estaba decidido. Lo haría.

Joder, sí. Lo haría.

Que le dieran mucho por culo a los serbios. Él les iba a meter el palo, sí señor. Era arriesgado, evidentemente, y debía asegurarse de que no lo relacionaran con el robo, pero quien no arriesga no gana, ¿verdad? Y ya había arriesgado demasiado, vidas incluidas, para dejar que el chollo de la inversión hotelera se le escapara de las manos. Debía encauzar lo antes posible su plan de contingencia.

Estaba planeando mentalmente cómo dar el golpe, pero faltaba saber cuándo. Porque sin el dinero a tiempo, no había nada que hacer.

—¿Cada cuánto se hacen ese tipo de intercambios?

—Coño, no lo sé. Esos cabrones manejan muchas naves. Yo solo me entero cuando preparo el material de las mías.

—¿Y eso cada cuánto es?

—Coño, pues cada semana.

—¿Cada semana?

—Los viernes y los domingos.

Fue oír lo de los viernes y Castro comenzó a salivar. Demasiado bonito para ser verdad. Pero, joder, era verdad.

—¿Y siempre es a la misma hora?

—Mierda, Capi, me estás poniendo nervioso con tanta preguntita.

—Responde: ¿A qué hora?

—Entre las nueve y las diez de la noche… Oye, ¿a qué viene este interrogatorio? ¿Por qué quieres saber todo eso?

Castro se aproximó a la puerta de la cocina, que estaba entreabierta, y echó un vistazo al salón, donde Olga dormía la siesta tumbada en el sofá, frente al televisor encendido. Cerró la puerta a pesar de que, joder, el pestazo era insufrible, y se volvió hacia Tito. Le dijo:

—Vamos a darles el palo a los serbios. Mañana.

Tito abrió sus ojos enrojecidos de par en par, algo que en un fumeta como él resultaba de lo más chocante, y expulsó una bocanada de humo entre sonoras toses. Cuando se recompuso, exclamó:

—¿A ti se te ha ido la olla o qué? No podemos hacer eso, ¿me oyes? ¡No podemos!

Castro corrió a taparle la boca.

—No grites tanto, coño.

Tito continuó balbuceando al tiempo que trataba de apartar la mano de Castro de su cara. No había forma de que se callara.

—Escúchame, ¿vale? Relájate y escúchame. —Castro desvió un momento la mirada hacia la puerta cerrada y después volvió a centrarse en Tito. Este parpadeó, murmuró más palabras sin sentido y por fin se calmó. Castro continuó—: Sé que es una jodienda. Sé que para ti es una putada, por todo el rollo ese de no morder la mano que te da de comer, pero necesito hacerlo. Y necesito que tú participes. Jairo no está y solo puedo contar con Gustavo. Pero con dos no basta, aunque vayamos encacharrados. Dices que suele haber tres compradores y que los serbios son… ¿cuántos? Dos o tres, aparte de Zoran, ¿verdad? —Tito asintió con la cabeza—. O sea que son un mínimo de seis. Te necesito. Tú también tienes que participar.

Tito intentó una vez más retirar la mano de Castro de su rostro y, esta vez, el sargento cedió.

—Mierda, tío —se quejó Tito—. Yo trabajo con esa peña. Me conocen, conocen mi voz, están hasta la polla de verme.

—Irás tapado de pies a cabeza y no tendrás que hablar. Qué cojones, lo más seguro es que no tengas que hacer nada más que quedarte ahí plantado, con la pistola en la mano, manteniendo al personal a raya. Gustavo y yo haremos el resto. Además, ¿qué crees, que a mí no me conocen también? Usaremos pasamontañas y hablaremos con acento sudamericano; eso lo hemos hecho otras veces y siempre ha funcionado.

—Pero ¿cómo piensas hacerlo?

Tito comenzaba a racionalizar la situación, a asumir que se haría sí o sí.

—Por lo que me has contado, el mejor momento para ir a por la pasta es mientras estén abajo, en el parking, cuando los compradores se hayan largado y Zoran se dirija a la zona de ascensores...

—Coño, pero es que no siempre se espera a que los compradores se hayan ido, ¿sabes? Una de las veces se piró antes.

—Por eso necesito que vengas, por si los compradores se ponen solidarios con los serbios. Tres para seis no está tan mal. Y la cosa será rápida. Le quitaremos la bolsa a Zoran antes de que suba al puto ascensor.

—No sé, tío. Podría hacerse, sí. Pero... No sé, tío...

—¿Tan bien te tratan esos serbios?

—Hostia, no. Pero ese Zoran está zumbado. Te lo digo yo. Y la peña que va con él... Van por ahí haciéndose los duros que te cagas, y a la primera de cambio se ponen a repartir que da gusto. Y mucho más. Joder, no sabes cómo se las gastan esos cabrones, lo que cuentan por ahí...

—Pues seremos contundentes con ellos. No les daremos tiempo ni a respirar.

—Joder, tío...

—Hazte a la idea de que vamos a hacerlo, ¿me oyes?

Tito asintió. Ya lo tenía en el bote.

Castro desvió la mirada hacia la pared y vio una larga hilera de diminutas hormigas desfilando ante él. Provenían de un montón de bolsas grasientas apiladas en una esquina de la cocina. Debían sentirse las hormigas más afortunadas del mundo, habían encontrado El Dorado de los restos de comida. Castro las señaló y dijo:

—¿Es que aquí no sacáis nunca la basura o qué?

Tito parecía absorto. Observó los insectos con indiferencia y dijo:

—Cuando nos acordamos. —Después cambió de tema—. Oye, ¿ya has hablado con Gustavo de todo esto?

—Todavía no. Pero tranquilo. Ese hará lo que yo le diga.

—¿Le has contado lo que le hicimos al poli? —preguntó Tito.

—Ni de coña. Cuanto menos sepa de eso, mejor.

Tito puso una expresión extraña.

—¿Qué te pasa? —preguntó Castro—. No le habrás dicho nada, ¿no?

—¿Yo? ¿Por quién me tomas?

—Mierda, mírame a la cara.

Tito le sostuvo la mirada y apretó la mandíbula.

—¿Le has dicho algo?

—No, joder.

Podía ser que sí. Y podía ser que no.

Había que joderse.

—Eso es algo entre tú y yo, ¿queda claro? Y no olvides que a quien menos le conviene que eso corra por ahí es a ti. Los que están investigando el atropello han conseguido imágenes donde se te ve la cara. De momento, no es más que una cara medio borrosa, nada de donde tirar de inicio, pero si alguien les da tu nombre y comienzan a buscar las siete diferencias, van a ir a por ti en menos que canta un gallo.

—¿Me estás amenazando?

—Yo no amenazo. Yo solo digo que no me jodas y no te joderé. Mantén la puta boca cerrada.

—Eso es lo que hago.

—Pues sigue así… Y si viene a verte una policía que se llama Silvia Mercado preguntando por el atraco o cualquier otra cosa, mándala a la mierda. Es probable que lo haga, y también es probable que diga algo que te acojone, pero tú no cedas, ¿me oyes? No tiene nada contra nosotros.

—Pero ¿qué pasa? ¿Va por libre o qué?

Castro asintió.

—Es la novia del que salió volando…

—Y ¿qué quiere? ¿Acabar igual?

—Eso parece… Por cierto, no me has dicho qué tal te fue con el tío del taller. ¿Te puso problemas?

Para deshacerse del BMW, esta vez habían optado por algo más sutil. Nada de incendios a plena luz del día. Tras el atropello, Tito condujo el coche directamente a una nave industrial de la calle Crom de Hospitalet, donde un ecuatoriano tenía un desguace clandestino. Aceptaba coches de todo tipo sin preguntar por su origen ni por desperfectos tales como un capó abollado o un parabrisas hecho trizas, y los desmantelaba en cuestión de horas para vender las piezas como recambios.

—Ningún problema —respondió Tito—. Me estaba esperando. Nada más bajar del coche ya había tres sudacas desmontándolo. Tendríamos que haber hecho lo mismo con el León.

Castro no hizo ningún comentario. Ahora era tarde para lamentar errores. Prefería pensar en el palo a los serbios y en sus pequeños detalles logísticos, como por ejemplo el modo de colarse en el puñetero parking.

El móvil del trabajo de Castro comenzó a vibrar en el bolsillo interior de su chaqueta tejana. Mierda. Creía que lo había puesto en modo avión. Error. Se estaba descuidando. Demasiadas horas sin dormir como Dios manda y demasiados quebraderos de cabeza.

Sacó el teléfono y vio que se trataba de Dolores Casal.

¿Por qué lo llamaba ahora? ¡Y al número del trabajo! Aquella pava era un peligro con patas, ¡joder!

No descolgó. Ya hablaría con ella más tarde.

Miró a Tito y dijo:

—Cuento contigo para lo de mañana.

—Me lo has dejado claro. ¿Acaso tengo alternativa?

—No.

—¿Pero tiene que ser mañana? ¿No es mejor esperar a que las cosas se calmen un poco?

—Mañana —repitió Castro.

—Piénsalo, ¿vale? ¿Tanta prisa hay? Antes preparábamos los palos con tiempo. Esto es algo gordo, tío…

Castro estuvo a punto de hundirle la nariz de un puñetazo. Se contuvo y repitió por última vez:

—Mañana. ¿Está claro?

—Sí, joder. Mañana.

—Pues eso.

—Pero…

—¿Pero qué, ¡joder!?

—¿Y si mañana me llaman y me dicen que Alek no viene y que tengo que ir yo con la furgoneta al intercambio?

—Pues les dices que estás con cagalera y que envíen a otro a preparar el material. ¿Crees que colará?

Tito recapacitó unos instantes. Después comenzó a asentir.

—Puede… Eso de la cagalera es bueno. Además, me pasa a menudo cuando me paso con la hierba.

—¿Alguna vez te has planteado cortarte un poco con esa mierda?

—¿Por qué iba a hacerlo?

—Si me preguntas eso, es que ya es tarde.

—¿Tarde para qué?

Castro resopló. Tras aquel golpe, partiría peras con todos. Fin. O acabarían arrastrándolo al abismo.

—Tito, no me falles. Hablamos mañana por la mañana.

—Vale, pero no te he entendido.

—Ni falta que hace… ¿Dónde me has dejado eso?

—¿El qué?

Joder…

—Lo que te he pedido antes que me tuvieras preparado. Por mensaje.

—Ah, espera, que te lo traigo.

Tito salió de la cocina y regresó a los pocos segundos con una voluminosa bolsa de deporte negra muy castigada. Mientras se la tendía a Castro, le preguntó:

—¿Esto quién me lo paga?

Castro cogió la bolsa y se la colgó del hombro.

—Ya ajustaremos cuentas cuando astillemos a nuestros amigos.

Tito no pareció quedarse muy conforme, pero a Castro tanto le daba.

Se despidieron allí mismo y Castro, por fin, salió de la cocina y cruzó el salón. Olga seguía dormida en el sofá, espatarrada, con su pantalón corto Adidas de color rosa marcándole la entrepierna. Menudo bicho de tía.

Cuando salió del apartamento, pasaban dos minutos de las cuatro y media. Se disponía a ir a Port Ginesta, a probar el barco, pero antes se desviaría ligeramente del camino para hacer una breve parada.

33

A lo largo de su vida, Rafa Cabrales se había pelado a tres tíos.

Y el hecho de que no hubiera ninguna mujer en aquella breve lista se debía a la pura casualidad, no a una cuestión de principios.

Ahora apenas pensaba en aquellas muertes, como si fueran algo lejano, sin importancia, un sueño que se olvida a los pocos segundos de despertar.

El primer tipo al que se cargó fue un mamón que no dejaba de atosigarlo en la trena. Había tomado a Cabrales por un dispensador de caballo gratis y, joder, las hostias que soltaba aquel pavo dolían de verdad. A Cabrales se le inflaron las pelotas y, a pesar de sus veinte añitos, frente a los treinta y cinco de aquel orangután de boca mellada, se hizo con un pincho y, a traición, en un momento de descuido en mitad del patio, le asestó siete puñaladas, chop-chop-chop-chop-chop-chop-chop, directas al costado, buscando el hígado o un riñón o un pulmón o lo que encontrase por el camino, loco por asegurar el tiro. Y vaya si lo aseguró; le hizo una escabechina. El tío se retorció como un vampiro a la luz del sol y Cabrales tuvo tiempo suficiente de escabullirse sin que los boqueras se coscaran de dónde había venido el ataque.

El segundo fiambre llegó cuatro años después, en la calle. Y a ese lo conocía bien. ¡Coño, como que paleaban y se chutaban juntos! Hasta que el colega se pasó de listo e intentó tangarlo. Y por ahí Cabrales no estaba dispuesto a pasar. Hizo bailar su navaja mariposa frente a aquel cabrón y le clavó la hoja directa al corazón, ¡Chuuuf! Ni lo vio venir. Se desinfló como un globo y cayó al suelo fulminado. Y adiós muy buenas. Por ese tampoco pagó; tardaron siglos en encontrar el cadáver y, para entonces, ya no había forma de seguir ninguna pista.

El tercero fue un encargo. Volvía a estar dentro, cómo no. Y para entonces su afición al speedball le traía por el camino de la amargura, hasta el punto de que era capaz de hacer cualquier cosa que le pidieran con tal de tener algo que meterse en vena. El Pato se aprovechó de ello y le ofreció veinte gramos de heroína a cambio de que se pelara a otro interno. Cabrales no sabía ni quién era aquel tío ni lo que le había hecho al gordo, pero sí sabía que quería aquel jaco para él. Descubrió que le iban las pollas más que a un tonto un lápiz y se lo montó para coincidir con él en las duchas. Comenzó a hacerle ojitos, en pelota picada, bajo el chorro de agua, y, cuando el tío se arrimó a él, Cabrales abrió la boca y mostró la cuchilla que sujetaba entre los dientes. Con un rápido movimiento de izquierda a derecha, le rajó la garganta sin compasión. El pavo cayó al suelo y agonizó durante unos segundos, aunque eso Cabrales no lo vio; ya había salido de allí por patas. El resto de los presentes en las duchas se hicieron los locos y, a pesar de que abrieron una investigación, jamás llegaron hasta Cabrales.

Pincho, navaja y cuchilla de afeitar.

Le iban las armas blancas, para qué negarlo.

Cabrales había cumplido condena por una y mil cosas, incluso por algunas que no había hecho, y que le habían endosado por el morro, pero jamás le habían juzgado por la muerte de esas tres personas. Y aun así había pasado media vida entre rejas. Putas ironías de la vida.

Consultó su reloj.

Eran las cuatro y cinco de la tarde.

Estaba en la calle de la urbanización de Sant Cugat donde vivía la directora de banco, dentro del Ford Fiesta del novio de Isabelita. Y esperaba. Esperaba a que llegase el momento oportuno para entrar y pelarse a aquella lagarta. Y para eso necesitaba que empezara a salir gente de aquella condenada casa.

263

Sabía que la directora estaba dentro; había visto su Mini rojo aparcado en la entrada. También había un Mercedes gris oscuro y un Golf blanco. Algo le decía que el primero era del pariente de la banquera y el segundo de su hijo, el flipado de los diazepames. Media hora antes, una furgoneta blanca conducida por un sudamericano de cara ancha se detuvo frente a la entrada y aguardó a que la criada saliera de la casa meneando aquel pandero, grande como una plaza de toros, que tan cachondo ponía a Cabrales. Se cagó en los muertos del conductor de la furgoneta, más por envidia que otra cosa, y se encogió en el asiento del Fiesta cuando pasaron por su lado, no fuera que la tal María Fernanda lo reconociera.

Y ahí seguía, esperando. Se encendió un pitillo y a las dos caladas tuvo que tirarlo y volver a encogerse en el asiento. El que parecía ser el marido de la banquera acababa de cerrar la puerta principal. Llevaba un maletín en una mano y en la otra sostenía un teléfono móvil. Se subió al Mercedes y se marchó. Cuando rebasó la posición del Fiesta, seguía con el móvil pegado a la cara. Ni siquiera desvió la mirada en dirección a Cabrales.

Ahora solo quedaban dos personas en la casa: la banquera y el colgado. Sopesó los pros y los contras y decidió que sí, que era el momento, que podía hacerlo.

Había llegado la hora de ganarse los treinta mil que ya había cobrado e ir a por los que faltaban.

Iba puesto de coca. Quería mantenerse alerta, con los cinco sentidos a tope, centrado en lo que estaba por llegar. Se sentía algo más espitoso de lo normal, pero, qué coño, eso tampoco iba mal. El colocón de speedball ya vendría después, tras acabar el trabajo y volver a la habitación que había pillado en una pensión del Prat. La buena vida estaba a punto de comenzar.

Bajó del coche, pasó de largo la casa de la banquera, y se dirigió a la que había justo a la derecha. Llevaba vigilando el tiempo suficiente como para tener claro que en aquella casa no vivía nadie; estaba cerrada a cal y canto, con las persianas bajadas y el buzón a rebosar de publicidad. Rodeó el edificio principal y llegó a la parte posterior, donde había una piscina vacía. Esa sí tenía forma de riñón.

Iba vestido como siempre, con sus tejanos del Carrefour y la chupa de cuero negra. Se había encasquetado una gorra azul que había encontrado en la guantera del Fiesta, con la publicidad de «Talleres Mariñas» en el frontal, y había tomado la precaución de ponerse guantes.

Se aproximó al muro que separaba ambas viviendas; parecía sencillo pasar de un lado al otro. Usó una vieja silla de jardín para trepar a lo alto y, una vez estuvo arriba, sintió que el suelo de la banquera estaba más lejos de lo que pensaba. Se descolgó con cuidado y, al caer sobre el césped, sus J'hayber resbalaron.

¡La puta! Mal empezaba.

Se puso en pie, renegando en voz baja y echó un vistazo a su alrededor.

Todo seguía tranquilo.

Caminó en dirección a la gran puerta corredera que conectaba el salón con el jardín. Estaba ajustada pero no cerrada. Se oía el murmullo de voces en el interior. Echó un vistazo desde fuera y vio que el televisor estaba encendido. No había nadie en el salón. Miró bien, por si acaso, pero no.

Entró.

Observó un momento las imágenes del televisor y dedujo que se trataba de algo ambientado en la Edad Media. Un enano hablaba, entre copazo y copazo de vino, con un gordo calvorota, mientras dos tías medio en bolas, al fondo, parecían esperar a que el enano volviera a encargarse de ellas.

Continuó avanzando por la casa.

¿Dónde estaba la banquera?

Miró en las habitaciones de abajo pero no la encontró, así que decidió echar un vistazo a la planta superior. Comenzó a subir la larga escalera cuando, ¡sorpresa!, la banquera, enfundada en una bata de seda azul, ponía un pie en el último escalón, iniciando el descenso. ¿Es que aquella tía se pasaba todo el santo día en pijama o qué?

Ambos se quedaron parados. En un primer momento, ella puso cara de asombro, pero no tardó en arrugar el entrecejo y lanzarle una mirada de desprecio.

—¿Se puede saber cómo has entrado?

—Hoy no ha sido por la puerta. Lo reconozco.

Cabrales reanudó el ascenso, lentamente. Escalón a escalón.

—No puedes entrar aquí cuando te venga en gana.

—Eso ahora da igual —dijo Cabrales—. El caso es que ya estoy aquí. —Tenía que darle palique hasta tenerla lo suficientemente cerca para asestarle el golpe de gracia. Añadió—: ¿Tienes el dinero? Ya sabes que, si no hay dinero, no pienso mover un solo dedo.

—Sí, he conseguido tu dinero. Ya te dije que no iba a ser fácil, pero ya lo tengo…

—¿Pues a qué esperas? —dijo Cabrales—. Tráelo.

La banquera hizo un gesto con la cabeza señalando a la planta superior.

—Voy a buscarlo, espérame abajo.

Cabrales subió otro escalón. «Más pasta, mejor», pensó.

—He dicho que me esperes abajo —insistió Dolores.

Él aguardó a que desapareciera por el pasillo, pero la tipa no se movió; continuó allí, observándolo desde arriba con los brazos cruzados.

Volvieron a vivir la situación anterior, ambos mirándose en silencio.

Cabrales ascendió otro escalón. Y otro. Ya prácticamente estaba arriba. Solo les separaba una distancia de cuatro metros.

—¿Pero es que no me has oído? ¿Eres idiota o qué?

Cabrales sonrió.

Era el momento de acabar con la comedia.

Echó a correr en dirección a la mujer y ella dio un paso atrás, sobresaltada.

Quizá fue el brillo del cuchillo que Cabrales empuñaba lo que la hizo reaccionar. Quizá fue el instinto de supervivencia. El caso es que, cuando él trató de agarrarla por la bata, ella soltó una patada con su pie descalzo y acertó de pleno en la entrepierna de Cabrales. El golpe en las pelotas dolió, claro, pero no fue nada comparado con la caída de espaldas a lo largo de los veinte escalones.

Cabrales se puso en pie, desorientado, con las costillas y la cabeza doloridas, y con un cabreo de mil pares de cojones. Recuperó el cuchillo que se le había escapado de la mano y subió a toda prisa. Comenzó a abrir habitaciones, buscando a aquella cabrona, hasta que topó con una puerta que no cedía. No podía estar cerrada con llave, puesto que no tenía cerradura; debía ser ella, presionando desde el otro lado, tratando de impedir que entrara... ¡Pero no podía tener tanta fuerza, joder! Cabrales siguió empujando, y descubrió que lo que le bloqueaba el paso era una cómoda. Hizo presión con toda su mala leche y poco a poco fue ganando terreno. La voz de la banquera llegaba hasta sus oídos, pero no le hablaba a él, estaba hablándole a otra persona. Cuando logró verla por el resquicio de la puerta, se dio cuenta de que tenía un teléfono en la oreja. ¡Mierda! ¿Estaba llamando a la policía?

Dio un fuerte empujón y consiguió que la puerta cediera del todo. Ella corrió hacia el fondo de la habitación, gritando al aparato.

—¡Responde, joder! ¡Está aquí! ¡Quiere matarme! ¡Quiere matarme a mí! ¿Qué está pasando? ¡Me has enviado a un loco!

Cabrales se abalanzó sobre ella y le arrancó el teléfono de la mano.

Mientras la amenazaba con el cuchillo, directo a su yugular, Cabrales se llevó el teléfono a la oreja. No escucho nada más que silencio. No estaba llamando a la policía. O, al menos, no a la clase de policía a la que los pringados suelen recurrir cuando están en apuros.

Sabía a quién llamaba.

A su amigo el poli.

Desde el primer momento en que el Pato le ofreció aquel trabajo del que apenas iba a sacar nada, lo que más le escamaba era que hubiera un madero de por medio. Eso no se lo dijo el Pato, claro, porque ese jamás hablaba más de lo imprescindible.

Lo descubrió gracias a la gente que se movía alrededor del gordo, que no veas cómo cascaban, y aunque enterarse de eso no le gustó un pelo, la pasta siempre es pasta cuando la necesitas, por poca que fuera a llevarse.

Pero ahora era distinto. Que le dieran al Pato y al jodido poli.

—Tu amigo el madero no se digna ni a cogerte el teléfono, ¿eh?

Sonrió al advertir el pavor dibujado en el rostro de la mujer. Tiró el teléfono al suelo y lo pisoteó.

La tenía a su completa merced, ahí tirada en el suelo, con la bata entreabierta, exponiendo su cuerpo lechoso y salpicado de pecas bajo un fino camisón azul, a juego con la bata. No estaría nada mal darle una pequeña lección antes del golpe final. Igual hasta le gustaba. Sí señor. Besarla, desnudarla, pegarle y luego violarla hasta que dijera sí, sí, sí…

O no, no, no.

Tanto daba. Porque iba a acabar igual.

—No me hagas daño, por favor… Te lo suplico…

—Ahora no vayas de gatita inocente. —Cabrales dio varios golpecitos con la punta del cuchillo en su garganta, presionando suavemente. Ella ya no podía retroceder más; tenía la espalda pegada a la pared—. Eres una gran hija de puta. ¿Te lo han dicho alguna vez? Con el carácter que gastas, estoy seguro de que sí, que te lo dicen con cierta regularidad.

—¿Quieres el dinero? Te lo puedes quedar. Y no hace falta que hagas nada por mí. Es tuyo… Y te daré más, si es eso lo que buscas…

—Cierra el puto pico, urraca, y escúchame bien, porque seré breve. —Cabrales estaba en cuclillas y le costaba mantenerse en aquella posición. El cuerpo le dolía horrores a causa de la caída por las escaleras, y entre sus piernas sentía la palpitación de sus pelotas inflamadas—. Te voy a matar. No pongas esa cara, joder, no me vayas de víctima. Te voy a matar porque tu nuera ha pagado para que lo haga…

—Hijo de…

Cabrales le dio un bofetón que le giró la cara.

—Te he dicho que cierres la puta boca y escuches, ¿qué es lo que no entiendes de eso? —Dolores guardó silencio, con los ojos llenos de lágrimas—. Si anteayer me hubieras pagado lo que acordamos, la zorra de tu nuera sería la que estaría hoy en tu situación, pero no es así, porque no pagaste. Pero ella, sí. De modo que ella gana. Y tú la palmas.

—¿Por qué no me…?

Otro bofetón al canto.

—Mierda, tía. Parece que te guste que te den caña. Eres de las viciosillas, ¿eh?

—Déjame que…

Y dale. El tercer bofetón retumbó en las paredes del dormitorio.

—Ni déjame ni hostias. No insistas. Tú no pagaste y ella sí. El doble. Es el rollo ese de la oferta y la demanda. Pero que sepas que no pienso ponerme a negociar contigo. Estoy hasta la polla de vosotras dos y vuestras mierdas. Me planto. Solo quería que supieras que tu nuera me envía. Ella me pidió que te lo dijera, para joderte hasta el final.

—Hija de la gran…

Cabrales clavó el cuchillo en el estómago de la banquera. Tenía una hoja de doce centímetros y no se dejó ni uno fuera. Con la mano izquierda le tapaba la boca, conteniendo sus alaridos. Sacó y metió el cuchillo tres veces más. Después le rajó la garganta de lado a lado… Yugular y carótida seccionadas de cuajo. La sangre salpicó las mejillas de Cabrales.

Se puso en pie sin dejar de observar el rostro inexpresivo de la banquera. Tenía la cabeza apoyada en el suelo, ladeada. Sus ojos, abiertos de par en par, miraban a los pies de la cama, como si buscaran algo ahí abajo, una zapatilla o un pendiente caído.

Pero no, qué coño. Estaba bien muerta. Más muerta que los dinosaurios.

Registró en los cajones durante unos minutos en busca del dinero pero acabó desistiendo. Tan solo encontró algunos fajos de billetes, pero no era ni de lejos la cantidad que la banquera debía entregarle. La muy puta seguía sin tener el dinero y simplemente había querido darle largas. Ya solo por eso se la hubiera pelado gratis, joder. Cargó sus bolsillos con todas las joyas que pudo encontrar, embadurnándolo todo de sangre, y salió de la habitación.

Al bajar las escaleras, advirtió que cojeaba del pie derecho. Ni lo había notado. Se apoyó en la barandilla y con su mano enguantada fue dejando un rastro de sangre sobre la madera. Llegó a la planta baja y, cuando se disponía a abandonar la casa, algo le frenó.

Frente a él, con un bol de helado y ojos adormilados, estaba el hijo de la banquera; acababa de salir de la cocina.

Se había olvidado por completo de él.

—¿Qué pasa, tío? —dijo Cabrales. Era consciente de que todavía empuñaba el cuchillo ensangrentado con la mano derecha.

—No sé si te has dado cuenta —dijo Óscar, llenándose la boca con una generosa cucharada de helado de chocolate—, pero tienes la cara manchada.

—Ya, tranquilo. Luego me limpio.

—¿Te conozco?

—Soy amigo de tu madre.

—Creo que está arriba —dijo, y después se encaminó hacia el salón—. Si quieres ver *Juego de tronos*, los dragones están a punto de salir de los huevos. Si no los has visto nunca, vas a flipar.

Cabrales lo siguió con la mirada hasta que se sentó en el sofá, con el bol en el regazo y los pies sobre la mesita de cristal.

Después observó la puerta principal de la vivienda.

Pensó en salir y dejar las cosas tal y como estaban.

Pero, mierda…

Aquel pavo tenía el cerebro estropeado, de eso no cabía duda, pero aun así no podía correr riesgos.

Entró en el salón y se situó justo detrás de Óscar.

La cabeza sobresalía del respaldo del sofá.

No hacía falta más.

34

Hacía una tarde magnífica para navegar.

Castro bordeaba la costa del Garraf, poniendo a prueba los motores del yate, y estos respondían a la perfección, rugiendo con brío, sin problemas de alimentación. La reparación le había salido por un buen pico, pero al menos había merecido la pena.

Se sentía bien, satisfecho. En cuestión de horas se iba a quitar de encima a Silvia y estaba convencido de que el golpe a los serbios saldría bien, sin problemas.

A la altura de Cala Morisca echó un vistazo a sus teléfonos móviles y vio que en el del trabajo tenía tres llamadas perdidas de su jefe, el subinspector Lacalle. También le había dejado un mensaje: «Llámame. Urgente».

Paró motores y telefoneó a Lacalle.

—¿Dónde estás? —preguntó el subinspector.

—Fuera. Haciendo una gestión personal.

—¿Te va a llevar mucho tiempo? Necesito que vayas a comisaría.

—Puedo estar allí en una hora. —Y lo estaría, por supuesto, siempre que le dijera qué coño pasaba y que no tuviera nada que ver, ni remotamente, con algo que lo relacionara a él con el atraco al banco ni con el atropello de Saúl—. ¿Se puede saber qué ha ocurrido?

—La banquera… —respondió Lacalle—. La del atraco del lunes… Dolores no sé qué…

Castro contuvo la respiración. Como a aquella lunática le hubiese dado por cantar...

—Alguien ha entrado en su casa esta tarde y la ha degollado a ella y a su hijo.

¡Hostia puta!

—¿Qué me dices?

—Lo que oyes. Y no parece un robo que se haya ido de madres. Iban a por ellos. Lo llevan los de la Metronorte; necesitan toda la información que tengamos de la mujer y del viejo que intentó matarla.

El cerebro de Castro iba a mil por hora, prestando atención solo a medias a su superior... ¿El viejo? ¿Arcadi Soler? Pero si estaba ingresado en un hospital penitenciario... Y sus familiares no parecían, ni de lejos, capaces de hacer algo así. Habían hablado con las hijas, y daban la impresión de ser gente cabal...

¡La hostia! ¡Degollada!

Era extraño. Por un lado sabía que debía sentirse aliviado (¡Dolores Casal muerta! ¡Un problema menos!), sin embargo, no dejaba de preguntarse quién la había matado. Eso le inquietaba.

Y le inquietaba mucho.

Dolores Casal asesinada. Su hijo también.

Dolores Casal...

¡Mierda!

Acababa de recordar su llamada de hacía un rato, cuando estaba en casa de Tito y no respondió.

¿Cómo podía haberla olvidado?

Demasiadas mierdas en las que pensar, ¡joder! Demasiadas.

Se moría de ganas por colgar y comprobar si la banquera le había dejado algún mensaje en el contestador... Y más valía que no.

—Ahora salgo para allá. —Castro trataba de disimular su ansiedad—. Igualmente, hoy están de tardes Lupe, Montejo y Borrallo. Mientras voy de camino, ellos pueden adelantarles toda la información que necesiten.

—Perfecto —respondió Lacalle—. Yo hace un rato que me he marchado y no volveré. —Cómo no, para algo era el jefe—. Ya me irás informando de lo que ha pasado ahí.

—Claro. Cuenta con ello.

En cuanto colgó, echó un vistazo a la lista de mensajes y vio que... ¡sí, joder! Le había dejado un mensaje en el contestador.

Mieeerda.

Dudó entre escuchar el mensaje o no. Cuando por fin se decidió y lo hizo, se cagó en los muertos de la banquera.

Se la oía gritar, desesperada: «¡Responde, joder! ¡Está aquí! ¡Quiere matarme! ¡Quiere matarme a mí! ¿Qué está pasando? ¡Me has enviado a un loco!».

Era una llamada de socorro, no cabía duda, pero también dejaba entrever muchas cosas más. Castro se puso como una moto. No obstante, todo eso pasó rápidamente a un segundo plano cuando escuchó la voz de un hombre susurrando: «Tu amigo el madero no se digna ni a cogerte el teléfono, ¿eh?».

Castro estalló.

—¡¡¡Me cago en la madre que os parió a todos, hijos de la grandísima puta!!!

Su aullido resonó por toda Cala Morisca. Había un par de yates y tres veleros fondeados frente a la costa; también había bañistas y gente tumbada sobre la arena. Tanto le daba que le hubieran escuchado. Se la pelaba. Estaba harto. Tenía la sensación de que cada vez que apagaba un fuego aparecían dos más a su espalda.

«Tu amigo el madero».

El que hablaba debía ser Rafael Cabrales, sin duda.

¿Qué coño sabía aquel desgraciado sobre él?

¿Quién se lo había dicho?

¿Dolores Casal? ¿El Pato?

Y, la pregunta del millón: ¿Por qué se había pelado a la banquera?

«Tu amigo el madero».

No podía ocultar aquella llamada. En cuanto los de Personas de la UTI Metronorte solicitaran la tarificación de la banquera, cosa que harían sí o sí, tendrían conocimiento de que la última llamada que había efectuado Dolores Casal en vida fue al teléfono oficial del cuerpo de Mossos d'Esquadra asignado al sargento Román Castro, y que había dejado un mensaje de varios segundos en su buzón de voz.

No, no podía ocultarla, pero tampoco podía dejar que la escucharan.

Ni de puta coña.

Inspiró hondo y borró el mensaje.

Sabía que, una vez eliminado, no había manera de recuperarlo. Era imposible. Ya se había topado con aquel muro en otra investigación, y lo que aquella vez fue una desgracia, esta podía ser una salvación.

Debía mover ficha cuanto antes, evitar suspicacias en su contra.

Telefoneó a Lacalle.

—Jefe, no te lo vas a creer.

—¿El qué?

—Acabo de darme cuenta de que en el buzón de voz tenía un mensaje de Dolores Casal, la banquera.

—¿De cuándo?

—De esta misma tarde, a las cuatro y veinticuatro.

—¿Y te has dado cuenta ahora?

—Ahora mismo. Supongo que estaría hablando con alguien y saltó el buzón.

—¿Y qué dice?

—Nada de nada. La grabación se pone en marcha pero no se oye nada.

—¿Nada? ¿Ni siquiera de fondo?

—Ni siquiera eso. Si no fuera por lo que ha pasado esta tarde, pensaría que me había llamado sin querer.

—Estaría intentado pedir auxilio…

—Sí. Y me siento fatal solo de pensarlo. Supongo que ha marcado mi número porque era el que tenía más a mano. Esta semana hemos hablado varias veces por cuestiones del atraco.

—Seguro que sí. Pero no te hagas mala sangre por eso… —Y añadió—: ¡Joder!

—Ya, joder.

—Díselo al sargento de la Norte, que lo tenga en cuenta.

—Claro.

Castro colgó.

Si le pedían escuchar el mensaje, reconocería, con gesto abochornado, que lo había borrado por error. Mejor quedar como un torpe gilipollas que como un maldito corrupto. Pero no creía que dudaran de su palabra; qué coño, seguía teniendo un prestigio.

Y lo que ahora tocaba hacer era ponerle remedio a aquel condenado embrollo que le acababa de explotar en la cara. Trataba de mantenerse tranquilo, de no perder la calma, pero ¡joder, cómo costaba!

Echó mano del teléfono de prepago que había desprecintado aquella misma mañana con nueva tarjeta SIM y lo encendió. Sacó el pequeño bloc de notas que siempre llevaba con él y buscó un número, el que por aquellas fechas usaba el Pato en prisión.

Marcó y esperó.

Un tipo con voz grave respondió al otro lado de la línea; un machaca del Pato, sin duda, desempeñando funciones de secretario para aquella bola de sebo.

—Te equivocas —fue lo primero que dijo el tipo. Era su saludo habitual, por si acaso.

—No me equivoco. Pásame con él. Dile que soy su primo, el de la playa.

—No es buen momento.

—No me jodas y ponme con él.

—Está entrenando…

—¿Entrenando? ¿Te quedas conmigo?

—No.

—Dile que tenemos un problema de los gordos.

—No te garantizo nada. Pero preferiría no usar esa palabra. Si digo «gordos» en su cara, se mosqueará conmigo, tío.

¿De dónde había salido aquel elemento? ¿Del club de la comedia?

–Dilo como te dé la gana, pero que le quede claro que es urgente, ¡joder!

–Relájate un poco, capullo.

Se hizo el silencio en la línea.

Castro se imaginó a aquel tarugo saliendo de la celda, en busca del Pato, entre cabreado y acojonado por tener que interrumpir a su jefe haciendo… ¿ejercicio? Joder, si el mayor ejercicio que había hecho ese en toda su vida era parpadear. Llevaba más de dos años chupando talego en Brians 2, viviendo como un marajá, con un puñado de funcionarios de prisiones en nómina que le facilitaban todos los caprichos y comodidades que necesitaba: teléfonos móviles, aparatos electrónicos de última generación, comida (ya fuera del mejor restaurante de Barcelona o del McDonald's más cercano), vis a vis frecuentes… Y, además, aquel grupo de boqueras suponía su principal vía de entrada y distribución de la droga que vendía en prisión. Su abogado había conseguido que lo destinaran a un módulo de respeto, con menor control y mayores comodidades, junto a gente de perfil violento bajo, donde abundaban los políticos y empresarios de altos vuelos. Y de ahí a la condicional había solo un paso. Era cuestión de tiempo que volviera a la calle.

Un par de minutos más tarde, alguien cogió el teléfono móvil y respondió entre jadeos.

–¿Qué coño pasa ahora? –Era la voz ronca y asmática del Pato–. Más vale que sea importante porque me pillas a mitad de la tabla de gimnasia, y cuando paro y me enfrío, no hay forma de volver a pillar el ritmo.

–Creía que tu hombre se estaba quedando conmigo.

–Ya. Qué me vas a contar. Es esa jodida doctora nueva que han traído al centro. La cabrona es buena metiéndote el miedo en el cuerpo. Se ha empeñado en que baje de peso; según ella, ciento ochenta kilos está bien si lo que pretendo es convertirme en la primera morsa humana criada en cautividad carcelaria…

Me lo dijo así, a la cara, y añadió que no creía que llegara a batir ningún récord porque antes moriría de un puto infarto. Como lo oyes. La mandé a la mierda y ella dijo que vale, que me lo tomara por el lado malo si quería, pero que más valía que me pusiera las pilas o acabaría en silla de ruedas, con la cadera y las rodillas hechas puré, a mis cincuenta tacos. El caso es que me picó y ya he perdido siete kilos.

Castro estaba ansioso por abordar su problema y dejar de hablar de una santa vez del sobrepeso de aquel gordo.

—Oye, mira, lo siento, pero es que ha pasado algo.

—Pues desembucha.

—A ver… —La línea de Castro era segura, y probablemente la del Pato también, pero optó por ser cuidadoso—. El repartidor que enviaste, ya me entiendes, para recoger un paquete a mi amiga y llevárselo a la otra… ¿me sigues?

—Te sigo.

—Pues que en lugar de entregar ese paquete, se ha presentado en casa de mi amiga y le ha entregado un paquete por su cuenta.

Silencio.

—¿Me has oído? —preguntó Castro.

—Sí, joder. Me estás diciendo que tu amiga… ¿Me estás contando que tu amiga ahora ya no va a poder recibir más paquetes?

—Ni uno más. Al repartidor se le ha ido la olla. Ni te imaginas cuánto.

—¿Pero entonces no ha cobrado el servicio? ¿O sí?

—Y yo qué coño sé. Eso lo tendrás que averiguar tú. Yo lo único que sé es que te pedí un favor y me has hecho un favor de mierda.

—Bueno, ya sabes, amigos de mierda, favores de mierda. ¿De qué coño me serviste tú, eh? Podrías haber evitado que acabara aquí dentro, encerrado a merced de una doctora obsesionada con la obesidad mórbida. Pero no, supongo que estabas demasiado ocupado preocupándote por ti mismo, ¿no, puto egoísta?

—Así que es eso, ¿eh? Me la has estado guardando durante todo este tiempo y ahora quieres joderme, ¿no?

—¿Crees que el mundo gira a tu alrededor? ¿Que eres el sol? Pues no, capullo, no siempre tiene que tratarse de ti. Al menos no esta vez. Pensaba que el repartidor haría bien su trabajo.

—Pero ¿por qué cojones le hablaste de mí a ese zumbado? Porque el muy mamón sabe que yo ayudé a mi amiga a buscar un repartidor y, como lo pillen, no tardará en cantarlo a los cuatro vientos.

—Espera un momento. ¿Cómo sabes eso?

—Lo sé porque lo sé. Puedes darlo por cierto.

—Oye, yo no le dije nada. Si apenas crucé cuatro palabras con ese matao.

—¿Y estás seguro de que esas cuatro palabras no eran mi nombre ni a lo que me dedico?

—Te digo que no, joder. ¿Estás sordo?

—¿Entonces quién?

—Pues quizá tu amiga o quizá alguno de los subnormales que tengo alrededor, que rajan más que porteras…

—Vamos, no me jodas…

—Bueno, pero ¿eso ahora qué más da? —dijo el Pato—. Tienes un problema, sí, pero es precisamente eso: tu jodido problema, no el mío.

—¡Y una polla! Te pedí a alguien que supiera lo que hacía. La cagada es tuya.

—Gilipollas de mierda, no te me subas a la parra, ¿me oyes? Yo no tengo una bola de cristal para adivinar el futuro, así que, ¿a qué cojones viene eso de que la cagada es mía?

El mamón quería desentenderse del asunto, pero Castro no iba a permitirlo. Lo necesitaba dentro. Y para lograrlo, tenía que aguijonearlo hasta conseguir que toda su mala baba le nublara la mente.

—¿Por qué coño enviaste a ese tarado? —preguntó Castro—. ¿Tenías algún trato con él?

—Lo que hubiera entre ese y yo es cosa mía.

—Ya, pero ¿en qué quedasteis? ¿Te iba a dar una parte de lo que cobrara?

—Una parte, no. Casi todo. Ese imbécil me debe más pasta que pesa.

Por fin Castro comprendía por qué había enviado a aquel tío y no a alguien como Dios manda. Puto gordo...

Castro dijo:

—El tío te quiere tangar, ¿es que no lo ves?

—¿A qué coño te refieres?

—Mierda... ¿Es que no te das cuenta? Si hace el trabajo, lo hace prácticamente para ti, pero si no lo hace, no tiene que darte nada.

—¿Pero qué dices? Si no hace nada, él tampoco gana nada.

No era más idiota porque no se lo proponía.

—Claro que gana. La mitad del dinero. Era lo acordado: la mitad antes de hacer el trabajo y el resto, después. El tío cobra, a ti te dice que mi amiga se ha echado atrás y tú crees que no le ha dado nada... y, sin embargo, se ha embolsado el cincuenta por ciento inicial.

—¿Y por qué le ha entregado el puñetero paquete a tu amiga?

Castro estaba hasta la coronilla de hablar de paquetes y repartidores.

—Si se encarga de ella, tú no te enteras de que tiene parte del dinero. Y se lo queda todo para él.

—Pero qué hijo de puta... Espera un momento.

Castro escuchó como el Pato hablaba con alguien que estaba a su lado, seguramente el preso de la voz grave con funciones de secretario.

—Llama al Cabra y pregúntale por el trabajo, a ver cómo lo lleva. No te pongas en plan serio, tu haz como si solo quisieras saber cuándo lo hará.

Castro esperó. Mantenía la vista fija en el horizonte, ahí de pie, sobre la cubierta del barco. La brisa marina era agradable. El sol estaba cayendo a lo lejos.

Escuchó murmullos provenientes del preso secretario, como si hablara por teléfono; parecía que había localizado a Cabrales. Tras unos segundos, lo oyó con más claridad; esta vez hablaba con el Pato.

—El tío dice que al final no hay trabajo, que la pava se ha arrugado, que está acojonada. Mañana pensaba llamar para contárnoslo. Según él, la tía esa es una zorra de la que más vale mantenerse alejado. También ha dicho que se va a poner las pilas para devolverte la pasta, que sigue seco, pero que se lo montará como sea para conseguirla.

—¿Cómo sonaba? —preguntó el Pato—. ¿Te ha parecido que iba colocado?

—¿Colocado? Colocado es poco. Llevaba un globazo del quince. Hablaba a dos por hora… Me extraña que haya atinado a descolgar el teléfono…

—¡Será hijo de puta! —exclamó el Pato. Y volvió a ponerse al teléfono con Castro.

—Tenías razón, joder.

Sí, joder. Claro que tenía razón.

No podía dejar escapar aquel momento.

Lo tenía a punto de caramelo para abordar por fin el objetivo de aquella llamada.

—Algo habrá que hacer —dijo Castro.

—Pues claro, joder… Jubilar al mensajero.

Castro se sintió aliviado al oír aquellas palabras.

El sol seguía cayendo. También su índice moral. A aquel ritmo, ambos no tardarían mucho en desaparecer. Dijo:

—Entonces… ¿te encargas tú del asunto?

—Sí, yo me encargo… Esta vez llamaré a un mensajero profesional.

—Me parece bien.

El Pato soltó una risotada.

—Me alegra que te parezca bien, porque tú vas a correr con la mitad de los gastos del nuevo mensajero.

—¿Yo? ¡Tú estás loco!

—El que está loco eres tú, cabrón, que no te das cuenta de la situación. Tú estás desesperado por finiquitarle el contrato a ese tío cuanto antes; yo, sin embargo, estoy cabreado como un mono y quiero ajustar cuentas, sí, pero lo puedo hacer mañana o el mes que viene, tanto me da. Tú tienes prisa, yo no. Es tu culo el que está comprometido, yo solo tengo el orgullo herido.

Una cosa era saber que iban a acabar con el tipo, y otra muy distinta era pagar directamente para que lo hicieran. Aquello lo comprometía de verdad, pero no veía otra salida.

Castro dijo:

—Está bien, mamón.

—Y encima me llama mamón… ¿Es esa forma de darme las gracias?

—Tengo que colgar.

—No tan rápido. Escucha. Hablaré con ese tío y él se pondrá en contacto contigo.

—Preferiría mantenerme al margen.

—Y yo preferiría estar en Cancún con tres tías en cueros haciendo turnos para comerme la polla. Pero me jodo. Así que mantén este teléfono activo. Recibirás noticias de ese tío. Es fino fino. El puto Messi de lo suyo. De la pasta ya hablaremos.

Castro estaba desesperado por colgar y regresar a comisaría.

—Está bien, joder.

—No, coño, no está bien. Me has puesto como una moto. Y ahora me apetece comerme una pizza barbacoa tamaño familiar. Por tu culpa la doctora de los cojones me va a dar la turra el viernes que viene, cuando me suba a la puñetera báscula…

Castro soltó un bufido.

Cuanto más deseaba alejarse de toda aquella chusma, más los necesitaba.

35

En Barcelona, a las siete y media en punto de la tarde, Silvia Mercado y Jordi Quiroga salieron del parking subterráneo que había frente al Museo de Historia de Catalunya, en el paseo Joan de Borbó, y se internaron en el emblemático barrio de la Barceloneta.

Tiempo atrás, uno podía estar allí y sentir el olor del mar. Ahora no. Ahora lo que Silvia percibía era una desagradable mezcla de orín y basura acumulada, sobre todo al andar por aquellas calles, estrechas y rectilíneas, donde antiguamente se encontraban las viviendas de los pescadores. Ahora abundaban los bares, los restaurantes, los apartamentos turísticos y las tiendas regentadas por pakistaníes. Y los turistas. Sobre todo abundaban los turistas. Con bebidas en las manos y comportándose como si aquello fuera un patio de recreo.

Un rato antes, Silvia y Quiroga se hallaban en un lugar con mucho menos reclamo turístico que aquel: el barrio del Gornal. Se habían presentado allí justo después de que Quiroga recogiese a Silvia en el Hospital de Bellvitge con la intención de abordar entre los dos a Tito Toledo e intentar acoquinarlo. De entre todos los participantes del atraco, él era quién tenía las de perder, ya que se le podía identificar gracias al tatuaje del torso.

Optaron por abordarlo directamente. El Gornal no era un lugar donde se pudiera hacer una vigilancia tranquila y prolongada; más pronto que tarde, la presencia policial era advertida por ojos expertos en detectarlos. Y eso ponía nervioso al personal. Además, tampoco disponían de tiempo, de modo que subieron directamente al quinto tercera por las escaleras (el ascensor no funcionaba, probablemente porque solo un tercio de los vecinos estaría dispuesto a correr con los gastos de la comunidad) y comenzaron a aporrear la puerta y a llamar al timbre.

Pero nadie abrió.

La puerta estaba remendada en la parte de la cerradura y a mitad de la plancha frontal, lo que indicaba que allí, tiempo atrás, se había producido una entrada y registro. Aquel era el autógrafo de las unidades antidisturbios. Firmaban con ariete.

Insistieron, pero sin éxito.

Guardaron silencio, para ver si el que pudiera estar dentro se confiaba y pensaba que ya se habían ido, pero pasaron varios minutos y todo seguía igual.

Ambos se miraron. ¿Qué hacían ahora? La respuesta llegó rápido.

Desde el piso superior, un chaval de unos quince años, ataviado con gorra de visera plana, camiseta ancha, tejanos cortos amplios y zapatillas Jordan, todo blanco y todo muy a conjunto, descendió por las escaleras. Al llegar al rellano, se detuvo y les obsequió con una mirada lastimosa, en plan «vaya par de mataos» y dijo:

—Hola, polis. Podéis seguir llamando toda la tarde, que no van a abrir.

—¿Por qué no? —preguntó Quiroga.

El chico chistó con la lengua, guasón, y respondió:

—Porque no están.

—Y ¿sabes dónde sí están?

—Pues donde sea. —El chaval se encogió de hombros y volvió a chistar. Parecía más un tic que otra cosa—. Supongo que el Tito en lo suyo, por ahí, y la Olga en el curro.

Y, sin importarle si las preguntas habían acabado o no, se puso en movimiento nuevamente, escaleras abajo, y se despidió con un ligero tono de cachondeíto:

—Hasta luego… polisss.

Silvia hizo un gesto a Quiroga y salieron del edificio.

No tenía ni idea de dónde estaba Tito haciendo «lo suyo, por ahí», pero sí sabía dónde trabajaba Olga, gracias a que había echado un vistazo a los procedimientos policiales que le constaban en el aplicativo informático. Ella les diría dónde encontrar a Tito.

De modo que ahí estaban ahora, recorriendo la calle Mar de la Barceloneta hasta el lugar donde se hallaba la Asociación Cannábica Punta Canna.

Y, cuando dieron con ella, no entraron, sino que pasaron de largo y se mantuvieron a cierta distancia, controlando al personal que entraba y salía de allí. A decir verdad, aquello parecía la Rambla. El trasiego era continuo; algunos ni siquiera permanecían dentro más de dos minutos, y el porcentaje de extranjeros era altísimo. Allí se pasaban por el forro la normativa de las asociaciones cannábicas.

Tras veinte minutos de vigilancia, decidieron entrar.

El logotipo de la asociación estaba serigrafiado sobre la chapa metálica pintada de blanco que cubría la robusta puerta de acceso. Las letras de Punta Canna destacaban sobre un paisaje de isla paradisíaca donde, en lugar de hojas de palmera, había hojas de marihuana.

No había mirilla en la puerta, y las ventanas laterales del edificio estaban tintadas de negro. Lo que sí había era un timbre con altavoz y una cámara enfocando al visitante.

Silvia pulsó el timbre y, al cabo de un par de segundos, sonó un estridente pitido y la puerta cedió. Ambos se quedaron con la sensación de que ni los habían mirado.

Entraron y, para su sorpresa, descubrieron que el local era mucho más amplio y profundo de lo que cabía esperar, con un sistema de ventilación bastante apañado. El olor a porro reinaba en el ambiente, por supuesto, pero era tolerable y el humo se disipaba con facilidad.

En primer término había una sala con sofás de piel, mesas bajas de cristal y televisores de gran tamaño colgados de las paredes. En algunas de las pantallas se emitía los videoclips de la música que sonaba por los altavoces, y otras mostraban documentales de animales salvajes. Allí sentados había grupos de personas fumando porros y bebiendo, aunque también había personas solas que fumaban y se entretenían trasteando su móvil. Más allá de esta sala, había una mesa de billar y un grupo de cuatro chavales sentados en un sofá circular y jugando a un videojuego de futbol frente a una pantalla de setenta pulgadas. Fumando, claro. A la izquierda de la sala de juegos había una pequeña barra con un tirador de cerveza y una hilera de botellas de alcohol, donde un chico de unos veinticinco años, con barba y rastas, servía bebidas a un par de clientes. Y al fondo del local destacaba un mostrador con un cartel que indicaba «Dispensario», donde una chica atendía a los presuntos socios. Sobre el mostrador y las estanterías de la pared había botes de cristal etiquetados con el nombre de la variedad de marihuana que contenía cada uno de ellos, y también había un archivador metálico medio abierto con las dosis ya separadas y embolsadas en los distintos cajones.

Y esa chica, se dijo Silvia, era Olga Urrutia.

Llevaba el pelo recogido en un moño y los ojos delineados con el clásico estilo egipcio, y lucía varios piercings en las orejas y un aro en la aleta izquierda de la nariz. Iba vestida de un modo bastante casual, con top y chándal, pero el resultado global era muy sugerente.

Se aproximaron al mostrador y la chica los miró. Al momento torció el gesto y chasqueó la lengua. Los había calado.

Silvia mostró la placa y dijo:

—Lástima que no te hayas fijado más en la pantalla.

—Sí, lástima —respondió asqueada—. Solo diré dos palabras para que os larguéis: Orden judicial.

Quiroga intervino:

—Veo tus dos palabras y las igualo: Delito flagrante.

Aquello descolocó a la chica.

—A ver, ¿qué queréis? Aquí todo es completamente legal… —Entrecerró los ojos y, apoyándose sobre el libro donde registraba qué socio había venido a consumir cuánto y qué, comenzó a recitar como un autómata—: La nuestra es una asociación sin ánimo de lucro formada por personas mayores de edad con el fin no solo de controlar el proceso de producción de la marihuana…

—Anda, calla de una vez y respira, que te va a dar algo —soltó Quiroga. La chica lo ignoró.

—… sino también su distribución y consumo en instalaciones privadas como esta y únicamente por socios de nuestra organización. Nos ampara la legislación referente al derecho de asociación, que está recogido en el artículo 22 de la Constitución española.

Quiroga vio hueco y aprovechó.

—¿Cuándo vas a llegar a la parte esa en la que dices que para ser socio te tiene que proponer otro socio, y además conlleva un tiempo de carencia? Con todos esos guiris que hay ahí sentados, ¿cuál es vuestro tiempo de carencia? ¿Cinco minutos? Un pelín justo, ¿no? Y ¿qué me dices de todos los que entran y salen al momento, eh? ¿Esos también consumen aquí pero a la segunda calada se cansan o qué?

—Mejor llamo a mi encargado y habláis con él —dijo la chica dedicando una profunda mirada de asco a Quiroga.

Silvia puso una mano sobre el brazo de la chica para retenerla en el mostrador.

—No queremos hablar con tu encargado. Con quien queremos hablar es contigo —dijo Silvia, y tras comprobar que había captado toda la atención de la chica, continuó—: Tú eres Olga, ¿no?

Y Silvia se quedó pasmada cuando la tal Olga dijo:

—Y tú eres Silvia, ¿no?

Dudó unos instantes pero acabó asintiendo. Quiroga se inclinó sobre el mostrador y preguntó:

—¿De qué coño vas?

Silvia tiró de él y le pidió que se contuviera. Después se volvió hacia Olga y preguntó:

—¿Cómo sabes mi nombre?

Olga la miró fijamente unos segundos, pensativa. A Silvia le recordó a esos detenidos que quieren declarar ante la policía para salvar su culo pero que a la vez desean hacerlo de un modo digno, sin que nadie les pueda echar nada en cara. Y eso jamás solía acabar bien.

–Hace un rato, mientras intentaba echar una siesta, he oído a alguien que me cae como el puto culo hablar mal de ti… –Se encogió de hombros como si no tuviera la menor importancia y preguntó–: ¿Qué es lo que queréis?

Silvia y Quiroga se miraron. Estaban pensando en lo mismo. Quiroga asintió y Silvia le dijo a Olga:

–Necesitamos hablar con Tito Toledo. Queremos hundir a esa persona a la que has oído rajar de mí.

Olga hizo una pequeña pausa y, por un momento, pareció paladear el instante que estaba a punto de vivir:

–Si lo que quieres es hundir a ese capullo de mierda, lo que necesitas no es hablar con Tito. Lo que necesitas es hablar conmigo.

Mientras Silvia asentía, Olga añadió:

–Solo pongo dos condiciones: la primera es que no pienso firmar nada… –«Eso ya lo veremos», pensó Silvia–. Y, la segunda, que solo hablaré contigo. Este, que se largue.

–¿Por qué? –exigió Quiroga.

–Porque vas de listo. Y porque me da la gana.

36

Ambas se dirigieron al almacén de la asociación, le dieron la vuelta a unas cajas de plástico para botellines que estaban vacías y se sentaron encima. A su lado se encontraba la caja fuerte de metro y medio de alto donde guardaban la marihuana preparada para vender en la asociación.

Olga Urrutia detestaba a la policía en general y a los mossos en particular, pero estaba decidida a joder al Capi. No solo por el modo en que la había tratado en su propia casa, ni porque utilizara a Tito como si fuera un maldito pelele, sino porque, de seguir así, los iba a arrastrar a todos al fango. La gota que colmaba el vaso había sido lo del robo a los serbios. Si para pararle los pies tenía que recurrir a aquella mossa, pues lo haría. La clave estaba en cuánto podía contarle.

Olga había cogido un par de aguas frías de una nevera y le tendió una a Silvia, que la aceptó y le dio un sorbo. A continuación, lo primero que le preguntó la mossa fue el nombre del tipo al que había oído rajar de ella.

—A ver —dijo Olga, tras dar una profunda calada a un simple cigarrillo—. Ellos lo llaman Capi; es un apodo y viene de Capitán. Menuda gilipollez, ¿eh? Como si fueran una banda de piratas. Yo simplemente le llamo el Capullo, que es lo que es, pero su verdadero nombre es Castro. Bueno, su apellido. En realidad, no sé su nombre.

Al soltar aquello, le dio la sensación de que los ojos de la mossa se le iban a salir de las cuencas.

—¿Estás segura?

—Coño, y tanto. ¿Lo conoces? —Silvia no respondió, pero tampoco hacía falta. Olga añadió—: Sé que tiene contactos en los Mossos; y debe untarlos bien, porque el tío se cree intocable.

—¿Qué sabes del atraco que hubo el lunes en un banco de Vilafranca?

—¿Quieres la verdad?

No estaba dispuesta a soltarlo todo ni de coña, pero debía mostrarse lo más franca posible. Reconocería lo que no la salpicaba a ella e intentaría librar a Tito de todo cuanto pudiera a base de dar buenos raquetazos para alejarle la mierda.

—Pues claro que quiero la verdad —respondió Silvia.

—Lo montó el Capi, conchabado con la directora de la oficina. Tito solo conducía. Luego había otros dos tíos, los que entraron al banco. Tito era bastante reservado con respecto a esta gente, incluso conmigo, pero alguna vez me había hablado de ellos: un comepolloconarroz que se llama Gustavo y otro también cachitas pero más delgado que se llama Jairo.

—¿Qué más sabes de ellos? ¿Sabes dónde está ese Jairo?

Ni de coña iba a admitir que ese tío la había palmado en su casa y, mucho menos, con ella delante. Dijo:

—Todo lo que sé es por boca de Tito. Ese recibió un buen zambombazo y se lo montaron para llevarlo a algún sitio de Gerona o por ahí, donde lo salvaron. Ahora está recuperándose… supuestamente. El Capullo es el único que sabe dónde está.

—Y ¿tú te crees esa historia?

—Bastante tengo ya con mis historias, como para preocuparme por las de los demás, ¿vale? Además, el tal Jairo ya sabía dónde se metía… No era la primera vez que metían un palo, ¿sabes?

—¿Ah, no?

Desde que Olga había empezado a cantar, la mossa no salía de su asombro. Y eso que no habían hecho más que abrir el melón.

—Ni de coña. Lo menos han metido cincuenta palos a traficantes de maría a lo largo del último año. Son una banda, joder. Y el Capi es su líder.

Entonces Olga le relató cómo Tito se unió al grupo, cómo asaltaban a cultivadores y traficantes que hacían la competencia a sus jefes, los serbios, y cómo buscaban golpes por su cuenta. También le explicó que lo del banco fue idea del Capi, que vino con el cuento de que la directora le había dado un chivatazo y que aquel sería un trabajo limpio, el mejor de todos, el más rentable.

—Háblame de los serbios —dijo Silvia.

Ahí, a Olga, se le frenó la lengua. Entraban en arenas movedizas.

—¿Qué quieres saber?

—Todo. Cómo operan, quién manda, todo.

—Pues la respuesta ya te la imaginas. Cultivan, venden en sus asociaciones cannábicas y en otras muchas más, y exportan a Europa. Respecto a esto último, no voy a decir nada, porque no tengo ni idea.

—Y ¿quién manda?

—Mandar, lo que se dice mandar, mandan muchos…

—Pero… —la ayudó Silvia.

—Pero nada. Estamos aquí para hablar de Castro, ¿te acuerdas? No me busques la ruina.

Silvia asintió con gesto triste y dijo algo que no gustó un pelo a Olga:

—Todo esto que me estás contando, sabes que me lo tendrás que declarar, ¿no?

—Tú flipas. Eso no es lo que me habías prometido.

—Mira, yo no te he prometido una mierda. —A Olga le sorprendió lo agresiva que se había vuelto de repente—. Quiero encerrar a Castro, y tu declaración, a día de hoy, es la única prueba que tengo.

—Joder —se quejó Olga, poniéndose en pie—, pues busca más pruebas, ¿a mí que me cuentas? Pero búscalas lejos de mí.

—Así no van las cosas —zanjó Silvia—. O me das una prueba o te conviertes en mi prueba.

—¡No puedes obligarme a hablar!

—Pero sí que te puedo putear hasta aburrirme. Y eso es mucho putear, te lo aseguro.

Olga estuvo a punto de mandarla a la mierda, pero se lo pensó dos veces. Volvió a sentarse y preguntó:

—¿A ti qué coño te ha hecho ese capullo?

—Pues que él o alguno de los suyos anteayer se llevó a mi novio por delante con un coche. —Ahora Olga ataba cabos con lo que había oído procedente de la cocina…—. Se llama Saúl. Estaba indagando sobre el atraco y acabó acercándose mucho a Castro. Demasiado.

—¿Está muerto?

—En coma. Pero los médicos no son muy optimistas. —La miró fijamente, con los ojos ligeramente hinchados, y dijo—: Escucha, sé que no me estás contando toda la verdad; parte sí, lo que te interesa, pero no toda la verdad. Y lo entiendo, forma parte del juego. Pero te pido que respondas sinceramente a mi pregunta. ¿Sabes quién atropelló a Saúl?

—Te juro que no tengo ni idea. Tito no me ha dicho nada.

Silvia la observó en silencio. Tenía la mandíbula tensa y el ceño fruncido. Parecía afectada, aunque conseguía controlarse.

A Olga no le nació decir «Lo siento». En su lugar, dijo algo muy diferente.

—Si quieres pruebas, habla con Marko.

—¿Quién es Marko?

—Marko Obradovic. Mi jefe. El jefe de todos. El Capi trabaja directamente para él.

Silvia soltó un bufido y dijo, irónica:

—Sí, claro. Y ya puestos, ¿por qué no voy a hablar con Castro, a ver si confiesa?

—Lo digo en serio. En cuanto sepa que planea robarles, se subirá por las paredes.

—Explícate —exigió Silvia.

Y Olga le contó lo que había escuchado sobre el aparcamiento del edificio de Plaza Europa, Zoran, el cargamento de hierba y la bolsa con dinero. Y añadió:

–Pretende hacerlo con Gustavo.

–¿Y Tito no va a participar?

A decir verdad, Olga estaba muy cabreada con él. Por permitir que el Capullo la menospreciara, la insultara y le gritara. ¡En su propia casa! Tito no había tenido cojones de defenderla. Se había limitado a obedecer como un perrito faldero, y desde entonces se había convertido en su putita, cumpliendo con todo lo que le ordenaba. Le podían dar mucho por culo a Tito y a sus cuentos de ovnis y abducciones, pero tampoco quería que los serbios acabaran llevándoselo por delante. Si él no era capaz de ponerle freno al asunto, lo haría ella. Porque, ¿a quién se le ocurría participar en un golpe contra los serbios? Tito mejor que nadie sabía cómo se las gastaban, especialmente Zoran. Rara era la semana que no circulaban rumores acerca de cómo ese loco había ajustado cuentas con alguien, y nunca lo describían como algo agradable. Olga sabía que si llevaban a cabo el robo y después los serbios descubrían quién estaba detrás, ella también se vería salpicada y acabaría pagando las consecuencias. Fijo que sí. Y por ahí no estaba dispuesta a pasar. Debía salvarle el culo a Tito, por mucho que lo despreciase en aquellos momentos. Y era consciente de que todo lo que contase acerca del robo podía llegar después a oídos de Marko si Silvia conseguía reunirse con él. De modo que respondió:

–No, Tito no. Ya se cagó con el atraco.

La mossa se limitó a asentir lentamente y, de pronto, le preguntó:

–Y ¿tú qué? ¿Qué tienes contra Castro? ¿Por qué le quieres joder?

–Ya te lo he dicho antes: porque no lo soporto, me da un asco que te cagas. Y aunque es probable que no me lo reconozcas, tengo el presentimiento de que el tal Castro, en realidad, es policía. No te tomes a mal lo que voy a decir ¿vale? Pero los polis sois poco de fiar, y un poli corrupto ya ni te cuento. Y ese en concreto no respeta a nadie. Es un hijo de puta con placa.

37

Román Castro estaba sentado en la terraza del restaurante A Dues Rodes, situado en un polígono industrial próximo a comisaría. Acababan de servirle un bocadillo de lomo con queso y unas bravas; un rato antes ya le habían traído una Coca-Cola Zero. Apenas había probado bocado en todo el día.

Las cosas en el trabajo estaban controladas. Había hablado con el sargento de Homicidios de la Metronorte para confesarle que había borrado la llamada del buzón de voz por error, y este le dijo que bueno, que si no se oía nada en la llamada, pues que no se preocupara, que redactara una minuta y punto. Y que estas cosas pasan, que estuviera tranquilo.

Tranquilo no podía estar, con Cabrales suelto por ahí. Pero como se suponía que hasta el día siguiente el sicario enviado por el Pato no se pondría en marcha, pues no había nada que él pudiera hacer hasta entonces, excepto rezar porque aquel cabronazo mantuviera la boca bien cerrada.

Y lo mismo sucedía con Silvia. Era cuestión de horas que su plan contra ella surtiera efecto, aunque comenzaba a considerar que quizá había sobredimensionado su amenaza; por lo que él sabía, había pasado buena parte del día en el hospital, o, al menos, su vehículo no se había movido de allí desde hacía horas. Y desde una habitación de la UCI, pocas indagaciones podían hacerse. Sin embargo, aquel comportamiento tan discreto lo tenía muy mosqueado…

Comenzó a darle vueltas al asunto de Silvia y, cuando ya llevaba comido la mitad del bocadillo y un tercio de las bravas, no pudo resistirse más. Algo no cuadraba. Silvia podía estar muy afectada, pero la creía incapaz de quedarse plantada, sin mover un dedo. La noche anterior le había lanzado una amenaza velada, pero estaba seguro de que, de haberla captado, tampoco se hubiera frenado. Así que, con la excusa de preguntar por el estado de Saúl, decidió llamarla.

Pero ella no respondió. Simplemente, dejó que sonara.

Y tampoco respondió la segunda vez.

A la tercera, el mosqueo de Castro fue en aumento.

Llamó a Lupe, una de sus agentes.

—Buenas, Lupe. ¿Sabes algo de Silvia?

—Está en el hospital, ¿no?

—La estoy llamando y no me coge.

—Lo tendrá en silencio, supongo.

—Anda, pregunta por ahí.

Esperó unos segundos. Pinchó una patata brava.

Pinchó otra patata. Dio otro bocado. Y un largo trago a la Coca-Cola Zero con el hielo derretido por completo.

—Conchi dice que esta tarde se ha acercado al hospital y que ha visto a Silvia subiéndose al coche de Quiroga.

¿Quiroga? ¿Con Silvia?

—¿Dónde iban?

—Dice que no tiene ni idea, que los ha visto de lejos.

Mierda. Eso debía haber sucedido antes de que él llegara a comisaría.

Colgó y llamó a Quiroga.

Este sí contestó.

—Hola, Castro.

—Hola, Jordi. ¿Cómo te va?

—Pues no me quejo. ¿Y tú?

—Yo bien… Oye, ¿no estará Silvia contigo?

—No, qué va.

—Venga, Quiroga. No me toques las pelotas que sé que estáis juntos en estos momentos.

Pausa. Notó como Quiroga tapaba el micrófono del móvil porque el ruido de fondo desapareció. Al cabo de unos segundos, regresó.

—¿Qué quieres? —preguntó Quiroga.

—¿Qué estáis haciendo?

Silencio y...

—Voy a colgar. Lo siento pero voy a hacerlo.

—¡Y un huevo!

Al otro lado de la línea escucho la voz de Silvia.

—Ya estoy...

Y una segunda voz femenina sonó de fondo.

—Toma, puede ser que ahora esté aquí, pero no me lo aseguran.

—Gracias —respondió Silvia, y pareció despedirse de la otra mujer, al tiempo que Quiroga volvía a insistir:

—Tengo que colgar.

—¡No cuelgues! ¡Ni se te ocurra colgarme!

Pero el muy mamón colgó.

Castro estaba de pie, en mitad de la terraza del restaurante. Todo el mundo lo miraba. Los tenía más entretenidos que sus gin-tonics.

Sin embargo, Castro no dejaba de darle vueltas a un asunto.

Aquella voz...

Aquella voz...

Aquella voz...

¡¡¡Hija de puta!!!

38

Sentados en un banco en mitad de la Rambla Catalunya, Silvia Mercado y Jordi Quiroga no quitaban ojo a la entrada de un edificio ubicado a setenta metros de su posición. Era una construcción clásica, de finales del siglo XIX, característica de aquella zona del Eixample de Barcelona.

Silvia paseó la mirada por la ostentosa fachada del inmueble y la detuvo en la segunda planta, donde la luz seguía encendida. Se suponía que la notaría cerraba a las siete de la tarde, pero por lo visto hacían excepciones.

Olga había hecho un par de llamadas y, gracias a una amiga que trabajaba como camarera en el turno de noche en un restaurante situado a poca distancia de allí, el Sublime, supo que Marko había salido del despacho que ocupaba en la planta de arriba del local y había pedido a uno de sus machacas que lo acompañara a la notaría.

Mientras vigilaban el edificio, charlaban sobre Castro. Acababan de tener conocimiento de que Dolores Casal y su hijo habían aparecido asesinados.

—Ha perdido la cabeza —dijo Quiroga.

—Si no fuera porque cada cosa nueva que averiguamos sobre él es más increíble que la anterior, pensaría que es imposible. Pero no. A estas alturas, lo creo capaz de todo.

Ya había intentado matar a Saúl, ¿por qué no iba a estar detrás de la muerte de la directora de banco? Los motivos podían ser muchos, pero el simple hecho de que supusiera una amenaza para él bastaba.

Castro estaba desbocado. Desquiciado. Desatado. Había que frenarlo.

La gran puerta principal del edificio se abrió, y de su interior surgieron cuatro individuos, a cual más variopinto. Uno era un tipo trajeado y con sobrepeso, de unos cuarenta años, cargado con un maletín de piel en una mano y unos dosieres en la otra; el segundo era un tipo de treinta y pocos, con el pelo engominado y vestido con americana azul, camisa de puño francés, tejanos de diseño y zapatos de cuero acabados en punta; el tercer individuo era un tipo de unos sesenta años, con pantalón de pinza gris, camisa blanca, cabello canoso despeinado y un bolso de mano con la correa enrollada a la muñeca; y el cuarto era, a falta de una expresión mejor, un yonqui muerto de hambre.

Con solo observarlos, uno podía establecer los roles de cada uno: abogado chanchullero, delincuente con pasta para blanquear, captador de testaferros y, el más matado de todos y el único que se expondría a una condena por unos míseros doscientos euros, el hombre de paja.

—Admirando la exquisitez de clientela que tiene este notario —apuntó Quiroga—, no estaría mal ponerle el foco más adelante.

Silvia asintió sin perder detalle de lo que allí sucedía. Daba por hecho que el pijo era Marko Obradovic. Cualquier otra cosa, la verdad, le habría sorprendido. Este se despidió del tipo trajeado, ignoró a los otros dos y echó a andar por la acera lateral, en dirección al cruce de Rambla Catalunya con Aragó. Acto seguido, el tipo del traje entregó algo al abuelo y se separó de ellos. Para cuando solo quedaban el abuelo y el testaferro en el lugar, el pijo ya había llegado a la altura del banco donde instantes antes vigilaban los dos mossos; ahora, sin embargo, se habían alejado del centro de la Rambla y, como si aparecieran por sorpresa, se cruzaron en el camino del serbio, cortándole el paso.

El tipo dio un bote hacia atrás, sorprendido. No parecía asustado, pero sí los miraba con cautela, analizando sus caras.

Le mostraron las placas y el tipo pareció calmarse.

—¿Marko Obradovic? —preguntó Silvia.

El serbio asintió.

Justo en aquel momento, Silvia vio por el rabillo del ojo como alguien corría hacia ellos procedente del centro de la Rambla. Era un hombre joven con la cabeza afeitada y cuerpo atlético, vestido de oscuro, con ropa ajustada.

—¡Ne, ne, ne! —exclamó Marko, haciéndole gestos para que se detuviera. Parecía como si lo conociera.

Quiroga se encaró con el recién llegado y lo frenó de un empujón. Después ambos rodaron por el suelo.

Un par de personas, sentadas en la terraza de un restaurante próximo, se pusieron en pie para tener una mejor panorámica de la pelea; sin embargo, el espectáculo duró poco. Porque cuando Marko soltó un grito a su compatriota, dándole algún tipo de orden en serbio, el otro dejó de forcejear. Quiroga, por si acaso, lo inmovilizó en el suelo, pero al percibir que no oponía resistencia, se puso en pie, tiró de su camiseta y lo empotró contra la pared del edificio que había al lado.

—Les pido disculpas de parte de mi amigo —dijo Marko; hablaba con acento, aunque muy leve—: ¿Les importa soltarlo? Solo quería protegerme. Se ha confundido.

Silvia miró a Quiroga y este resopló, ajustándose las gafas que sorprendentemente no se le habían caído al suelo. Tras meditarlo durante unos segundos, Quiroga chasqueó la lengua y dejó ir al serbio.

—Si no les importa, le voy a pedir a mi amigo que se aleje un poco, para que no moleste.

Marko dijo aquello de un modo educado, dirigiéndoles una sonrisa cortés nada ofensiva. Sin duda, aquel tipo estaba acostumbrado a tratar con gente de toda clase y condición, y a hallar el modo de caerles en gracia. Aquel era el mejor atajo para conseguir lo que uno quería. De cerca, era más atractivo de lo que parecía de lejos, aunque el pestazo a perfume que desprendía y su atuendo de pureta resultaban excesivos.

Silvia asintió y Marko volvió a hablar con su machaca, indicándole que se quedara en el centro de la Rambla. El otro obedeció.

—Se me olvidó avisar a mi amigo de que ya había salido —dijo Marko, a modo de excusa—, y supongo que al verme con ustedes se puso nervioso… Bueno, ¿qué querían?

—Puedes tutearnos, tranquilo —dijo Silvia—. Queremos hablar de un asunto que te va a interesar, te lo aseguro.

El serbio los observó con más cautela que curiosidad.

—Entonces os propongo ir a mi oficina. Está aquí al lado, en el restaurante de otro amigo. Podría invitaros a cenar…

—No, gracias. Nuestra oficina está más cerca —lo cortó Silvia, señalando el chaflán donde había una ristra de coches aparcados en batería, uno de los cuales era el Hyundai I30 blanco de Quiroga.

—Si queréis que vaya con vosotros a una comisaría, antes tengo que llamar a mi abogado.

—No queremos llevarte a ninguna comisaría —intervino Quiroga—. Y lo que vamos a hablar, es mejor que quede entre nosotros tres. Valdrá la pena, ya verás. Te va a gustar. Y mucho.

—Si me gusta o no, ya lo decidiré yo. —El serbio había dejado de sonreír.

—Eso no te lo discuto —dijo Silvia—. Pero verás que no te vamos a defraudar. Te va a ahorrar mucho dinero y muchos disgustos.

Marko dudó unos instantes, pero acabó cediendo. Acto seguido, hizo un gesto a su hombre, indicándole que iba hacia los coches, pero que no se moviera.

Los dos mossos y el serbio cruzaron la Rambla y entraron en el Hyundai; Silvia y Marko ocuparon el asiento trasero y Quiroga el del copiloto, para dejar claro al serbio que no tenían la intención de llevárselo de allí.

Un rato antes, Olga le había rogado a Silvia que, por lo que más quisiera, no le dijese a Marko de dónde había sacado la información. A cambio, Silvia le había pedido que hablara con Tito y le sonsacara quién había atropellado a Saúl.

A ver ahora cómo se las manejaban con el serbio. De momento ya había captado toda su atención.

Silvia inspiró hondo, consciente del riesgo que comportaba mostrar sus cartas, y dijo:

—Sabemos que llevas tiempo haciendo tratos con un sargento de los Mossos d'Esquadra llamado Román Castro.

El serbio la observó completamente inexpresivo y sin pronunciar palabra.

—Me alegra ver que no niegas conocerlo...

—Tampoco lo he afirmado.

—Pero es un comienzo.

—Creo que sí será mejor que llame a mi abogado —dijo Marko, poniendo la mano en la manija de la puerta.

—Un momento, no tan rápido. —Lo detuvo Quiroga alargando una mano desde el asiento delantero.

—Vamos a por Castro, no a por ti —dijo Silvia.

—Y ¿se supone que eso tiene que tranquilizarme?

—Sí, a menos que te niegues a darnos pruebas contra él.

Esta vez, el serbio sonrió con franqueza.

—Esa sí que es buena. Y ¿venís a mí a pedirme algo así? Ahora sí que te digo que no conozco de nada a ese hombre...

Marko apartó la mano de Quiroga de la manija y comenzó a abrir la puerta.

—Sabemos lo del parking de Plaza Europa... Las entregas que se hacen allí. Y sabemos que el próximo día que tendrá lugar una de esas entregas es mañana por la noche. Entre las nueve y las diez.

El serbio volvió a sentarse y cerró la puerta.

Silvia continuó:

—Sabemos cómo lo hacéis, las cantidades que vendéis y las personas que participan. Todo. Pero nada de eso tiene que preocuparte ahora mismo, porque, como ya te he dicho, no vamos a por ti... de momento. Vamos a por Castro.

Los ojos del serbio bailaban de un lado a otro, de Quiroga a Silvia y de Silvia a Quiroga. Intentaba averiguar cómo salir de aquella situación siendo más listo que ellos.

—Como os acabo de decir, no conozco a ese hombre... Pero, si lo conociera, ¿vale? En el supuesto de que lo conociera... ¿qué os lleva a pensar que os ayudaría a ir a por él?

—Pues porque Castro, nada más y nada menos, es la persona que planea robaros mañana después de que se haya hecho la entrega. Castro y su gente, los mismos que llevan meses atracando a traficantes de marihuana. Van a ir a por... Zoran, ¿no? Y le van a arrebatar la bolsa con el dinero antes de que coja el ascensor para subir a su apartamento. Como ves, lo que sabemos no es un simple rumor. Es información de la buena.

Aquello impactó profundamente al serbio. Ni trataba de ocultarlo ni lo hubiera conseguido aunque se lo hubiera propuesto.

—¿De dónde ha salido esa información?

—Eso no viene a cuento. Lo importante es que todo lo que te he contado es cierto. —Silvia chasqueó los dedos para captar la atención del serbio, que tenía la mirada perdida en algún punto del respaldo del asiento delantero—. No olvides que si te he contado esto es porque quiero que me ayudes a encerrar a Castro.

—Lo que acabas de contarme... tendremos que comprobarlo.

—Pues comprobadlo, pero rápido. Y cuando os convenzáis de que todo es tal cual te lo he contado, más vale que me llames con algo que ofrecer.

El serbio la miró, confundido. Silvia le aclaró las cosas.

—O de lo contrario me aseguraré de que la marihuana ya no te resulte un negocio tan rentable. Escúchame, lo que acabo de contarte es simplemente para que dejes de proteger a Castro. Sabemos que puedes darnos pruebas contra él; pruebas de los asaltos, del blanqueo del dinero que ha robado, de los cobros que hace a otros traficantes, de lo que sea. Pero más vale que lo hagas si no quieres complicarte esa vidorra de empresario respetable que llevas. Eres un chico listo, encontrarás el modo de darnos pruebas que no te salpiquen.

—Es posible —dijo Marko, frotándose los ojos—, es posible… Pero no estoy solo. Tengo socios… y no puedo controlar sus reacciones.

—Pues más vale que te asegures de que no le tocan un pelo a Castro —le advirtió Quiroga—. Porque de él nos encargamos nosotros, ¿te queda claro?

39

En el interior de una nave industrial ubicada en la calle Cobalt de Hospitalet, Tito estaba liado con la plantación del piso inferior. Había llegado el momento de ponerse manos a la obra con la fase de engorde.

Prácticamente la totalidad de aquellas mil seiscientas preciosidades eran cruces con un porcentaje mayor del tipo *índica* que del *sativa*, entre otras cosas porque los clientes solían buscar un colocón que los dejara bien a gustito y aplatanados durante un largo rato. Sin embargo, como todo buen fumador de marihuana sabía, había colocones y colocones. Todo era cuestión de genética, mezclas y porcentajes. En aquel caso concreto, aquellas plantas pertenecían a tres variedades con buenos índices de *índica*: la White Widow (buena), la Remo Chemo (cojonuda) y la Critical+2.0 (la puta bomba). Al fondo de la nave, y destacando por su gran tamaño, había un centenar de plantas de la variedad Super Silver, con una proporción mayor de *sativa* y que, en lugar de amodorrar, era un excitante de primera, ideal para ponerte las pilas a primera hora de la mañana.

Tenía un buen faenón por delante. La etapa de floración había acabado y los cogollos ya estaban cerrados. Ahora tocaba meterles caña con abonos ricos en fósforo y potasio, para aumentar su tamaño y potenciar la producción de resina. A Tito le gustaba añadir azúcar moreno al agua de riego; algunos decían que eso no servía para nada, pero a él le iba de puta madre. Obtenía cogollos gordos y macizos como puños de boxeador, y tan cargados de THC que caía a goterones.

Si uno levantaba la vista en mitad de la nave, tenía la sensación de estar en medio de una selva tropical bañada por luz artificial. Las mil seiscientas plantas de aquella sección se extendían a lo largo y ancho de todo el espacio, ordenadas en dieciséis filas de cien plantas cada una.

Cuando acabó la primera fila se llevó la mano a la espalda. Mantener durante tanto tiempo aquella posición, moviéndose en cuclillas entre una planta y otra, inclinado hacia delante, era jodido. De vez en cuando le enviaban a los Siete Enanitos para ayudarle con la plantación, especialmente en las fases de siembra, trasplante y corte. Lo gracioso del asunto era que los Siete Enanitos ni eran siete ni eran enanitos. En realidad, eran un grupo de paquistaníes que los serbios llevaban de un lado a otro para que desempeñaran el trabajo pesado. No debían ser más de cuatro o cinco (Tito no lo tenía claro porque solía confundirlos), y los tíos trabajaban rápido, apenas abrían la boca y cumplían a la perfección. Así que decidió que haría otra fila más, como mucho, y para el día siguiente pediría el comodín de los Siete Enanitos, qué coño. Le gustaba encargarse él solo del engorde, pero aquella semana estaba hecho polvo.

Antes de comenzar con la segunda fila, decidió hacer un parón. Se dirigió a la habitación que había al fondo, justo en la esquina derecha, donde tenía una pequeña nevera con pan de molde, embutido y cervezas. Iba vestido de pies a cabeza con un traje blanco de lona, y también llevaba mascarilla. Parecía uno de esos científicos del Gobierno que aparecían al final de *E. T. El extraterrestre*. Se quitó la mascarilla y se bajó la parte superior del traje, anudándose las mangas a la cintura. Se preparó un bocadillo y cogió una cerveza.

Se sentó en una silla, de cara a la plantación, y observó orgulloso el complejo sistema de lámparas, aires acondicionados, ventiladores, tubos de riego y conductos de ventilación, todo envuelto en un habitáculo gigantesco de placas de pladur que permitía mantener una temperatura estable y, a la vez, aislaba el ruido y el olor del exterior. Era de noche en la calle, pero bien podían ser las doce del mediodía, porque allí dentro se regían por sus propios ciclos de luz y oscuridad. Los serbios tenían a unos cuantos tíos que se dedicaban a montar aquellas instalaciones, y cada cierto tiempo retiraban los tubos, los aires, las placas de pladur y todo lo demás y se lo llevaban a otra nave, donde volvían a instalarlos; solían hacerlo cuando recibían un soplo de que iban a por ellos o, simplemente, tenían la sensación de que llamaban mucho la atención en una zona. De tal modo que los jardineros como Tito cambiaban de lugar de trabajo... externamente, porque ahí dentro todo seguía igual.

Comenzaba a estar harto de toda aquella mierda. No de plantar maría, claro, sino de plantarla para otros.

Cogió su teléfono móvil para ver si tenía algún mensaje nuevo y alucinó al descubrir el gran número de llamadas perdidas que tenía de Olga. No pudo evitar un bufido de agobio; desde el día del atraco, estaba insoportable. Y cuando se ponía en plan neuras, no había quien la aguantara. Comenzó a leer sus mensajes, pidiéndole que le devolviera las llamadas, y no tardó en descubrir el motivo de tanta insistencia: la poli de la que le había hablado el Capi lo estaba buscando. Soltó otro bufido. Más valía que el Capi pusiera remedio a aquello. Y si le daba por ponerse en plan matapolis, él pensaba borrarse: por mucho que odiara a los mossos, ni de coña volvería a jugarse el cuello y veinte años de trena como lo hizo con el otro. Menuda mierda. ¿Qué coño le explicaba ahora a Olga? Decidió dejarlo para más tarde, cuando se encontraran en el apartamento, y puso el móvil en modo avión, para que dejara de atosigarlo.

Dio el último mordisco al bocadillo de mortadela, apuró la lata de Estrella y volvió de nuevo al tajo. Se encasquetó el traje y se ajustó la mascarilla. Antes de calzarse los guantes, se puso unos auriculares que conectó a su teléfono móvil y seleccionó una lista de temas de reggae que tenía guardada. Necesitaba calmarse. Al instante, Bob Marley ya cantaba «I shot the sheriff».

Qué tío, el Bob. En aquella canción reconocía que había disparado al sheriff, pero juraba que lo había hecho en defensa propia.

Eso le hizo pensar de nuevo en la noche del pasado martes, cuando se llevó por delante a aquel jodido poli metomentodo.

Todavía recordaba aquella sensación de vértigo cuando el teléfono había sonado y, tras descolgar, la voz del Capi había dicho:

—Ve a por él. Nos quiere joder vivos. ¿Me oyes? Nos quiere joder vivos. ¡A todos!

Tito había pisado con fuerza el acelerador y el maldito BMW, en cuanto comenzaba a avanzar, había culeado como un toro bravo. Tras estabilizarlo, rebasó la rotonda. Llevaba las luces apagadas para aumentar el efecto sorpresa. Hacía ya medio minuto que había visto pasar el Ford Focus por su lado, en dirección a los apartamentos, y por un momento creyó que llegaba tarde, que el Capi había tardado demasiado en darle luz verde…

Y entonces lo había visto.

Cruzando la calle, frente a su edificio. Llevaba una bolsa en una mano y parecía rebuscar algo en los bolsillos, distraído.

Estaba más cerca de lo que esperaba, pero aun así disponía de espacio suficiente para alcanzar una buena velocidad antes de llegar hasta su posición.

Dio gas a fondo y no pensó en nada más que en llevárselo por delante.

Y lo hizo. Joder, había sido capaz de hacerlo.

Lo había enganchado de pleno, y se llevó un buen susto cuando, tras el choque, el cuerpo del poli se había doblado sobre el capó e impactó contra el parabrisas, haciéndolo añicos.

Y después voló. Vaya si había volado.

Salió despedido hacia delante con tal facilidad que pareció un puñetero muñeco de trapo gigante, con los brazos y las piernas colgando, balanceándose inertes, mientras trazaba una parábola imaginaria en el aire y giraba sobre sí mismo.

Tito seguía con el pie clavado en el pedal del acelerador, de modo que, cuando el cuerpo cayó sobre el pavimento, el BMW ya había rebasado aquella posición. El impacto lo vio a través del espejo retrovisor.

Clavó frenos y bajó del coche.

El poli había quedado tendido bocabajo, con los brazos en cruz y las piernas cruzadas. Estaba descalzo de un pie. Tenía la cabeza ladeada y, en torno a ella, ya se había comenzado a formar un charco espeso y oscuro. La sangre se expandía a gran velocidad y comenzaba a formar un reguero que se alejaba siguiendo la inclinación del pavimento. Sangraba por la boca, por los oídos, por las heridas de su rostro magullado y por la… ¡Mierda! Tito había apartado la mirada, asqueado, en cuanto vio que tenía el cráneo hundido justo en la zona apoyada sobre el asfalto.

Contuvo una arcada y comenzó a registrarle la ropa.

El Capi le había insistido en dos cosas: «Asegúrate de que el mamón esté bien muerto y después le pillas el teléfono móvil».

Pero el móvil no estaba en ninguno de sus bolsillos.

Echó a correr en dirección al punto dónde se había producido la colisión y lo vio ahí tirado. Toda una suerte, porque ya había comenzado a oír voces por las ventanas. El aparato estaba completamente inutilizado, con la pantalla hecha cisco y abierto de un lateral.

Lo cogió y corrió hacia el BMW. Después salió pitando de allí a toda leche, sin mirar atrás.

Tenía el condenado móvil y, con respecto al poli, después de ver cómo había quedado, si para entonces no estaba muerto, es que no lo estaría jamás.

Lo había conseguido. Había cumplido con su cometido. O eso creía…

Porque el poli, dos días después, seguía respirando. Debía de estar hecho de adamantium, como Lobezno, o ser del maldito Krypton.

El Capi decía que no tardaría en diñarla.

Tito confiaba en que así fuera.

Había atropellado a aquel poli, y, sí, de algún modo, igual que cantaba Bob Marley, también lo había hecho en defensa propia, porque por culpa de aquel mamón iban a acabar todos en el talego. El Capi había sido capaz de leer la jugada a tiempo y, hasta el momento, los había mantenido a salvo.

Sin embargo, el rollo ese de darles el palo a los serbios…

Joder, eso era una movida chunga.

Había accedido, claro. ¿Cómo no iba a hacerlo? El Capi no le había dado más opción. Le había calentado la cabeza como solo él sabía hacer y había acabado diciendo que sí. Pero ahora, con la mente fría…

Mierda, por supuesto que había fantaseado alguna vez con pasarse de listo y tangar a aquella peña. No parecía difícil. Bastaba con ir apartando mercancía de aquí y de allí, y venderla por su cuenta. En realidad, lo había pensado más de una vez. Detestaba trabajar para tíos como Marko Obradovic, ese puto niñato repeinado y sabelotodo… Todavía recordaba una conversación que mantuvo con él una vez, hacía ya tiempo, cuando Marko todavía se pasaba de vez en cuando por las plantaciones. Aquel día ambos estaban supervisando el trabajo de los Siete Enanitos, que trasplantaban medio millar de plantas a tiestos más grandes, y, de algún modo, surgió el tema de los extraterrestres. Tito se envalentonó y le contó al serbio su teoría de los Antiguos Astronautas, de cómo seres provenientes de otros planetas habían influido en la evolución del ser humano aquí en la Tierra. «Eso es más viejo que el cagar –dijo Marko–. ¿Acaso no has leído *2001. Una odisea espacial*?» Tito, algo confundido, respondió que había visto la peli, aunque se guardó para sí que no había entendido ni papa, y que al final iba tan fumado que soltó la pota con todas aquellas lucecitas de colores. «Esa teoría es una mierda –concluyó Marko–. La única prueba de que existe vida inteligente fuera de la Tierra es que no vienen aquí ni para repostar sus platillos volantes. Pasan de nosotros. Saben que no tenemos remedio; estamos condenados a extinguirnos y será por nuestra puta culpa».

Listillo de mierda.

Bien pensado, quizá no era mala historia meterles el palo y sacar una buena tajada. ¿Por qué no iba a salir bien? Zoran acojonaba, pero no era un tío infalible. Y los planes del Capi solían funcionar... ¿Por qué no? Después esperaría un tiempo prudencial, buscaría algún chanchullo para hacerse con una licencia de club cannábico y se lo montaría por su cuenta. Olga no lo sabía, pero tenía bastante pasta ahorrada de todos los palos que había metido con los polis. Sí señor, su propio negocio. Con su propia macroplantación, explotando aquel híbrido tan jodidamente bueno que había creado él mismo en casa a base de cruces y cruces y que había bautizado con el nombre de Mars Attack. Sabía cómo montárselo a lo grande.

Ahora Bob cantaba aquello de «Get up, stand up... Stand up for your rights» y Tito se movía a izquierda y derecha, siguiendo el ritmo del bajo, con el saco de abono entre las manos, rellenando tiestos... bum-bum... bum-bum-buuum... bum-bum... bum-bum-buuum... cuando, de pronto, sintió una mano posándose en su hombro.

¡Joder!

Dio un salto y dejó caer el saco, desparramando el abono sobre sus pies. Se volvió acojonado, al tiempo que se quitaba los auriculares, y descubrió que aquella mano pertenecía a Zoran, que lo miraba fijamente con sus ojos verdes y su cabeza afeitada. Parecía un tiburón.

¿Qué coño hacía allí a esas horas?

Por si fuera poco, iba acompañado de Alek y de aquel otro serbio, el del peinado a lo mohicano.

—¿Qué pasa? —preguntó Tito. Llevaba la mascarilla puesta y su voz sonó apagada. La retiró, dejándola sobre su cabeza, como si se tratara de un ridículo sombrero con gomitas a los lados, y repitió—: ¿Qué pasa? Me has dado un susto de muerte, colega.

Zoran lo observó en silencio. Aquel tío no se caracterizaba por ser la alegría de la huerta, pero, ¡hosticana!, aquella noche era pura mala leche. Y la cara que traían los otros dos iba a juego con la suya.

—Mierda, tíos. Me estáis acojonando.

—Eso es bueno —dijo Zoran—. Eso es bueno.

Sin moverse de su posición, el serbio bajó la mirada y echó un vistazo a su alrededor.

—¿Dónde están…?

—Dime qué es lo que buscas y yo…

Zoran se llevó un dedo a los labios, indicándole que se mantuviera callado.

Tito cerró el pico.

El serbio siguió escrutando el suelo con la mirada, agachándose ligeramente, hasta que dijo:

—Ah, sí, ahí…

Señaló algo muy próximo a los pies de Alek y chasqueó los dedos. Alek se agachó a cogerlo.

A continuación, Zoran volvió a dirigirse a Tito.

—Voy a hacerte algunas preguntas.

Aquello no pintaba bien.

—Lo que quieras, tío, no sé qué es lo que pasa, pero por mí puedes preguntarme lo que quieras…

Zoran le mandó callar otra vez.

—Shhh… No te equivoques. No te estoy pidiendo permiso. Solo te estoy avisando de lo que va a pasar. Y tú responderás. Joder si responderás.

Alargó una mano hacia Alek y este le tendió unas tijeras de podar. Las mismas que poco antes había estado usando Tito.

—Primera pregunta —dijo Zoran—: ¿Cuál es tu dedo preferido?

40

En cuanto pasaron a recoger la recaudación de la Asociación a las diez y media de la noche, Olga bajó la persiana y se dirigió con paso ligero a su Honda Scoopy. Había temido notar algo extraño en la actitud de los hombres de Zoran cuando les entregó el sobre, pero se habían comportado como siempre, serios pero tranquilos.

Llevaba intentando contactar con Tito desde que Silvia y el otro mosso se largaron en busca de Marko, pero no había manera. El muy tarugo ni respondía a sus llamadas ni a sus whatsapps. En un primer momento no había querido escribirle nada comprometedor ni que lo pusiera nervioso, pero al final no había tenido más remedio que decirle que una poli lo estaba buscando. Ni por esas se puso en contacto con ella, aunque estaba claro que había leído todos sus mensajes. Bueno, todos menos el último, cuando ya no pudo más y le advirtió de que era mejor que desapareciera.

Le había rogado a Silvia que, por lo que más quisiera, no le dijera a Marko quién le había pasado la información del robo, pero a esas alturas no podía fiarse de nadie, y menos aún de una policía. Tenía que contactar como fuera con Tito y contarle lo sucedido. Debía convencerlo de que se olvidara de dar el palo a los serbios porque era cuestión de tiempo que el Capullo cayera, a manos de ellos o de la policía. Y eran los primeros a los que más debían temer. Si Tito recibía su visita antes de conocer lo que Olga había revelado, corría el riesgo de que pensaran que él también quería participar. Debía prevenirlo.

Condujo a toda mecha por la Ronda Litoral y llegó en menos de un cuarto de hora al Gornal. Tito todavía no había leído su último mensaje. De hecho, ni lo había recibido.

Subió al apartamento, pero Tito aún no había regresado. Volvió a llamarlo, pero el móvil salía desconectado.

No tenía ni idea de en qué nave estaba trabajando aquella noche. Sabía que alternaba entre varias, pero nunca se había preocupado de conocer su rutina exacta.

Entró en la habitación donde Tito tenía su plantación particular y, entre el rumor de los ventiladores e iluminada por las potentes lámparas, echó un vistazo al corcho de la pared que utilizaba para colgar el calendario y las anotaciones de las distintas fases de cultivo para cada variedad. Allí, en una esquina, había clavado un pedazo de papel con un pequeño croquis semanal garabateado de manera rápida. El jueves por la tarde tenía anotado algo parecido a COBALTO.

Sabía de qué nave se trataba. No estaba lejos.

Cogió a toda prisa parte del dinero que guardaban para emergencias y se dirigió a la puerta del apartamento.

Y cuando abrió, se topó con una mano que le aferró el cuello con fuerza y la hizo caer de espaldas.

41

Si alguien con inquietudes empresariales le hubiera pedido consejo a Zoran acerca de la mejor estrategia para mantener a raya a los empleados y también a la competencia, su respuesta habría sido, sin lugar a duda, el miedo.

Sí, joder, el miedo.

Nada de respeto. Que le dieran al respeto.

El respeto es demasiado volátil. Difícil de ganar y fácil de perder.

Sin embargo, el miedo es otra cosa. Apela a un instinto primario: el de la supervivencia. Porque, por lo general, la gente quiere vivir, claro, y evita todo aquello que le provoque sufrimiento o que ponga en peligro su vida. El miedo, al contrario que el respeto, es fácil de ganar y difícil de perder.

Zoran lo tenía claro. Sabía que, si uno era lo suficientemente hábil, podía granjearse fama de duro, de violento, de hombre del saco. Entonces, a la hora de doblegar la voluntad de los demás, ya tenías medio camino andado.

Como con Tito, el muy cabroncete.

Se había acostumbrado a que las cosas le fueran rodadas. Cumplía con su trabajo (un buen trabajo, por cierto) por el que cobraba una buena pasta por unas pocas horas de curro al día, y disponía de todo el tiempo libre que quisiera para llevar a cabo todas las movidas que le vinieran en gana, ya fuera por su cuenta o con aquel maldito poli, siempre que a ellos no les afectara.

Pero el exceso de confianza, a veces, llevaba a las personas a venirse arriba. A olvidarse del miedo, a creer que podían hacer lo que quisieran. A intentar joder la mano que les da de comer.

En aquellos momentos, Tito estaba de rodillas, frente a Zoran, llorando.

Porque, sin lugar a duda, el miedo hace llorar.

Y aún más si acaban de cortarte dos falanges de los dedos corazón, anular y meñique de la mano izquierda, como era su caso. Taponaba las heridas con la mano derecha, manteniendo el resto de sus dedos intactos cerca del suelo y lejos de las tijeras de podar.

Porque, para qué negarlo, el miedo hace que temas que tus miembros sigan menguando.

Tito lloraba y juraba una y otra vez que lo había contado todo, que no ocultaba nada.

Porque, como había quedado demostrado una vez más, el miedo hace cantar.

Y lo cierto es que Tito había cantado como un campeón.

Seguramente no habría hecho falta más que cortarle un solo dedo, pero el primero vino de regalo, para dejarle claro que no iba de farol. El segundo fue cercenado cuando reconoció que sí, que Castro quería darles el palo, pero que él no tenía nada que ver, que todo había sido idea del poli y que él no pensaba participar en el robo.

Porque, incluso en las situaciones más desesperadas, el miedo hace mentir.

Y cuando acabó admitiendo que sí, joder, que él también iba a tomar parte, el tercer dedo saltó de su mano por simple maldad. Después de eso, a Tito se le fue la cabeza. Y comenzó a parlotear como un loro, soltando tanta mierda que Zoran tuvo que hacer esfuerzos para conseguir que se callara de una santa vez y volviera a empezar sin pisar sus propias palabras.

Y habló del atraco al banco de Vilafranca y de otro poli corrupto herido de bala. Y de cómo Castro se negó en todo momento a que lo llevaran a un hospital, dejando que muriera desangrado y enterrándolo en mitad de Collserola. Y que, a partir de ese momento, Castro no había dejado de actuar como un jodido loco para ocultar su implicación en todo aquello, llegando incluso a atentar contra un poli que los había descubierto.

Puto Castro, menudo zumbado.

Mira que se lo había dicho a Marko. «No te fíes de ese cabrón. Es un poli de mierda que juega a dos bandas. No nos podemos fiar. Cuando le interese nos venderá». Pero a Marko le hacía gracia codearse con aquel tío, decía que el poli le respetaba, que admiraba el modo como llevaba los negocios, que quería entrar en ellos y que, por qué no, podía ser un socio interesante para el futuro. A Marko le gustaba agasajar al poli; le había facilitado las cosas para que, gracias a sus contactos, pudiera hacerse con un yate y apenas pagara cuatro chavos por amarrarlo en Port Ginesta, donde Marko y Zoran tenían untado a buena parte del personal. Mierda, lo habían tratado de puta madre y ¿qué habían obtenido? Una cuchillada trapera.

Ahí iba una buena ración de falta de respeto, joder.

Quería a Marko como a un hermano y por eso, siempre que se cabreaba con él, no tenía más remedio que perdonarlo. Ambos habían comenzado todo aquel tinglado años atrás, y ambos sabían que el uno sin el otro no habrían llegado tan lejos. Pero a menudo Marko olvidaba que, para obtener todo aquel dinero que él se encargaba de blanquear mediante múltiples inversiones, empresas y chanchullos varios que requerían de su ingenio y de su don de gentes, antes hacía falta que la maquinaria funcionara bien engrasada, que toda la mierda que conllevaba la base de aquel puto negocio, desde que se plantaba una semilla hasta que se abarrotaba de fardos una caleta oculta en los bajos de un tráiler con destino a Frankfurt, o a dónde demonios fuera, había que estar atento, mantener a raya al personal y no bajar la guardia. Y Marko se había ido alejando cada vez más de todo eso, hasta tal punto que parecía obviar que lo primero no existía sin lo segundo. Habían discutido mucho sobre ello y su relación se había resentido. Sin embargo, cuando un rato antes Marko llamó para explicarle que Castro pretendía darles el palo, Zoran notó en su voz que estaba realmente jodido, consciente de lo mucho que se había equivocado. Y Zoran decidió no meter el dedo en la llaga.

Antes de ponerse manos a la obra, su socio y amigo le explicó para qué quería Castro el dinero. Pretendía invertirlo en un negocio que el propio Marko le había ofrecido. En palabras del propio Marko, un chollo que daría mucha pasta y que había querido compartir con el poli. Aquello enfureció a Zoran. Estaba claro que no los respetaba, pero por lo visto tampoco les tenía miedo.

Pues lo pagaría caro.

Lanzó las tijeras al suelo y se agachó para quedar a la altura de Tito.

El jardinero echó su cuerpo atrás, alejándose de él. Si hubiera sentido aquel miedo antes, si no se hubiera creído más listo de lo que era, todavía podría contar hasta diez con los dedos de las manos.

Zoran dijo:

—La noche no ha acabado. Ni por asomo. Pero tengo una buena noticia: aún tienes una oportunidad. Tito evitaba mirarlo a la cara. Entre tajo y tajo, Alek e Ivan le habían dado buena estopa, y uno de sus ojos había acabado hinchado como una pelota y completamente cerrado. Zoran continuó—: Dime, ¿es cierto eso que dicen por ahí… que te gustan los marcianos?

Tito le dirigió una mirada triste, con aquel único ojo abierto enfocando hacia delante. No respondió.

—Venga, hombre, no seas tímido —le soltó Zoran—. Te ponen los marcianos, ¿verdad? Pues te alegrará saber que con la cara así de machacada eres clavado al puto E.T.

Los tres serbios se rieron con ganas. Cuando acabaron, Zoran volvió a dirigirse a Tito y dijo:

—Ahora mismo estos y yo te llevaremos de paseo, a ver las estrellas. Y lo vas a flipar, te lo garantizo.

42

—Eso y nada es lo mismo —replicó Luz al teléfono.

En un primer momento se había mostrado impresionada cuando le contó que Castro llevaba tiempo asaltando a traficantes de marihuana junto a Jairo, Gustavo y Tito, pero después redujo su entusiasmo cuando le contó cómo lo había averiguado y, especialmente, cómo podrían demostrarlo.

Silvia le había contado la jugada con los serbios, aunque se había callado buena parte de la información, para no poner a su amiga en un aprieto ni pillarse ella y Quiroga los dedos. Básicamente le había dicho que habían contactado con los serbios, que sabían que mantenían con Castro asuntos turbios y que más les valía colaborar. Pero, a menos que aquella acción tan arriesgada diese sus frutos, Luz estaba en lo cierto: de momento, eso y nada era lo mismo.

—Tienes que conseguir que esa tal Olga declare —insistió Luz—. Y, aun así, es solo la versión de alguien ajeno al tinglado que tenía montado Castro; pero ya es algo. A partir de ahí podemos empezar a trabajar.

Silvia era reticente a tirar de Olga. Entre otras muchas cosas porque sabía que si la obligaban a declarar lo negaría todo. Tenía demasiadas cosas que perder y pocas que ganar, pero lo cierto es que era lo único de que disponían hasta el momento.

Y en el ambiente flotaba el angustioso temor de que los serbios pusieran sobre aviso a Castro, o, incluso peor, trataran de impartir su propia justicia.

—Veré lo que puedo hacer —fue lo único que dijo Silvia.

Colgó y entró al edificio principal del Hospital de Bellvitge. Pasó por las máquinas de vending y compró un sándwich de pavo y queso y una botella de agua.

Estaba molida, pero había sido un día intenso y sentía que le costaría conciliar el sueño con todas aquellas preocupaciones en la cabeza.

Subió hasta la segunda planta y, mientras se dirigía a la habitación de Saúl, temió encontrarse a Castro de nuevo allí sentado, mirándola con cara de perdonavidas, intentando impedir que tramara algo contra él.

Sin embargo, a quien encontró fue a los padres de Saúl. Se abrazaron y besaron. No había novedades. Todo seguía igual. Se dieron ánimos unos a otros, asegurando que era cuestión de horas que despertase, que las secuelas no serían graves, que todo iría bien…

Que todo iría bien.

Había que aferrarse a la esperanza.

Cuando por fin se quedó a solas con Saúl, se aproximó a él y lo besó en los labios. Le explicó lo que había averiguado sobre Castro y le juró que detendría al que lo atropelló.

Solo obtuvo la respuesta del respirador, moviéndose con su habitual cadencia, arriba y abajo, arriba y abajo.

Se sentó en la incómoda butaca de lona y abrió el envoltorio de plástico del poco apetecible sándwich. Dio un par de bocados y lo volvió a dejar en el envase.

Estaba apartando las migas de pan que habían caído sobre su regazo cuando comenzó a vibrar su teléfono móvil. Era Olga. Descolgó:

—Dime.

—He hablado con Tito… Sé quién atropelló a tu novio…

Su voz sonaba pastosa y lejana. Parecía colocada.

—¿Quién es? Dímelo —inquirió Silvia.

—Ven a casa, por favor…

Y clic, la línea se cortó.

Silvia le devolvió la llamada, pero su teléfono estaba apagado. Insistió hasta cinco veces, pero nada.

¿Qué significaba aquello?

¿De verdad lo sabía o era alguna especie de trampa?

La cabeza le iba a mil por hora.

No quería alejarse de Saúl. Se sentía culpable al dejarlo solo, aunque fuera por poco rato. Además, ¿podía fiarse de Olga?

Estuvo varios minutos debatiéndose entre marcharse o no, pero al final vencieron las ansias de saber si era cierto, si Olga había averiguado el nombre del cabrón que se llevó por delante a Saúl.

Le dijo a una enfermera que ahora volvía y salió del edificio. Caminó en la oscuridad, a paso ligero, hasta su coche, que tenía aparcado en el perímetro exterior del hospital para ahorrarse el pago del costoso aparcamiento, y puso rumbo al barrio del Gornal. No estaba lejos, aunque había que dar bastante rodeo.

Cuando circulaba por la travesía Industrial, antes de cruzar las vías del tren, vio una espesa columna de humo procedente de una de las torres de Carmen Amaya. Por la altura, el origen del foco parecía ser alguno de los pisos intermedios.

Algo le dijo a Silvia que era un quinto tercera.

El apartamento de Olga y Tito.

Y no se equivocó.

Cuando llegó a la avenida, el circo ya estaba en marcha.

Seis vehículos patrullas, entre mossos y urbanos, y tres camiones de bomberos.

Decenas de curiosos se arremolinaban en torno al cordón policial. Hombres en camisetas de tirantes y pantalón corto y mujeres embutidas en batas de franela de colores chillones y zapatillas a juego. Críos subidos a sus patinetes y chavales comiendo pipas.

Silvia aparcó donde pudo y se aproximó a un agente uniformado de Mossos que vigilaba que nadie rebasara el perímetro de seguridad. En el ambiente reinaba un ligero aroma a marihuana. Se identificó y preguntó qué había sucedido.

—¿Qué va a ser? Pues lo de siempre. Montan plantaciones de maría en casa, pinchan la luz del edificio y, tarde o temprano, acaba saltando un chispazo por sobrecarga en la red eléctrica. Vamos, lo que viene siendo el hobby de la horticultura casera en los últimos tiempos.

—¿Había alguien en el piso?

Un par de mirones se aproximaron al ver que el agente estaba dando información.

—¡Aire! Esto no es una rueda de prensa.

—Qué malajeró tiene el payo, oye.

—Pues no se hace el importante...

Cuando se alejaron, el patrullero preguntó a Silvia.

—¿Qué decías?

—Si había alguien en el piso.

Prácticamente en un susurro, respondió:

—Acaban de notificar que hay un cuerpo carbonizado. Parece ser una mujer.

Silvia contuvo la respiración.

Joder, no.

Joder, no, no, no...

—Bomberos ya ha extinguido el fuego —dijo el agente—. Han ido rápido, pero todavía no dejan pasar a nadie. Tus compañeros de investigación están de camino; supongo que ellos te podrán dar más información.

—Gracias.

—No hay de qué.

Silvia se aproximó a la entrada del edificio sin rebasar el cordón de seguridad, oculta entre los mirones. Quería pasar desapercibida. Esperó a ver si reconocía a alguno de los agentes de paisano cuando, de pronto, sintió que alguien le clavaba la mirada.

Era el chaval con el que ella y Quiroga se habían cruzado un rato antes en el rellano de aquel mismo apartamento, el que vestía completamente de blanco y les informó de que Olga y Tito estaban fuera.

Cruzaron sus miradas y el chaval se la sostuvo con gesto serio. Después enarcó las cejas y señaló con un movimiento de cabeza hacia el balcón humeante. Se encogió de hombros y se marchó con paso tranquilo.

Silvia también se alejó en la dirección contraria.

Subió a su coche y arrancó. Tenía que largarse de allí.

No había hecho nada, y, sin embargo, se sentía culpable.

Algo en su interior le decía que era responsable de aquella muerte.

Dios, Olga…

La razón del incendio no había sido una sobrecarga en la red eléctrica. De eso estaba segura.

¿Acaso los serbios habían averiguado que la información provenía de Olga? ¿En tan poco tiempo? Podía ser… pero entonces, ¿a qué venía la llamada sobre el atropello de Saúl?

No. Los serbios no tenían nada que ver con eso. Había sido Castro.

Pero ¿cómo había averiguado Castro que ella había hablado con Olga? ¿Cómo sabía que le había explicado toda la mierda en la que estaba metido? ¿Cómo cojones lo había descubierto?

Solo una cosa era segura: Castro acababa de silenciar a Olga y, para colmo, se las había ingeniado para enmerdarla en su muerte, haciendo que ella fuera la destinataria de su última llamada. Si surgía la menor sospecha de que el incendio había sido provocado, comenzarían a tirar del hilo y tendría que dar muchas explicaciones.

Castro era una auténtica pesadilla.

Un monstruo capaz de hacer lo que fuera con tal de no dejarse atrapar.

Un intenso escalofrío recorrió el cuerpo de Silvia, que sintió la necesidad de volver a Bellvitge para estar junto a Saúl. No quería dejarlo solo ni un minuto más. Castro había llegado demasiado lejos, quién sabe qué estaba dispuesto a hacer para frenarla, y Saúl era ahora su mayor punto débil. Silvia necesitaba recapacitar y preparar un contraataque.

Cuando estacionó su vehículo en las inmediaciones del hospital, hacía ya un par de minutos que sentía nauseas. Tiró del freno de mano y abrió rápidamente la puerta para vomitar. No arrojó mucho, los escasos dos o tres bocados que le había dado al sándwich de máquina, poco más. La cabeza le daba vueltas. En un primer momento lo achacó a la pesadilla que suponía enfrentarse a alguien tan enfermo y retorcido como Castro. Pero luego cayó en la cuenta de que el embarazo podía seguir adelante, y que con ello se le hubiera acentuado el sentido del olfato. No se quitaba de encima el condenado pestazo a marihuana que se respiraba en la avenida Carmen Amaya tras el incendio. Era como si aquel aroma se le hubiera quedado impregnado en la ropa, a pesar de no haber permanecido allí más de diez minutos.

Viernes

43

A veces las cosas cambian de mal a bien. Otras, de mal a jodidamente peor.

Eso último fue lo que pensó Silvia al despertar en la incómoda butaca de la habitación de la UCI, donde había dormido de pena y a ratos, a causa de la preocupación y las visitas de las enfermeras para controlar el estado de Saúl.

Había sido una noche dura, pero más dura fue la mañana cuando abrió los ojos alertada por un pitido estridente.

Identificó su origen en uno de los aparatos electrónicos conectados al cuerpo de Saúl. Miró su rostro y lo percibió más inexpresivo y vacío que nunca.

Saltó de la butaca en busca de ayuda justo en el momento en que dos enfermeras y una doctora entraban apresuradamente en la habitación. Mientras rodeaban la cama e intentaban localizar el foco del problema, otras batas blancas hacían acto de presencia, tantas que Silvia perdió la cuenta.

Escuchó frases entrecortadas y órdenes urgentes. Las palabras «insuficiencia respiratoria» y «paro cardiaco» sonaron repetidamente.

Se puso a temblar.

Una enfermera le pidió que saliera, mientras tiraba de la manga de su jersey en dirección a la puerta. Silvia se resistió, tratando de convencerla de que la dejara quedarse. En su cabeza y en sus oídos, ella creyó que hablaba con calma, pero qué va.

Hablaba a gritos. Un enfermero se unió a su compañera para sacarla de allí.

En aquellos momentos sentía rabia y miedo. Rabia por no poder hacer nada para salvar la vida de Saúl y miedo por que el equipo médico tampoco pudiera. Quería estar junto a él, cogerle de la mano, darle ánimos...

Pero no la dejaban, joder. No la dejaban...

Desde el pasillo, a través de las paredes acristaladas, no veía más que uniformes blancos arremolinados en torno a Saúl, trasteando su cuerpo con nerviosismo, intentando que volviera a la vida, una vida ya suficientemente jodida e incierta.

Estaba abatida.

Sintió la presencia de alguien a su lado y se volvió. Era el subinspector Lacalle, que acababa de llegar.

Aunque no era consciente de ello, Silvia estaba llorando. Lacalle le puso las manos sobre los hombros y preguntó que pasaba.

—¿Que qué pasa? —Silvia apartó sus manos airadamente. Estaba muy cabreada con todo el mundo, y con Lacalle especialmente desde que supo, por medio de Luz, que había hablado en favor de Castro cuando llegaron los anónimos acusándole de tener trapos sucios—. Pues que Saúl se está muriendo mientras tú...

Por un momento estuvo a punto de soltar: «...mientras tú sigues protegiendo al cabrón corrupto que lo ha dejado así».

El subinspector interpretó su silencio de otro modo, como si le reprochara falta de apoyo por su parte.

—Lo siento mucho, Silvia. De veras. Sé que esperabas más de mí, pero estoy desbordado... Dios, ahora me siento un capullo con lo que está pasando ahí dentro.

—¿A qué has venido?

—A ver cómo estaba Saúl. Y a hablar contigo de un asunto. Pero ahora da igual, déjalo.

—¿De qué asunto?

—No importa, de verdad.

Silvia repitió su pregunta con dureza, exigiendo una respuesta.

—¡¿De qué asunto?!

Lacalle parecía realmente incómodo.

—Me han llegado quejas de que estás haciendo averiguaciones por tu cuenta sobre el atropello…

Silvia no podía creer lo que estaba escuchando.

—¿Quejas?

—Del grupo de Personas. Sé por lo que estás pasando, pero tienes que entender que no puedes inmiscuirte en…

Aquello ya era demasiado. Pensó en mandarlo a la mierda, gritarle que era un puto inútil, exigirle que se largara de allí… Sin embargo, hizo acopio de fuerzas, inspiró hondo y dijo:

—Yo no soy el problema.

—¿Qué?

—Que yo no soy el problema. Habla con Castro. Pregúntale por Jairo, a ver qué te cuenta.

Lacalle puso cara de no comprender nada y Silvia deseó darle un guantazo, a ver si espabilaba de una vez.

—¿A qué viene eso de…? —comenzó a preguntar el subinspector, pero de pronto enmudeció.

También las voces dentro de la habitación.

Y el pitido estridente.

Silvia temió darse la vuelta y oír las peores noticias de su vida.

44

Cuando Castro se hartó de aporrear la puerta del apartamento de Gustavo, se convenció de que el maldito comepolloconarroz había desaparecido.

Era justo lo que le había ordenado, sí, pero también le había dicho que estuviera atento al condenado teléfono de prepago que le había entregado por si quería contactar con él. Y el muy mamón lo tenía apagado, igual que su móvil personal.

Se cagó en sus muertos una y otra vez. Porque lo necesitaba para darle el palo a los serbios.

Sobre todo ahora que Tito se había esfumado y estaba ilocalizable. Lo entendía, claro, al fin y al cabo, la noche anterior su casa había ardido con su querida Olga dentro.

Menuda bocazas estaba hecha aquella zorra.

Suerte que pudo identificar su voz, si no, a esas alturas, ya estaría con el agua al cuello.

No le costó sacarle una confesión. Fue a esperarla a la hora del cierre de la asociación cannábica, la siguió mientras volvía a casa en su escúter y la abordó en el apartamento. Por un momento temió que Tito estuviera allí, lo que hubiera acabado indudablemente con dos muertes en lugar de una, pero no fue el caso.

Era cierto aquello de que, una vez cruzas la Gran Línea Roja, con mayúsculas, las cosas resultan más fáciles.

Y a Olga le tenía ganas.

Le arreó de lo lindo hasta que consiguió sacarle que sí, joder, que había hablado con Silvia y le había contado lo que él y sus chicos habían estado haciendo en sus ratos libres. Y también le contó las ganas locas que tenía la mossa de saber quién había arrollado al tocacojones de su novio. Al oír aquello, Castro fue consciente de que podía matar dos pájaros de un tiro. O tres, mejor dicho. Porque obligarla a telefonear a Silvia redondearía todavía más su plan contra ella. Era un detalle cojonudo. Y no se quedó solo en eso: también le hizo una llamada perdida a Quiroga. El mosso acababa de unirse al bando enemigo, de modo que también tenía que caer.

Tras dejar a Olga inconsciente, la roció con líquido inflamable y le prendió fuego. A pesar de la improvisación, había tomado precauciones para no dejar rastro ni ser identificado por ningún testigo.

Obviamente, enmascarar aquella muerte con el incendio de la plantación tenía corto recorrido. Tarde o temprano, bomberos descubriría que el fuego había sido provocado, y la autopsia del cadáver desvelaría que sus huesos presentaban lesiones compatibles con una paliza. Y lo cierto es que le había roto unos cuantos. Con toda probabilidad, acabarían asignando el caso a la UTI y, entonces, ya se encargaría él de enturbiar la investigación dirigiéndola hacia Silvia y Quiroga…

Mientras pensaba dónde demonios podría encontrar a Gustavo, aprovechó para telefonear a un viejo colega, Nando Navarro, sargento de Seguridad Ciudadana de Hospitalet y jefe del turno de mañanas aquella semana.

—¿Alguna novedad? —preguntó Castro.

—De momento nada. Hasta dentro de un rato no tendré ninguna patrulla libre. Vamos un poco de culo con los traslados al juzgado, pero creo que a media mañana podré enviar a alguien. Yo me he pasado hace un rato y lo he visto aparcado cerca de donde me dijiste, pero no había nadie.

La cosa se estaba alargando más de lo que convenía con Silvia, pero tampoco podía achuchar mucho a Nando; este creía que le estaba echando una mano, nada más. Y no convenía encabronarlo antes de que todo explotara.

—Está bien, pero no lo dejes pasar. El chivato dice que hoy es el día.

—Vale, pesao. Luego te digo algo.

Colgó.

El tercer asunto que llevaba entre manos estaba encarrilado. Hacía un rato había recibido un SMS del número del Pato que decía «A LAS 11 TORRE COMUNICACIONES MONJUIC». Nada más. Pero suficiente.

Castro era capaz de matar por sí mismo a Cabrales, de eso no tenía ninguna duda, pero no quería volver a correr el riesgo de matar a nadie con sus propias manos a menos que fuera absolutamente necesario. Porque aquella era la vía directa para acabar cayendo.

Sin embargo, antes de ir a su cita con el sicario, debía encontrar a Gustavo. Le envió un SMS exigiéndole que se pusiera en contacto con él, a pesar de que comenzaba a temer que el muy mamón ni lo leería.

No tenía tiempo para buscar a más gente; al menos no de la que pudiera fiarse.

Y si no había remedio, pues al final lo haría solo, joder.

No podía dejar escapar aquel dineral. No podía dejar escapar su plan de retiro.

Era ahora o nunca.

Salió a la calle y se dirigió al coche que estaba usando en aquellos momentos, un Peugeot 308 de paisano que había cogido de comisaría a primera hora de la mañana, después de dejar el Škoda que utilizó la noche anterior. No es que hubiera madrugado, es que apenas había dormido, con tanto quebradero de cabeza carcomiéndole el cerebro.

Justo antes de entrar en el vehículo, volvió a tener la misma sensación que la noche anterior, mientras esperaba a que Olga saliera de la asociación cannábica.

Como si alguien lo vigilara.

Echó un vistazo a su alrededor, pero no vio nada más allá de la chusma habitual de aquel barrio deprimente de Cornellà. O, al menos, nada ni nadie que supusiera una amenaza para él.

Estaba comenzando a emparanoiarse.

Sí, debía ser eso… o quizá no.

45

Tras salir del recinto del hospital, el subinspector José Antonio Lacalle iba de camino a la comisaría de Sant Feliu.

Menuda mañanita.

Y menuda semanita.

A él, que le gustaba vivir tranquilo y sin sobresaltos…

La cosa comenzó a complicarse el mismo lunes al mediodía con el alboroto mediático ocasionado por el condenado atraco a la sucursal de Vilafranca. Siempre que algún crimen adquiría notoriedad en prensa, las presiones de la cúpula policial, presionada a su vez por la cúpula política, caían en cascada y no quedaba más remedio que aguantar el tipo y confiar en los subordinados, dejándoles hacer lo que mejor sabían hacer y achuchándolos de tanto en tanto para que no aflojaran. Y entre lo mejorcito de su gente estaba Castro, que solía desgañitarse por resolver sus casos. Cuando saltó la patata caliente del atraco, Castro rogó hacerse cargo del asunto, asegurando que él y su grupo eran los idóneos para investigarlo. También prometió dar el doscientos por cien y trabajar el caso hasta la saciedad. Y Lacalle confió en su palabra, pero lo cierto es que, de momento, no había hecho una mierda. ¿Por qué carajo habían asumido el caso? No dejaba de preguntárselo. ¡Si no tenían ninguna necesidad! La UCAT ya estaba dispuesta a quedárselo. Maldita la hora en que le escuchó. Por suerte, la prensa ya había dejado de darle bombo al tema, pero los jefes de la División no paraban de atosigarlo, sedientos de novedades.

Por si no tenía bastante, al día siguiente atropellaron a Saúl. Aquello fue una auténtica calamidad que trastocó completamente a la Unidad. Resolver aquel caso era casi una cuestión de honor: nadie hacía daño a un policía, y menos aún a uno de sus agentes. Sin embargo, la investigación del atropello seguía abierta, al igual que la del atraco, y no tenían línea en ninguno de los dos casos.

Y para colmo ahora sobrevolaba sobre ellos el asunto del cadáver carbonizado del Gornal…

Lacalle estaba muy agobiado. Ya veía al jefe del Área asomando por la puerta de su despacho pidiéndole novedades. ¿Y qué novedades? Como no se las inventara…

La única buena noticia del día, por llamarlo de alguna manera, fue que Saúl seguía con vida. En estado grave, pero con vida. Tras una complicación respiratoria, su corazón había dejado de latir. Los médicos habían logrado estabilizarlo en el último momento, pero habían sido incapaces de determinar si aquel incidente empeoraría su capacidad de recuperación. Pobre chaval…

Y luego estaba aquello que le había dicho Silvia, no paraba de darle vueltas porque no entendía nada: «Yo no soy el problema. Habla con Castro. Pregúntale por Jairo, a ver qué te cuenta». Todo un enigma.

Cuando le mencionó a Silvia que había quejas por su intromisión en el caso de Saúl, había dicho que estas provenían de Personas, pero la verdad es que se trataba de algo que Castro le había comentado. «En Personas están molestos por lo que hace Silvia, habría que pedirle que se esté quieta…».

Algo pasaba ahí, eso era evidente.

Pero ¿a cuento de qué tenía que preguntarle a Castro por Jairo?

Después de que estabilizaran a Saúl, Silvia apenas se dirigió a él cuando entró a despedirse. Le hubiera gustado preguntarle a qué carajo se refería, pero era obvio que aquel no era el momento indicado.

Tampoco es que Lacalle conociera mucho a Castro. Cuando el sargento llegó a la UTI Metrosur no fue ni por concurso de oposición ni porque algún conocido de Lacalle se lo recomendara. Fue una imposición en toda regla. Un buen día recibió una llamada del jefe de la DIC y le anunció que le enviaba a uno de sus sargentos para ocupar la vacante de Violentos. Lacalle estaba buscando candidatos por su cuenta, pero se vio obligado a aceptar a Castro.

El nombre de Román Castro no le era extraño. Sonaba a menudo y siempre como sinónimo de grandes resultados, llamativos operativos e índices altos de ingresos en prisión. Pero Lacalle tampoco se chupaba el dedo; sabía que, si en Egara se desprendían de un tipo así, había algún motivo oculto. Le aseguraron que el cambio era voluntario, que la situación personal de Castro, divorciado, con tres hijos y una madre enferma de Alzheimer, requería un destino más próximo a casa y con menos presión que una Unidad Central. Lacalle asumió el cambio impuesto y se alegró al comprobar que Castro comenzó a trabajar a buen ritmo, consiguiendo el mejor índice de resolución desde que él era jefe de aquella UTI. Cierto que apretaba a los agentes y cierto que exigía más que ningún otro sargento, pero las cosas funcionaban, y eso era todo lo que Lacalle esperaba de él.

Meses atrás, cuando recibió una llamada de la DAI preguntando por él, había respondido lo que realmente pensaba: que Castro era su mejor sargento y que no veía nada extraño ni en su actitud ni en su modo de vida ni en su predisposición al trabajo. No le informaron del motivo de la consulta ni Lacalle preguntó. Él mismo ya había tenido algún que otro encontronazo con la DAI en el pasado y no por eso iba a juzgar a nadie.

No obstante, y siendo objetivo, debía reconocer que Castro se había mostrado muy esquivo a lo largo de aquella última semana. Y demasiado ausente para lo que era habitual en él. Decidió que, en cuanto llegase a Sant Feliu, se reuniría con Castro y le cantaría las cuarenta.

Estacionó su vehículo en el aparcamiento interior de comisaría y subió a la segunda planta. Nada más entrar a la oficina de la UTI, echó un vistazo y preguntó por Castro. Los agentes allí presentes se encogieron de hombros. Dijeron que se había presentado a eso de las siete y media y, poco después, se había vuelto a marchar. No sabían a dónde. No sabían hasta cuándo.

Lacalle se puso como una moto.

Telefoneó a Castro.

—¿Dónde estás?

—He tenido un problema.

—¿Qué clase de problema?

Lacalle no disimulaba su enfado. Castro tenía que haberlo percibido, pero respondió de un modo hostil, a la defensiva.

—Mi madre no se encuentra bien, ¿vale?

Lacalle bajó un par de puntos su índice de mala leche.

—Vaya, lo siento… ¿Qué le pasa?

—El corazón. No parece nada serio, pero la tienen en observación. En cuanto pueda, vuelvo al trabajo.

—Bueno… tómate tu tiempo, tranquilo. Pero cuando vuelvas, ven directamente a mi despacho.

—¿Es urgente?

—Tenemos que hablar del atraco. ¿Sabemos algo de Científica? Me aseguraron que nos darían prioridad en balística y en el laboratorio biológico con el ADN de la sangre del atracador.

—¿Qué quieres que te diga? Eso tarda, ya lo sabes, por mucha prioridad que le den.

—¿Y qué hay del oficio? Quedamos con la jueza que se lo entregaríamos esta semana. Te dije que le metieras caña, pero acabo de ver que no está listo para hoy. ¿Se puede saber qué habéis estado haciendo?

—Me cago en… Hacemos lo que podemos, ¿vale? Ya te dije que estoy en cuadro…

—Te asigné dos agentes de Domicilios.

—Sí, y los tengo buscando y visionando imágenes de los alrededores del banco, pero con eso no me basta. Seguimos siendo pocos. La cosa está jodida, ¿qué quieres que te diga?

Castro seguía sin abandonar aquel tonillo borde tan insoportable, cosa que volvió a despertar el cabreo de Lacalle. Recordando las palabras de Silvia, preguntó:

—¿Y Jairo? ¿Dónde está?

—Le he dado unos días de fiesta. El chaval lo necesitaba de veras.

—¿No puede incorporarse?

—No. Está fuera. Si quieres lo llamo, pero no sé si podrá venir antes de lo previsto.

—Da igual. Escúchame: veré si puedo ponerte a alguien más, pero hay que pisar gas a fondo en esto, no podemos dormirnos en los laureles…

—Bueno, hombre, tranquilo…

—¿Cómo que «tran-qui-lo»?

—Pues qué sé muy bien cuál es mi trabajo. No necesito que vengas tú ni nadie a recordármelo. Ni a agobiarme. Hago lo que toca. Siempre.

Maldito arrogante.

—Pues tienes que hacer más.

—Después de todo este tiempo, ¿vas a poner en duda mi trabajo?

Había que joderse… Castro hablaba como si los casos resueltos en el pasado le dieran carta blanca para tocarse las pelotas. Y parecía olvidar la máxima en investigación que decía que uno es tan bueno como el último caso que investiga.

—No sigas por ahí —ladró Lacalle—. El pasado no importa. No hay crédito para cagarla. ¿Te queda claro? Haz lo que tengas que hacer y después ven a verme. Es una orden.

46

Saúl seguía estable (jodido pero estable) y Silvia había recuperado las ganas de seguir adelante, de encontrar pruebas contra Castro, de pararlo de una santa vez. Era consciente de que iba a contrarreloj y no sabía cuántas trampas más estaba dispuesto a ponerle aquel hijo de puta.

Todavía no se había rendido. Si Saúl no lo hacía, ella tampoco.

Y aún quedaban opciones. No todo acababa en Olga. Sabía que una confesión de los hombres que habían cometido todos aquellos asaltos con Castro, incluido el atraco al banco, sería definitiva. Y difícil de conseguir también. Muy difícil. Jairo estaba desaparecido; a Tito tampoco sabía cómo localizarlo, ahora que su piso había ardido y lo buscaban por un delito de tráfico de marihuana, si es que no acababan investigándolo también por el homicidio de Olga; y a Gustavo ya lo había tanteado sin resultado.

Ahora, no obstante, creía que podía apretar a Gustavo hasta el punto de que se viniera abajo. Había pensado en ello, después de su fallido primer intento, y tenía con qué acojonarlo.

Así que debía localizar a Gustavo como fuera. Cuanto antes. Y debía hacerlo sola.

Esa misma mañana, cuando Quiroga descubrió que aquella extraña llamada perdida que había recibido en su móvil provenía del teléfono de la difunta Olga Urrutia, se mostró indeciso. Le dijo a Silvia que no podían seguir yendo por libre, que, si su ami-

337

ga Luz no le echaba a toda la DAI encima a Castro, al menos debían informar a Lacalle. Pero Silvia respondió que no y le pidió tiempo; aún no le había contado nada a Luz acerca de lo sucedido en torno a la muerte de Olga, y sabía que hacerlo no serviría de nada a menos que consiguiese demostrar que Castro estaba detrás. Quiroga le concedió un día, nada más, y, aunque no lo reconocía, era evidente que se había asustado. La sutil amenaza de Castro había surtido efecto, pero lo que no entendía Quiroga era que el sargento no tendría suficiente con eso e iría a por él hasta quitárselo de en medio como fuera.

Pero Silvia, por su parte, tenía esperanzas de acorralar a Castro cuando diese con Gustavo y le hiciera confesar.

En comisaría le dijeron que estaba de baja desde hacía un par de días. Consiguió su dirección y se presentó allí, pero el piso parecía vacío. Tampoco estaba su moto en el aparcamiento del edificio. Preguntó a la vecina del rellano y le dijo que hacía dos o tres días que no lo veía.

Podía estar en cualquier sitio, por supuesto, pero había uno en concreto que los tipos como él no podían dejar de visitar. Porque los adictos a las mancuernas y a los ejercicios de repetición no podían pasar sin su dosis diaria. Era como una droga para ellos. Un día sin machacarse el cuerpo y ya se veían raquíticos y enclenques, con los pectorales caídos y los brazos fofos. La jodida vigorexia. Eran yonquis de las máquinas de gimnasio, de los espejos de cuerpo entero donde podían contemplar sus músculos tensos a punto de reventar, del compadreo de a ver quién hace más series, a ver quién está más inflado, a ver quién cuelga en Instagram el selfie más cojonudo.

No tenía ni idea de dónde había pasado la noche Gustavo, pero sí sabía dónde estaría en algún momento del día. Aunque las posibilidades eran muchas. La noche que lo abordó en el Área de Custodia le nombró un par de gimnasios, pero no conseguía recordar sus nombres.

Consultó en Google los gimnasios de Cornellà y descubrió que había más de veinte. Le llevaría toda la mañana visitarlos uno a uno, y le resultaría imposible vigilarlos todos. Y las posibilidades se multiplicaban si tenía en cuenta los gimnasios de Hospitalet... Entonces recordó que, según le había comentado Quiroga tras analizar la tarificación del teléfono de Saúl y la ubicación de los repetidores a los que se había conectado, durante la tarde que siguió a Gustavo hizo varias paradas por Cornellà. Quizá alguna de ellas se correspondía con el gimnasio de Gustavo. O, mejor dicho, con uno de sus gimnasios. Los musculitos como él acostumbraban a estar abonados a más de uno; eso lo aprendió Silvia investigando a una banda de asaltadores, más inflados que el muñeco de Michelín.

Telefoneó a Quiroga y le preguntó si estaba en el despacho. Este respondió que sí, y Silvia le pidió que le enviara por WhatsApp una captura con la dirección de los repetidores. Quiroga se mostró bastante reservado, pero finalmente le envió la información y le pidió que tuviera cuidado. Se sentía culpable por su temor.

Silvia estudió las localizaciones y, comparándolas con el Google Maps, observó que el teléfono de Saúl estuvo parado durante una hora cerca de un gimnasio llamado Fernan Sports, especializado en MMA. Condujo su coche hasta allí, pero no encontró la moto de Gustavo por los alrededores. El gimnasio tampoco tenía aparcamiento privado. Podía arriesgarse a entrar y preguntar por él o esperar. Permaneció por los alrededores una media hora, sin rastro de Gustavo. Y entonces decidió que no podía seguir perdiendo el tiempo. Tenía que arriesgar.

Entró en el local y habló con la recepcionista. Al principio la mujer se mostró reticente, pero cuando Silvia le preguntó si sabía a qué se dedicaba Gustavo, la mujer respondió que sí y ella le mostró su placa. Le dijo que trabajaban juntos y que lo estaba buscando porque tenían que presentarse urgentemente a un juicio y no había manera de localizarlo, ni por teléfono ni en su casa. Entonces la recepcionista se relajó. Le informó que Gustavo no estaba allí, que solo iba un par de tardes a la semana, para clases de defensa personal, y le dio una lista de posibles gimnasios donde podría encontrarlo, más enfocados al entrenamiento con pesas y al culturismo.

Salió de allí y analizó la lista. Eran siete en total. ¿Por cuál empezar? Ninguno coincidía con los posicionamientos de Saúl la tarde que siguió a Gustavo.

Se sentó en el coche y repasó mentalmente la investigación de los asaltadores adictos a las pesas. ¿Cómo controlaban los movimientos de aquellos tipos? Con escuchas telefónicas y balizas en los coches. Nada de eso le servía ahora. Pero sí una vía que les daba mucha información: las redes sociales. Los muy pedantes necesitaban mostrar su cuerpo trabajado a base de horas y horas de gimnasio. Les encantaba exhibirse. Sus cuentas de Facebook e Instagram estaban repletas de fotos posando. Y Gustavo no tenía por qué ser una excepción. Buscó su Instagram y, ¡bingo!, no estaba capado. ¿Por qué iba a estarlo? Así permitía que muchas más personas admiraran sus imágenes marcando músculo. Y había un montón. Algunas incluso con el cuerpo tintado y participando en certámenes de culturismo. A Silvia le daban grima aquellos tipos. No es que le gustaran los delgaduchos, pero lo de aquella gente era exagerado. Y repulsivo. Porque, como había comentado el compañero del turno de Gustavo, olían raro, como a pescado. Debía ser consecuencia de todos los potingues químicos que se metían.

Estudió con detenimiento el fondo de las imágenes, las inscripciones en las paredes de las salas de pesas, los patrocinadores de los concursos, los logotipos superpuestos a las fotografías... y había un nombre que se repetía a menudo: Tandem Gym. Era uno de los gimnasios de la lista. Estaba en Cornellà.

Y allí que fue.

Lo primero que hizo fue una pasada a pie por la puerta del local. No era muy grande, al menos por fuera. Había un cartel en la entrada con el dibujo de un hombre musculoso que sostenía sobre su cabeza una barra curvada por los pesos de los extremos. Bajo el nombre del gimnasio se anunciaban las siguientes actividades: «Culturismo, fitness, taekwondo, boxeo, aikido, aerobic–

step, jazz, mantenimiento y sauna». Muchas cosas para un espacio tan pequeño. Se detuvo frente al escaparate de una mercería que había en la acera contraria y, mientras fingía que observaba los productos expuestos, no perdió detalle del personal que entraba y salía del gimnasio. Vio a unos cuantos hombres, pero ninguno era Gustavo.

Y su moto tampoco aparecía por ahí.

Valoró seriamente la posibilidad de vigilar el local hasta que hiciera acto de presencia, pero sabía que así corría el riesgo de perder el tiempo inútilmente.

Y estaba empezando a desesperarse.

Había llamado tres veces a la madre de Saúl para comprobar que todo seguía bien, y la mujer había insistido en que no se preocupara, que tratara de despejarse y descansar, que la crisis que había sufrido aquella mañana no tenía por qué volver a repetirse. Pero Silvia no quería pasar más tiempo del necesario alejada de Saúl.

Así que entró en el gimnasio.

Y por fin vio a Gustavo.

47

Ahora solo faltaba que Lacalle le diera la brasa.

Nada más colgar, Castro se cagó en sus muertos.

Acababa de llegar a Montjuïc. Aparcó el Peugeot 308 a los pies de la Torre de Comunicaciones, en un claro de tierra situado justo delante del campo de béisbol, y enfiló las escaleras que lo aupaban hasta el Anillo Olímpico.

Se detuvo junto a la Torre de Comunicaciones y se apoyó en su base de piedra. Miró hacia arriba y observó aquella torre blanca y estrambótica de más de ciento treinta metros de altura que Santiago Calatrava diseñó para las Olimpiadas del 92; tenía mérito que siguiera en pie, teniendo en cuenta las famosas hazañas del arquitecto. Esperaba que aguantara un rato más, al menos hasta que él se marchara de allí. Echó un vistazo a su alrededor y comprobó que el lugar estaba plagado de turistas, paseando por aquella amplia explanada dividida en tres niveles escalonados, de suelo rojizo y con largos rectángulos de césped y estanques de escasa profundidad. En la parte más alta destacaba el Estadio Olímpico. A un lado, el Palau Sant Jordi, y al otro, las Piscinas Picornell. Más abajo, descendiendo una escalinata, había una gran plaza circular con una fuente en el centro. El sol de la mañana comenzaba a picar y pronto se volvería insoportable. Algunos autóctonos se mezclaban entre los guiris, empujando carritos de bebés o paseando a sus perros, que aprovechaban el menor descuido de sus dueños para retozar sobre el césped o darse un baño en los estanques. También había corredores sudando la gota gorda de buena mañana.

Castro observaba detenidamente a cada persona que se aproximaba a la torre, tratando de identificar al condenado sicario, pero no advirtió en ellos ninguna señal. No esperaba ver ningún cartel de neón sobre sus hombros que anunciara «Mato por pasta, ya tú sabes», pero, qué cojones, llevaba media vida persiguiendo delincuentes, ¿no? Se suponía que podía distinguirlos entre la multitud. Sin embargo, solo se acercaban turistas. Convencido de que ya debía de haber salido en más de una docena de fotografías tomadas a la esperpéntica torre, se alejó unos pasos, en dirección al Palau Sant Jordi.

Sentía ardor de estómago; en toda la mañana no había tomado nada más que cafés. Sabía que debía ingerir algo sólido si quería asentar el estómago, pero no podía. Los quebraderos de cabeza le habían quitado el apetito y lo mantenían en un estado continuo de mala leche. E iba cada vez a más. Porque encontrarse allí, a expensas de que aquel maldito criminal decidiera hacer acto de presencia, no le gustaba un pelo.

Pero no tenía más opción. Necesitaba que el tipo hiciera el trabajo. Porque Cabrales se había convertido en una amenaza real.

Los cabrones de la Metronorte ya lo tenían enfilado como el asesino de Dolores Casal y su hijo. Y todo porque era un puto inútil.

Tres eran los indicios que lo señalaban como el autor del doble crimen. El primero, las cartas que los investigadores habían encontrado en un cajón cerrado con llave dentro del despacho que la directora tenía en casa. En dichas cartas, remitidas por Cabrales desde prisión, quedaba claro, con pelos y señales, que lo había contratado para matar a su exnuera. Vete a saber por qué las había guardado, la muy idiota. El siguiente paso en la investigación fue sencillo: la mujer de la limpieza identificó fotográficamente a Cabrales como el hombre que un día antes había visitado a la mujer en casa. Y el tercero y más importante eran las cámaras de seguridad de la casa vecina, cuyos dueños se encontraban de vacaciones, que habían captado unas imágenes dónde se le reconocía sin ningún género de duda mientras saltaba la valla del jardín para colarse en la casa de la banquera instantes antes de matarla.

Aquel maldito inútil tenía que desaparecer cuanto antes o lo arrastraría con él.

Le jodía reconocerlo, pero necesitaba a aquel sicario. Más que el aire que respiraba. Porque no sabía cómo encontrar a Cabrales en tan poco tiempo sin llamar la atención en el trabajo.

Pero ya eran las once y diez y no había rastro del tipo.

Volvió a aproximarse a la Torre de Comunicaciones y consultó el móvil de prepago. No había llamadas. No había mensajes.

—¿Puede apartarse? —preguntó un turista, sosteniendo una cámara réflex entre las manos.

Castro resopló, molesto, pero se echó a un lado.

—Un poco más, por favor —insistió el hombre.

—¿Por qué no te mueves tú?—espetó Castro.

El tipo no se dio por aludido. Alzó la cámara hasta su cara, se tomó su tiempo para encuadrar y enfocar, y accionó el disparador.

La cámara había apuntado directamente hacia Castro.

—Qué coño… —Castro observó como el hombre daba media vuelta y se alejaba en dirección a la escalinata central, tras rebasar una hilera de pilares.

Mierda. Tenía que ser él.

Parecía un turista más, de una edad indefinida entre treinta y cuarenta años, en buena forma física, vestido con pantalón corto beis con bolsillos a los lados, camiseta del Barça, gorra gris desgastada, gafas de sol tipo aviador y deportivas Salomon. Cargaba una mochila marca The North Face con un mapa de la ciudad asomando por uno de sus bolsillos y un botellín de acero inoxidable encajado en una de las redes laterales. Daba el pego.

Pero tenía que ser él.

Castro vio cómo se sentaba en uno de los escalones y bebía del botellín. Se aproximó y el tipo le hizo una señal con la cabeza para que se sentara a su lado. Después sacó del interior de la mochila un bocadillo envuelto en papel de aluminio y comenzó a comer. Era de jamón serrano.

—Borra esa puta foto —dijo Castro, nada más sentarse. Lo dijo de lado, sin mirar al sicario.

—Hazlo tú mismo, si quieres. —El sicario tampoco se volvió para hablarle. Dejó la cámara entre los dos.

Castro buscó la fotografía y descubrió que aquel cabrón llevaba un cuarto de hora fotografiándolo. Había más de cien imágenes suyas, desde múltiples ángulos. Las borró todas y le devolvió la cámara.

—Eres un hijo de puta.

—Y tú un desastre pasando inadvertido. Dice el Pato que eres policía judicial. Si sigues así a tus clientes, te deben quemar a la primera de cambio. Dejas más rastro que una hormigonera.

—Vete a la mierda, gilipollas. Si hubiera querido pasar inadvertido, ni me habrías olido.

—Ya…

Castro se volvió hacia él.

—Capullo de mierda. A mí no me vaciles.

—Gírate y no me mires.

—¿O qué?

—O me largo de aquí y te dan por culo. Eres tú el que quiere contratar mis servicios. No lo olvides. Me necesitas tú a mí. Yo a ti no te necesito para una mierda. Joder, si ni siquiera me hace gracia estar aquí contigo.

Castro se mordió la lengua. Inspiró hondo y dijo:

—¿Estás al tanto de todo?

—De todo lo que sabe el Pato, sí. De lo que tú no le has contado, pues no, claro. ¿Hay alguna novedad?

—Ya han identificado a Cabrales como el autor de los asesinatos. Las pruebas son irrefutables: cartas de su puño y letra, reconocimiento fotográfico e imágenes. Le han colgado una orden de detención y están removiendo cielo y tierra para encontrarlo.

–Ups… –soltó el sicario. Ya se había acabado el bocadillo y ahora estaba pelando una mandarina. Dejaba las cáscaras sobre un cuenco improvisado con el papel de aluminio–. Ahora sí que se puede decir que estás bien jodido.

–Vete a tomar por culo.

–Me voy si quieres, pero tú seguirás con la mierda al cuello, y a menos que tengas alas, no sé cómo te las vas a apañar para salir de esta sin mi ayuda.

Lo dijo y se metió un gajo de mandarina en la boca. Y se quedó tan ancho, el muy mamón.

A Castro le repateaba su tono de graciosillo, pero debía reconocer que estaba en lo cierto: necesitaba a aquel desgraciado.

–¿Sabes ya cómo vas a hacerlo? –preguntó Castro.

El tipo enarcó las cejas.

–¿Cómo voy a hacerlo? Querrás decir: «¿Cómo vamos a hacerlo?», ¿no?

–Pero ¿qué dices? Yo no pienso ensuciarme las manos. Para eso se te paga, ¿no?

–Tío –dijo, mientras masticaba el último gajo–, o te estás quedando conmigo o aquí ha habido algún malentendido. ¿Es eso lo que acordaste con el Pato? ¿Que tú te mantendrías al margen? Porque no es lo que a mí me dijo anoche. De hecho, es la razón por la que he acabado aceptando. Cuando me propuso el trabajo, dije: «¿Un poli de por medio? No me gusta. No me fío de esa peña. Les solucionas la papeleta y después se les despierta la maldita conciencia o se pasan de listos e intentan joderte. Ni de coña. Paso». Yo soy un profesional, ¿vale? Si algo no me gusta, si algo me huele mal, paso. No he llegado hasta donde estoy ahora pensando solo en la pasta y nada en mi seguridad. La seguridad es lo primero. Pero la verdad es que esa bola de sebo es jodidamente persistente; si lo conoces ya sabes a qué me refiero. Y me aseguró que tú estarías enmerdado en el tema, lo que supone una verdadera red de seguridad… para cubrirme las espaldas contigo, digo. Lo entiendes, ¿no? El Pato dijo: «Al tío le interesa que se haga el trabajo cuanto antes. Va a colaborar en lo que le pidas, sin problema. Se lo he advertido y ha aceptado». De modo que, o bien el Pato me ha mentido, o tú te estás echando atrás, lo que me parece una manera jodidamente negativa de empezar una transacción tan delicada como esta. Así que, tú mismo, ¿prefieres negociar con el Pato lo de mantenerte al margen y de paso os buscáis a otro, porque yo paso, o asumes de una puta vez que no tienes más remedio que mojarte si quieres poner fin a tu problema de una forma rápida y limpia? ¿Eh? ¿Qué dices? ¿Nos ponemos manos a la obra de una vez o no? De ti depende. El incendio avanza y es tu casa la que está pegada al bosque, no la mía.

Castro no daba crédito.

—¿De dónde coño has salido tú?

—Mejor no hagas preguntas de ese tipo. Nada de datos. Nada de nombres. Si necesitas dirigirte a mí, puedes llamarme señor Marrón, señor Rubio o señor Blanco. Elige el que más te guste. Incluso señor Rosa, si quieres, pero nada de señor Naranja, joder. Por lo demás, no necesitas saber nada de mí. Lo único que debe importarte es que sé cómo solucionarte la papeleta, ¿vale? Y lo haré.

El tipo hizo una pelota con el papel de aluminio y la guardó en su mochila. Dio un sorbo al botellín y se relamió los labios.

—Me cago en la puta… ¿Y cómo piensas hacerlo? —preguntó Castro—. ¿Acaso sabes dónde está Cabrales?

—Ayer estuve hablando sobre ese asunto con el Pato. Y llegamos a la conclusión de que lo mejor no es ir a por él, sino que él venga a nosotros.

—¿Y cómo vamos a conseguirlo?

—Fácil. Tenemos su número. ¿Sabes si está pinchado?

Castro negó con la cabeza.

—Si lo estuviera, sabrían dónde encontrarlo gracias a los repetidores. Y, por lo que me consta, van completamente perdidos.

—Entonces seguimos adelante con el plan. Tú lo llamarás y conseguirás que se presente.

Castro soltó una risotada. Aquel tío estaba completamente ido.

—Ah, ¿sí? ¿Así de sencillo?

—Bueno, tendrás que mostrarle una zanahoria.

—¿Qué clase de zanahoria?

—De las verdes, ya me entiendes.

—¿Dinero?

—Veo que me sigues. Sí, dinero. Pasta. Le llamarás y dirás quién eres. Y le preguntarás si tiene algo que ver con la muerte de la directora de banco.

—¿Para qué, joder? Lo va a negar.

—Pues claro, tío. Y, si lo admite, es que es tonto del culo y no voy a tener más remedio que darle pasaporte por puros principios. Pero lo negará. Entonces le informarás de que tus compañeros van tras él y le pedirás, como si fueras gilipollas (y que conste que digo «como si fueras gilipollas») que no te enmarrone si llegan a trincarlo. Déjale bien claro lo consciente que eres de que él sabe que tú estás metido en el asunto. Entonces ya verás cómo te pide dinero para cerrar el pico. O, si no lo hace, se lo ofrecerás tú. Pero seguro que lo pide; el Pato dice que es una puta sanguijuela. Y ahí es cuando quedas con él para darle la pasta, ¿me sigues hasta aquí?

—¿Y dónde coño vamos a quedar?

—El Pato me ha contado unas cuantas cosas sobre ti. Como que tienes un puto yate. ¡Qué tío! ¿Eres capitán o algo así? A mí me da grima el mar, pero he de reconocer que es un método cojonudo para deshacerse de los bultos. Tengo entendido que lo tienes amarrado en Port Ginesta…

—¿Cómo sabes eso?

—El Pato. Él me ha dado la información. El cabrón es bueno. Gordo y bueno. Y tiene memoria. Deberían llamarlo Elefante en lugar de Pato. Solo por el tamaño, me extraña que no lo hayan hecho ya. O Hipopótamo. El caso es que sí, tiene buena memoria, especialmente para recordar cosas de la gente que le ha jodido alguna vez… Pero, oye, si tienes algún problema con que el tío me haya hablado de ti, lo llamas y te quejas. O simplemente te jodes. Porque es verdad, ¿no? Lo de Port Ginesta, digo.

—Sí.

—Pues le propones quedar en el puerto. Por estas fechas y con el calor que hace, aún debe haber bastante gente pululando por ahí de veraneo, sobre todo en la zona de bares y restaurantes. El sitio le gustará, no se sentirá acorralado. Después te lo llevas al barco con el pretexto de que es allí donde tienes el dinero…

—No hemos hablado de cantidades. ¿Cuánto le ofrezco?

—Lo suficiente para que ceda, pero menos de lo que te pida; que no te note demasiado ansioso por quedar. Hazte el remolón, no le ofrezcas la luna.

—Pongamos que sí, que cede, se presenta y lo llevo al yate, ¿qué pasa después?

—Pues que aparezco yo y me encargo del resto. Después zarpamos y lo soltamos en alta mar, en bloque o convertido en un puzle humano, según el tiempo del que dispongamos. Y problema resuelto.

Castro negó con la cabeza. Aquel plan le exponía demasiado. No podía dejarse ver por ahí con un tipo al que buscaban por dos asesinatos, invitándolo a subir a su barco. ¿Y si al cabo de una semana aparecía su cabeza flotando en una playa?

—No me gusta.

—Normal. Preferirías quedarte en casita, bajo la colcha, esperando a que amaine el temporal. Pero resulta que el temporal está encima de ti y no te va a soltar. Y a menos que hagas algo, solo va a empeorar. Lo sabes muy bien.

Castro ansiaba dejar aquel tema encarrilado de una vez por todas para poder dedicarse a los preparativos del palo a los serbios, cosa ya complicada de por sí. Pero no veía otra opción; de hecho, aquella era la única opción. Era eso o nada.

Tomó una buena bocanada de aire y preguntó:

—¿Tienes el número de Cabrales?

El sicario metió la mano en uno de los bolsillos de la mochila y extrajo un teléfono móvil de los baratos. Seleccionó un número en la agenda y miró de reojo a Castro.

—¿Estás listo? —preguntó.

Castro asintió.

El tipo pulsó el botón de llamada y le tendió el teléfono.

—Tranquilo, está limpio. Lo he estrenado hoy. A ver qué tal actor eres. Me da que lo vas a hacer bien. Tienes pinta de peliculero.

Castro se llevó el teléfono a la oreja. Por mucho que aquel tío dijera que no estaba pinchado, iría con cuidado.

Escuchó uno, dos, tres, cuatro tonos de llamada. Le sorprendió que el pájaro tuviera el teléfono encendido. Y aún se sorprendió más cuando descolgó.

Clic.

—¿Quién es? —La voz sonaba pastosa, como si tuviera la lengua hinchada y no le cupiera en la boca.

—Soy un amigo del Pato.

—¿Qué amigo?

—Uno al otro lado del muro.

—Ah, ¿sí?

—Sí. Y resulta que el Pato no es el único amigo que tenemos en común. También hay una mujer. O había. Su trabajo consistía en contar billetes.

—No sé de quién me estás hablando.

—Claro que sabes de quién te estoy hablando. Y te llamo para avisarte de que van a por ti. Están convencidos de que fuiste ayer a verla y la enviaste de vacaciones. A ella y a su hijo.

—¡Eso es una puta mentira!

—¿A que ya sabes de quién te estoy hablando?

—Mierda, tío, que te den. ¿Quién coño eres? ¿Cómo cojones estás tan seguro de que van a por mí?

—Ya te he dicho que era amigo de la mujer. Yo le pedí al Pato que la ayudara con su problema familiar...

—¿Eres el...?

—No digas una mierda por teléfono.

—¿Y qué coño tienen tus colegas contra mí?

Castro soltó un bufido. ¿«Tus colegas»? Aquel capullo era tan tonto que acabaría enmarronándolo incluso sin proponérselo.

—Te he advertido de que no digas nada sobre mí, joder.

—¡Pero si no he dicho nada! Puto ma… —Calló justo antes de cagarla por completo—. Responde: ¿qué tienen contra mí?

—Lo suficiente como para encerrarte y tirar la llave.

—Pero qué hijos de puta…

—Tienes que largarte.

—¿Largarme? Mierda, tío, no corras tanto, ¿vale? No me fío de ti. ¿A qué viene que me des el aviso? ¿En qué equipo juegas?

—¿Que en qué equipo juego? Pues en el mío, joder. ¿Tú qué crees? Y si hay algo que no me conviene ahora mismo es que te pillen y me enmerdes en tus historias. Me la pela si has hecho algo o no, que te quede claro, pero no quiero que hables sobre mí.

—Te acojona que suelte tu nombre, ¿eh? Pues siento decirte que no te va a salir gratis.

—Pero ¿qué dices?

—Que si quieres algo de mí tendrás que aflojar la pasta, capullo. No esperarás que viva de hacer favores al mundo. ¿Qué crees que soy, de la beneficencia?

—Lo que eres es un cabrón desagradecido.

—Ya, pero un cabrón desagradecido que te puede joder y mucho. Tanto si me trincan como si no. Tu amiguita me ofreció el trabajo y después se echó atrás. Ya se lo conté al Pato. Estoy sin un duro y, ¿dices que me largue? ¿Dónde? ¿Cómo?

—Deja de lloriquear. No soy un banco.

—Para tú de lloriquear y empieza a asumir que te toca pasar por caja.

Castro soltó un gruñido. No lo fingió. Aquel tío le ponía enfermo.

—¿Cuánto quieres, mamón?

Una pausa y:

—Treinta y soy historia para ti.

—Si tuviera treinta, serías historia a secas, para mí y para el mundo entero. Buscaría a alguien que no fuera un matado como tú y te enviaría de vacaciones.

—¿Qué coño estás insinuando?

351

—¿Que qué estoy insinuando? Menudo lerdo estás hecho. Hablemos en serio, joder. No puedo darte ahora más de siete… ocho, como mucho, y ya me estás jodiendo vivo.

—Eso es una mierda… —Pausa y—: Que sean diez, por lo menos.

—Pedazo de rata…

—¿Lo tomas o lo dejas?

Unos segundos de pausa dramática y:

—Está bien, joder. Pero tienes que desaparecer cuanto antes.

—Dame la pasta ahora mismo y me evaporaré.

—Puedo tenerla esta tarde.

—¿Y cómo me la vas a dar?

Por fin llegaban a la madre del cordero.

—Dime dónde estás y te lo llevaré.

—Ni de puta coña, tío. ¿Me tomas por imbécil?

—¿Crees que te preparo una encerrona? Me estoy jugando el cuello con esto.

—Ya te he dicho que no me fío.

—Pues elige tú el sitio.

El sicario alzó una ceja. Castro lo ignoró.

—¿Qué te parece un centro comercial? —sugirió Cabrales—. El Gran Via 2… o ese nuevo que hay en Cornellà. La última vez que me encerraron, todavía no estaba construido.

Un centro comercial. Un lugar repleto de gente, tal y como había dicho el sicario, aunque algo lejos del yate, la verdad.

—¿Te refieres al Splau? —preguntó Castro—. Me parece bien cualquiera de los dos. —El sicario alzó la otra ceja por detrás de las gafas de sol. Si no le gustaba su modo de llevar la conversación, pues que le dieran mucho por culo. Él estaba al teléfono, ¿no? Pues él decidía qué decir y cómo—. Antes tengo que pasar por Port Ginesta a coger el dinero.

—¿Port Ginesta? ¿No tendrás un barco?

—Sí.

—Mierda, tío. Me parece que podría sacarte mucho más que diez mil.

—No me toques los cojones…

—No me los toques tú. ¿Cuándo tendré la pasta?

—Puedo estar a las cuatro en cualquiera de los dos centros comerciales, o si lo prefieres, nos vemos en el mismo Port Ginesta a las tres. Tú decides.

Silencio. El momento de la verdad.

Cabrales dijo:

—Cuanto antes aflojes la pasta, mejor para todos. Que sea a las tres. En Port Ginesta.

—Te esperaré en la terraza del Albatros. Es un restaurante.

—Vale, coño, en el Albatros ese. No llegues tarde.

—Ni tú tampoco.

Castró colgó. Sentía nauseas.

—Bien hecho, colega —lo felicitó el sicario—. Menuda actuación. He reído, he llorado… Me has llegado al corazón. Bravo.

—Pero ¿qué coño…? ¿Es que tú no te tomas nada en serio o qué?

—Todo me lo tomo en serio, no te equivoques. Simplemente me gusta echarle salsa al asunto; de lo contrario, sería un muermo total.

Menudo elemento.

Castro dudó unos instantes antes de exponer el asunto sobre el que había estado rumiando de camino a Montjuïc. Finalmente se decidió a soltarlo:

—Cuando acabemos con esto, me gustaría que te encargaras de una faena para mí. Y en esa no pienso participar.

—¿Qué clase de faena?

—Se trata de una mujer… Imagino que no tendrás ningún dilema moral con eso. Además, esta es policía.

48

Gustavo se encontraba en un lateral de la sala de pesas que había justo detrás de la recepción del gimnasio.

Silvia lo miraba a través de la pared acristalada. Llevaba una de esas camisetas de la NBA extragrandes, pantalones cortos anchos, zapatillas Nike y guantes sin dedos. Estaba de lado, completamente sudado, bebiendo algún tipo de jarabe de un botellín de plástico, charlando con otro culturista. A su alrededor había una veintena de personas, hombres y mujeres, repartidos por la estancia, moviéndose entre las máquinas de musculación.

El tipo que hablaba con Gustavo señaló hacia ella y este se giró a mirarla. Llevaba la nariz entablillada mediante un aparatoso vendaje.

Gustavo se enfureció al verla allí. Salió escopeteado de la sala de pesas y se encaró con ella.

Estaban solos en la recepción.

—¿Qué coño quieres?

—Hablar contigo otra vez. La otra noche quedaron unas cuantas preguntas sin responder. Tres en concreto.

—¡Pues ya te estás largando, joder! Tú y yo no tenemos nada de qué hablar.

—Sé lo que habéis estado haciendo…

—Tú no sabes una mierda. —Gustavo tensó la mandíbula, retador. Después dio media vuelta para regresar a la sala.

—Sé lo de los asaltos. Tú, Tito, Jairo… y el Capi, o mejor dicho, Castro. ¿De verdad quieres que me vaya?

Gustavo se frenó en seco y permaneció unos segundos dándole la espalda. Acto seguido, regresó tras sus pasos y se plantó ante ella, amenazador, sacando nuevamente partido a la diferencia de envergadura, como hizo la otra noche en los calabozos.

—¿De dónde cojones has sacado eso? —Sus pupilas se movían de un lado a otro; estaba frenético. Silvia se limitó a mantenerle la mirada, sin achantarse. Tras unos tensos segundos, Gustavo resopló y dio un paso atrás—. Solo te lo voy a advertir una vez: deja de inventarte mierdas o te buscarás problemas.

—Yo no me invento nada.

—¿Cómo que no? ¡Esa mierda que acabas de insinuar es falsa!

—Ya. Y lo del atraco a Vilafranca también, ¿no?

Gustavo comenzó a mirar a su alrededor, especialmente hacia la puerta de la calle, como si esperara ser arrestado de un momento a otro. Al concluir que Silvia había acudido sola, se relajó y dijo:

—No sé qué coño pretendes presentándote aquí, pero ya te puedes ir a tomar por culo. Tú estás loca, ¿me oyes? Has perdido la puta chaveta.

El colega de Gustavo con el que estaba hablando antes y otro tipo sudoroso, de espaldas anchas y piernas de canario, se asomaron por la puerta de la sala. El primero preguntó:

—¿Todo bien, Gus?

—Sí, nen. Todo bien. Ahora entro. —Se volvió hacia Silvia y dijo—: Olvídame de una puta vez.

Gustavo echó a andar hacia la sala de pesas. Debía creer que había vuelto a quitársela de encima. Pero no. Ni de lejos.

Silvia dijo:

—Tengo pruebas de lo del lunes. Pruebas contra ti.

Gustavo se detuvo y chasqueó la lengua con sonoridad, en señal de hastío. Por encima del hombro, preguntó:

—¿Es que tú nunca te cansas o qué? ¿Tengo que echarte a hostias de aquí?

—Puedes intentarlo. Pero eso no borrará las pruebas que hay contra ti.

—¿Qué pruebas? —preguntó Gustavo.

Silvia señaló a los dos colegas, que no les quitaban ojo, y dijo:

—¿Quieres que lo hablemos aquí, delante de ellos? ¿O vamos a otro sitio?

—¿Qué pruebas? —repitió Gustavo.

—Las que demuestran que tú tumbaste al viejo del rifle… ¿De verdad quieres que sigamos hablando de esto aquí?

Gustavo se volvió por completo hacia Silvia. Sus hombros se habían destensado. Ahora no era mala uva lo que Silvia veía en sus ojos, era temor.

Un par de personas más se habían asomado desde la entrada de la sala de pesas, ansiosos por enterarse de qué pasaba allí. Y otra más acababa de entrar por la puerta del gimnasio. El público no dejaba de aumentar.

Gustavo se aproximó a Silvia y dijo en voz baja:

—No pienso ir a ninguna comisaría.

—No hace falta… de momento.

Aquello le sorprendió.

—¿No?

—No.

—Pues vamos ahí dentro y hablemos —lo dijo señalando hacia otra sala contigua a la recepción. Tenía la luz apagada.

Silvia dudó. Prefería salir a la calle, mantener la conversación en un lugar neutral.

—¿Quieres hablar o no? —inquirió Gustavo—. Ya estamos dando bastante la nota.

—Está bien, vamos ahí.

Gustavo se excusó brevemente con el recién llegado al gimnasio, que debía ser algún tipo de responsable del local, y después abrió la puerta de lo que parecía ser una sala de fitness. Encendió las luces y Silvia entró. Era una habitación de gran tamaño con suelo de parqué y la pared del fondo cubierta completamente por espejos. En las otras paredes había espalderas, montañas de colchonetas y plataformas de step.

Se dirigieron a la tarima que había frente a los espejos y Gustavo señaló un banco que había allí. Silvia declinó la oferta y permaneció en pie. Él también.

—¿Qué sabes? —preguntó Gustavo.

—¿Que qué sé? Lo sé todo.

—Mierda, no me vaciles. ¿Qué coño sabes?

—Lo de los asaltos a traficantes de marihuana que montaba Castro con vosotros tres desde hace más de un año. Y lo del atraco a Vilafranca. Sé que Tito era el conductor; tú y Jairo los encapuchados.

—No tienes ninguna prueba de nada. Y no se te ocurra amenazarme con enviarme a Asuntos Internos, porque no te va a funcionar. Si realmente hubiera pruebas, ahora mismo estaría hablando con ellos y no contigo. Así que no cuela.

—Me parece que no te enteras. Tú sabes tan bien como yo que todo eso es cierto. Y quien lo descubrió no fui yo. Fue Saúl. —Silvia señaló su nariz y añadió—. ¿Quién te ha hecho eso? ¿Castro? Supongo que no le hacía ni puñetera gracia ver lo mucho que te costaba mantener la calma, ¿eh?

—Vete a la mierda.

—Es normal estar nervioso; el atraco fue un desastre. De hecho, os salió como el culo. Y por mucho que Castro os asegure que puede enterrar el asunto, lo cierto es que su estrategia duró muy poco. Ni veinticuatro horas. Saúl fue tirando del hilo: la directora de banco, Jairo, tú… ¿Sabes que te siguió la tarde del martes?

Gustavo la miró con incredulidad.

—¿Me siguió?

—Sí, te siguió. A bordo de tu moto. Con tu casco Arai. Esa tarde dejaste bien claro lo mucho que te cuesta mantener la calma.

—Me cago en la puta… —Gustavo se dejó caer sobre el banco de madera.

Ella continuó:

—Te vio reunirte con Tito en el Gornal. Y vio su coche, un Fiat Stilo negro, también idéntico al que describió el testigo.

De pronto, Gustavo se envalentonó.

—El testigo vio un coche, un casco y una moto. ¿Y qué? ¿Vio alguna placa de matrícula? ¿Vio alguna cara? Nada de nada, ¿no? Y si no hay reconocimiento fotográfico, no hay una mierda.

—Eso es lo que te ha dicho Castro, ¿eh? Pues no corras tanto. Cada cosa a su tiempo. No hay ninguna duda de que Tito es uno de los atracadores. Yo lo descubrí porque Saúl lo descubrió. Tiene un tatuaje muy característico en el torso que puede verse en las cámaras de seguridad del banco.

Gustavo abrió la boca y volvió a cerrarla, como si temiera hablar más de la cuenta. Silvia rellenó el vacío.

—Así que tenemos a Tito al volante del León y dos atracadores encapuchados. El herido es Jairo, sin duda. Y el otro, el que abrió fuego contra el loco del rifle, eres tú.

Gustavo forzó una carcajada.

—A ti se te ha ido la olla.

—Eres tú.

—¿Un tío con la cara tapada? Podría ser yo y podría ser cualquiera. Y te recuerdo que soy poli, joder. Yo detengo chorizos, no soy uno de ellos.

Había llegado el momento de jugársela. Silvia lanzó la piedra.

—Disparaste con tu arma reglamentaria, ¿verdad?

Y dio en la diana, vaya que sí. Porque Gustavo se puso blanco como el papel.

Silvia siguió atacando.

—Imagino que tenías tanta prisa por salir de allí que te olvidaste de recoger los casquillos del suelo… También se recuperaron los proyectiles. En cuanto la DAI entre en esto, pedirán una prueba pericial de tu arma y no tendrás escapatoria.

Gustavo agachó la cabeza. Ya no quedaba rastro de aquella pose de gallito.

—Solo hay una cosa que no sé —dijo Silvia—. ¿Quién atropelló a Saúl?

El tipo soltó un bufido.

—Yo de eso no sé nada…

—Entonces tendré que dar por hecho que fuiste tú.

—¿Qué? ¡No, joder! Yo no tuve nada que ver con eso.

—Pero sí que sabes quién lo hizo.

Gustavo desvió la mirada hacia el suelo.

—¡Eh, tú! Más vale que me lo digas.

—Mierda… ¿Y qué gano yo contándote lo que sé?

—¿Que qué ganas? —Silvia se aproximó a Gustavo y le obligó a mirarla a la cara—. ¿Es que no te das cuenta de que ya lo has perdido todo? ¡Casi te cargas a un hombre con tu arma reglamentaria mientras cometías un atraco! Tú y Jairo, joder, ¡dos policías! Vais a pillar de lo lindo… O al menos vas a pillar tú, porque Jairo… A estas alturas tengo bastantes dudas de que aparezca vivo.

Gustavo se puso en pie al escuchar aquellas últimas palabras, pero Silvia no estaba dispuesta a darle respiro alguno:

—¿No te das cuenta de que aquí os vais a comer todos el marrón menos Castro? Se va a ir de rositas… a menos que alguno de vosotros declare contra él. Y con la directora del banco no se puede contar. ¿Sabes por qué? Porque está muerta. Igual que Olga, la novia de Tito.

Aquello desmoralizó aún más a Gustavo.

—Mierda, nen… el Capi… —Se llevó las manos a la cabeza, sobrepasado—. Yo ya no puedo más, él…

—¿Le tienes miedo a Castro? No te culpo.

—¡No, joder! —exclamó sin levantar la vista, mirándola de reojo—. No es eso…

Gustavo cerró ambas manos y comenzó a martillearse la frente con los puños.

Por un momento, Silvia tuvo la sensación de que cada vez se golpeaba con más fuerza; tenía el rostro completamente colorado. Cuando creyó que no tendría más remedio que pararlo, se quedó completamente quieto y murmuró:

—No es solo miedo… —Las palabras salían lentamente de su boca, con largos silencios entre una y otra—. Es que creo que es capaz de todo.

—Dejó morir a Jairo, ¿no?

—Eso yo no lo sé…

—Pero te imaginas que sí, que está muerto.

De pronto volvió a activarse.

—Pero ¿qué dices? ¡No está muerto! ¡Le consiguieron un médico!

—Ya… No te lo crees ni tú. Le dejó morir y atropelló a Saúl por lo mismo: para mantener su culo a salvo.

—No es verdad, Jairo me ha estado enviando mensajes…

—Ya, desde algún sitio de Gerona, ¿no? Ese cuento ya me lo conozco. Pero sabes tan bien como yo que es el mismo Castro el que te envía los mensajes fingiendo ser Jairo, aparentando que aún está vivo. Lo sabes y aun así sigues protegiéndolo. Al mismo cabrón que dejó morir a tu amigo. Y eres tan tonto que sigues callando…

—¡No pienso delatarle a él ni a nadie, ¿te enteras?! Me comeré lo mío, pero no declararé contra nadie. Que la DAI haga su trabajo, joder…

—Sí, claro. Tiene gracia que digas eso. Porque hace poco estuve hablando con una cabo de la DAI y, ¿sabes qué me dijo? Que contra ti pueden ir en cualquier momento, porque no eres más que un puto agente, pero que contra Castro, como es sargento, la cosa es más delicada. Esa es la palabra que utilizó: delicada. Lo que viene a significar que no harán nada contra él a menos que el asunto se vaya de madre y les explote en la cara. Y todo porque es un jodido mando.

—¿Eso es verdad?

—Sí, joder. Como lo oyes. Los agentes tenemos las de perder. Somos peones, nada más. Prescindibles. Por eso tienes que declarar contra Castro, explicar cómo organizaba los robos a traficantes, cómo montó el atraco al banco, cómo impidió que llevarais a Jairo a un hospital…

—Y lo del atropello.

—Pues sí. También lo del atropello. Como imaginarás, eso es lo que más me importa. Porque Saúl no se lo merecía. Solo hacía su trabajo.

—Eso no es lo que me dijo Tito.

—¿Qué te dijo?

Gustavo aún se resistía.

—¿Vas a decírmelo de una puta vez o no?

El muy mamón seguía dudando, y aun así, se arrancó a hablar.

—El día después del atropello… —Silvia contuvo la respiración. ¿Estaba cediendo?—. Fui a ver a Tito. Yo no podía dejar de pensar en el atraco y en Jairo… Estaba muy rayado, ¿vale?… De hecho, sigo muy rayado por eso… El caso es que, ese día, Tito insistió en que me relajara, que el Capi… que Castro se estaba encargando de todo. —¡Sí, joder, estaba cediendo!—. Me explicó que la tarde anterior un policía… Saúl… se había enterado de todo y quería chantajearnos. Castro habló con él para ver lo que podía hacerse y Tito estaba preparado por si había que quitarlo de en medio… Y como Saúl pidió mucha más pasta de la que podíamos pagar, Castro le dio la orden a Tito y… él lo arrolló.

Ahí lo tenía. El relato de lo sucedido. Un segundo de satisfacción y, a continuación, vuelta otra vez a la angustia de saber que, a pesar de haberlo averiguado por fin, la situación de Saúl no cambiaría. De nada le servía. Ni lo iba a despertar del coma ni le iba a reparar las lesiones.

Pero Silvia sí podía hacer que los responsables pagaran por ello.

—¿Qué hizo Tito con el coche?

—Creo que se deshizo de él en una nave de Hospitalet, donde lo desguazaron. Pero no sé en cuál.

—Eso de que Saúl quería chantajearos, es mentira. Lo sabes, ¿no?

—A mí qué me cuentas. Yo no lo conocía. ¿Tan segura estás tú de que era un santo? Es fácil ir de digno cuando no tienes de dónde rascar, pero si ves una gallina de los huevos de oro, la cosa cambia.

—Supongo que ese es el resumen de tu filosofía de vida. ¿Lo comentaste en la entrevista para entrar a Mossos? Supongo que no.

—Vete a la mierda.

—Puede que luego, pero primero me iré contigo a ver a esa cabo de la DAI de la que te he hablado.

Gustavo apretó los labios, en un gesto de desesperación. Hacía falta valor para hacer lo que Silvia le pedía. ¿Estaría a la altura por una vez? Se puso en pie y anunció:

—Voy a llamar a mi sindicato; quiero hablar con un abogado.

Y se encaminó hacia la puerta de la sala. Silvia lo siguió.

—No sé cuál es tu sindicato, pero me temo que este caso les va a venir un pelín grande a sus abogados. No te van a abrir un puto expediente disciplinario por todo lo que has hecho, te van a imputar delitos muy graves.

Gustavo salió de la sala y se encaminó hacia el vestuario.

—¡Pues me buscaré un buen abogado, joder!

Entró en el vestuario de hombres. Silvia fue tras él.

—Lo primero que te recomendará —dijo Silvia— es que no declares, y eso no hará más que beneficiar a Castro.

—No voy a declarar contra nadie, ¿te enteras? —Se quitó la camiseta y la lanzó contra las taquillas—. Me comeré lo mío y punto. Y lo que te he contado del atropello, no pienso declararlo oficialmente.

—Puedo entender que quieras encubrir a Jairo. —Silvia trataba de mostrarse persuasiva—. Lo de Tito lo entiendo un poco menos, porque no creo que seáis tan amigos, pero tú sabrás. Ahora, que sigas protegiendo a Castro, después de lo que le ha hecho a Jairo, no me lo explico.

Gustavo dio un puñetazo a la puerta metálica de una taquilla. La hundió.

—¡Joder! Hasta donde yo sé, Jairo sigue vivo.

Se encaró con Silvia. Ella no se acobardó.

—¿Y qué pasa si aparece su cuerpo?

La mirada de Gustavo se ensombreció.

—Si Jairo aparece muerto, te juro por Dios que hundiré a Castro. Pero, mientras eso no pase, no pienso decir una mierda.

Silvia era consciente de que eso era todo lo que le sacaría. Por el momento. Dijo:

—Y yo te juro que esto no termina aquí.

Sacó el teléfono e hizo una llamada breve. Al instante dos agentes de la DAI entraron al vestuario.

Un rato antes, cuando por fin encontró a Gustavo, Silvia había llamado a Luz. Esta quedó en enviarle un par de agentes de apoyo, pero Silvia no había esperado a que llegaran. Aunque Gustavo se mantuviera firme en no declarar contra Castro y por lo tanto no tuvieran fuerza para ir contra este, las dos tenían claro que Gustavo tampoco podía quedar libre. Había que detenerlo por el atraco y la tentativa de homicidio del lunes. En aquellos momentos, otro par de agentes debía estar ya en la comisaría de Sant Feliu, recogiendo del armero su pistola de dotación.

Después de que los de Asuntos Internos se llevaran a Gustavo, Silvia decidió regresar al hospital. Sentía que avanzaba, sí, pero muy poco a poco. Y el sentimiento de ir a contrarreloj no disminuía.

Cuando llegó a las inmediaciones, vio un hueco en el arcén de la calle Feixa Llarga, junto al campo municipal de fútbol, y estacionó su Seat Ibiza allí. Antes incluso de que hubiera bajado, observó como un coche patrulla de Mossos se detenía repentinamente a su lado y, de su interior, descendían a toda prisa una cabo y un agente uniformados.

Silvia optó por permanecer en el coche. La cabo se aproximó a la puerta del conductor, al tiempo que el agente permanecía al otro lado del vehículo, haciendo funciones de control de seguridad. Igual que cuando se abordaba un vehículo sospechoso.

Silvia bajó la ventanilla para poder escuchar lo que la cabo tenía que decirles.

49

La cabo debía rondar los cuarenta y tenía un ligero sobrepeso; su gesto serio y su voz grave denotaban que deseaba actuar como una buena profesional. Probablemente lo era.

—Buenos días —saludó la cabo como simple formalidad—, me permite su documentación.

—Soy compañera —dijo Silvia, al tiempo que le mostraba su placa y la Tarjeta de Identidad Profesional—. ¿Qué es lo que pasa?

La cabo no pareció sorprendida al ver las credenciales, como si ya supiera con quién iba a encontrarse. Observó su número de agente y la fotografía. Después le preguntó:

—¿Cómo se llama?

—Silvia Mercado. ¿Qué es lo que pasa?

La cabo ignoró la pregunta. Tampoco anotó sus datos ni pasó la información por Sala. Sin duda, aquello no constaba en ningún lado... De momento.

—Salga del vehículo —pidió la cabo— y abra el maletero.

Silvia soltó un bufido, pero decidió obedecer.

Descendió del vehículo y se dirigió a la parte posterior.

El agente era el más joven de los tres y no dejaba de moverse. Parecía ansioso.

Silvia se detuvo en la parte trasera del Ibiza y los observó a uno y a otro, sin abrir el maletero.

—¿Vais a decirme a qué viene esto o no?

La cabo la miró a la cara, incómoda, y repitió:

—Haga el favor de abrir el maletero.

Silvia aguardó unos instantes. Podía rebotarse. Sabía que estaba en su derecho, porque aquello era una clara encerrona. Pero optó por abrir el maletero y dar un paso atrás.

La cabo y el agente se inclinaron para observar el interior. Allí no había más que una bolsa con herramientas y productos de limpieza, el chaleco reflectante, la caja de los triángulos y un inflador eléctrico.

—A ver el compartimento de la rueda de recambio —dijo la cabo.

El agente levantó la bandeja del suelo del maletero y allí no encontraron más que un espacio vacío. Por no haber, no había ni rueda de recambio.

Los dos uniformados se miraron extrañados. El agente metió la cabeza en el hueco y la sacó al momento.

—¿A qué huele ahí? —preguntó, arrugando el morro.

—Ayer se me derramó un ambientador que acababa de comprar —dijo Silvia—, y supongo que se coló hasta el fondo. Aroma a limón fresco.

—¿Dónde está la rueda de recambio? —preguntó la cabo, algo desconcertada.

—No llevo. Prefiero el kit para reparar los pinchazos… —Y, acto seguido, puso los brazos en jarras, mostrando su indignación, y preguntó—: ¿Me vais a decir ahora qué demonios estáis buscando en mi coche? ¿Eh? Porque por mí podéis registrarlo todo, si queréis. Ponerlo patas arriba y cachearme a mí, ya de paso. ¿Queréis que vacíe el bolso también?

La cabo no respondió. Se limitó a alejarse unos metros, a hablar por teléfono, mientras el agente abría las puertas y observaba tímidamente su interior.

Al cabo de un minuto, la cabo regresó con evidente gesto molesto.

—Discúlpame, compañera. Creo que ha habido un malentendido.

—Ahora me llamas compañera, ¿eh? ¿Ya no me tratas de usted?

—Lo siento, ya te he dicho que ha sido un malentendido.

—Ni malentendido ni hostias. Dile al que te ha enviado aquí que es un mierda. Y de paso que le diga al que le ha dado la información que también es un mierda y un puto cobarde.

—No te pongas así…

—¿Algo más?

—No —respondió secamente, y, dirigiéndose a su compañero, dijo—: Vámonos, Javi.

Subieron al coche patrulla y emprendieron la marcha.

Silvia cerró el maletero y se apoyó en el vehículo. Sabía que tarde o temprano, aquello ocurriría.

La noche anterior, después de soltar la papa a escasos metros de allí, no dejaba de preguntarse por qué seguía percibiendo aquel débil tufillo a marihuana. Inicialmente creyó que se le había quedado pegado a la nariz después de haber estado cerca de la plantación incendiada, pero se dijo que aquello no era normal. Apenas había estado allí unos minutos. Miró en la parte de atrás, bajo los asientos, y finalmente se dirigió al maletero. Con la linterna del móvil iluminó el portón y observó marcas de dedos recientes. Ella hacía días que no lo abría, de modo que decidió inspeccionarlo con cuidado. Y en el hueco de la rueda de recambio se topó con uno de los sacos azules que solían utilizar para guardar las pruebas de las entradas y registros, encajonado en el lugar donde debía estar la rueda. Se puso unos guantes y lo sacó. Pesaba entre cuatro y cinco kilos y estaba precintado. Lo abrió y se topó con lo que ya esperaba, porque el olor ahora era muy intenso: estaba repleto de cogollos de marihuana. Miró a su alrededor, en busca de cámaras cercanas al lugar donde había tenido estacionado el vehículo durante buena parte del día, pero no halló ninguna. Era imposible demostrar que Castro o alguien a sus órdenes le había encasquetado aquella jodida trampa. Decidió deshacerse de los cogollos esparciéndolos por el lecho del Llobregat, a escasa distancia de allí, y arrojó la bolsa en un contenedor, hecha trizas.

Sí, desde luego Castro estaba hecho un buen hijo de puta. Aquella jugada, unida a la llamada de Olga, podía haberle causado graves problemas. Y, a buen seguro, Castro no iba a parar. Llegarían más trampas. Tenía que detenerlo como fuera.

Cuando el coche patrulla desapareció de su vista, se dirigió al edificio principal del hospital. Justo en el momento en que se disponía a entrar, su teléfono móvil comenzó a sonar.

Cuando descolgó, la voz que oyó al otro lado de la línea fue una sorpresa:

Marko Obradovic.

50

Jodido pero contento.

A falta de una expresión mejor, ese era el estado de Castro cuando entró en la comisaría de Sant Feliu de Llobregat, poco después de la una del mediodía.

Venía de Plaza Europa. Había estado charlando con el conserje del conjunto de edificios donde se hallaba el dichoso aparcamiento de los serbios, y no solo había obtenido de él una copia de la llave para acceder a su interior, sino que también le había sacado información útil que le permitiría ejecutar el robo sin necesidad de apoyo.

Los conserjes solían ser gente entrometida y chafardera, que acostumbraban a complicar las investigaciones e incluso ponerlas en riesgo. Pero aquel tipo resultó ser bastante discreto y diligente, dispuesto a colaborar sin hacer preguntas. Al principio, Castro lo tanteó, sin nombrar a los serbios en ningún momento, pero al enterarse de que el hombre no podía ni verlos, se tiró a la piscina. Le preguntó dónde vivían, y el conserje le indicó cuatro apartamentos distribuidos entre las tres torres, aunque solo uno de ellos era un ático; Castro supuso que allí vivía Zoran, y el hombre se lo confirmó cuando dijo «Ahí vive el alto y calvo con cara de hijo de puta». Decidió que le metería el palo en el rellano del ático, cuando subiese del aparcamiento. Lo podría hacer solo, sin la ayuda de Gus ni la de Tito. Este había dicho que en el ascensor solía subir Zoran acompañado únicamente de uno de sus machacas; confiaba que aquella noche subiera solo o, como mucho, él y otro. Si subía con más hombres, la cosa se pondría verdaderamente fea.

Pero tenía que arriesgar.

Y era muy probable que la cosa funcionara.

Por eso estaba animado. Y porque el asunto de Cabrales había quedado encarrilado.

Y, pronto, lo de Silvia también. Confiaba en que la jugada con Navarro funcionase; un rato antes le había dicho que tenía una patrulla fija en torno al Hospital de Bellvitge, esperando a ver si aparecía Silvia con su condenado Ibiza. En cuento registrasen su coche y se topasen con una bolsa de indicios repleta de marihuana y con el número de diligencias tachado, ya se podía dar por jodida. A partir de ahí, las sospechas comenzarían a crecer contra ella: tráfico con marihuana intervenida policialmente, vínculos con una muerta encontrada en un piso donde se cultivaba marihuana… e incluso podría hacer correr el rumor de que el atropello de Saúl tenía que ver con algún ajuste de cuentas entre traficantes… El caso era tenerla entretenida con sus propios marrones y así él tener vía libre para ir allanándose el camino.

Y si con eso no tenía suficiente, la baza del sicario seguía estando en su mano.

Así que se sentía jodido, sí, pero también contento, para qué negarlo. O, al menos, moderadamente optimista.

Había decidido dejarse ver por el despacho de la UTI durante un rato y que Lacalle le soltara un buen chorreo, a ver si así se relajaba. Estaría por allí hasta la hora del *briefing* de mediodía, y después, con la excusa de salir a comer, se largaría a Port Ginesta para su encuentro con Cabrales.

La cosa pintaba razonablemente bien… hasta que puso los pies en la oficina y se encontró a la mismísima Silvia allí sentada, frente a un ordenador de la sección de Violentos. Y no solo eso; también presenció un par de maniobras que no le gustaron ni un pelo.

Primero vio a Lacalle salir de su despacho y comentarle a Silvia algo así como: «Ahora no pueden hablar… Llamaré en un par de minutos, a ver qué me cuentan».

Y lo segundo fueron las puñeteras miraditas. Sí, las miraditas. Cuando Silvia y Lacalle se dieron cuenta de que acababa de llegar, se miraron entre ellos en plan «¡Hostia!». Después fueron cayendo más miraditas de algunos de las agentes. No de todos, pero sí de bastantes.

¿Qué coño sabían todos esos que él desconocía?

Lacalle dio media vuelta y se metió en su despacho, con el teléfono móvil pegado a la oreja.

Castro fue directo a Silvia.

—Acompáñame, por favor —dijo, y señaló la sala de reuniones que había junto a los locutorios.

Silvia no le permitió ver lo que estaba redactando. Lo guardó rápidamente y bloqueó su perfil de usuario. Finalmente se puso en pie y se encaminó hacia la sala. Castro fue detrás. En cuanto entraron, él cerró la puerta.

Había seis sillas en torno a la amplia mesa rectangular de esquinas redondeadas, pero Silvia no ocupó ninguna de ellas. Castro tampoco.

—¿Por qué me miras así? —preguntó Silvia—. Cualquiera diría que te sorprende verme aquí y no en otro sitio. En un calabozo, por ejemplo.

Menuda zorra…

—¿Qué le has contado a Lacalle? —Castro hizo grandes esfuerzos por contener el volumen de su voz. Al otro lado de la puerta, más de uno debía estar atento a lo que sucedía ahí dentro.

Silvia le sostuvo la mirada, impasible, retadora, y respondió:

—¿A ti qué te parece? Adivínalo.

—No me vengas con jueguecitos…

—¿O qué? ¿Vas a mandar a alguien para que me atropelle, como con Saúl? ¿O lo vas a hacer tú mismo?

—Pero ¿qué estás diciendo? Yo no tuve nada que ver con lo que le pasó, ¿me oyes? Nada.

—¿Tampoco con lo que le pasó a Dolores Casal? ¿O a Olga Urrutia?

—¡No, joder!

—Guárdate tus mentiras para la DAI. Y practica un poco para que suenen más creíbles… aunque de poco te van a servir. Te tengo cogido por los huevos.

Silvia trató de abrir la puerta de la sala, pero Castro alargó un brazo y se lo impidió haciendo fuerza con todo el peso de su cuerpo.

—¿Quieres joderme, eh? ¡Me cago en tu puta madre! ¿Quieres joderme?

—Para eso ya te bastas y te sobras tú solito. Llevas años jodiéndote a ti mismo y a todos los que te rodean. Y ha llegado el momento de que pagues. —Silvia inspiró hondo y señaló la mano de Castro—: Suelta la puerta o me pongo a gritar para que se entere todo el mundo, aquí y ahora, de que eres un corrupto de mierda.

Castro sintió deseos de golpearla. Deseos de silenciarla. Deseos de hacerla desaparecer. Pero no podía. Al menos, allí no.

Apartó la mano de la puerta.

—Yo que tú tendría mucho cuidado —dijo Castro—, no te vaya a pasar algo.

—Yo que tú, también. Estate atento cada vez que cruces una calle, no aparezca yo con un coche y te arrolle. Ganas no me faltan.

Silvia salió del despacho y Castro permaneció allí unos segundos, recapacitando.

¿Qué cojones le había contado a Lacalle aquella zorra? ¿Hasta dónde sabía? ¿Podía contrarrestarlo?

Salió a la estancia principal de la UTI y notó las miradas sobre él. Las ignoró. Buscó a Silvia y la vio sentada de nuevo, tecleando frente al ordenador. Más allá, al fondo, la figura de Lacalle apareció bajo el umbral de la puerta de su despacho. Seguía al teléfono, con el semblante serio. ¿Con quién coño hablaba? Dirigió a Castro una mirada cargada de… no sabía muy bien cómo definirla, una mezcla de cabreo, desprecio y decepción. Tras pedirle a su interlocutor que aguardara un momento, se apartó el teléfono de la cara y le dijo a Castro:

—No te muevas de aquí. Tenemos que hablar.

¿Cuándo? ¿Cuándo acabara de recibir instrucciones de la DAI? Porque sin duda era con ellos con los que estaba al teléfono… Pues con él que no contara.

51

No era con la División de Asuntos Internos con quien hablaba el subinspector Lacalle.

Era con el jefe de la Unidad de Investigación de Vilanova i la Geltrú. Y lo que estaba haciendo en aquellos momentos era confirmarle la información que le había transmitido Silvia.

La mossa se había presentado en su despacho hacia la una del mediodía, cuando se disponía a salir para comer, y le había soltado una patata caliente del tamaño de un trolebús. Según ella, había recibido una llamada anónima aconsejando que le echaran un vistazo a la embarcación que el sargento Román Castro tenía amarrada en Port Ginesta porque, palabras textuales, olía raro. «Espero que estés a la altura», había dicho Silvia, cosa que le tocó mucho las pelotas. Llamó al sargento de UI Vilanova, de su total confianza, y le pidió que, con mucha discreción, enviara una patrulla a hacer comprobaciones.

Y hacía tan solo un par de minutos que la patata caliente había pasado de ser como un trolebús a adquirir las dimensiones de un Boeing 777. Porque el sargento le acababa de confirmar que la cosa apestaba. A maría, concretamente. Y mucho. De hecho, según la patrulla, el tufo a hierba se olía a lo lejos; no había más que seguirle el rastro. Y ese rastro conducía directamente a un yate de pequeñas dimensiones llamado Elvira, propiedad de Román Castro, el mismo que pagaba el amarre. Según le habían informado los patrulleros por teléfono, la puerta de la cabina estaba abierta, de modo que asomaron el morro. Y apenas necesitaron descender un par de escalones para descubrir que en la estancia principal del yate había, *grosso modo*, una treintena de bolsas de rafia de grandes dimensiones, apiladas unas sobre otras, ocupando prácticamente todo el espacio visible. Abrieron una y certificaron que sí, como si hiciera puñetera falta, que ahí dentro había un cargamento de los buenos de marihuana. Los patrulleros sabían muy bien lo que debían hacer a continuación o, mejor dicho, lo que no debían hacer; de modo que se abstuvieron de seguir registrando el yate, porque para eso hacía falta una orden judicial, salieron a cubierta e informaron al sargento de Vilanova. Habían balizado el lugar y en aquellos momentos estaban custodiando el barco hasta nuevo aviso.

Cuando acabó de escuchar toda aquella información, Lacalle cerró los ojos y se pellizcó el puente de la nariz.

Estaba resultando una mañana de mierda. Pero de todas, todas.

Acababa de pedirle a Castro que aguardara un momento, pero no sabía muy bien cómo abordar aquel condenado tema. ¿Castro? ¿Marihuana?

¿De dónde había sacado Silvia el chivatazo?

Según el relato de la mossa, desconocía a quién pertenecía el número desde donde la habían llamado y también la identidad del informante. Únicamente le habían dicho que algo «olía raro» en el yate de Castro. Y no solo le soltó aquello de estar a la altura, sino que, para acabar de achucharlo, se puso a redactar una nota informativa dejando por escrito el testimonio que acababa de comunicarle.

Al otro lado de la línea, el sargento de Vilanova aguardaba instrucciones.

—Está aquí —dijo Lacalle—. Ahora hablaré con él.

—A ver qué te cuenta...

—Tiene que haber una explicación —se apresuró a decir Lacalle, más para sí mismo que para su interlocutor.

—Eso no lo dudo. —El tono del jefe de Vilanova destilaba pura ironía.

—Venga, Felipe, por favor. Igual han utilizado su embarcación de guardería improvisada… O hasta puede ser una encerrona…

—Sea lo que sea, no esperes verlo en las imágenes de las cámaras de seguridad. Uno de mis agentes ha llamado al puerto para reservarlas y le han dicho que las cámaras están estropeadas desde ayer al mediodía.

—Qué casualidad…

—También ha preguntado por la embarcación de Castro. Estuvo navegando justamente ayer por la tarde… Ayer por la tarde, ¿me has oído?

Lacalle se llevó la mano libre a la cara.

—Sí, te he oído.

—Yo no esperaría mucho a hablar con él —dijo el sargento.

—Está bien. Dame unos minutos para tantearlo. A ver si accede a hacer una entrada voluntaria en su barco. —Hizo una pausa y añadió—: Se merece el beneficio de la duda, ¿no?

Un beneficio de la duda que, conforme transcurrían los minutos, ni el propio Lacalle se veía con fuerzas de concederle…

En aquel momento, oyó a Silvia gritar:

—¡¿Dónde está Castro?! ¿Le habéis visto? ¿Adónde ha ido?

—Ahora te llamo —dijo Lacalle al jefe de Vilanova.

—¡Lacalle! —lo llamó Silvia—. ¡Lacalleee!

El subinspector salió a toda prisa de su despacho al tiempo que veía a la mossa desaparecer por la puerta de la UTI.

Y se cagó en los muertos de Castro.

—¿Cuánto hace que se ha largado? —preguntó a los cuatro agentes que había trabajado en la oficina. Un par se encogieron de hombros, atónitos, y solo uno respondió que hacía un par de minutos, más o menos.

Lacalle voló hasta el pasillo. Justo en aquel momento, el agente Jordi Quiroga entraba con una café en la mano.

—¿Qué pasa? —preguntó Quiroga

—¡Acompáñame, rápido! —exclamó Lacalle

Un cabo llamado Barrionuevo se unió a ellos.

Los tres bajaron a toda prisa por las escaleras. Lacalle no les dio ninguna clase de explicación. ¿Qué coño iba a decir? ¿Que tenía que impedir a toda costa que un sargento con un yate repleto de marihuana se largara de comisaría? Aquello sonaba tan mal como lo que era, joder.

Debía impedir que aquella patata caliente le explotase en la cara, que todos pensasen que no era más que un gilipollas (por no decir algo peor) que había hecho oídos sordos a las señales y los avisos que le advertían de que tenía un sargento corrupto bajo sus órdenes.

Lacalle y sus dos subordinados entraron en tromba al aparcamiento interior y se toparon con una imagen chocante.

El Peugeot 308 del grupo de Violentos rugía frente a la salida de vehículos, esperando a que la gran puerta corredera se abriera desplazándose lentamente a un lado. E interponiéndose entre el coche y la salida, con ambas manos apoyadas firmemente sobre el capó, estaba Silvia.

Castro iba al volante.

Ambos se miraban fijamente, retadores.

—¡Que no se marche! —ordenó Lacalle casi sin aire.

Quiroga se le había adelantado y justo acababa de abrir la puerta del conductor. Metió el cuerpo en el vehículo y paró el motor sin que Castro opusiera resistencia.

El silenció invadió el aparcamiento.

Cuando Lacalle y el cabo llegaron al Peugeot, Castro todavía mantenía la mirada al frente, con la mandíbula tensa.

—No me jodas, Castro. ¿Qué cojones haces?

El sargento se volvió hacia Lacalle con gesto desafiante.

—Iba a ver cómo está mi madre. ¿A qué viene todo esto?

—Te digo que esperes y te largas. No me estás poniendo las cosas fáciles.

—¿No te estoy poniendo las cosas fáciles? ¿Para qué?

Lacalle echó un vistazo al cabo y a los dos agentes. Silvia seguía plantada frente al vehículo, aunque ahora lo miraba a él.

—Sea lo que sea, suéltalo ya —dijo Castro.

—Tienes que venir conmigo a Port Ginesta. Han encontrado un cargamento de marihuana en tu yate.

Sorpresa. Eso fue lo que advirtió Lacalle en el rostro de Castro. Sorpresa.

Franca y genuina sorpresa.

Una cosa era fingir, y otra cosa era eso.

Mierda, ¿era inocente, después de todo?

—Eso es imposible —dijo Castro.

—No lo es. Tu barco se llama Elvira, ¿no?

Castro desvió la mirada hacia Silvia. Con la vista clavada en ella, preguntó:

—¿De dónde ha salido esa información?

—Una llamada anónima —respondió Lacalle—. ¡Eh, mírame! Si no tienes nada que ocultar, te recomiendo que accedas a que se haga un registro voluntario en el yate.

Castro consultó su reloj... ¿a qué venía eso?

Después inspiró hondo y asintió.

Parecía no tener ni idea de la existencia del alijo en su barco, pero ¿inocente? Eso tampoco lo parecía.

¿En qué cojones estaba metido?

52

«Te va a gustar».

Ese fue el comentario de Marko Obradovic tras recomendarle que echara un vistazo a la embarcación de Castro.

«Te va a gustar».

En un primer momento, Silvia pensó en acudir ella misma, pero se contuvo. Hubiera lo que hubiera en el condenado yate, debía ser descubierto por terceras personas. Decidió llamar a Luz y, justo cuando se disponía a hacerlo, pensó en el subinspector Lacalle.

A ver hasta qué punto estaba dispuesto a mojarse por Castro.

Y reaccionó bien, la verdad, aunque a su modo habitual de esperar hasta el último momento para tomar las decisiones.

En el aparcamiento interior de comisaría, cuando Lacalle informó a Castro de que habían encontrado un cargamento de marihuana en su yate, todos menos Silvia se sorprendieron. Y Castro el que más. Le dirigió una mirada cargada de odio, convencido de que ella le había devuelto la jugada, pero nada más lejos de la verdad.

No era esa la idea que tenía Silvia de encontrar pruebas contra el sargento; los malditos serbios no habían entendido nada, joder. ¿Por qué a todos los delincuentes se les ocurrían las mismas ideas? Aquella jugada lo ponía en un aprieto, sí, pero era tan desproporcionada que olía a encerrona de todas, todas. Lo de Castro había sido más sutil, más sibilino. Lo de los serbios era demasiado. Por eso no le extrañaba que Castro hubiera accedido a realizar la entrada voluntaria. Cuanto más inocente se mostrase, más le beneficiaría.

Lacalle ordenó a Barrionuevo que fuera en busca de un par de agentes más para llevar a cabo la entrada y registro. También le rogó que fuera discreto; lo último que necesitaba era que comenzaran a circular rumores, si es que no corrían ya como la pólvora después del numerito que habían montado.

Diez minutos más tarde, salieron dos coches rumbo a Port Ginesta. Uno era el Peugeot 308 negro, y en él iban Lacalle, Castro, Quiroga y Silvia. Al volante iba Quiroga, y Silvia a su lado. Los mandos sentados atrás.

Castro se había quejado abiertamente de que Silvia fuera con ellos, pero Lacalle le había recordado que no estaba en posición de exigir. De momento el sargento seguía en libertad, pero era una situación que podía cambiar en cualquier momento. Castro había insistido en su inocencia, pero no suplicó. Tan solo aseguró no tener ni idea de qué demonios hacía la hierba allí.

Y, mira por dónde, por una vez a lo largo de los últimos cinco días, decía una puñetera verdad.

Silvia estaba muy muy cabreada.

Lo único que tenía contra él, y era inocente.

Había que joderse.

53

Port Ginesta era una ratonera.

Al sur y al oeste no había más que mar.

Al norte, el puerto deportivo topaba con una barrera natural: el macizo del Garraf.

Y al este se hallaba la única vía de acceso terrestre para todo aquel que viniera en coche, moto, autobús o a pie, procedente del paseo marítimo de Castelldefels.

Una ratonera, en definitiva, incluso para alguien que arribara o partiera en barco. Y fácilmente controlable desde un lugar elevado. Como, por ejemplo, la posición que ocupaba en aquellos momentos Abel Ortega.

El sicario.

Abel se ocultaba en la ladera de la montaña, cerca de las vías del tren. Agazapado entre los arbustos, observaba los acontecimientos a través de un visor monocular de largo alcance... y sentía que cada vez le gustaba menos lo que veía.

Y la cosa empeoraba por momentos.

Ya resopló, incómodo, cuando llegó al puerto a media mañana para inspeccionar el terreno y se aproximó al barco del policía. Dos cosas llamaron su atención y, la madre que los parió a todos, cada cuál era peor que la anterior. En primer lugar, el llamativo y nada tranquilizador pestazo a marihuana que desprendía el condenado yate. No podía creerlo, joder, pero sí. Pasó por delante del Elvira sin desviar la mirada, dirigiéndose al final de la pasarela, y constató que el yate era el punto cero del tufillo a marihuana que inundaba el ambiente. Se hizo el remolón un rato, volvió tras sus pasos y esta vez sí dirigió una mirada a la embarcación, que estaba amarrada con la popa pegada al borde de la pasarela, y advirtió que la puerta que daba acceso a la cabina estaba ligeramente entreabierta.

¿A qué coño jugaba aquel poli?

No estaba limpio, qué duda cabe, pero ¿por qué daba tanto la nota? A menos que no tuvieras nariz, era imposible no percatarse de que ahí dentro había un buen alijo de marihuana. Abel estaba seguro de que, si se quedaba un rato quieto, delante del barco, respirando aquella mierda, no tardaría en entrarle la risa tonta.

Mira que se lo había dicho al Pato. Que él era un profesional, coño, que no estaba para hostias, que le gustaba hacer las cosas a su modo, solo y sin complicaciones, que se limitara a marcarle un objetivo y él se haría cargo. Pero el puto gordo insistió que no, que quería al condenado poli enmerdado en el asunto, que solo podía encargárselo a alguien como él. Desde la tarde anterior había pasado unas cuantas horas detrás de él, siguiéndolo por la Barceloneta, el Gornal (con incendio incluido), Gavà, Sant Feliu y Cornellà. Tiempo más que suficiente para tener claro que aquel tipo era una bomba de relojería. Y para colmo, el muy capullo quería contratarlo para cargarse a otra policía… Abel se había limitado a seguirle la corriente, pero no estaba para hostias.

Él se consideraba un artista en su ámbito y disfrutaba con lo que hacía; no le importaba reconocerlo. Tal como dijo Confucio: «Elige un trabajo que te guste y no tendrás que trabajar ni un día más en tu vida». Y qué razón tenía el condenado chino. Aunque había excepciones en las que no le gustaba tanto lo que hacía, como aquel caso, viéndose obligado a asociarse con un puñetero poli. Había acabado aceptando meterse en aquella historia con tal de no escuchar más al Pato, que llegó a ponerse muy pesado.

Tras descubrir lo del pestazo a marihuana, Abel abandonó el muelle y se dirigió a la ladera en busca de un lugar adecuado para observar la llegada del objetivo y del policía.

Y desde allí fue testigo de los primeros movimientos alrededor del yate, que comenzaron sobre la una y cuarto, cuando una pareja de mossos uniformados se acercaron a la embarcación. Los vio entrar, después hablar por la emisora y, finalmente, balizar con cinta policial los accesos al amarre y también a la pasarela. No tardó en congregarse allí un buen número de mirones, móviles en mano. Y después llegaron más policías de uniforme y más mirones.

Mientras todo esto sucedía, Abel detectó a Cabrales en el estacionamiento privado del puerto; acababa de bajar de un Ford Fiesta rojo bastante cascado. Por su forma de andar, parecía que iba colocado. Vio como preguntaba algo a alguien y después se dirigió a la marisquería Albatros, situada en el centro del puerto. A Abel le dio la sensación de que no se había percatado de la presencia de los coches patrulla, al haber rodeado el varadero sin pasar por el muelle donde se encontraba todo el barullo. Se sentó en la terraza y pidió una cerveza. Se había adelantado casi media hora.

El plan de usar el yate para deshacerse del cuerpo de Cabrales se había ido al garete, qué duda cabía; sin embargo, su ejecución seguía adelante. Más por orgullo profesional que otra cosa.

Telefoneó a Castro, pero no respondió. Lo intentó un par de veces más hasta que vio llegar varios vehículos policiales de paisano y uno de los polis que se apearon de ellos era, y tenía guasa la cosa, el propio Román Castro.

¿Qué cojones pasaba ahí?

Volvió a dirigir el visor hacia la terraza del Albatros y allí seguía aquel drogata, con la mirada perdida y un pitillo consumiéndose entre sus dedos. No se estaba dando cuenta de nada de lo que sucedía en aquel otro punto del puerto. Sus vecinos de mesa sí, estiraban el cuello para tratar de ver algo, pero él como si nada. Tan feliz. Y tan a gusto.

Abel volvió a apuntar con su visor hacia el muelle y enfocó al enjambre de gente que allí se apiñaba, frente al acceso a la pasarela donde se encontraba el yate de Castro. Calculó que debía haber unas cien personas. Y más que iban llegando. Aquel asunto se había convertido en un evento en toda regla, un espectáculo improvisado en medio del puerto, con un público que no dejaba de aumentar.

Recorrió con el visor la pasarela y se topó con los policías de paisano, caminando en dirección al yate, con Castro en el centro. A la distancia que se encontraban, ya debían estar notando la fragancia a hierba que emanaba del interior de su yate.

Abel apartó el ojo del visor y pestañeó ante el brusco cambio de luz.

Había tomado una decisión.

Se encargaría del objetivo, por supuesto. Para algo era un profesional.

Pero respecto a Castro, pues bueno… ¿Qué decir de él?

El Pato lo quería enmerdado, ¿no? Pues a ver cómo salía de aquel percal, porque la cosa pintaba chunga que te cagas para él.

Pero chunga, chunga.

54

De camino a Port Ginesta, Castro tuvo tiempo más que suficiente para recapacitar sobre quién, cómo y por qué le habían
colocado un jodido cargamento de marihuana en el yate.

Habían sido los serbios, por supuesto; esos tenían marihuana
para dar y regalar. Y lo habían hecho por la noche, en connivan-
cia con los vigilantes del puerto, que prácticamente podía decirse que trabajaban para ellos. Los serbios eran los putos amos de
Port Ginesta. Aquello era como su pequeño cortijo; controlaban
el lugar y a los que mandaban allí. De ahí que Castro apenas
pagara cuatro chavos por el amarre. ¿Que las cámaras de vigilancia llevaban estropeadas desde ayer al medio día? Ya, claro. Eso
era lo que decían ellos, no te jode. Porque les interesaba que
nadie viera realmente quién había metido la hierba en el puñetero barco.

Con respecto al motivo de por qué lo habían hecho, ahí no
tenía ninguna duda: pues porque sabían que quería joderlos con
el palo del parking. Simple y llanamente. Lo habían descubierto.
O, mejor dicho. Silvia se había encargado de que lo descubrie-
ran. De algún modo, Olga se había enterado y se lo había contado a Silvia, y después ella…

Menudo par de putas.

¿Había sido Silvia quien había propuesto que le metieran el
cargamento en la embarcación para devolverle el golpe? Podía
ser, pero le costaba imaginársela conchabada con aquella gente.

Silvia no era de ese estilo; quizá se había dirigido a los serbios en busca de información, pero no la veía planeando algo así con ellos. Y también estaba claro que había descubierto la bolsa que le había plantado en el coche; mientras bajaba al aparcamiento de comisaría para emprender su huida, telefoneó a Nando Navarro y este le dijo que sus agentes no habían encontrado nada en el maletero de la compañera. Cuando comenzó a recriminarle que le hubiera metido en una de sus mierdas, Castro le colgó.

Pintaban bastos, joder, pintaban bastos.

Y, para colmo, el puerto se había convertido en un circo. Tuvieron que dejar los vehículos en el estacionamiento principal, porque la multitud dificultaba el acceso al muelle. Los observaban con curiosidad, expectantes, sin prisa alguna por moverse de allí, a pesar del sol abrasador del mediodía. Junto a Castro, Lacalle, Silvia y Quiroga iban el cabo Barrionuevo y dos agentes más de la UTI, Guerra y Sergi.

Mientras caminaban por la pasarela, Castro sintió unas repentinas ganas de vomitar y a punto estuvo de perder el equilibrio. Se aproximó a la baranda de la pasarela, se apoyó en ella y esperó a que pasaran las náuseas.

Todos se detuvieron.

—¿Estás bien? —preguntó Lacalle.

—No, joder. No estoy bien. ¿Tú lo estarías en medio de esta encerrona?

El subinspector soltó un profundo bufido, superado por las circunstancias, y dijo:

—Es mejor que acabemos cuanto antes con esto. Sigamos.

Castro lanzó una mirada de desprecio a Silvia. Esta se la devolvió.

Menuda hijaputa.

Pues si creía que con una treta semejante conseguiría joderlo, iba lista. Recurrir a algo así solo significaba una cosa: que no tenía nada firme contra él, que estaba desesperada. Y, de momento, a él todavía no lo habían detenido. Eso tenía que significar algo, ¿no? Seguía portando su credencial y su arma. De camino allí, en el coche, Castro creyó que Lacalle le obligaría a entregárselas, pero no lo hizo. El subinspector debía albergar algún tipo de duda, y él tenía que explotarla al máximo. Además, ¡qué coño!, él no tenía nada que ver con esa condenada marihuana porque ¡media hora antes no tenía ni idea de que estaba ahí!

Al menos de eso sí era inocente.

Tenía que convencer a su jefe como fuera.

Se pusieron en marcha de nuevo y llegaron hasta el yate. El olor a marihuana era tan evidente que a Castro le extrañó que las alarmas no hubieran saltado antes. Frente a la embarcación había otro binomio uniformado y una pareja de mossos de paisano. Castro conocía a esos últimos, eran Felipe Noguera y uno de sus cabos. Noguera era el jefe de la Unidad de Investigación de Vilanova, un auténtico capullo que no había resuelto un caso decentemente en toda su puñetera vida.

Todos lo observaban con recelo, evitando mirarlo a los ojos.

Y Castro buscaba sus miradas, uno a uno, enfrentándolos, mostrándoles que no tenía nada que esconder. Podían pensar lo que quisieran. Y comerle la polla también.

Lacalle se dirigió a Castro.

—¿Cuándo fue la última vez que viniste al barco?

—Ya te lo he dicho. Ayer por la tarde.

—Pero ¿a qué hora?

—Sobre las seis o las seis y media.

—¿Saliste a navegar?

—Sí, un rato. Hasta Cala Morisca. Acababan de repararlo y quería asegurarme de que funcionaba bien. Cuando me llamaste ayer para contarme lo de la banquera, estaba de regreso.

El jefe de Vilanova alzó el mentón y preguntó con socarronería:

—Supongo que, si el cargamento hubiera estado a esas horas en el barco, lo habrías notado, ¿no?

—Y yo supongo que tú entraste en el cuerpo para cubrir el cupo de deficientes mentales que marca la administración, ¿no?

El jefe de Vilanova se abalanzó sobre Castro y todos corrieron a separarlos.

Se oyeron gritos y aplausos procedentes del acceso al muelle; el público estaba sediento de acción y se emocionaba a la mínima.

—¡Venga, coño! —exclamó Lacalle—. Comportémonos como adultos, o al menos finjamos que lo somos. Esto es serio, ¿me oís? Lo menos hay un centenar de móviles enfocándonos ahora mismo.

Castro y Noguera se separaron.

Lacalle miró a Castro y preguntó:

—¿Das tu consentimiento para hacer un registro de la embarcación?

—Sí. Ya te he dicho que no tengo nada que esconder. Soy el primer interesado en que todo esto se aclare.

Lacalle asintió y se llevó a un lado a Felipe Noguera. Debía estar pidiéndole que se marchara, porque su reacción fue de cabreo. Finalmente, el sargento de Vilanova hizo un gesto a su cabo y ambos se largaron por la pasarela entre reniegos.

—Tampoco quiero que esté ella aquí —dijo Castro, señalando a Silvia.

Lacalle la miró durante unos segundos y después negó con la cabeza.

—No. Ella se queda —dijo, y a continuación se dirigió a Silvia—: Pero tendrás que mantenerte al margen. Es mejor que no participes en el registro.

Silvia asintió, sin apartar la mirada de Castro. La muy cabrona quería un asiento en primera fila.

Por fin Lacalle ordenó que todo diera comienzo, con Sergi levantando acta manuscrita. El subinspector mandó buscar un par de testigos, cosa nada difícil puesto que la inmensa mayoría de los mirones hubieran pagado por meter el morro en el asunto. Cuando les informaron de cómo funcionaba la diligencia policial, los mantuvieron a una distancia prudencial del yate.

Dos agentes femeninas de la Unidad Territorial de Policía Científica, que acababan de hacer acto de presencia cargadas con sus bártulos, se pusieron manos a la obra estudiando la puerta de entrada a la cabina de mando y su cierre, así como la pequeña puerta que había a la derecha del timón y que daba acceso a la parte interior del yate. Tras realizar una inspección minuciosa, llegaron a la conclusión de que la cerradura no había sido forzada, que las únicas marcas de pisadas eran las de los patrulleros, y que, tras hacer una búsqueda lofoscópica, había signos suficientes para concluir que la persona o personas que habían accedido al yate llevaban guantes. Nada de eso sorprendió a Castro; los serbios sabían muy bien lo que se hacían.

A continuación, procedieron a sacar las bolsas de marihuana del interior del yate. Quiroga se calzó unos guantes de vinilo y una mascarilla y subió a la cubierta. Entró a la cabina de mando y descendió los primeros escalones que conducían al salón. Allí dentro cabía una gran cantidad de marihuana si se aprovechaba bien el espacio. Se trataba una estancia bastante más amplia de lo habitual para aquel tipo de embarcaciones, con cocina, baño, una mesa con bancos y un par de literas. Al fondo se encontraba el camarote doble.

Quiroga comenzó a extraer grandes bolsas de rafia rectangulares, con largas asas y cierre de cremallera, y decoradas con cuadros blancos, rojos y azules. Se veían muy pesadas y, sin duda, la marihuana que contenían no había sido envasado al vacío, así los serbios se aseguraban de que su intenso aroma llamaba la atención. En la cubierta, Guerra recogía las bolsas de mano de Quiroga y se las pasaba al cabo de Personas, Barrionuevo, que las depositaba en la pasarela para reseñarlas. Lacalle y Silvia observaban con atención, a escasa distancia del yate. Castro, también cerca, se limitaba a cagarse en silencio en los muertos de los serbios. Las agentes de Científica tomaban fotos de las bolsas y su contenido, mientras los uniformados, con gesto cansado y muertos de calor, aguardaban un relevo que no llegaba nunca.

Las bolsas comenzaron a amontonarse. Dos, cuatro, ocho, once, quince, diecisiete… Quiroga no dejaba de sacar bolsas. Y cada una de ellas debía pesar alrededor de quince kilos.

Tras la bolsa número veinte, escucharon como Quiroga comentaba algo a Guerra desde el interior.

—¿Qué pasa? —preguntó el cabo.

—Dice que ahí dentro huele fatal —respondió Guerra.

—No me extraña. Si ya huele un huevo aquí fuera, y estamos al aire libre, ahí dentro debe ser asqueroso. Pregúntale si faltan muchas bolsas, que le haremos un relevo.

Guerra intercambió unas palabras con Quiroga.

—¿Qué dice? —preguntó el cabo, de nuevo.

—Dice que ahí abajo huele como el culo, que no es solo el olor a marihuana.

—¿Pero a qué huele?

Guerra soltó un bufido. Ya se había hartado de hacer de mensajero.

—Oye, ¿por qué no vienes tú y hablas directamente con él?

Barrionuevo dudó. Estaba claro que no quería meterse ahí dentro y atufar su indumentaria, unos arrugados pantalones chinos color caqui y el típico polo Macson que doscientos mossos de investigación más lucían a diario. Miró a Lacalle de reojo y, finalmente, se puso unos guantes y una mascarilla. Entró en la cabina y descendió los peldaños que conducían al salón de la embarcación.

Cuatro minutos más tarde, Barrionuevo salió a cubierta. Se apartó la mascarilla de la cara y apoyó ambas manos sobre la barandilla de la borda. Por un instante, pareció que iba a vomitar. Tenía el rostro blanco como el papel.

Cuando se recompuso, fue hasta Lacalle, evitando intencionadamente mirar a Castro, y, usando un tomo sorprendentemente formal, dijo:

—Subinspector. Será mejor que venga conmigo.

55

Abel entró a la terraza del Albatros y avanzó entre las mesas, zig-zagueando, hasta que se plantó frente a Rafael Cabrales. De cerca, el tipo estaba más cascado de lo que parecía a lo lejos, con aquel mostacho pasado de moda y sus cuatro pelos pegados al cráneo a base de sudor y roña, aunque lo cierto es que también parecía menos colocado. Tenía la cara de un auténtico hijo de puta.

Ocupó la silla que había frente a Cabrales y este se revolvió en su asiento, sorprendido.

—¿Tú quién eres? —preguntó Cabrales.

Abel sabía que Castro y aquel desgraciado no se habían visto jamás en persona. Dijo:

—¿Con cuánta gente has quedado hoy para sablearnos? Porque si hay que coger número, me lo dices y punto.

—No, coño… Es que traes unas pintas.

Abel iba vestido de un modo bastante tirado, con pantalones de campaña negros, zapatillas deportivas de trekking, sudadera negra y una gorra desgastada. Después del cambio de planes no había querido cambiarse; su intención era acabar con aquel asunto cuanto antes. Dijo:

—Hay que joderse. Y tú, ¿te has visto?

—Coño, yo no soy poli.

—Me cago en la hostia… Ni que fueras del proceso de selección… ¿Eres inspector y yo no me he enterado o qué?

Cabrales lo observó unos instantes en silencio, calibrándolo, y finalmente dijo:

—¿Me estás vacilando, hijoputa?

—¿Yo? ¿Vacilándote? Eres tú el que ha querido que nos viéramos aquí, y, por si no te has dado cuenta, en el muelle que hay justo detrás de ti se ha montado un buen espectáculo.

—¿Dónde? —preguntó Cabrales, al tiempo que se giraba ligeramente para mirar atrás.

—No me conviene que me vean contigo, joder —le apremió Abel—. Conozco a muchos de los polis que están ahí ahora mismo.

Cabrales tuvo que ponerse en pie para poder ver sin obstáculos lo que pasaba en el Muelle de Ribera. Observó durante unos segundos al gentío agolpado frente a la pasarela y a la media docena de policías uniformados que había repartidos por el muelle. Cuando volvió a sentarse, lo hizo encogiéndose en la silla, como si tratara de ocultarse.

—Joder… —dijo Cabrales—. ¿Qué coño está pasando? ¿No los habrás traído tú?

—¿Yo? ¿Traerlos? ¿Para que se enteren de toda la mierda que me llevo entre manos? Tú eres gilipollas. Acabo de llegar y me he topado con todo este pollo. Solo he conseguido averiguar que están registrando un barco. Pero no me conviene que me vean aquí, y menos contigo ¿te enteras? Acabemos cuanto antes.

—Eso tiene fácil solución. Dame mi pasta y listos.

—Te daré tu puto dinero —dijo Abel—, pero mejor nos movemos.

Abel se puso en pie. No le iba a dar otra opción.

El otro respondió con incredulidad.

—¿Dónde coño vas?

—Mira cuánta gente hay a nuestro alrededor. Me estoy poniendo de los nervios. A ti, más que a nadie, te conviene alejarte de aquí cuanto antes; tienes a toda la policía buscándote. Y yo, para ser sinceros, lo último que quiero es que mañana aparezca alguien diciendo que me ha visto contigo, así que nos largamos.

Cabrales miró de reojo al resto de mesas de la terraza. Algunos comensales incluso habían vuelto sus sillas para no perder detalle de todo cuanto sucedía en el muelle. Charlaban unos con otros, bromeando y haciendo apuestas acerca del motivo de tanta presencia policial.

—Está bien, tú ganas. Con tal de que aflojes la guita… Vayamos hacia aquel lado —dijo el yonqui, señalando hacia el Muelle de Poniente, situado al oeste del puerto—. Pero no me hagas andar mucho…

Cabrales se puso en pie. Miró la nota que el camarero le había dejado al servirle la bebida, bufó y después estrujó el papel.

—De todos modos, no creo que vuelva —dijo—. Con estos precios…

Salieron a paso ligero de la terraza y echaron a andar a lo largo del muelle. Incluso allí, en la zona más alejada, la gente especulaba acerca del dispositivo policial y avanzaba en sentido contrario al de ellos, para ver con sus propios ojos lo que estaba pasando en el Muelle de Ribera.

—Yo creo que ya nos hemos alejado bastante —dijo Cabrales, deteniéndose frente a dos embarcaciones impresionantes, una con bandera española y la otra francesa. Ambas estaban cerradas a cal y canto.

Abel se detuvo a su lado. Inspiró hondo y sintió el olor a brisa marina mezclada con combustible; agradable y repulsivo a la vez. Advirtió que Cabrales se mantenía alejado del borde. Tenía pinta de ser de los que nunca habían aprendido a nadar.

—Venga, al tema —soltó Cabrales.

Abel lo miró de arriba abajo. El tipo tenía los ojos vidriosos y la boca seca, con pegotes blancos de saliva en la comisura de los labios. Tensaba y destensaba la mandíbula con agresividad. Comenzaba a impacientarse.

Tras echar un vistazo a su alrededor, Abel dijo:

—Pues vamos al tema.

Se levantó la sudadera y Cabrales, alerta, le agarró ambas manos con firmeza hasta que advirtió que ahí debajo, encajado entre los pantalones y la camiseta, llevaba un abultado sobre blanco.

Eso lo calmó.

Abel extrajo el sobre y se lo tendió a Cabrales.

El yonqui alargó una mano para cogerlo, tan hipnotizado por el grosor del paquete que no vio venir el movimiento que efectuó Abel con su brazo libre: le rodeó el cuello por detrás, de un modo rápido y violento, y le clavó el dorso de la mano en la tráquea, dejándolo sin respiración.

–No hay nada peor que los aficionados –susurró Abel.

Soltó el sobre y en su mano quedó a la vista la empuñadura de una navaja automática.

Hizo un leve movimiento con el pulgar y una hoja de once centímetros, afilada y brillante, emergió como por arte de magia.

Se la clavó en el estómago: uno, dos, tres.

Y en el pecho: cuatro, cinco, seis.

Cabrales no daba crédito a lo que le estaba sucediendo. Las piernas se le doblaron involuntariamente y Abel lo mantuvo en pie, aferrándolo todavía por el cuello, como si fueran dos viejos amigos con unas copas de más. El muy codicioso no dejó ir el sobre hasta el último suspiro.

Abel dirigió la mirada a izquierda y derecha, y, sin prisa, se aproximó al borde de la pasarela, se agachó y empujó el cuerpo de Cabrales al agua.

¡Chof!

Aguardó unos segundos, atento.

Ni gritos, ni señales de alarma a su alrededor.

Volvió a ponerse en pie, guardó el sobre, que no contenía más que recortes de revistas especializadas en armamento, y se alejó de allí, a paso tranquilo.

Definitivamente, detestaba a los aficionados.

No había nada peor que el intrusismo laboral.

56

A pesar de las circunstancias, el temor que sentía Silvia por que Castro acabase saliendo airoso de aquel asunto de la marihuana iba en aumento. Conforme transcurrían los minutos, veía que la confianza de Castro era cada vez mayor, mientras que Lacalle parecía nadar en un mar de dudas. Estaba claro que aquello era una trampa, joder. Atufaba por los cuatro costados.

El ánimo de Silvia estaba por los suelos cuando Barrionuevo salió a cubierta, blanco como el papel, y pidió al subinspector que lo acompañara a ver algo.

—¿Qué pasa? —preguntó Castro.

Barrionuevo lo ignoró.

Silvia también deseaba saber qué habían encontrado, pero supuso que no entraría hasta que el resto bajaran.

Su móvil comenzó a sonar y vio que se trataba de Luz. Descolgó:

—¿Estás bien? —preguntó Luz con temor.

Silvia le dijo que sí y, tras apartarse un poco del resto de policías, le resumió en cuatro palabras lo que estaba sucediendo en Port Ginesta. Después le preguntó por qué parecía tan preocupada.

—No sé si puedo contártelo... —Luz dudó durante unos segundos y, finalmente, dijo—: Espera un momento, ahora te escribo por WhatsApp.

Y colgó.

Lacalle subió a bordo y Barrionuevo le pidió que se pusiera guantes y mascarilla. También cubrezapatos desechables. Dijo:

—Prepárese, el olor ahí abajo es insoportable.

¿Pero qué demonios había ahí abajo?

Silvia observó a Castro, que trataba de mantener la calma, pero su rostro lo delataba. Estaba ansioso por conocer si los serbios le guardaban alguna otra sorpresa.

Lacalle y Barrionuevo desaparecieron dentro de la embarcación, escaleras abajo.

Silvia consultó su móvil, pero Luz aún no había escrito ningún mensaje.

No había pasado ni un minuto y Castro ya parecía un gato enjaulado. Era incapaz de mantenerse quieto, moviéndose adelante y atrás, tratando de ver algo del interior del yate. Silvia no le quitaba ojo de encima. Tampoco Guerra ni Sergi, ni ninguno de los dos uniformados.

En un momento dado, Castro se aproximó a cubierta y puso un pie en ella. Guerra le pidió que se mantuviera en la pasarela.

—Por favor, Castro, no compliques las cosas.

Sergi también se acercó, carpeta y bolígrafo en mano. Dijo:

—Espera aquí, ¿vale? No queremos problemas, y menos contigo.

Castro chasqueó la lengua, indignado, y se alejó del barco. Guerra y Sergi se mantuvieron alerta unos segundos y después volvieron a centrar su mirada en la cabina de mando.

Silvia, por si acaso, se había posicionado detrás del sargento. No podían permitirse que echara a correr y se alejara de allí.

Pero lo que Castro hizo no fue huir de allí, sino entrar en el barco de un salto.

Silvia vio cómo descendía los peldaños que llevaban al interior y corrió tras él. Nada más bajar las escaleras, lo primero que percibió fue un intenso olor a putrefacción.

Todavía quedaban una decena de bolsas apiladas a ambos lados del salón. Quiroga, Barrionuevo y Lacalle estaban al fondo, agachados frente a la puerta del camarote, mirando hacia la cama.

Justo al oír los pasos de los recién llegados, los tres se volvieron, y centraron sus miradas en Castro, con sus ojos bien abiertos sobre las mascarillas blancas.

Castro se encontraba en medio del salón, agachado y completamente paralizado.

Aquel olor… Era repulsivo. Destacaba incluso por encima de la marihuana… Era el olor de un cuerpo en descomposición.

Castro estaba mirando más allá de Quiroga, Barrionuevo y Lacalle, por encima de sus hombros y sus cabezas, hacia el interior del camarote…

Silvia también levantó la vista y miró al fondo.

Y lo que vio tendido sobre el colchón fue un cuerpo humano cubierto de barro, sangre e insectos.

Era el cuerpo de Jairo Quintana.

57

Al ver el cuerpo de Jairo tendido en su camarote, Castro cerró los ojos.

Putos serbios. La madre que los parió.

—¿Cuándo has dicho que hablaste con Jairo por última vez? —preguntó Lacalle. Castro abrió los ojos. Ante él tenía a su superior. Acababa de quitarse la mascarilla, y su rostro dejaba claro que, respondiera lo que respondiera, jamás le creería—. ¿Esta mañana?

Hacía un calor sofocante dentro del yate. Y el hedor a putrefacción convertía el reducido espacio en un entorno agobiante.

Especialmente para Castro.

—Nunca dije que hablase con él. Recibí unos mensajes de WhatsApp. Eso es todo.

—¿Me dejas leerlos?

Castro quería salir de ahí.¡Necesitaba salir de ahí!

—¡Por Dios santo! Está claro que alguien se ha hecho pasar por Jairo, ¿no lo ves? La misma persona que lo ha traído aquí… ¿Acaso piensas que soy tan imbécil como para dejaros registrar el barco con el cadáver dentro?

—Vamos arriba —dijo Lacalle—. Y espero que no hagas ninguna tontería.

—Tienes que creerme —rogó Castro. Sonó desesperado y no le importó—. Te lo pido por favor, créeme. ¿No ves que es una encerrona? No tengo la menor idea de qué hace su cuerpo aquí. No sé por qué…

—Hazte un favor a ti mismo y cierra la boca —le cortó Lacalle—. No digas nada más. —Después se volvió hacia Quiroga y Barrionuevo—. Salgamos de aquí.

Los tres miraron a Castro.

¿Qué podía hacer? Ya no valía echarse atrás. Para eso ya era tarde, joder.

Demasiado tarde.

Se volvió y se topó con el rostro de Silvia. Su expresión era de asco y desconcierto.

—Espero que estés contenta, hija de puta —susurró Castro.

—No hasta que confieses lo de Saúl.

—Ni muerto, ¿me oyes? Ni muerto.

Lacalle solo los había oído murmurar, pero no estaba para hostias.

—¡Fuera! —gritó el subinspector—. ¡Todos!

Salieron a cubierta. La primera fue Silvia, seguida de Castro y Lacalle. En cuanto el subinspector tuvo a los agentes de Seguridad Ciudadana a la vista, les ordenó que lo esposaran.

—El sargento está detenido.

Los dos patrulleros se miraron entre sí, perplejos.

Guerra y Sergi agacharon la cabeza, negando incrédulos lo que estaban presenciando, entre murmullos de «vaya mierda» y «hay que joderse».

Las agentes de Científica tampoco daban crédito.

—¿A qué esperáis? —apremió Lacalle a los uniformados, al tiempo que empujaba a Castro para que saliera del yate.

Uno de los patrulleros se decidió a ir hacia Castro. Le preguntó:

—¿Vas armado?

—Claro que voy armado, joder.

El patrullero hizo ademán de cachearlo y Castro le apartó el brazo de un manotazo.

—No me toques. Yo mismo te daré la pistola, pero no me toques. —Se volvió hacia Lacalle y dijo—: No pienso tolerar que me esposen, ¿me oyes? No voy a dejar que me tratéis como si fuera un maldito delincuente. ¡Soy policía, me cago en la puta! ¡Soy un jodido sargento del cuerpo de Mossos d'Esquadra!

—Román —lo cortó Lacalle—, no pongas las cosas más difíciles.

—Y una polla. Merezco que me tratéis con respeto, joder. Merezco el beneficio de la duda. Yo no sé nada de lo que ha aparecido aquí hoy.

—¡Por el amor de Dios! —exclamó Lacalle—. El cadáver de Jairo está en tu puto yate, rodeado de kilos y kilos de marihuana. ¿Qué pretendes? ¿Una medalla al mérito policial?

Guerra y Sergi reaccionaron con estupor a lo que acababan de oír; no sabían nada del cadáver de Jairo. Interrogaron a Barrionuevo al respecto y él les hizo callar.

Silvia, que instantes antes se había alejado para escuchar algo con su teléfono móvil, se plantó ante Castro y dijo:

—Gustavo Malla está ahora mismo en Asuntos Internos, y en cuanto se entere de que acaba de aparecer el cuerpo de Jairo en tu barco, va a cantarlo todo. Lo de los asaltos a traficantes y lo del atraco de Vilafranca. Todo. Incluido que le encargaste a Tito Toledo que acabara con Saúl.

Todos a su alrededor reaccionaron con estupor.

En cuanto a Castro, no le quedaba más remedio que seguir negando la mayor.

—Eso es una puta mentira —dijo Castro, mirándola con asco—. No sé nada de lo que estás hablando.

Silvia se volvió hacia Lacalle y le tendió su teléfono móvil. Le dijo:

—Desde hace varios meses han ido llegando una serie de anónimos a la DAI afirmando que Castro era un corrupto. Creo que hablaron contigo. —Lacalle asintió—. Hasta ahora nada de lo que decían se había podido probar… pero hoy han recibido otro anónimo acompañado de una nota de audio.

Lacalle pulsó un botón en el teléfono móvil y lo que se escuchó fueron un par de voces; y una, indudablemente, era de Castro:

«—Cuando acabemos con esto, me gustaría que te encargaras de una faena para mí. Y en esa no pienso participar.

—¿Qué clase de faena?

—*Se trata de una mujer… Imagino que no tendrás ningún dilema moral con eso. Además, esta es policía.*

—*Necesitaré más información.*

—*Se llama Silvia Mercado y trabaja en mi Unidad, en Sant Feliu. Estoy pendiente de otra cosa, pero puede que igualmente necesite que la quites de en medio. Si es así, te pasaré toda la información.*

—*Claro. Será un placer.*»

Al oír aquello, Castro apretó los dientes hasta oír cómo le crujía la mandíbula.

¿Un sicario con grabadora? Había que joderse. Sin duda, el condenado Pato estaba detrás de todo. El muy rencoroso se la había metido bien doblada. ¿Cómo había dicho? Amigos de mierda, favores de mierda.

Pues menudo favorcito le había hecho.

Todos guardaban silencio. Las palabras sobraban. Especialmente las de Castro, tratando de justificarse. Había llegado el momento de cerrar el pico y apretar el culo.

Lacalle fue el primero en hablar, y lo hizo dirigiéndose al patrullero que había frente a Castro.

—Ponle las esposas de una puñetera vez y llevadlo a los calabozos.

El patrullero extrajo las esposas de la funda y dijo a Castro:

—Date la vuelta y pon las manos a la espalda.

Castro inspiró hondo.

Aquel era el final que tanto quería evitar.

El peor de los finales.

Pero ahí estaba.

Se negaba a pensar en todo lo que acababa de perder… sin embargo, más valía que comenzara a hacerse a la idea.

Se volvió lentamente y puso las manos a la espalda.

Tenía ante él a Barrionuevo, Sergi y Guerra.

La puta de Silvia estaba detrás, junto a los patrulleros. Se volvió y escupió a sus pies. Que le dieran mucho por culo a ella y a su novio moribundo.

Después volvió a mirar al frente y cerró los ojos.

Tras él, escuchó como el patrullero abría las esposas de un crujido; llevaba toda la vida escuchando aquel sonido antes de cada arresto, pero siempre desde el lado contrario.

También oyó la voz de una operadora de Sala emitiendo un mensaje por la emisora del patrullero.

—Aviso urgente a las patrullas presentes en Port Ginesta.

El patrullero cogió una de las manos de Castro para esposarla, mientras su compañero respondía a la emisora.

—Adelante para Garraf 230.

—Informan de un posible sesenta en el Muelle de Poniente.

Un sesenta, un muerto.

—¿Cómo lo saben, si todavía no hemos informado? —preguntó Quiroga a Lacalle.

El patrullero que se disponía a esposar a Castro, se detuvo, sosteniendo todavía su muñeca.

—Pregúntale cómo se han enterado —ordenó Lacalle al segundo patrullero.

—Cero, cero, de Garraf 230.

—Adelante, 230.

—Nos encontramos en el Muelle de Ribera, junto a los compañeros de la UTI que están realizando el registro del yate. Nos acaban de informar de que el sesenta se encuentra dentro de este yate. Repito, dentro de este yate, aquí, en el Muelle de Ribera, no en el de Poniente. Interrogo cómo se han enterado de la existencia del sesenta.

Silencio y…

—Negativo, 230. Estamos recibiendo llamadas de testigos que informan de un posible sesenta flotando en el agua, cerca del Muelle de Poniente, en la zona oeste del puerto.

Castro abrió los ojos.

Todos se miraban entre sí, desconcertados.

Y él no iba a perder la oportunidad que le brindaba aquel jodido cadáver. Le dio las gracias fugazmente y cogió aire.

Mucho aire.

Porque lo iba a necesitar.

Giró con fuerza la muñeca que en aquellos momentos le sostenía el patrullero y, sin darle tiempo a reaccionar, le asestó un codazo en toda la cara. Primero se oyó el chasquido de la nariz y, justo después, el grito de dolor. Su mano quedó libre.

El puerto quedaba a la izquierda, pero Barrionuevo y Sergi le cerraban el paso en aquella dirección. Tirarse al agua no era una opción, simplemente una gilipollez.

Castro no lo dudó. Le clavó un gancho al cabo en plena mandíbula y golpeó al agente con ambos puños, en el pecho, haciéndole caer al agua.

Guerra, a escasos metros, trató de atraparlo por la espalda, pero Castro se zafó de él retorciéndole las manos hasta un ángulo imposible y clavándole el talón de su bota en la espinilla. El agente lo soltó, presa del dolor.

Y echó a correr como un poseso por la pasarela, en dirección a tierra.

Sabía que iban tras él, pero la necesidad de huir le proporcionaba un plus de velocidad que el resto no tenían.

Al fondo, los doscientos o trescientos mirones gritaban y saltaban, agitados por lo que coño fuera que estaban presenciando, mientras las patrullas que custodiaban el acceso al muelle trataban de contenerlos.

Aquella muchedumbre suponía un muro humano infranqueable, imposible de esquivar.

A menos que fueras Moisés.

O una alternativa a Moisés.

Sin detenerse, Castro extrajo su semiautomática HK y apuntó al cielo.

Y empezó a disparar al grito de «*Allahu Akbar! Allahu Akbar! Allahu Akbar!*».

La gente arrancó a correr, despavorida.

Fue un auténtico caos.

Se pisotearon brazos, cabezas y piernas con tal de alejarse de allí.

Todo el condenado puerto se transformó en un «sálvese quien pueda».

58

Cuando Silvia vio a Castro disparar al aire, se agachó instintivamente, buscando refugio tras una torreta de suministro eléctrico.

Definitivamente, el sargento había perdido la cabeza. Ni siquiera Silvia esperaba que tratara de huir. Era una locura. Un acto desesperado. Acababa de desatar el infierno en Port Ginesta.

Había que pararlo como fuera.

Los había pillado por sorpresa, zafándose de todos los agentes que tenía delante.

Quiroga y ella echaron a correr detrás de él.

Estaba convencida de que Castro no lograría pasar el muro de personas… Y entonces comenzó a disparar como si fuera un maldito terrorista.

Desde su posición, Silvia lo vio avanzar por el espacio que la muchedumbre le dejaba libre. Después aún alcanzó a verlo bajar el arma y confundirse entre la multitud.

Silvia, que ya había desenfundado, echó a correr tras él.

Quiroga, que le había ganado unos metros durante la persecución inicial y que, igual que ella, había buscado cobertura al oír los disparos, también se puso en marcha con su Walther en la mano.

Ambos llegaron a la vez al inicio de la pasarela, escrutando las cabezas, tratando de localizar a Castro. Pero era imposible.

Un patrullero que intentaba sin mucho éxito dirigir a la gente hacia un lugar seguro, les apuntó con su arma y les gritó que tiraran las suyas al suelo. Ambos se identificaron rápidamente y le preguntaron si había visto a Castro. El agente, que todavía mantenía su pistola en alto, superado por la situación, tardó unos segundos en informarles de que creía haberlo visto corriendo hacia la salida del puerto.

Silvia vio a dos patrulleros avanzar a toda prisa en aquella dirección y allí que fue ella también. Quiroga corría a su lado.

Llegaron a la calle principal y volvieron a oír disparos. El origen no era otro que Castro. Había interceptado un Mercedes Coupé que acababa de acceder al puerto y había intentado apoderarse del coche, pero la reacción del conductor fue pisar el acelerador a fondo y alejarse de él. Castro, de pura rabia, disparaba contra la parte posterior del vehículo. Y contra todas las personas que había en aquella dirección.

Silvia se apostó detrás de un BMW Serie 6. Quiroga, en cambio, continuó avanzando.

Sonaron un par de disparos más.

Silvia se asomó y vio a Quiroga tendido en el suelo.

Castro echó a correr de nuevo y Silvia fue a comprobar el estado de Quiroga, temiéndose lo peor.

Había recibido un disparo en el pecho, pero seguía consciente.

—Tienes que pararlo —dijo Quiroga—. Tienes que paralo...

Una patrullera se aproximó a ellos. Silvia levantó la vista y vio a unos cien metros los vehículos de la UTI. Entre ellos estaba el Peugeot 308 negro con el que habían llegado al puerto. Rebuscó entre los bolsillos de Quiroga y encontró la llave.

Dejó a Quiroga en manos de la compañera, que ya estaba solicitando la presencia de una ambulancia, y echó a correr hacia el Peugeot. Entró, arrancó y comenzó a acelerar, esquivando coches y personas.

Localizó a Castro a lo lejos. Seguía huyendo a la carrera, mirando atrás cada cierto tiempo. Había rebasado las barreras de acceso al puerto y llegado a la rotonda del inicio del paseo marítimo.

Silvia aceleró y aceleró con la vista clavada en el cogote del sargento. La barrera del carril de salida voló por los aires cuando el Peugeot impactó contra ella.

Castro corría por el paseo marítimo, paralelo a la playa, cuando se volvió al oír el estruendo de la barrera.

Ambos se miraron durante una fracción de segundo. El tiempo que tardó Castro en levantar el arma y abrir fuego contra el coche.

Silvia se encogió en el asiento, con el volante recto, directo hacia él.

¡Bum, bum, bum!

La luna delantera se resquebrajó, pero nada cambió.

Estaba a escasos metros de él…

Ya casi sentía el impacto del metal contra su cuerpo…

¡Bum!

Un cuarto disparo reventó la luna delantera por completo.

Lo primero que sintió Silvia fue un intenso escozor en algún punto del lado derecho de su cabeza. Después el dolor recorrió todo su cuerpo como si un rayo la hubiera atravesado de arriba a abajo.

Involuntariamente, acababa de desviar el volante hacia la izquierda. El Peugeot viró con brusquedad y golpeó a Castro con la parte lateral posterior, lanzándolo a varios metros de distancia.

59

Castro trató de levantarse, pero fue incapaz de apoyar el pie izquierdo en el suelo a causa del intenso dolor. Se palpó la pierna y notó la deformidad causada por la fractura de la tibia. Impotente, golpeó el pavimento con el puño.

Estaba jodido.

Jodido y desesperado.

Cuando un rato antes Silvia le había dicho eso de «estate atento cada vez que cruces una calle, no aparezca yo con un coche y te arrolle», jamás creyó que sucedería. Pero ahí estaba la muy puta, dispuesta a cumplir su palabra. No le había dado de pleno, pero aun así lo había dejado bien tocado.

Se arrastró en dirección al pequeño murete que separaba el paseo marítimo de la playa. Tenía las palmas en carne viva, igual que el lado derecho del rostro, pero se trataba de un dolor soportable, nada que ver con el de la pierna. Se aferró al murete como pudo e hizo un segundo intento de incorporarse, esta vez sin apoyar el pie izquierdo.

El sol pegaba con fuerza.

Estaba empapado de sudor y sangre.

Las sirenas policiales aullaban, provenientes de todos lados.

¿A dónde coño pensaba ir?

No podía huir. No podía correr. No podía salir. ¿Qué iba a hacer?

Estaba acorralado.

Un calambrazo le contrajo el abdomen. Después vinieron las náuseas y las arcadas.

Cayó al suelo.

Estaba cansado. Muy cansado. De todo y de todos.

Y el ulular de las sirenas lo estaba volviendo loco.

Apoyó la espalda contra el murete.

La sangre le recorría el rostro y le emborronaba la vista.

Coches patrulla habían formado un cordón a unos ochenta metros de él. Oía voces a lo lejos ordenándole que levantara las manos, que se tumbara en el suelo, que se rindiera.

Castro miró al cielo.

Había intentado buscar una salida.

Y había fallado.

Pero al menos lo había intentado.

¿Lo había intentado también su padre antes de pegarse un tiro en la cocina de casa?

Jamás lo sabría, ni tampoco el motivo que lo arrastró a eso. Pero tanto daba. Un padre de mierda era un padre de mierda.

Como él.

Quizá, después de tanto tiempo, debía reconocer que eran más parecidos de lo que pensaba.

Y la única salida que le quedaba a Castro en aquellos momentos era la misma que tomó su padre.

Algo así como una jodida tradición familiar.

Porque Castro no iba a permitir que lo detuvieran.

No quería pasar por eso. Él no.

Jamás.

Miró a su alrededor, buscando su pistola. Se le había escapado de la mano cuando el coche lo embistió, pero debía estar cerca.

No tardó en localizarla a un par de metros de sus pies. Se arrastró hasta ella.

Levantó el arma y presionó el cañón contra su garganta…

Y, al hacerlo, advirtió que la corredera estaba abierta.

Ni siquiera tenía una triste bala para quitarse la vida.

Gritó de rabia, sintiéndose un puto desgraciado… hasta que vio a Silvia aproximarse hacia él, tambaleante, apuntándole con su pistola.

Aún tenía una oportunidad, y no pensaba desaprovecharla.

Montó el arma de nuevo, a pesar de que el cargador estaba vacío.

60

Silvia, a pesar de los calambres, consiguió detener el vehículo antes de impactar contra uno de los bancos del paseo marítimo. Intentó incorporarse, pero todo daba vueltas a su alrededor y tenía la vista borrosa. Se llevó la mano a la sien y sus dedos se humedecieron. Estaban empapados de sangre.

Era consciente de que había golpeado a Castro, pero no con la contundencia que pretendía. Se quitó el cinturón y abrió la puerta.

Y, a pesar de la falta de equilibrio, cogió su arma y salió del coche a trompicones.

A lo lejos, entre brumas, vio lo que parecía ser un cuerpo recostado sobre el murete del paseo. Debía de ser Castro.

Caminó hacia él, con el arma en alto, sujetándola con ambas manos y apuntando al centro de aquella mancha oscura. Oía voces que gritaban a su espalda, pero ni las entendía ni le importaban.

Y supo que aquella mancha se trataba de Castro cuando escuchó que decía:

—Creía que no vendrías a por mí.

Silvia siguió avanzando en silencio. Sus ojos eran apenas un par de rendijas, tratando de enfocar con mayor nitidez. Pero costaba.

¿Iba Castro armado? ¿Le quedaba munición?

Sus manos descansaban sobre su regazo, y Silvia no podía ver si tenía algo en ellas.

—¿Quieres acabar la faena? Aquí me tienes soy todo tuyo.

—Levanta las manos —ordenó Silvia.

—Como quieras —dijo Castro, al tiempo que alzó su pistola y le apuntó con ella. Eso sí lo vio con bastante claridad.

Silvia se quedó clavada, a unos escasos diez metros de él.

Podía dispararle y acertar. Aunque también podía fallar.

—La cosa es entre nosotros dos —dijo Castro—. O me matas o te mato. Y, sea quien sea el que acabe seco, pues bueno, le podrá dar recuerdos a Saúl de parte del otro. Porque a estas alturas ya tendrás más que claro que tu novio está muerto.

—¡Cierra la boca!

—Es un puto cadáver conectado a una máquina… Un pedazo de carne inútil.

Silvia dio un par de pasos adelante, tensando los brazos y extendiéndolos al máximo para reducir la distancia de disparo.

—¿Sabes que voló por los aires como un puto muñeco? ¡Joder, tendrías que haberlo visto! Yo estaba cerca y se me escapó un «¡Hossstia puta, menudo viaje!».

—Cierra la boca…

—Podría decir que lo sentí por él, pero no. Siempre me pareció un gilipollas de mierda. ¡Se lo tenía merecido, joder! Y menudo favor te he hecho. Tendrías que darme las gracias…

—¡Cierra la boca y tira el arma!

Silvia deseaba disparar. Con todas sus ganas.

Vaciar el cargador para asegurarse de que lo dejaba tieso…

Y entonces cayó en la cuenta.

El arma de Castro estaba descargada.

De lo contrario, aquel hijo de puta no habría dudado ni un solo segundo en abrir fuego contra ella.

Antes Castro era un peligro público. Ahora no era más que su peor enemigo.

Lentamente, Silvia bajó su arma.

—¿Qué coño haces? ¿Quieres morir o qué? —exclamó Castro.

Silvia avanzó un par de pasos más, lo justo para poder distinguir sus ojos desencajados al saber que no había cedido a su engaño, y dijo:

—Yo no quiero morir, pero está claro que tú sí. Y no te lo voy a poner tan fácil. Ni de puta coña.

—Pero ¿qué haces? ¡Dispara, joder! ¡Dispara de una vez! ¡Date el gusto de matarme! ¡Dispara! ¡¡Dispara!!

Silvia enfundó su arma y se lanzó contra Castro. Este trató de golpearla con la pistola, pero ella esquivó la embestida y aprovechó que tenía el brazo extendido para agarrarlo firmemente de la mano y luxarle la muñeca con todas sus fuerzas. Castro trató de resistirse al dolor, pero le resultó imposible. Silvia, retorciéndole la muñeca tras la espalda, lo obligó a darse la vuelta y otros policías se unieron a ella para inmovilizarlo. A los pocos segundos, Castro estaba ya tendido bocabajo, besando el suelo.

Silvia le pidió los grilletes a un patrullero y tuvo el honor de esposarlo ella misma.

Y hacerlo fue un auténtico gustazo.

Sábado
(veintiocho días después)

61

Cuando Saúl despertó del coma no se produjo ninguna de esas típicas escenas de película ñoña, con Silvia sentada al borde de la cama, sosteniéndole una mano y susurrándole palabras de amor al oído, justo en el momento en el que él, oh, milagro, comienza a mover un dedo, después otro y otro más, abre los ojos lentamente y, al verla, sonríe.

No, qué va.

Cuando Saúl despertó, no había nadie a su lado. Eran las tres y media de la madrugada.

Silvia estaba en casa. Se había quedado dormida en el sofá con el televisor encendido, como venía siendo costumbre desde que Saúl no estaba, y allí hubiera amanecido de no ser por la llamada de la enfermera.

Voló hacia el Hospital de Bellvitge (no literalmente, pero casi) y llegó a la UCI justo cuando el neurólogo salía de la habitación, después de examinar a Saúl.

A pesar de las ansias por entrar a verlo, Silvia abordó al médico y le interrogó sobre su estado. El neurólogo respondió que aún era pronto para conocer el alcance de las secuelas, que un mes en coma profundo era un periodo de tiempo demasiado prolongado, pero que, a pesar de todo, eran optimistas. Habían observado signos de movilidad en brazos y piernas; también respondía a estímulos visuales y auditivos, y escuchaba y comprendía todo lo que se le decía. Sin embargo, presentaba problemas en el habla. Al principio creyeron que se debía a las lesiones provocadas por la respiración asistida, pero después advirtieron que la causa era algún tipo de daño neuronal que debían evaluar con más detenimiento. Y pese a todo, podían sentirse afortunados; a Saúl le quedaba mucho trabajo por delante, pero había superado con creces el mejor de los pronósticos.

A Silvia le entraron ganas de llorar. Y lloró. No se lo creía.

Preguntó si podía verlo y el neurólogo respondió que sí, pero que no lo agobiara.

Ella dijo que de acuerdo, aunque sabía que le iba a costar contenerse.

Cuando entró en la habitación, todo estaba en penumbra. Observó a Saúl, tendido sobre la cama, como siempre, pero sin los tubos de respiración, solo con una mascarilla de oxígeno. Lo habían desconectado de la mayoría de las máquinas que rodeaban su cama. Por fin.

El médico le había advertido que apenas podía mover el cuello, así que se plantó ante él... Él la miró, y tuvo la sensación de que sonreía. Sí, sonreía. No con los labios, que quedaban ocultos bajo la mascarilla, sino con sus ojos, tan expresivos como siempre.

Se lo comió a besos.

Él trató de hablar, y al instante torció el gesto, contrariado.

Silvia, sentada en la cama, le pidió que no dijera nada, que ya hablaría ella por los dos. Tenía muchas cosas que contarle. Él no dejaba de mirarle el lado derecho de la cabeza y ella se volvió para mostrárselo. El cuero cabelludo había comenzado a crecer y a tapar la cicatriz, pero, aunque trataba de disimularlo con el resto de su melena, era imposible ocultarlo completamente. Aquel día, en Port Ginesta, Silvia tuvo suerte. La cuarta bala que Castro disparó y que hizo añicos la luna delantera, no le dio; fue una esquirla de cristal la que rozó su cabeza y le provocó un corte condenadamente doloroso.

Le explicó a Saúl cómo se había hecho aquella herida. Y también todo lo sucedido desde la noche en que lo atropellaron.

Saúl escuchó atentamente y, a través de su mirada, Silvia supo lo que sentía en cada momento: rabia, asco, más rabia, miedo, mucha más rabia y alivio, especialmente cuando se enteró de que Jordi Quiroga había abandonado hacía pocos días el hospital, recuperado.

Le contó que Castro estaba encerrado en Brians 1. El juez no dudó en decretar su ingreso en prisión preventiva, acusado de una buena ristra de delitos: el atraco al banco de Vilafranca, la denegación de auxilio a Jairo y la ocultación de su cadáver, la tentativa de homicidio a Saúl y a Quiroga, tráfico de drogas, prevaricación, pertenencia a grupo criminal y alteración del orden público.

Silvia estaba convencida de que Castro también tenía que ver con la muerte de la banquera y su hijo, pero no había pruebas al respecto y la UTI Metronorte concluyó en su investigación que el único autor de esos homicidios fue un tal Rafael Cabrales... El mismo cuyo cadáver acuchillado apareció flotando en las aguas de Port Ginesta mientras registraban el yate de Castro. Mucha casualidad, ¿no? Ya, claro... Sin embargo, no había modo de demostrarlo. Además, los de Personas de la Metrosur seguían sin identificar al asesino de Cabrales. Tan solo tenían una breve descripción del tipo con el que, momentos antes de hallarlo muerto, había sido visto sentado y charlando en la terraza de una marisquería del puerto.

El homicidio de Olga Urrutia también seguía en el aire. El incendio del apartamento dificultaba en gran medida la investigación. Y la búsqueda de testigos había resultado infructuosa. Silvia había compartido su teoría de lo sucedido (aunque para ella no era una teoría, sino una realidad) pero de momento no habían hallado ningún indicio que la respaldara.

Gustavo Malla cumplió con su palabra cuando la cabo de Asuntos Internos, Luz Auserón, le informó de la aparición del cuerpo de Jairo en el yate de Castro. Al saber que llevaba muerto más de tres días, Gustavo comenzó a soltar tanta mierda sobre Castro que llegaron a creer que aquella declaración no acabaría nunca. Habló de todos los asaltos a traficantes de marihuana que habían cometido (o, al menos, de todos los que él recordaba), del atraco al banco de Vilafranca y también explicó lo que sabía acerca del atropello a Saúl.

Saúl no tenía ni idea de quién conducía el vehículo, y Silvia le reveló que fue Tito Toledo.

Al principio solo contaban con la palabra de Gustavo, pero poco después tuvieron un golpe de suerte, aunque casi ni se enteran por culpa de las suspicacias entre cuerpos policiales. Resultó que había un grupo de policía judicial de la Guardia Civil que tenía abierta una investigación a un taller de desguace de coches robados. Habían instalado una cámara frente a la entrada del local y, entre los vehículos registrados que entraban pero no salían, se encontraba el BMW usado por Tito. Alguien en Guardia Civil observó que Mossos estaba muy interesado en localizar dicho vehículo; preguntaron qué pasaba con él, y, cuando se les informó que estaba involucrado en un atropello, entregaron las imágenes. En ellas se veía a Tito llegando a bordo del vehículo, con todo el morro destrozado, y saliendo poco después, a pie. No había duda de que era él.

Se dio de alta una orden de busca y captura a Tito y no tardó en caer. Menos de una semana. Y apareció con una mano mutilada. No dijo cómo ni quién le había hecho eso. Tampoco dijo nada acerca de Castro, ni de los asaltos a traficantes, ni del atraco al banco, ni de la muerte de Jairo, ni del atropello. No consiguieron sacarle una mierda. Pero se fue de cabeza a prisión preventiva, a hacer compañía a Gustavo y Castro.

A diferencia de Tito, Castro sí habló. No sobre lo que había hecho él, que lo negaba todo, sino sobre lo que otros habían hecho y sobre lo que seguían haciendo. Quería pactar con Fiscalía, buscar una salida, aunque esa no fue su primera reacción tras ser detenido. Ni mucho menos. Al principio, cuando lo ingresaron en el correspondiente módulo para policías y demás internos de riesgo, mostró claros signos de tendencia suicida, por lo que le asignaron un preso de apoyo que lo seguía día y noche, como una lapa, las veinticuatro horas. Después pareció recuperarse y comenzó a mover ficha.

Su primer intento de negociación fue aportando información acerca de una organización integrada en su mayoría por serbios, dedicada al cultivo y tráfico de marihuana a gran escala y a nivel internacional.

Por lo que Silvia supo más tarde, gracias a un amigo destinado a la Unidad Adscrita a Fiscalía, el fiscal, al oír eso, lo miró con cara de aburrimiento y dijo: «¿Marihuana? Levanto una piedra del suelo y me sale una plantación de marihuana de mil quinientas plantas. Levanto otra piedra de más allá y me sale otra plantación de dos mil. No te necesito para cazar traficantes de marihuana. ¡Los hay en todos lados! Serbios, españoles, dominicanos, rusos, rumanos, chinos... Vas a un polígono, o a una urbanización perdida, olfateas el aire y, ¿a qué huele? Bingo: a marihuana. Así qué, ¿por qué me haces perder el tiempo?». No lo mandó a la mierda por pura educación. Castro contraatacó mostrando otra carta. Habló de un preso, un tal Ramiro Beluga, traficante de cocaína, bien conectado con los cárteles y responsable de la entrada de droga en prácticamente todas las prisiones catalanas.

Eso ya interesó más al fiscal.

Gracias a aquellas maniobras, era probable que Castro consiguiese pasar menos tiempo entre rejas, pero estaba jugando con fuego. Y de qué manera. Silvia le auguraba un futuro de mierda; el futuro que él mismo se había buscado. El que seguía buscándose. El que encontraría. Tres días antes, un preso había intentado clavarle un pincho por la espalda. Castro esquivó la embestida y se salvó de milagro. Había sido un encargo. Ya podía prepararse para unos cuantos más.

Todavía recordaba la mirada de resignación de la madre de Jairo, Adela, cuando le comunicó su muerte. Lo hizo en el salón de su casa, ambas sentadas en el sofá, muy juntas. Se lo contó todo y la mujer agradeció su sinceridad. Desde entonces, iba a verla un par de veces por semana, para hacerle un poco de compañía.

Durante un tiempo (un par de días, lo más, porque la fama es así de efímera), la imagen captada por un buen puñado de teléfonos móviles en la que Silvia, «una joven e intrépida policía detenía a un peligroso terrorista a punta de pistola», estuvo presente en todas las televisiones. Su imagen circuló por redes sociales y plataformas de *streaming*; por suerte, el pelo y la sangre le cubrían buena parte de la cara y costaba reconocerla. Para cuando se supo la verdad, el tema había perdido interés y la prensa apenas invirtió tiempo en aclararlo.

Silvia le contó estas y otras muchas cosas a Saúl, y él la escuchó con atención. Parecía no querer volver a dormir jamás.

Cuando ella le explicó que seguía de baja por la herida en la cabeza, Saúl trató nuevamente de decir algo, al tiempo que levantaba ligeramente la mano que tenía tendida junto a ella.

¿La estaba señalando?

Sí.

Y señalaba la barriga.

Silvia sabía a qué se refería.

—¿Los embriones? —preguntó.

Saúl asintió.

Ella negó con la cabeza.

—No.

Saúl cerró los ojos.

Silvia se sintió fatal; quizá se estaba pasando.

Le tocó un brazo y él volvió a mirarla.

—Los dos embriones no se han implantado…. Pero uno sí.

Había seguido el consejo de Luz y se había tomado la medicación.

Saúl sonrió. Esta vez parecía que lo hacía también con los labios.

—Las cosas te pintan chungas a partir de ahora —dijo Silvia, tendiéndose a su lado—, porque estarás en minoría. Vamos a tener una niña, estoy convencida. Y algo me dice que, viniendo de quien viene y habiendo resistido lo que ha resistido, va a ser de armas tomar.

ÍNDICE